Biblioteca
Kathleen Woodiwiss

Kathleen Woodiwiss

POR SIEMPRE

Traducción de
Ángeles Leiva Morales

CISNE

Título original: *Everlasting*

Primera edición en Debolsillo: noviembre, 2010

© 2007, Kathleen E. Woodiwiss
 Publicado por acuerdo con William Morrow, un sello editorial de HarperCollins Publishers
© 2009, Random House Mondadori, S. A.
 Travessera de Gràcia, 47-49. 08021 Barcelona
© 2009, Ángeles Leiva Morales, por la traducción

Quedan prohibidos, dentro de los límites establecidos en la ley y bajo los apercibimientos legalmente previstos, la reproducción total o parcial de esta obra por cualquier medio o procedimiento, ya sea electrónico o mecánico, el tratamiento informático, el alquiler o cualquier otra forma de cesión de la obra sin la autorización previa y por escrito de los titulares del *copyright*. Diríjase a CEDRO (Centro Español de Derechos Reprográficos, http://www.cedro.org) si necesita fotocopiar o escanear algún fragmento de esta obra.

Printed in Spain – Impreso en España

ISBN: 978-84-9908-243-1 (vol. 45/11)
Depósito legal: B-38008-2010

Compuesto en Fotocomp/4, S. A.

Impreso en Novoprint, S. A.
Energía, 53. Sant Andreu de la Barca (Barcelona)

M 882431

*En una muestra de eterna gratitud,
este libro está dedicado
a todos los queridos lectores de Kathleen*

1

24 de agosto de 1135

Sabía que se llamaba Raven Seabern y que se hallaba allí, en el castillo de Westminster, para servir a su rey. Sabía también otra cosa, y era que aquel escocés alto y de cabello negro como el azabache estaba mirándola de nuevo. Pero ella era lady Abrielle de Harrington, hija de un difunto héroe sajón de las Cruzadas e hijastra de un caballero normando al que se tenía asimismo en gran estima por sus años de valerosa campaña en Tierra Santa —ambos serían honrados allí aquella noche—, y concedería a la atención de aquel hombre la falta de consideración que merecía, pues la presencia de ella en la corte del rey Enrique estaba despertando la admiración de muchos otros. Abrielle se volvió con gesto rápido para asentir a las palabras de elogio que susurró su madre ante la grandiosidad del interior del salón del castillo de Westminster. Dos chimeneas enormes, una en cada extremo, donde bramaban llamas más altas que un hombre, dominaban la estancia. Grandes tapices con escenas de batalla y de caza impedían el paso de las corrientes de aire frío; destacaban los bordados en oro y carmesí real, el intenso azul de unas vestiduras regias, el vistoso verde de un bosque sombrío. Abrielle nunca había estado en un castillo tan magnífico en su despliegue de riqueza y poder. Y había sido el propio rey quien la había invitado.

Quería saborear al máximo tan feliz ocasión, pues lamentablemente las noches como aquella se habían convertido en algo excepcional en su vida desde la muerte de su padre y las recientes dificultades de su padrastro. No obstante, no le resultaba fácil sentirse cómoda, y mucho menos concentrarse, con los vivos ojos azules del escocés persiguiéndola con una intensidad a la que no estaba acostumbrada. Y por si su mirada no fuera lo bastante turbadora, el hombre parecía poseer un misterioso poder sobre la traicionera mirada de Abrielle, que se desviaba en su dirección una y otra vez pese a su determinación de no prestarle atención alguna. Hasta aquel momento había logrado contenerse y no ceder al impulso de dirigirle nada más que un rápido vistazo de soslayo o una velada mirada por debajo de sus largas y oscuras pestañas, pero en realidad no necesitaba mirar en dirección a él para saber que seguía observándola. Su acerada evaluación era casi tangible; notaba el calor y el peso de su mirada como si una sedosa pluma le recorriera la piel, una sensación de la que no podía escapar.

Él era uno más de los muchos hombres que habían mostrado interés en ella en los últimos días. Desde su llegada a Londres en compañía de su madre, Elspeth, y su padrastro, Vachel de Gerard, Abrielle había sido objeto de un interés abrumador por parte de nobles que buscaban una esposa apropiada. Si bien Vachel no poseía todavía ningún título, se daba por sentado que aquella noche el rey Enrique estaba dispuesto a conceder por fin dicho honor a un hombre conocido por sus gestas en la Gran Cruzada. Dado que un título traía consigo tierras y rentas, todos sabían que, tras aquel acto, la dote de Abrielle aumentaría de manera sustancial. Durante su breve estancia en Londres no habían dejado de entrar y salir hombres de los aposentos de su padrastro en el castillo de Westminster con el fin de presentarse primero a sus padres y luego a ella.

Aquellos que lo habían hecho eran hombres con intenciones honestas, algo de lo que parecía carecer el escocés, pues, pese a la aparente fascinación que mostraba por ella, guardaba las distancias. Incluso en aquel momento permanecía junto al rey Enrique al otro lado del salón. Alto y fuerte, ataviado con una gorra y un traje escoceses, aparentaba tener treinta años, o tal vez dos o tres años más. Pero no era solo por su estatura y su impresionante exhibición de fuerza y vigor por lo que sobresalía del resto de los nobles que el rey había congregado para conversar a la espera del anuncio de la cena. Era aquel halo de seguridad en sí mismo que portaba con la misma desenvoltura con la que vestía sus colores.

O eso le pareció a Abrielle, que difícilmente podía formarse un juicio certero de él, pues no le había oído pronunciar ni una palabra y solo lo había visto en la distancia y en medio del clamor de un salón lleno de gente. Otros hombres se acercaron a ella para hablarle del aire puro de la noche o señalarle los tesoros y pinturas expuestos bajo la luz de miles de velas, pero no el escocés. A Abrielle le molestaba que su reserva le causara siquiera una leve punzada de desilusión. No debía esperar más de un desconocido nacido en el extranjero, un hombre que servía como emisario al rey David de Escocia y cuya lealtad estaba con aquellos que con tanta frecuencia a lo largo de los siglos habían devastado las tierras del norte de Inglaterra que la habían visto nacer y crecer.

Era el último hombre con el que debería estar perdiendo el tiempo pensando en él, sobre todo en una ocasión tan trascendental como aquella, en la que le atañían asuntos de mucha mayor importancia, pues las palabras del rey decidirían su destino, determinarían si le esperaba una vida de suplicio o de júbilo. La generosidad de la que había sido objeto su padrastro suponía para la doncella un regalo muy codiciado pero rara vez alcanzable, pues solo podía conseguirse con una dote muy elevada. Se trataba del privilegio de elegir marido entre los mejores pretendientes del reino.

Abrielle dio media vuelta para regresar junto a su padrastro y su madre, cuya emoción la llenaba de orgullo. Lo que ocurriría esa noche no era para menos: la recompensa a Vachel, leal servidor del rey, y una conmovedora ceremonia que evocaba en Abrielle un recuerdo desgarrador. Aquella noche se rendiría homenaje a los esfuerzos de Berwin de Harrington en la Cruzada, y el rey Enrique se había mostrado conforme en la necesidad de honrar a su difunto padre y a otros que habían luchado en aquella campaña. Eran muchos los sajones que se habían dado cita en la corte normanda después de meses de esfuerzo para lograr que se celebrara un acto de reconocimiento hacia los amigos y familiares que habían luchado en Tierra Santa, especialmente tras la muerte de lord Berwin de

Harrington. Era su manera de arrojar un guante a los pies del indeseable normando que hizo lo indecible por provocar a su padre y luego, tras aceptar su airado desafío, humillarlo por su falta de habilidad para defenderse. Haciendo gala de su destreza, el normando le asestó un golpe mortal, para pesar de la familia y los amigos de Berwin, que no pudieron sino llorar su pérdida.

Si bien el que era su padrastro desde hacía tres años, un honorable caballero normando del reino, las había acompañado a ella y a su madre hasta el palacio con motivo del evento, Abrielle sabía que los honores que se rendirían allí a la memoria de su padre serían en cierto modo como abofetear a Vachel con un guante. Otros caballeros le habían asegurado que Berwin recibiría por fin el reconocimiento del rey, pues defendió Jerusalén durante casi una década y alcanzó para muchos la condición de héroe.

Abrielle conocía a numerosos individuos que merecían tanto como su padre el homenaje que se rendiría a su memoria, no solo el propio Vachel sino también su difunto prometido, Weldon de Marlé, otro normando que había demostrado ser uno de los héroes más nobles durante la campaña. Poco después de su regreso, Weldon comenzó a construir una torre del homenaje, momento en que pidió al padrastro de Abrielle su mano en matrimonio. Desgraciadamente, tras terminar la edificación, su prometido encontró la muerte a causa de una caída un día antes de que se desposaran, dejando a Abrielle tan desvalida como una viuda, pero sin los dulces recuerdos de amor que pudieran hacer más soportable su ausencia.

Su amado Weldon no podía estar allí para ver el reconocimiento que recibiría Vachel por el servicio bien hecho, pero, por desgracia, su único familiar, Desmond de Marlé, se las había ingeniado de algún modo para estar presente. Costaba entender cómo lo había logrado, pues tenía un aspecto repulsivo, libidinoso en extremo, unos ojos llenos de codicia y lujuria en un rostro exageradamente redondo. A Abrielle solo se le ocurriría que Desmond había convencido a algún paje o sirviente errante para que aceptara una generosa suma a cambio de que le permitiera entrar. Varios meses antes de que fueran a casarse, Weldon le había presentado a su único pariente, y a partir de entonces el desagradable Desmond la había perseguido. Desde la muerte de Weldon la propensión de aquel ogro a entremeterse en su vida había aumentado de forma alarmante. Lo que menos había imaginado ella tras recibir la noticia del accidente de Weldon era que tendría que lidiar a menudo con su ruin hermanastro. Aunque Desmond se hallaba en una situación económica desesperada antes del fallecimiento de Weldon, en aquel momento disfrutaba de las riquezas que el prometido de Abrielle había dejado atrás y era evidente que las utilizaba para acercarse a ella. En el calor del magnífico salón del rey, el rostro de Desmond brillaba por el sudor y sus ojos desmesurados observaban a Abrielle con una fascinación que la ponía nerviosa.

Sabía que tenía mucho que agradecer a su amiga de toda la vida, Cordelia de Grayson, quien había acudido con su familia a los festejos de Londres. Cordelia, una gran heredera, también captaba la atención de los hombres presentes en el salón, y Abrielle confiaba en que al final de la noche pudieran revivir juntas la velada y hablar de todos los hombres que habían conocido.

Cordelia observaba con satisfacción la reacción de los cortesanos que quedaban prendados ante la belleza de su mejor amiga, cuyo aspecto solo se veía superado por su naturaleza bondadosa. Sus deslumbrantes ojos de un verdeazulado translúcido, sus mejillas sonrosadas y sus rizos rojizos la hacían irresistible para un número considerable de hombres. Aunque lord Weldon tenía casi cuarenta y cinco años cuando pidió su mano en matrimonio, estaba totalmente cautivado por su belleza y ansiaba casarse con ella. Conociéndola tan bien como la conocía, Cordelia sabía que Abrielle estaba realmente contenta con sus esponsales e ilusionada con la boda, lo que la había llevado a sumirse en un profundo pesar ante la noticia de la muerte de su prometido. Por ello le resultaba alentador ver indicios de que su amiga se había repuesto de la tragedia lo suficiente para mostrar cierto interés por otros hombres apuestos.

Cuando un toque de cuerno anunció el inicio del gran festín, Abrielle y sus padres y Cordelia y los suyos, lord Reginald Grayson y lady Isolde, se dirigieron a su mesa, situada justo debajo de la tarima del rey. Al verse expuesta a la concurrencia, Abrielle pensó que no podía lucir mejores galas para la ceremonia de homenaje a su difunto padre. Si bien el vestido que llevaba había sido confeccionado para Elspeth con motivo de su enlace matrimonial con Vachel tres años atrás, tras la boda lo envolvieron con sumo cuidado y lo guardaron en un cofre. Las cuentas iridiscentes y los bordados enjoyados de un azul intenso adornaban con delicadeza el traje desde el ornamentado cuello hasta el dobladillo, convirtiéndolo en una deslumbrante obra de arte que había requerido el trabajo de una legión de criados durante un número incalculable de semanas.

Eso había sido en una época de abundancia en cuanto a dinero y sirvientes. Sin embargo, con las estrecheces que estaba pasando la familia en aquellos momentos, era realmente algo excepcional que madre e hija pudieran lucir tan bellas vestimentas para asistir a tan suntuoso acto. Antes de su muerte, Berwin las había mantenido en una situación muy holgada, y así lo hizo también Vachel hasta que su padre, Willaume de Gerard, faltó a una promesa que había hecho a su hijo menor antes de aceptar su ayuda económica en dinero y bienes. Aunque Willaume había jurado a Vachel que se lo devolvería todo tan pronto como le fuera posible, era evidente que había olvidado de quién había recibido la ayuda, pues había dejado todo a su hijo mayor, Alain, responsable de los apuros económicos de su padre.

Antes del reconocimiento del que sería objeto aquella noche, Vachel se había visto obligado a considerar cuán nefasto sería el futuro de su familia si no recuperaba parte de la ayuda que había ofrecido también a sus caballeros. Al igual que le había ocurrido a él mismo, cuando regresaron a Inglaterra se encontraron con que muchos nobles se negaban a repartir honores y títulos por temor a que el reino se empobreciera, pero cuando Vachel veía a otros disfrutar de riqueza y títulos cosechados con acciones insignificantes se sentía ofendido por el hecho de que le hubieran negado un título. Elspeth era todo lo que siempre había anhelado en una esposa, sobre todo teniendo en cuenta que la primera no se había caracterizado precisamente por su amabilidad y que había muerto de parto maldiciendo su nombre. En vista de su cada vez mayor empobrecimiento, Vachel temía acabar perdiendo el amor y el respeto de Elspeth. Pero aquella noche recibiría por fin un reconocimiento, una recompensa del rey por esos años de azaroso servicio.

Para su asombro, Abrielle reconoció al escocés entre los hombres que conversaban y reían con el rey en un lugar de honor de la mesa que presidía el salón. Mientras esperaban a que el sirviente se acercara con un cuenco de agua caliente para que se lavaran las manos, Cordelia le dio un golpe suave con el codo.

—Ese es un hombre con el que alegrarse la vista.

Abrielle se apresuró a apartar la mirada de la mesa presidencial, sintiendo que el rubor encendía sus mejillas.

—El rey es demasiado mayor incluso para...

Pero Cordelia se rió y susurró con picardía:

—No puedes engañarme, mi querida Abrielle. No eres la única mujer que está pendiente de ese apuesto escocés, pues hasta el último de nosotros sabe a estas alturas que se llama Raven Seabern y que es un emisario de su majestad el rey David de Escocia, un embajador de su país en la corte normanda.

—¿Hay un escocés en la mesa presidencial? —preguntó Abrielle con inocencia, para luego esbozar una sonrisa al ver que Cordelia ponía los ojos en blanco y se tapaba la boca para contener un estallido de alborozo—. Cordelia, si hay un hombre en el que no merece la pena pensar, es ese. Aunque el rey Enrique se haya casado con la hermana del rey David, y propiciado con ello la paz entre nuestros dos reinos, tú y yo conocemos el profundo rencor que sienten nuestros compatriotas del norte. En nombre de ambos países se han cometido atrocidades en las regiones fronterizas, y ambas sabemos muy bien que la gente no olvida fácilmente.

Cordelia ladeó la cabeza, en sus ojos había una mirada pícara llena de alegría.

—No sé, Abrielle. ¿Puede una mujer dejar de mirar a un hombre apuesto y olvidar su procedencia? ¿Acaso un acento agradable y una sonrisa masculina no son el complemento ideal de una cálida noche de verano?

Abrielle suspiró ante la picardía de su amiga, pero en su interior sintió un desasosiego que no desaparecería. ¿Se verían los festejos de esa noche interrumpidos por una pelea de hombres orgullosos?

Abrielle vio a más de uno de los vecinos de su padre, presentes allí para honrar su memoria, lanzar hacia la mesa presidencial miradas cargadas de ira que solo podían ir dirigidas al escocés.

—Cordelia, no puedo siquiera imaginarme disfrutando de tal futilidad con algo tan serio —dijo Abrielle, inclinándose hacia su amiga para que sus padres no la oyeran—. El mero hecho de mirarlo hace que me sienta desleal. Suficientes conflictos hay ya en nuestra tierra entre sajones y normandos para que yo me case con alguien que pueda avivar la tensión que muchos sienten.

—¿Acaso he hablado yo de matrimonio? —preguntó Cordelia.

Abrielle la miró con el ceño fruncido y luego se echó a reír de mala gana.

—No, no has hablado de matrimonio. Y eso solo demuestra lo absorta que estaba en mis preocupaciones. Esta noche es para disfrutarla.

—Pues disfrútala, Abrielle —respondió Cordelia en voz baja al tiempo que rozaba el brazo de su amiga—. Tú lo mereces más que ninguna otra mujer.

Cuando se sirvió la cena las dos jóvenes se quedaron boquiabiertas ante los pavos reales rellenos que los criados portaban sobre la cabeza mientras desfilaban por el salón; parecían aves aún vivas flotando en un río. Todos y cada uno de los platos del banquete colmaron de satisfacción su paladar y su estómago. Comieron más que hablaron, y Abrielle sintió una tensión nerviosa que la atenazaría el resto de la velada. No sabían con certeza qué pasaría, y por primera vez desde la muerte de Weldon se sentía llena de posibilidades. Miró un instante a su madre y a su padrastro y en las miradas de afecto que cruzaron entre ellos vio la esperanza que albergaban. Si normandos y sajones podían avenirse como ellos lo habían hecho, debía creer que también ella tenía la posibilidad de alcanzar la felicidad.

Para su sorpresa, Abrielle oía gran parte de lo que se decía en la mesa presidencial, y Cordelia le dio un toque con el codo cuando un noble preguntó a Raven Seabern a qué se debía su nombre de pila. El tono bronco y grave de la voz del escocés provocó en Abrielle unos escalofríos de lo más extraños. Sabía que no debía escuchar las conversaciones ajenas, pero el hombre se dirigió a la concurrencia tan abiertamente que no había duda de que quería que su historia fuera escuchada. La sonoridad de su voz, aquellas erres tan marcadas, evocaba la tierra agreste e inhóspita de la que procedía. A Abrielle no le quedaba más remedio que escuchar.

—Estando mi madre embarazada de mí, el sonido de un picotazo en la ventana la despertó un día en mitad de la noche. El sonido persistió hasta que ella se levantó de la cama y abrió los postigos. Entonces entró un cuervo, audaz como ninguno, y ladeó la cabeza hacia mi madre. —Con un acento muy marcado, el escocés citó las palabras de su madre—: «¡Por todos los santos!», dijo ella, «te comportas como si esta fuera tu casa»; entonces el ave alzó el vuelo y al cabo de un instante regresó con una ramita que había arrancado del rosal de mi madre. Como mi padre aún no había vuelto a casa, mi madre temió que se hubiera caído del caballo o que le hubieran asaltado unos bandoleros. Mandó a un criado que enganchara un carro y la llevara por el camino que mi padre solía tomar de regreso a casa. El cuervo echó a volar delante de ellos y, para sorpresa de mi madre, les condujo directamente hasta mi padre: al cruzar el río, los tablones del puente habían cedido y mi padre y su corcel habían caído al agua helada y habían quedado atrapados entre dos rocas. Mi padre estaba casi congelado, soplaba un viento gélido, pero nuestro sirviente lo sacó del agua y le frotó las extremidades para que entrara en calor. A partir de entonces, mi madre tuvo un buen motivo para estar agradecida a los cuervos, y decidió que cuando yo naciera me llamaría Raven* en señal de agradecimiento.

Cuantos estaban escuchando su relato se echaron a reír, incluida Abrielle, pero su discreta risa se le quedó atravesada en la garganta cuando Raven, como si solo oyera su risa por encima del resto, volvió de repente su mirada hacia ella y la engulló en las oscuras profundidades de sus intensos ojos azules. De pronto, Abrielle estaba cautiva de aquellos ojos sin fondo, y mientras los demás seguían respirando y hablando con normalidad, sintió como si en el

---

* En inglés *raven* significa «cuervo». *(N. de la T.)*

mundo no hubiera nadie más que el escocés y ella. Aunque aquel era sin duda un sentimiento al que no estaba acostumbrada, en lo más hondo de su ser brotó un instinto femenino que reconoció el brillo ardiente en los ojos de él y supo que sentía lo mismo.

—¿Y qué ocurrió con el cuervo de la historia? —preguntó alguien desde lo que a Abrielle le pareció una distancia enorme. Sin embargo, bastó para romper el hechizo.

—Ah, mi madre mandó que lo guisaran para comérselo al día siguiente —contestó Raven sin apartar la mirada de ella.

Abrielle se quedó boquiabierta, lo que causó que las risotadas del rey resonaran en toda la estancia. El rey Enrique había seguido la mirada de Raven, y Abrielle se había convertido así en el centro de atención del monarca. Su majestad dio un manotazo en la mesa.

—El muchacho os está tomando el pelo, milady, no temáis.

Abrielle se dio cuenta entonces de que era objeto de otras miradas inquisitivas. Su madre, a su lado, la miraba con interés, y su padrastro, al otro lado de Elspeth, la observaba con el ceño fruncido. Abrielle sabía que Vachel estaba preocupado y no quería que nada saliera mal aquella noche.

Abrielle reparó en lo rápido en que la sonrisa de Raven pasó de la abierta jocosidad a una expresión más comedida, y no supo cómo interpretarlo. ¿Habría comprendido también él que ella no era para un hombre como él? Raven agarró con su enjuta mano los pliegues de la tela escocesa que atravesaba su negro atuendo en el pecho y habló con cautela.

—Os pido disculpas por mi broma, milady. El cuervo se quedó con nosotros y vigiló a mi padre como un perro vigilaría un hueso. Nunca supimos el motivo que le unía a él, salvo que mi padre tenía un hermano gemelo que se había ahogado hacía un año. Un cuervo solía volar junto a su carro. En cualquier caso, el pájaro permaneció con nosotros hasta que murió de viejo. Así que ya veis, con el estímulo apropiado, incluso un ave de rapiña puede ser domesticada.

Abrielle se sintió aliviada cuando Raven apartó la mirada de ella para responder a algo que el rey había dicho en voz baja. Pero tras la sensación de alivio subyacía una desazón desconocida.

Cuando por fin se acabó el ágape, el rey se irguió cuan alto era, dominando el silencioso salón. Cientos de nobles, de caballeros y sus familiares aguardaban el anuncio del soberano. Abrielle vio que Vachel cogía la mano de su madre y la apretaba con delicadeza, como para darle apoyo y valor.

El rey habló con grandilocuencia de las grandes hazañas de los sajones que habían luchado en su nombre, y honró en especial la memoria de Berwin de Harrington, lo que hizo que Abrielle se sintiera orgullosa de su difunto padre. Su madre tenía lágrimas en los ojos, y Vachel, a diferencia de otros hombres, no mostraba estar celoso. Era evidente que amaba a Elspeth lo suficiente para compartirla con sus recuerdos. Por fin el monarca pasó a tratar lo tocante a la parte que afectaba a la nueva familia de Abrielle y su futuro.

—Miles de hombres, tanto normandos como sajones, han luchado en nuestro nombre contra los infieles que invadieron Tierra Santa. La corona les está profundamente agradecida y desea que todo hombre pueda recibir la recompensa que merece, pero hay que sopesar el provecho de un puñado de hombres y el provecho de un reino entero. Inglaterra debe mantenerse fuerte, y sus arcas con ella. Así pues, de momento nuestros soldados cuentan con nuestra más humilde gratitud y con la recompensa de saber que su servicio al reino ha sido inestimable. Esta noche celebraremos sus logros con música y baile.

El monarca alzó la mano y sus juglares comenzaron a tocar una entusiasta tonada con gaita y laúd, pero Abrielle, atónita, permaneció sentada, llena de incredulidad. Las arcas del rey no podían seguir menguando; entonces, ¿no recibiría Vachel recompensa por sus largos años de servicio? ¿Se quedaría él sin nada cuando otros habían sido honrados con títulos y riquezas antes de aquella noche? Se le hizo un nudo en la garganta tan grande que le pareció que no podría tragar saliva nunca más, y los ojos, curiosamente secos hacía un momento, comenzaron a escocerle de manera insoportable. Sabía que otros comensales sentados a la larga mesa los miraban, cuchicheaban, discutían sobre el futuro de su familia. Para evitar sus miradas, centró su atención en la copa que tenía delante, un regalo que su amado padre le había hecho apenas unos meses antes de su prematura muerte. Alrededor del centro de la copa, realizada en plata, había una inscripción rúnica sajona. Abrielle aferró con la mano derecha aquel legado familiar y encontró consuelo en el recuerdo de su difunto padre, en la noble herencia sajona y la fortaleza que compartía con él. Solo entonces sus pensamientos pudieron volver a su madre y su padrastro, y giró su dolorido cuello para mirarlos.

Seguían cogidos de la mano, como si se hubieran congelado juntos. No había lágrimas en los ojos de Elspeth; era demasiado orgullosa para eso. Su barbilla se alzaba con altivez, y sus ojos brillantes retaban a cualquiera a hacer comentarios. La expresión adusta de Vachel lo decía todo. Aquel era un golpe que no esperaba, y Abrielle sintió un intenso y doloroso pesar por el hombre que las había salvado a ella y a su madre. ¿Cómo soportaría Vachel aquella nueva carga?

La mente del propio Vachel estaba tan confusa que apenas podía pensar. Nunca recibiría el honor que merecía; la recompensa que se había ganado justamente había ido a parar a otros, y así se quedaría. El rey no lo miraba, pero notaba que era el centro de otras muchas miradas curiosas, especulativas, incluso tristemente divertidas, como si sus males solo sirvieran para ilustrar una tragedia más que cualquiera podría contar en un nuevo chismorreo sobre la desdicha de otro. Aunque había hecho lo posible por mantener en secreto el verdadero alcance de sus problemas, el hecho de que él y su pequeña familia estaban a las puertas de la pobreza no tardaría en ser de dominio público. No podría compensar a sus caballeros, ni siquiera podría hacerse cargo de una casa. Pero mucho más devastador para su orgullo, y para su corazón, era saber que su amada Elspeth y su hija se verían obligadas a compartir con él las nefastas consecuencias de su desgracia, consecuencias que serían inmediatas e inevitables. En ese momento, todos los presentes caían en la cuenta de que Abrielle no tendría la gran dote que se esperaba de ella, y los hombres más respetables entre aquellos que buscaban esposa, los más capacitados para ofrecer la posición y seguridad que Abrielle merecía, desviarían su atención hacia otra parte en busca de una doncella dotada de riquezas. Su hijastra se vería obligada inmerecidamente a rebajar sus expectativas. O, peor aún, se convertiría en una presa fácil para hombres sin escrúpulos que solo pensarían en utilizarla por su belleza y no la tratarían con la dignidad que merecía una esposa. Y también cabía la posibilidad de que la joven no encontrara marido alguno, para mayor humillación y pena tanto de ella como de su madre. Pues ¿quién querría casarse con una muchacha que pudiera aportar tan poco a la unión?

¿Cómo iba a quedarse en el castillo de Westminster después de aquello? En lo único en lo que podía pensar era en marcharse, en asimilar su propio dolor en paz.

Abrielle respiró hondo, no sin dificultad, y miró turbada a los sirvientes mientras retiraban los restos del banquete y desmontaban las mesas de caballetes para que el baile pudiera dar comienzo. Unas horas antes era el centro de atención de los hombres, la doncella a la que trataban como la gran heredera. Pero, al parecer, los hombres y el destino eran caprichosos por igual, aunque a los hombres los sacudía el destino, y a ella el destino de los hombres. Primero la muerte de su padre antes de tiempo, luego la de su noble prometido, y ahora las acciones y decisiones de su padrastro y del propio rey Enrique habían hecho temblar la tierra bajo sus pies y le habían arrebatado lo único que podría haberle permitido decidir su futuro: el derecho a elegir marido. Cuando se puso en pie con sus padres, los hombres que antes se habían arremolinado a su alrededor en busca de una muestra de amabilidad, por pequeña que fuera, evitaron incluso su mirada. Allí había verdaderas herederas a las que lisonjear, y Abrielle ya no se contaba entre ellas. Algo cambió en su fuero interno, y una sensación de inseguridad la asaltó, aunque ella tratara de ahuyentarla. ¿Qué había de malo en ella para que solo la riqueza importara a la hora de tomarla como esposa?

Cordelia recibió una petición para bailar por parte de un joven que el día anterior había permanecido horas a las puertas del aposento de Abrielle con la esperanza de verla siquiera un instante. Su amiga la miró con una máscara de dolor en el rostro, conteniendo el llanto a duras penas, pero Abrielle no quería verla sufrir y la animó a bailar con una sonrisa radiante que se le clavó en el corazón.

Notó que la mano de su madre se deslizaba entre las suyas y se volvió hacia la mujer que la había traído al mundo y que en aquellos momentos sufría tanto por la pena de Abrielle como por la propia. Elspeth sentía el dolor de su marido y de su hija, y Abrielle tenía que hacer lo que estuviera en su mano para aliviar el sufrimiento de su madre.

—Madre, ¿cómo está mi padrastro?

Elspeth suspiró y alzó la voz por encima de las alegres notas de la música que resonaba en el gran salón.

—Ahora no va a hablar conmigo porque los demás pueden vernos. Pero soy consciente del dolor que le embarga. La injusticia de la que es objeto me causa gran pesar. Y en lo que a ti respecta…

—No habléis de ello, aquí no —le interrumpió Abrielle, dedicando a su madre una crispada sonrisa que temió que quebrara su rostro—. Todo se arreglará, y esta dolorosa noche pronto pasará al olvido.

Pero el semblante de su madre estaba lleno de duda, y Abrielle no podía seguir mirándola sin sentir la insidiosa amenaza del llanto. Así pues, volvió a desviar la vista hacia la multitud de hombres y mujeres que bailaban en el centro del salón, manteniendo la barbilla bien alta, como si nada en el mundo la preocupara.

Y vio a Desmond de Marlé observándola con un interés manifiesto que ya no expresaría con discretas lisonjas. No, él no era uno de aquellos hombres que se fijaban en ella por su riqueza; la miraba con una lujuria que le repugnaba. Abrielle apartó de inmediato la vista de él para no darle a entender que su mirada pudiera albergar un ápice de interés.

¿Acaso a partir de entonces solo atraería a hombres como ese? ¿Un hombre que la poseería como si de un singular tapiz se tratara y la colgaría en su gran salón para contemplación y envidia de todos?

Y él no era el único, como pudo ver con una velada y creciente sensación de pavor. Los hombres que merodeaban por los rincones más alejados de la estancia comenzaron a acercarse como ratones en torno a un pedazo de queso.

Sin embargo, Vachel, con su rostro impasible y su atenta mirada, la custodiaba, y por el momento se sintió aliviada. Pero ¿cuánto podría durar? ¿Cómo podría protegerla Vachel cuando su persona contaba tan poco en la corte?

Y entonces vio que a Cordelia, que había ido cambiando de pareja de baile, se le acercaba en aquel momento Raven. Abrielle sintió en su interior una tensión inexplicable, pero enseguida se preguntó por qué le parecía un desaire que el apuesto escocés deseara bailar con una mujer tan maravillosa como Cordelia. Además, Cordelia no era una mujer cualquiera, sino que daba la casualidad de que era su mejor amiga de toda la vida. Más tarde, en la intimidad de su aposento, pondría en orden sus sentimientos, pero por el momento exhibió una sonrisa resplandeciente para que nadie se percatara de la agitación que había en su interior. Al mismo tiempo sentía una preocupación verdadera por su amiga, pues Raven no había sido presentado todavía a Cordelia y eso no le había frenado para acercarse a ella; dicho comportamiento no decía nada bueno de sus intenciones hacia su amiga, pues debería haberse presentado primero a su padre.

Mientras Abrielle seguía sonriendo y fingiendo disfrutar de la fiesta reparó en que Cordelia y Raven no estaban bailando: hablaban, en voz baja y absortos, y de vez en cuando lanzaban una mirada furtiva en su dirección. A menos que su instinto se equivocara por completo, estaban hablando de ella, y cuando los dos se volvieron de repente para mirarla, la sorprendieron con la vista puesta en ellos mientras su querida amiga sonreía y el escocés fruncía el ceño. Abrielle contuvo la respiración al tiempo que se preguntaba qué se traerían entre manos. Debía advertir a su obstinada amiga que fuera más prudente, pues el escocés parecía pecar de atrevimiento.

Ambos avanzaron hacia ella entre la multitud, y a cada paso que daban Abrielle sentía una mezcla de pavor y una extraña excitación que no quería experimentar. Para su horror, Cordelia estaba haciéndole el gran favor de persuadir a un hombre para que bailara con ella, y no a un hombre cualquiera, sino a uno cuyo modo de aproximarse a ambas jóvenes resultaba cuestionable. Cierto que una parte de ella no habría tenido inconveniente en bailar con el apuesto escocés si las circunstancias hubieran sido más apropiadas.

Abrielle miró un instante a sus padres y, como era comprensible, los vio hablando afablemente. Aunque era evidente que no estaba haciendo nada para atraer al escocés, allí estaba él, acercándose a ella a grandes zancadas, con gracilidad y un sosegado dominio que hacía que los demás se apartaran instintivamente a su paso. Viéndolo avanzar con paso seguro, Abrielle no pudo evitar fijarse en lo bien que le quedaba su atuendo tradicional: se ceñía a sus anchos hombros y al pecho y resaltaba sus estrechas caderas y sus largas piernas, como si unas manos muy hábiles lo hubieran cosido a su cuerpo cual una segunda piel.

Sin embargo, no fue su vestimenta lo que captó su atención cuando lo tuvo a un paso. Un artista con un talento infinitamente mayor había esculpido al hombre en sí, y la belleza en bruto de su rostro la cautivó: unas cejas oscuras y pobladas se curvaban sobre unos ojos de un azul muy intenso atentos y despiertos, una nariz de líneas perfectas aun con una ligera protuberancia allí donde debió de romperse antaño y que no hacía sino añadir más atractivo, y unos pómulos altos y marcados aportaban un indicio estremecedor del feroz depredador que tenía delante. Solo su boca, carnosa y modelada con un gusto exquisito, le confería un toque de suavidad y... y entonces se detuvo frente a ella.

La sonrisa de Cordelia rezumaba un sutil nerviosismo que solo Abrielle podía percibir.

—Abrielle, este caballero ha solicitado que te sea presentado. —Ninguna de las dos comentó en voz alta que aquello no era, ni podía ser, una presentación formal, pero eran jóvenes y ansiaban saber más del mundo, sobre todo cuando la lección tenía que ver con un varón tan apuesto y viril como aquel—. Te presento a...

Raven hizo una amplia reverencia y dijo con solemnidad:

—Raven Seabern, milady.

Abrielle se agachó para corresponder a la reverencia.

—Abrielle de Harrington —dijo mientras pensaba para sus adentros que él era incluso más hábil que ella para ocultar sus verdaderos sentimientos. Cualquiera que contemplara la escena creería que Raven realmente quería bailar con ella, no pensaría que la bondadosa Cordelia le había persuadido para que lo hiciera.

—¿Y vuestro difunto padre es uno de los valerosos hombres que honramos aquí esta noche?

Abrielle asintió, no se atrevía a mirar a Vachel, quien también merecía dicho honor; le alivió el hecho de que su padrastro tuviera otras cosas en que pensar tras el anuncio del rey. A Vachel le preocuparía verla hablando con un hombre que él no conocía y que no le habían presentado, como exigía la costumbre. ¿Consideraría una deshonra aún mayor que el hombre con el que hablaba su hijastra fuera escocés?

Cordelia le posó una mano en el brazo.

—Le he preguntado si hay más como él allí de donde viene, pero insiste en que no tiene hermanos.

Raven sonrió levemente a Cordelia.

—Solo mi padre, pero se ha vuelto muy suyo desde que mi madre falleció. Estoy seguro de que, si estuviera aquí, ante vuestra belleza se le aceleraría el corazón hasta retumbar como un tambor.

Abrielle pestañeó sorprendida; no sabía si sentirse ofendida. ¿Acaso Raven estaba flirteando descaradamente con Cordelia delante de ella? Sintió un gran consuelo al ver que su amiga soltaba una risita en respuesta a las galantes palabras del escocés.

—No me malinterpretéis, señor. No lo preguntaba por nada en especial. —Cordelia alzó los hombros y añadió—: Era mera curiosidad.

Abrielle podría haber protestado ante el comentario de su amiga, pero justo en aquel momento los músicos comenzaron a tocar otra pieza de baile. Era precisamente aquello lo que estaba temiendo, pues Raven se sentiría sin duda obligado a bailar con ella. Rehusar abiertamente su invitación supondría una deshonra pública tanto para él como para ella, pero eso era precisamente lo que le incitaba a hacer su fiero orgullo. Tal vez su suerte había cambiado en la última hora, pero Abrielle se negaba a ser el objeto de la compasión de un hombre, y mientras buscaba la manera de equilibrar el honor y el orgullo sus frenéticos pensamientos se vieron interrumpidos por la voz grave de Raven.

—¿Me concedéis este baile, milady?

Abrielle levantó la barbilla y le respondió en voz baja para que solo él pudiera oírle.

—Vuestra petición me honra, señor, pero sin duda disfrutaríais más del baile con la pareja que elegisteis en un primer momento. —Con un gesto de la cabeza casi imperceptible señaló hacia Cordelia, que había entablado conversación con una mujer mayor que tenía a su derecha.

—No podría estar más de acuerdo —contestó Raven—. Por esa razón me encuentro ante vos, milady, con la descabellada esperanza de que vuestro buen corazón os lleve a apiadaros de un torpe escocés y a impedir que quede como un auténtico zopenco ante el talento que abunda entre la gente de estas tierras.

Abrielle no pudo evitar sonreír ante la habilidad con la que su interlocutor había vuelto las tornas: irritada porque se hubiera compadecido de ella, había recibido la más atrevida y encantadora de las peticiones por parte de él. Quizá no tuviera talento para el baile, como él afirmaba, pero su poder de persuasión quedaba fuera de toda duda. Estaba claro que había nacido para la diplomacia, y cuando le tendió la mano, Abrielle no habría podido resistirse aunque hubiera querido.

En el momento en que tuvo a la bella joven en sus brazos, Raven Seabern supo que había cometido un tremendo error. La guio de la mano hasta el círculo que habían formado en un santiamén parejas de jóvenes y mayores. Los pasos eran bastante sencillos de seguir mientras los demás comenzaban a demostrar su talento y habilidad para bailar al compás de la música, daban enérgicos brincos o zapateaban con la punta y el tacón a medida que se desplazaban en una rueda interminable de briosos bailarines. Las sonoras carcajadas de Enrique evidenciaban cuánto disfrutaba viendo a sus invitados divertirse. Sin duda, aquellos que pensaban que el banquete sería una celebración solemne y aburrida no tardaron en darse cuenta de que se había convertido en un festejo de lo más animado, y su majestad prefería ciertamente eso a los actos más sombríos como el que acababa de concluir.

Pero más que fijarse en los que bailaban, Raven se había pasado casi toda la noche observando a Abrielle, pues le parecía la criatura más deslumbrante que había visto en su vida. Desde el primer momento en que la vio en el gran salón, le resultó prácticamente imposible dejar de mirarla sin disimulo. Su cabello, de un pelirrojo dorado, caía libre, como debía ser en una doncella, e iluminaba con un esplendor llameante la antorcha de su belleza. Sus labios rosados le pedían que los besara; su suave y cremosa piel, brillante bajo la tenue luz de las velas, invitaba a sus temblorosos dedos a tocarla y acariciarla. Nunca antes había experimentado una reacción como aquella por el mero hecho de ver a una doncella.

La había observado con tanta atención, que se dio cuenta del cambio que se había producido en ella. Vio que la luz de júbilo que iluminaba su rostro se extinguía de forma repentina y que por un breve instante la sustituía una expresión de absoluta desolación, una expresión capaz de romper el corazón más duro. Le había costado lo indecible evitarla tras el banquete, verla allí de pie, flanqueada por sus padres, digna y serena cuando ningún joven de entre los nobles allí presentes se acercó para invitarla a bailar. Y fue entonces cuando cayó en la cuenta de que su padrastro había esperado recibir los honores merecidos y que la decisión del rey había caído sobre él como un mazazo, lo que afectaba a su vez a aquella encantadora doncella. Pero ¿de qué manera? ¿Qué secretos ocultaba aquella pequeña familia? Atraído por ella se acercó primero a su amiga y luego a ella sin que nadie le hubiera presentado formalmente a ninguna de las dos jóvenes.

Era evidente que su joven amiga, Cordelia de Grayson, había querido ayudarla presentándole a Raven como pareja de baile. Mientras él se acercaba, se fijó en cómo lo observaba y vio todos sus pensamientos reflejados en sus ojos translúcidos: interés, duda, recelo, temor. Todo ello envuelto en ese halo de intrépido orgullo tan suyo. No era de esas a las que les gusta que un hombre quede atrapado en sus redes y se lo sirvan en bandeja... ni siquiera por una amiga con las mejores intenciones. Estaba claro que ella no había buscado su atención, y lo que con otra mujer tal vez se habría convertido en un reto, el rechazo de Abrielle, envuelto en una sonrisa tan dulce como hiriente, se le clavó peligrosamente hondo. Raven rara vez se topaba con una mujer poco dispuesta, y más raro aún era que él se molestara en tratar de hacerle cambiar de opinión. Pero un hombre como Raven Seabern conseguía lo que quería, y se había propuesto bailar con ella.

Y bailaron, separándose cuando las pautas lo requerían, volviendo a juntarse y uniendo sus manos una y otra vez. Y cada vez que ocurría, él sentía que la belleza y la delicadeza de ella lo abrasaban. Le parecía que el control que tenía sobre sí mismo no servía de nada y esa sensación no le gustaba. En un momento dado la levantó en alto y sus enormes manos hicieron girar su frágil torso. Vio entonces su semblante y notó que se le cortaba la respiración y por un instante se preguntó si ella también habría sentido el reclamo de una fuerte atracción.

El baile le pareció cortísimo, y lo único que pudo hacer fue acompañarla de nuevo hasta sus padres. Su madre le dedicó una sonrisa, su padrastro un simple saludo con la cabeza, y Abrielle, una amplia reverencia, tras lo cual apartó la mirada. Después de haber bailado juntos, su reticencia le intrigaba todavía más. Se preguntó qué presagiaba, aunque dudaba de si llegaría a saberlo algún día, pues al día siguiente debía marchar de nuevo al servicio de su rey, e ignoraba cuándo regresaría a su amada tierra escocesa.

Raven la abandonó con una silenciosa despedida y aun así fue incapaz de dejar de mirarla. Si bien le constaba que su padrastro era sobradamente competente, esa noche no había duda de que el hombre estaba distraído pensando en su propio futuro. Y había hombres desagradables que seguían sin quitar ojo a Abrielle. Uno en particular, rechoncho y bajo, se acercó a ella y la saludó con una reverencia. Cuando Vachel dio un paso al frente para enfrentarse al hombre, Abrielle le puso una mano en el brazo y se fue con el desconocido sin decir nada, aunque era evidente que su contacto la afligía. Esa noche Raven tendría que vigilar de cerca a aquel que percibía como una amenaza para la doncella.

Abrielle comprobó consternada que la diferencia entre ambas parejas de baile era absoluta. Raven se movía con la gracia de un caballero, de un hombre acostumbrado a blandir una espada dando vueltas alrededor de un adversario. Desmond de Marlé, el hermanastro de su difunto prometido, iba dando bandazos sobre las esteras que cubrían el suelo. Su mano húmeda y caliente agarraba la de ella con demasiada fuerza, y cuando por exigencias del baile tuvo que cogerla del talle Abrielle habría jurado que la apretó como si comprobara el grado de madurez de una fruta. Los ojos de Desmond la devoraban con avidez, y Abrielle deseaba alejarse de él, pero no quería que Vachel se viera obligado a defenderla.

—Mañana pasaré a veros, milady —dijo Desmond con voz segura.

—Pero… no podéis, milord —respondió Abrielle mientras trataba de que se le ocurriera una razón convincente—. Tal vez mi padrastro tenga planes que no ha compartido conmigo.

—Sé lo que le ha sucedido esta noche —afirmó Desmond sin molestarse en bajar la voz.

Abrielle se encogió al pensar en quién podría oírle.

—Milord, os lo ruego…

—A vuestro padrastro tal vez le convenga la amistad de un hombre influyente como yo.

La insistencia de Desmond solo consiguió fortalecer el valor de Abrielle.

—Milord, debo insistir en que habléis con mi padrastro.

—Oh, creedme, jovencita, lo haré.

Cuando la música terminó, Desmond, en lugar de acompañarla hasta sus padres, la abandonó en mitad del salón. Cuando Abrielle llegó hasta ellos, su madre comenzó a decir:

—Abrielle, ese hombre tan horrible…

Pero Vachel la interrumpió con voz adusta.

—Mi señora esposa, no digas una sola palabra que puedan oír los demás.

Abrielle se mordió el labio y volvió a ponerse entre su madre y su padrastro. Deseaba que la velada terminara, pero eso no habría acabado con sus problemas. Seguiría viendo preocupación en la mirada de su madre y frío orgullo en la de Vachel. Abrielle sentía en su interior un malestar que no podía mitigar.

Y, para colmo de males, Raven la miraba de nuevo. No había en sus ojos esa mirada de coqueteo que brindaba a muchas otras mujeres, lo que la confirmaba en su sospecha de que el baile que habían compartido no había significado nada para él. ¿Y por qué iba a ser de otro modo? Ella ya no era digna de su atención. Se había fijado en ella cuando todos pensaban que pronto tendría una gran dote, y luego la conoció inapropiadamente cuando las esperanzas de Vachel de recibir un título se habían visto truncadas; eso la llevó a preguntarse qué sabía el emisario escocés sobre los sueños rotos de su padrastro. Aun así, había bailado con ella, pero parecía haberla juzgado indigna tras pasar un rato en su compañía. Realmente los hombres eran como fieras, pues solo una fiera podría haber mostrado tanto interés en ella y luego, tras considerar que si no tenía bienes no valía lo suficiente, retirar su interés de manera tan cruel.

Abrielle trató de distraerse observando a su majestad, que pidió a un sirviente que colocara un par de espadas entrecruzadas en el suelo y ordenó a los músicos que tocaran una rápida tonada con los laúdes. Para sorpresa de Abrielle, Raven se dejó arrastrar a regañadientes hasta el centro del salón. ¿Qué se disponía a hacer?

Tras dedicar una amplia reverencia al rey, comenzó a danzar saltando sobre las espadas. En una deslumbrante exhibición de juego de pies, Raven golpeaba el suelo con la punta y el talón a una velocidad asombrosa, entrelazaba los pies por encima y alrededor de las armas y creaba una música propia con el chasquido de la piel del calzado en la piedra. «Un auténtico escocés, torpe y zoquete», pensó Abrielle, embelesada, y no era la única, pues el espectáculo atrajo a un público cada vez más numeroso, incluidas muchas jóvenes doncellas, entre cuyos agudos y femeninos jadeos se intercalaban alegres risitas cada vez que la falda se le subía más de la cuenta.

—¡Válgame Dios, creo que no lleva nada debajo! —exclamó Cordelia con la voz entrecortada por el estupor al reunirse con Abrielle en el corro de espectadores. A pesar del creciente rubor en las mejillas de la joven de cabello rubio, no desvió la atención del frenético vaivén de la prenda de lana.

Abrielle, turbada ante el acaloramiento y la excitación que sentía al mirarlo, retrocedió unos pasos y dejó que otros se arremolinaran delante de ella. Raven se exhibía para impresionar a la corte, no a ella personalmente. Abrielle pensó que Cordelia se quedaría cerca para contemplar la actuación, pero su amiga se retiró con ella mientras se mordía el labio.

—Dime qué te preocupa —le preguntó Abrielle con voz paciente al ver a Cordelia meditabunda.

—Te he visto bailar con Desmond de Marlé.

Abrielle se limitó a encogerse de hombros.

—He oído hablar de él —prosiguió Cordelia—. ¿Sabes que ha tenido dos esposas y que las dos murieron de parto?

—Pobres mujeres —murmuró Abrielle.

—En más de un sentido. Parece que recibió dinero de cada una de ellas, y cuando Weldon se mató al caer por la escalera de la torre que acababa de construir, Desmond heredó su fortuna. ¿No te parece sospechoso?

Abrielle escrutó el rostro de su amiga; se encontraba mal.

—¿Acaso la gente piensa que Desmond tuvo algo que ver con la muerte de Weldon?

Cordelia se encogió de hombros.

—Solo son suposiciones, pero fue el más beneficiado.

—Y yo me quedé sin futuro —añadió Abrielle con un suspiro. Luego respiró hondo y enderezó los hombros—. Pero no puedo vivir en el pasado. Tendré otra oportunidad, estoy segura.

Había tanta compasión en la expresión de Cordelia, que Abrielle tuvo que apartar la mirada para que no se le saltaran las lágrimas de nuevo.

Su madre y su padrastro se acercaron por fin con la intención de retirarse. Aquella noche que había empezado con jubilosas expectativas había acabado sumiéndolos en una desesperación paralizante. Cordelia y su familia abandonaron el castillo, y cuando Elspeth y Abrielle estaban solas en sus aposentos, Vachel dijo que necesitaba dar un paseo y distraerse de sus frustraciones.

Abrielle se abrazó a sí misma cuando su madre se retiró apesadumbrada a la cámara que compartía con Vachel y comenzó a desvestirse. De repente, la joven se dio cuenta de que había olvidado coger la copa que le había regalado su padre. Tenía que estar en algún rincón del gran salón. Ante el temor de perder tan valioso recuerdo, no se permitió pensar en su seguridad. Ansiosa por recuperarlo antes de que tuviera que darlo por perdido para siempre, salió a todo correr de sus aposentos y en su presurosa partida no cayó en informar a su madre de que regresaba al gran salón. Cuando llegó, le alivió ver la copa donde los criados la habían colocado al desmontar las mesas para que los asistentes pudieran bailar. Con el cáliz de nuevo en sus manos, Abrielle corrió hacia la escalera; no se percató de la presencia de otra persona hasta que fue demasiado tarde.

2

Con la astucia de una serpiente, Desmond salió de un salto de su improvisada guarida y silenció de inmediato los gritos de Abrielle con la sudorosa palma de su mano. Arrastrándola entre sacudidas, patadas y un frenético manoteo en el intento de la muchacha de arañarle o herirle, Desmond logró meterla en una de las cámaras adyacentes al gran salón, la tumbó en un diván y la inmovilizó con el peso de su cuerpo. Cada vez más aterrorizada, Abrielle le arañó la cara y trató de apartar la suya, pero Desmond le clavó los dedos en la mandíbula y con su repugnante lengua profanó las profundidades de su boca.

Ningún pretendiente había besado antes a Abrielle, ni siquiera lord Weldon, y tampoco la habían atacado. El hecho de verse presa en contra de su voluntad por el rufián Desmond de Marlé además de aterrorizarla le provocaba una repugnancia enorme. Ante la amenaza de acabar siendo víctima de su lujuria, Abrielle luchó con toda la determinación de la que pudo hacer acopio. Dentro del estrecho cerco que le imponían los brazos de su agresor, trató desesperadamente de recobrar su libertad con uñas y dientes.

Al pánico no tardó en sumarse un instinto salvaje en su intento por liberarse, pero el peso sudoroso de Desmond y los pliegues envolventes de la falda jugaban en su contra. Cuando por fin logró tener una pierna libre y comenzó a patalear a ciegas, De Marlé ni se inmutó, pero en ese momento Abrielle soltó su tan preciada copa, que cayó al suelo con un estrépito retumbante.

Desmond intensificó de inmediato su presión en la mandíbula, lo que provocó que Abrielle lanzara un grito de dolor.

—Silencio, tontita —le ordenó en un tono áspero y con un brillo aterrador en la mirada—. Si sabéis lo que os conviene, os quedaréis tumbada aquí y...

Sus palabras se perdieron en un repentino remolino de cuadros escoceses al tiempo que un salvaje gruñido hendía el aire y Abrielle quedaba libre de su captor con la misma presteza con que la había apresado. Por un instante vio que los redondos y brillantes ojos de Desmond se abrían con una expresión de auténtico terror mientras se separaba su cuerpo rollizo y flácido del de ella y lo giraba a un lado sin esfuerzo, como si estuviera lleno de plumas y no de grasa. No fue hasta entonces cuando Abrielle vio quién le había quitado de encima a Desmond, quién era el causante del pánico atroz de su mirada y quién estaba causándole un dolor aún mayor, a juzgar por los sonidos que emitía el atemorizado De Marlé.

Raven, con su oscura cabellera arremolinada sobre los hombros, levantó a Desmond por el pescuezo con una mano mientras con la otra le molía la cara a puñetazos, lo que suscitó en la doncella una mezcla de horror y alivio. Durante lo que le pareció una eternidad, Abrielle permaneció quieta, era incapaz de moverse, hasta que recobró el ánimo suficiente para incorporarse e intentar alisarse la falda, que se le había arrebujado bajo el cuerpo, dejando al descubierto los muslos y parte de la cadera. Abrielle logró tirar de la tela para que volviera a su sitio, pero no lo hizo lo suficientemente rápido para escapar a la mirada de Raven.

Los movimientos de la muchacha captaron la atención del escocés, que se quedó paralizado en plena paliza. Cuando desvió la mirada de Desmond a Abrielle, su expresión de furia se convirtió en algo diferente, algo igual de oscuro y peligroso, pero en otro sentido. El taimado Desmond aprovechó su distracción para zafarse de él de un tirón, pero Raven le dejó marcharse y ofreció a Abrielle un chal bordado que había en una silla cercana, gesto que le valió un tímido «Gra... gracias».

El honor, el de él y el de ella, imponía que Raven apartara la mirada, y eso es lo que hizo al cabo de unos instantes, permitiendo que Abrielle se cubriera rápidamente y se levantara.

Raven, entonces, se giró y le tendió una mano con gesto vacilante, como si quisiera ofrecerle un apoyo, tranquilizarla o tocarla, pero la dejó con la duda al bajar la mano a un lado.

—¿Estáis herida, milady? —le preguntó Raven al tiempo que Abrielle se afanaba en cubrir con el chal sus enrojecidos pechos.

La mejor respuesta que logró darle Abrielle fue negar con la cabeza, luego echó a correr por el pasillo, en dirección a los aposentos en los que estaba instalada su madre, y no osó detenerse ni por un instante. En su ausencia, Raven vio la copa tirada en el suelo, cerca del diván hasta el que Desmond había arrastrado a Abrielle. La recogió y se encaminó hacia el descansillo en lo alto de la escalera, donde aguardó unos momentos, pues sin duda la amedrentada doncella estaría relatando a sus padres lo ocurrido; debía darles un poco de tiempo para que recobraran la calma. Tras un intervalo prudencial, golpeó suavemente la puerta con sus delgados nudillos.

—¿Quién es? —inquirió Elspeth, acercándose a la puerta.

—El escocés, Raven Seabern.

La puerta se abrió lo justo para que Elspeth pudiera verlo. La mujer le ofreció una sonrisa temblorosa, agradecida de que hubiera estado cerca para salvar a su hija de las garras del terrible monstruo al que detestaba toda su familia.

—Me temo que mi hija se siente incapaz de venir hasta la puerta para daros las gracias como merecéis, y su padre no tardará en volver, pero si sois tan amable de aceptar mi eterna gratitud, podéis contar con ella. De no haber sido por vos, mucho me temo que ese hombre malvado se habría salido con la suya.

—Encontré la copa de vuestra hija después de que se marchara —musitó Raven sosteniendo el objeto a la vista de la mujer.

Elspeth abrió la puerta sin miedo y tomó la copa de manos del escocés; de hecho, le dedicó incluso una leve sonrisa, pues su hija se sentiría aliviada al saber que el preciado objeto le había sido devuelto.

—Os lo agradezco sinceramente, amable señor, pues esta copa tiene un enorme valor tanto para ella como para mí. Era de su difunto padre, y había pasado por generaciones de Harrington hasta llegar a Berwin. Antes de su muerte prematura, su padre se la regaló, y cuando Abrielle se dio cuenta de que la había olvidado en el salón, salió corriendo a buscarla y no pensó en nada más. Por supuesto, no podía imaginar que ese depravado la atacaría. No sé qué sabéis de mi hija, pero estuvo prometida a lord Weldon de Marlé. Desde que él murió, Desmond parece decidido a perseguirla.

—¿Habéis dicho que esperáis que vuestro esposo regrese en breve, milady? Quizá debería quedarme vigilando en el descansillo hasta que vuelva y velar así por vuestra seguridad y la de vuestra hija. Si lo consideráis necesario, apuntalad la puerta por dentro con una silla.

Nerviosa aún por el incidente que había vivido su hija, Elspeth logró esbozar una trémula sonrisa de agradecimiento.

—Creo que Abrielle y yo nos sentiríamos más seguras si os quedarais vigilando hasta que mi esposo regrese… no fuera a ser que Desmond intentara entrar por la fuerza en nuestros aposentos. Al parecer se ha propuesto conseguir a mi hija a toda costa, y no hay nadie a quien Abrielle deteste más. Pero no sé cuándo volverá. Os agradezco una vez más vuestra protección… y vuestra amabilidad —dijo Elspeth en voz baja, tratando de contener unas lágrimas de gratitud—. Esta noche habéis sido un regalo del cielo, no solo por socorrer a mi hija, sino por velar por nosotras cuando apenas nos conocéis.

—Sí, es cierto que apenas os conozco, milady, pero reconozco al instante a los canallas como el que ha atacado esta noche a vuestra hija. Supe que no era un hombre de fiar desde el primer momento en que lo vi. A decir verdad, milady, tengo tendencia a defender a aquellos que se ven acosados por un hombre de su calaña. Y ahora, si me lo permitís, os diré buenas noches. Descansad si os es posible.

Tras cerrar la puerta, Elspeth entró en la cámara contigua, donde su hija se había tumbado en la cama y seguía sollozando. Incluso un individuo apuesto podía evocar un recuerdo espantoso si recurría a las viles tácticas que el hidalgo había empleado. En vista del creciente desdén que Abrielle había llegado a sentir por el hombre antes de su ataque, la aversión que le inspiraba probablemente no había hecho sino aumentar.

Acariciando con dulzura la espalda de su hija, Elspeth trató de calmar su llanto.

—Raven Seabern se quedará fuera custodiando nuestros aposentos hasta que Vachel vuelva —musitó al tiempo que se preguntaba cuándo llegaría ese momento. Dicho esto, hizo una larga pausa mientras pensaba en el protector de ambas—. El escocés da la impresión de ser un hombre digno de admiración... y es un caballero muy apuesto... más incluso que lord Weldon. Pero, claro, no debo olvidar que tu prometido rondaba los cuarenta y cinco años cuando se mató.

El recuerdo del fallecimiento del noble provocó un prolongado silencio que ninguna de las dos mujeres parecía dispuesta a romper hasta que Elspeth suspiró pensativa.

—Sé que no es propio de una dama hablar de estas cosas, pero llevo un tiempo pensando... y más desde este último incidente, que si Desmond se viera amenazado con violencia tras osar acercarse a ti, tal vez aprendería a guardar las distancias.

—No lo creo —musitó Abrielle con el rostro hundido en el cobertor—. Dejadlo estar, madre. Pronto nos iremos a Londres.

A punto estuvo de contar a su madre lo que Cordelia le había dicho sobre las sospechas de que Desmond había tenido que ver en la muerte de Weldon, pero ¿cómo iba a preocuparla aún más? No quería que Vachel se viera obligado a retarlo a un duelo a muerte. Su propio padre había perdido la vida de ese modo tan falto de sentido. Y después de todo, habían detenido a Desmond a tiempo. Abrielle se estremeció.

Fuera, a una distancia prudencial, Desmond se lamía las heridas y urdía un nuevo plan. Tras librarse de aquel escocés arrogante y entrometido, había echado a correr hasta la salida más cercana en un afán desesperado por ponerse a salvo. La rapidez de su huida había quedado patente por el sonido de sus ruidosos talones resonando a lo largo de los pasillos. No se detuvo hasta que hubo escapado del castillo y subido a duras penas a lomos de su greñudo corcel. Incluso entonces golpeó desesperadamente los costados del animal con los talones. Aquella noche habían frustrado sus planes y lo habían dejado en ridículo, pero habría otra noche, y no olvidaría la actitud posesiva de Raven para con Abrielle.

Era bien entrada la noche cuando Vachel regresó al castillo y comenzó a subir lentamente la escalera que conducía a los aposentos donde se alojaba su familia. No había dejado de pensar en las limitadas opciones de su futuro y estaba de un humor de perros.

Le quedaban unos peldaños para llegar al descansillo cuando vio al escocés sentado con la espalda apoyada en la pared de enfrente.

—¿Por qué estáis aquí?

Raven se puso de pie de un grácil brinco.

—A Desmond de Marlé se le ha metido en la cabeza imponerse a vuestra hija.

El espanto heló el corazón de Vachel.

—¿Abrielle está bien? ¿Le ha hecho algo? —Aunque se resistía a preguntarlo por no ver sus sospechas confirmadas, tenía que saber la verdad—. ¿La ha... mancillado?

—Lo habría hecho de no haber estado yo allí para devolver esa rata a su agujero —contestó Raven—. Le dije a vuestra esposa que me quedaría vigilando hasta que volvierais. Tal vez penséis que esto no es de mi incumbencia, pero mientras ese villano ande por la zona debéis cuidar de vuestra familia... velar por su seguridad.

Vachel no necesitaba que nadie, y menos un forastero, le dijera que había cometido un grave error al dejar sola a su familia. El desconsuelo que había sentido durante la noche había crecido hasta un grado intolerable al ver que los mismos nobles que habían cortejado a Abrielle iban tras el aroma de presas más acaudaladas. El sentimiento de culpa que le embargaba por no estar allí para protegerla le llevó a preguntarse si no merecería la situación en la que se encontraba. Aun así, tan malhumorado estaba que le costó aceptar el consejo del escocés.

—Puedo cuidar perfectamente de mi familia sin vuestra intromisión.

En respuesta a aquel comentario tan poco cortés por parte del padrastro de Abrielle, Raven se limitó a arquear una ceja, se inclinó ante Vachel y se marchó.

Profundamente avergonzado por no haber velado por el bienestar de su familia, Vachel se volvió y abrió la puerta de sus aposentos.

Elspeth caminaba preocupada de un lado al otro de la estancia aguardando su llegada. Al verlo atravesar el umbral, se lanzó a sus brazos entre sollozos de alivio.

—¡Pensaba que no volverías nunca!

—Cuéntame lo que ha ocurrido —le pidió Vachel, notando el temblor que sacudía el cuerpo de su esposa.

Y ella lo hizo, con voz entrecortada, y terminó con las siguientes palabras:

—Cuánto agradezco que el escocés se quedara custodiando nuestra puerta hasta tu llegada... Quién sabe lo que Desmond habría hecho si nos hubiera encontrado aquí solas.

—No hay duda de que la vileza de ese canalla te ha alterado, Elspeth, y con razón, pero no creo que ese cobarde de Desmond tenga el valor suficiente para forzar...

Elspeth montó en cólera.

—¿Crees que doy demasiada importancia a la agresión que ha sufrido mi hija? —inquirió con la mirada encendida por una ira repentina—. Te digo que ese canalla no descansará hasta que haya deshonrado a Abrielle. De hecho, estaba decidido a hacerlo esta misma noche. De no haber sido por la intervención del escocés, la habría violado.

—Te pido perdón por haberos dejado solas —respondió Vachel en tono humilde—. Por supuesto, este incidente jamás habría ocurrido de haber estado yo aquí, pero nada de lo que pueda decir o hacer ahora enmendará esa cuestión. —Vachel suspiró con esfuerzo—. Si no te importa, he dormido muy poco desde que llegué aquí y estoy muy cansado. Quizá podamos continuar esta discusión mañana.

Al ver tan vívida muestra del abatimiento de su esposo, Elspeth se apiadó de él.

—No nos peleemos —dijo pasándole la mano por el brazo—. Estoy segura de que más pronto que tarde nos saldrá al paso algo mejor. Solo tenemos que esperar.

Abrielle yacía en su cama escuchando las voces apagadas de sus padres. No oía lo que decían, pero entendía lo que sentían porque ella también experimentaba una amargura intensa. Aunque por fin había dejado de temblar, no podía evitar revivir una y otra vez en su mente el terrible ataque y recordar el tacto repulsivo de la mano de Desmond en su inocente piel.

Y luego el sentimiento de alivio y gratitud cuando Raven irrumpió en la cámara con un semblante dominado por la ira. Le agradecería eternamente que hubiera acudido en su auxilio en el momento oportuno, y nunca dejaría de sorprenderle la facilidad con que había sometido al detestable Desmond. Pero en su interior, muy adentro, también sentía algo más, algo que le hacía desconfiar de sus propios sentimientos, pues su gratitud se parecía mucho al deseo.

Y es que cada vez que veía a Raven Seabern una parte de ella lo deseaba. ¿Qué le estaba pasando? ¿Acaso la angustia y la desesperación la habían hecho vulnerable a sus más bajos impulsos? ¿Por qué no podía ver a Raven y sentir simplemente gratitud? Al fin y al cabo, no había hecho nada más que rescatarla y custodiar sus aposentos porque había considerado que ese era su deber. La había evitado durante toda la noche, salvo cuando se vieron obligados a bailar juntos, como si no mereciera su atención una vez que sus circunstancias familiares habían cambiado. Era escocés, por el amor de Dios; todas las personas que ella conocía lo miraban con recelo, y aun así su cuerpo traicionero lo deseaba, como una mujer desea a un hombre.

Había transcurrido un mes desde el acto de homenaje a los héroes sajones de las Cruzadas celebrado en el castillo de Westminster. En ese tiempo, los pensamientos de Abrielle habían vuelto con frecuencia a Raven Seabern y a las perturbadoras emociones que había despertado en ella. Pero por mucho que sus brillantes ojos azules, su nariz finamente cincelada y su encantadora y caprichosa barbilla hubieran captado el interés de Abrielle, no podía pasar por alto la angustiante situación en la que se hallaba su pequeña familia. El panorama que tenían ante sí la obligaría probablemente a tomar una decisión que despreciaría durante toda su vida. No podía culpar a su padrastro por la preocupación que había mostrado por sus hombres y su propio padre cuando regresó de los tumultuosos conflictos en tierras extranjeras. Willaume había faltado a su palabra al no devolver a su hijo el dinero que este había tenido la gentileza de prestarle antes de su muerte ni dejar constancia de dicho préstamo en su testamento. Vachel seguía negándose a condenar a su padre, lo excusaba diciendo que Willaume no tenía la mente clara antes de su muerte. Por desgracia, el hecho de que el anciano no hubiera recordado o no hubiera tenido en cuenta el préstamo que Vachel le había concedido para tratar de activar su menguada riqueza había llevado al hijo a la ruina. La única posibilidad de Vachel de escapar de la pobreza se hallaba en manos de Abrielle; su decisión afectaría a la vida de los tres, pero en especial a la de la muchacha.

Desmond de Marlé se había dirigido a Vachel para pedirle la mano de Abrielle, y en aquel momento ella se hallaba en la cámara privada de su padrastro, ante las dos personas a las que amaba por encima de todo, consciente de que ellas la amaban y sufrían por la decisión que había de tomar, pero la dejaron tranquila mientras cavilaba dando vueltas por la estancia.

Desmond había ofrecido por la mano de Abrielle un estipendio considerable que pagaría en el momento en que se ejecutara el acuerdo; además, se comprometía a hacer constar en su testamento que ella heredaría gran parte de sus posesiones, salvo por el pago de otro estipendio al padrastro de Abrielle y al sobrino de Desmond. Aunque Desmond era el hermanastro de Weldon y apenas lo conocía, fue su único heredero. Así, al morir el noble, se convirtió en un hombre inmensamente rico, tan rico que podía permitirse el lujo de ser generoso si con ello conseguía lo que anhelaba desde que viera a Abrielle por primera vez, a escondidas, en compañía de sus padres en la torre del homenaje de Weldon. Abrielle no podía evitar preguntarse por qué razón ese sobrino no había heredado nada de Weldon, quien se caracterizaba por su generosidad.

Lo que menos imaginaba Desmond cuando ofreció comprar a la novia era que Vachel se hallaba tan cerca de la ruina. Tal como estaban las cosas, lo único que tenía que hacer el padrastro de Abrielle para reponer sus arcas era aceptar la petición de matrimonio de Desmond. Pero, por desgracia, la proposición del hidalgo no consiguió disipar las crecientes dudas que asaltaron de inmediato a los tres miembros de la familia, y en especial quizá a Vachel, pues la muchacha habría de renunciar a la esperanza de casarse con alguien a quien amara por salvar a la familia de algo de lo que solo él era responsable. No podía ser él quien le arrebatara su futuro.

Las elegantes cejas de Elspeth se fruncieron en una expresión de preocupación mientras observaba a su esposo caminar de un lado al otro de la estancia.

—Vachel, sé que estamos en una situación desesperada... —comenzó a decir, pero el semblante de su marido la llevó a interrumpir su arrebatada súplica. Se acercó a él y le acarició el brazo con delicadeza. Aunque le constaba que Vachel podía ser muy terco, no tenía la menor duda de que había hecho bien al aceptar su propuesta de matrimonio. En cuanto a la tendencia de Vachel a tomar decisiones contrarias a los deseos y preferencias de su esposa, en los últimos tiempos Elspeth había caído en la cuenta de que prefería verse retada por el modo de ser y pensar tan varoniles de su esposo a morir de aburrimiento con otro que hubiera estado dispuesto a complacer hasta la última de sus peticiones. Aunque Berwin solía tener en cuenta sus consejos, no siempre los seguía, como demostró el día de su muerte. Elspeth necesitaba creer que había otro modo de salir del apuro en el que se encontraban sin que la solución recayera sobre su hija. Cargar a una joven con un hombre como Desmond de Marlé le parecía un golpe de lo más cruel.

Irguiéndose cuan alto era, Vachel adelantó el mentón con una barba meticulosamente recortada, en un gesto airado. Normalmente sus ojos ámbar brillaban con un resplandor cautivador, pero en aquel momento los tenía clavados en el otro extremo de la estancia y parecían tan fríos y apagados como una piedra. No podía abrigar esperanza alguna en el futuro; sabía que su familia tenía ante sí un panorama sombrío a menos que aceptara la oferta de Desmond.

Elspeth se arrodilló en la estera que cubría el suelo, junto a la silla de Vachel, y unió las manos sobre su regazo mientras observaba el rostro ceñudo de su esposo.

—Vachel, si tuvieras en cuenta la reputación de Desmond, verías que no es un marido apropiado para Abrielle.

—Por lo más sagrado, mujer, ¿acaso crees que soy un monstruo? —inquirió, consternado ante la idea de que Elspeth pensara que él cambiaría a su hija por mantener a la familia—. Si obligara a Abrielle a aceptar semejante unión viviría amargado para siempre. La decisión de aceptarla o rechazarla le corresponde únicamente a ella, pero piensa que Desmond posee ahora toda la fortuna y las tierras que un día pertenecieron a Weldon, lo suficiente para garantizar que a sus hijos nunca les faltarán riquezas ni posición. Eso es más de lo que puede decirse de esa pequeña liga de pretendientes que no han dejado de ofrecerse como posibles candidatos desde que se enteraron en la corte de la baja estima en que el rey me tiene. He visto sabuesos famélicos babear menos ante un hueso carnoso que esos bufones lujuriosos que persiguen a tu hija. Antes de que nos casáramos ocurrió lo mismo, ya lo viste con tus propios ojos, así que no necesito explicarte el entusiasmo que han mostrado por ella sus admiradores.

—Vachel, entiendo lo atribulado que te sientes ante el dilema que se nos plantea —dijo Elspeth en voz baja. No menos afligida que él, trató de encontrar un rayo de esperanza en un futuro del todo sombrío—. ¿Se te ocurre algo más que podamos hacer para salir del infortunio en el que nos hallamos?

Vachel dejó escapar una carcajada breve y dura.

—A menos que ocurra un milagro, querida mía, me temo que no hay esperanza. —Al ver que los ojos de su esposa se llenaban de lágrimas suspiró y se lamentó de inmediato su crudeza—. Entiendo perfectamente la aversión de Abrielle hacia Desmond —aseguró—. No es mayor de la que yo siento. Sin embargo, su oferta parece ser nuestra única esperanza. Aunque trate de encontrar un pretendiente que nos resulte más aceptable a todos, me temo que ninguno es tan rico como Desmond. Ojalá tuviéramos otra opción.

Al oír el sollozo de desesperación que dejó escapar su madre, a Abrielle se le encogió el corazón y se dio la vuelta para tratar de ocultar las lágrimas que brotaron al instante en sus propios ojos y que rodaron después por sus mejillas, obligándola a enjugárselas con disimulo. Por mucho que despreciara a Desmond, en aquel momento no veía más opción que aceptar su propuesta de matrimonio. Era eso o ver sufrir a sus seres queridos. Aun así, si tanto la deseaba Desmond, habría de estar dispuesto a ampliar su oferta en términos mucho más generosos que los que había expuesto en un primer momento. Si le esperaba una existencia desdichada, al menos tendría que verse generosamente compensada por soportar a aquel ser repulsivo.

A fin de cuentas, sin dote no tenía ninguna garantía de encontrar a un hombre respetable que la amara. Y se estremecía al pensar que, sin los caballeros de Vachel y la protección que les ofrecían, tal vez algún hombre ni siquiera considerara necesario tomarla como esposa.

Abrielle se acercó a sus padres y consiguió esbozar una sonrisa temblorosa para reclamar la atención de su padrastro. En un intento por ocultar el hecho de que sus esperanzas por tener un futuro lleno de dicha con un hombre al que amara parecían desvanecerse bajo el gravoso peso de la situación en la que se encontraban, trató de hablar aparentando entusiasmo.

—La decisión me corresponde a mí tomarla, y haré lo que deba para ayudar —afirmó, lamentando el temblor que entorpecía la fluidez de su voz—. No puedo... no permitiré que nuestra familia viva en la pobreza...

—¡No! —exclamó Elspeth, destrozada por las palabras de su hija—. ¡Encontraremos otra salida! ¡Por favor...! ¡Oh, por favor... no!

—Es obvio que no se puede hacer otra cosa —contestó Abrielle, haciéndose fuerte para no ceder a la desesperada súplica de su madre.

Ya frente a Vachel, cuyo semblante abatido mostraba su desconsuelo, Abrielle se apresuró a exponer sus intenciones. Ignoraba la causa real de la muerte de Weldon, si verdaderamente había sido un accidente, como se había supuesto, o se debía a un plan concebido por quien había heredado su fortuna. Sin embargo, le parecía de recibo la premisa de que si tanto la deseaba Desmond, estaría dispuesto a pagar una suma considerable para conseguirla... quizá incluso una parte importante de lo que antaño perteneció a su prometido.

—Teniendo en cuenta la vasta fortuna que Weldon poseía, os insto a que exijáis mucho más de lo que Desmond está dispuesto a ofrecer. En absoluto me importa el hecho de que Weldon pudiera ser pariente suyo. Desmond no merece nada de lo que una vez perteneció al señor de De Marlé.

—¿Y qué pasará si Desmond accede a todas tus exigencias? —preguntó Vachel, mostrándole su plena conformidad. Aun así, la idea de que un hombre tan ruin pudiera desposarse con tan delicada doncella le hacía sentir náuseas. Por desgracia, en aquel momento no parecía haber otra alternativa para la supervivencia de la familia.

—Entonces me casaré con él —respondió Abrielle sin ningún entusiasmo.

Elspeth gimió desesperada mientras se tapaba la boca con un pañuelo y miraba a su hija con los ojos llenos de lágrimas.

Ante la consternación cada vez mayor de su esposa, Vachel preguntó de nuevo a Abrielle hasta qué punto estaba comprometida a hacer semejante sacrificio.

—Tu matrimonio con Desmond puede ser más horrible de lo que imaginas. He oído rumores que me han llevado a creer que se ha portado de un modo infame con los criados que ha heredado de Weldon. Una vez que hagas los votos, no podrás sacarlo de tu vida. Se convertirá en parte de ti... en tu cónyuge. Tendrás que avenirte a su modo de vida, a sus gustos, a sus exigencias, y debo advertirte seriamente de que puede ser peor de lo que imaginas o de lo que serás capaz de soportar en el futuro.

—Por lo que a mí respecta, la decisión está tomada —contestó Abrielle, armándose de valor para hacer frente a los temores que había evocado su padrastro—. Desmond me quiere como esposa, y eso es lo que tendrá... por un precio considerable. Si me caso con él, no será por menos de lo que exijo, así que absteneos de hacerle creer que puede conseguir mi mano regateando. Cuando el precio sea lo bastante generoso y estéis ultimando las negociaciones, antes de cerrar el trato deberéis contar con mi aprobación, pero no permitáis que él sepa que lo hablaréis conmigo. Por lo que a Desmond respecta, yo no tendré nada que ver en las negociaciones y la cuestión dependerá únicamente de vuestra decisión.

—Sabio planteamiento —contestó Vachel, frunciendo los labios y asintiendo con la cabeza en señal de aprobación. Era evidente que Abrielle había sacado provecho de la estrecha relación que tenía con su difunto padre, quien le había permitido estar presente cuando dirigía sus negocios—. Realmente sabio. De ese modo quedarás absuelta de toda culpa en el caso de que empiece a sentirse contrariado por el precio que pagó por ti.

En cualquier otra ocasión Abrielle habría sonreído complacida ante el elogio de su padrastro, pero temía que el trato que planeaban hacer con Desmond fuera como hacer un pacto con el mismísimo diablo, y la idea la aterrorizaba.

—Puede que me arrepienta en cuanto acabe de hacer los votos —admitió, tratando de contener un escalofrío ante la idea de permitir que aquel hombre detestable la tocara o, peor aún, tuviera relaciones íntimas con ella—. Y si podéis rezar por mí, más vale que empecéis ya, no sea que sienta la tentación de huir y esconderme.

Si bien Vachel sabía que su esposa estaba sumamente afligida por la decisión de Abrielle, la predisposición de la muchacha a sacrificar su propia felicidad por el bienestar de la familia lo abrumaba. Aunque sus hombres habían arriesgado su vida para luchar a su lado en numerosos conflictos, los cuales parecían repetirse con encono en aquellas mismas tierras lejanas, alimentaban la esperanza de que sobrevivirían y de que aquella experiencia sería provechosa. En cambio, lo que Abrielle estaba dispuesta a hacer para salvarlo de la pobreza equivalía a atarse de por vida a un ser despreciable que solo pensaba en su propia satisfacción.

Sabía que lo que Abrielle le había exigido no era del agrado de Elspeth y, aun así, ante la voluntad de su hijastra de sacrificar su propia felicidad por ellos, se sentía como si le hubieran quitado de encima una pesada carga. Dado el afán con el que había tratado de encontrar una salida viable al empobrecimiento al que se enfrentaban, la propuesta de Abrielle era para él tan refrescante como una bocanada de aire fresco para un hombre al borde de la asfixia.

Vachel tendió la mano para entrelazar sus delgados dedos con los de su esposa mientras la miraba con ojos escrutadores y trataba de encontrar una razón que le hiciera ver la unión con optimismo.

—Casándose con Desmond de Marlé, Abrielle se convertirá en una mujer muy rica —aseguró en un tono de voz apagado. Ante la falta de una reacción alentadora, lo intentó otra vez—: Si Desmond fallece, Abrielle podrá elegir a otro que esté a la altura de sus admirables cualidades. No me sorprendería que tuviera la posibilidad de acceder a un título nobiliario si así lo quisiera. Teniendo en cuenta lo rica que será, podrá dictar su futuro como pocas mujeres han podido hacerlo. No le faltará de nada.

Elspeth estaba tan abatida ante la idea de que su hija se desposara con aquel hombre repulsivo que no pudo dar mejor respuesta que un leve movimiento con los labios. Aun así, sabía que, si no hubiera sido por Vachel, Abrielle habría sufrido probablemente las consecuencias de tener una belleza excepcional y carecer de la protección necesaria.

La muerte de Berwin había dado origen a una difícil situación. Muchos de los nobles normandos de mayor edad habían empezado a apostar por el vividor que consideraban lo bastante apuesto y encantador para alzarse con la victoria final entre la colección cada vez mayor de solteros decididos a arrebatar a Abrielle su inocencia sin necesidad de un compromiso o unos votos matrimoniales. A muchos de ellos se les había oído decir entre risas que a fin de cuentas la joven era de linaje sajón y contaba con una dote insuficiente, y que por tanto era una presa apropiada para los héroes conquistadores, aquel selecto grupo de jóvenes normandos que habían venido al mundo mucho después de que sus padres y abuelos llegaran a las costas inglesas. Y cuando Abrielle respondió con una vehemente negación a las insinuaciones de un ansioso galán, las apuestas se elevaron de forma repentina. El juego demostró ser sumamente entretenido para el grupo de nobles que apostaban por un candidato u otro, pues provocaba numerosas carcajadas y despertaba el interés de otros en la competición, hasta que muchos llegaron a prever un sustancioso premio que se repartiría entre los ganadores una vez que el libertino responsable de la desfloración de la doncella presentara muestras aceptables de su acto.

Elspeth, para evitar que un número al parecer cada vez mayor de jóvenes compitieran por llevarse la virginidad de su hija, consideró beneficioso aceptar la propuesta de matrimonio de Vachel de Gerard. Desde entonces, su presencia como cabeza de familia había bastado para contener a los lujuriosos nobles, además de frustrar merecidamente la codicia de aquellos que habían apostado elevadas sumas en el juego que habían inventado.

Echando la vista atrás, Abrielle estaba absolutamente convencida de que Vachel la habría defendido hasta la muerte si se hubiera dado el caso, pues en numerosas ocasiones se había mantenido firme ante nobles prominentes que le habían advertido que no interfiriera dada la cuantiosa suma que estaba en juego. Pero lo que más le importaba a ella era el hecho de que Vachel parecía estar locamente enamorado de su madre y dispuesto a hacer lo que fuera para evitar verla afligida. En vista de la gran estima en que tenía a su madre y a ella misma, ¿cómo no iba a sacrificar ella una parte de su propia felicidad para ayudarlo, y con ello ayudar a su madre?

Elspeth miró a su hija con expresión compasiva. Un desconocido que observara aquellos ojos verdeazulados de pestañas sedosas jamás habría imaginado que bajo aquel suave pecho femenino latía un corazón tan leal a su familia y a su rey como el de cualquier ferviente caballero del reino. Por desgracia, parecía que aquellas cualidades servían de bien poco a una joven doncella. No obstante, Abrielle demostraba desinteresadamente la nobleza de espíritu con su voluntad de sacrificar su propia felicidad para sacar a su pequeña familia de la precaria situación en la que se veía atrapada. ¿Cómo no iba a provocar semejante acto de valor el llanto de una madre?

3

Solo faltaban tres días para la boda, y Abrielle se alegraba de tener a su lado a su querida amiga Cordelia en aquellos momentos de temor y preocupación. Necesitaba a alguien en quien confiar, alguien que le distrajera de sus tribulaciones. Se casaría con Desmond justo después de la cacería anual de De Marlé, así que deseaba que el entretenimiento tardara en llegar a su fin.

—Según los hombres, todo apunta a que será una buena cacería —comentó Abrielle en tono sombrío mientras Cordelia y ella se aventuraban a salir del torreón de De Marlé.

Cordelia lanzó una mirada de soslayo hacia el abarrotado patio desde donde acababa de partir la expedición.

—Con tantos amigos de lord Weldon y participantes en antiguas cacerías en contra de las nuevas normas de Desmond y amenazando con marcharse si no se reinstauran las de antes, me sorprendería que llegara a celebrarse.

Abrielle se estremeció ante la idea de que la boda pudiera tener lugar antes de lo previsto.

Varios cazadores que habían sido amigos íntimos de Weldon, indignados por las nuevas normas que había expuesto Thurstan, el sobrino de Desmond, habían decidido marcharse. Entre los hombres que se habían quedado, muchos se habían enzarzado en airadas discusiones con los seguidores de Desmond, que habían acudido allí en gran número, presididos por Thurstan, un joven frío y altivo que miraba a Abrielle con un desagrado que a ella le parecía curioso.

—En mi vida había visto un grupo de hombres más insoportable —comentó Cordelia con sorna—. Estoy segura de que son representativos de la escoria que puede encontrarse en el fondo de un tonel de vino. Siempre es mejor tirar los posos.

«Ojalá fuera posible hacer eso», pensó Abrielle con nostalgia, y no era la primera vez que aquella idea cruzaba su mente. Por desgracia no tenía tal opción, ni ninguna otra que le permitiera deshacerse de Desmond y sus odiosos acólitos. Su futuro, y el honor de su familia, dependía de su próspera unión. El acuerdo matrimonial podía llevarla a una oscura celda en las mazmorras donde tal vez no hubiera salida para sus esperanzas de libertad.

Por mucho que Abrielle y Cordelia trataran de abstraerse de las numerosas discusiones que tenían lugar en aquel momento en el patio, cruzaron una mirada de complicidad al ver que otro grupo de amigos de Weldon abandonaban contrariados el recinto y se encaminaban hacia el final del puente levadizo, donde al instante exigieron que les trajeran los caballos. Un momento después habían partido. Era un ejemplo más de la ira que Desmond, sus seguidores y su sobrino habían logrado provocar desde que llegó el primer cazador. Habían cambiado tantas reglas... Desde quién decidía quiénes eran los ganadores —antes un grupo imparcial de ancianos y ahora únicamente Thurstan—, hasta la escandalosa suma que se exigía para participar en la cacería.

—Abrielle, sabes que la partida de tantos nobles podría deberse a otra razón —dijo Cordelia con astucia.

Abrielle recibió con una mueca de desagrado la alusión nada sutil de su amiga a la comida que se servía bajo las órdenes de Desmond.

—Es bastante... insípida y poco apetecible —admitió con pesar en voz baja.

—Prométeme que harás algo al respecto cuando seas la señora de este lugar. La cocinera parece una vieja cascarrabias y, por su aspecto, apostaría lo que fuera a que es capaz de blandir un hacha de guerra con la soltura de un bandolero y que se come una buena parte de lo que cocina.

Abrielle extendió las manos con un gesto de impotencia.

—Francamente, no sé cómo Desmond lo tolera. Para ser un hombre que pretende prosperar, no se desvive por impresionar a nadie en ese sentido.

Disfrutando de la brisa cargada de aromas otoñales que soplaba en el puente levadizo, Abrielle suspiró y miró alrededor. Tras verse confinada en el patio lleno de humo durante mucho más tiempo del que pensaba que soportaría, el aire fresco resultaba de lo más tonificante.

Entendía perfectamente que Weldon hubiera decidido construir su torre del homenaje en aquel lugar; el paisaje era impresionante. Río arriba, un afluente serpenteaba a través de densos bosques antes de pasar bajo el puente levadizo en el que se encontraban en aquel momento. El arroyo no solo abastecía el foso que rodeaba el castillo, sino que seguía fluyendo en un curso sinuoso bajo el puente más pequeño que conducía a las viviendas de los siervos, proveyendo de agua fresca en abundancia a las familias que residían allí.

La torre del homenaje había sido concebida al detalle por Weldon de Marlé, bajo cuya supervisión se había construido meticulosamente con la intención de que sirviera a él, a su familia y a sus descendientes como una fortaleza inexpugnable a lo largo de generaciones. Desde sus numerosas almenas y parapetos podía lanzarse un ataque defensivo, desde una posición estratégica resguardada, en respuesta a cualquier ofensiva emprendida desde el exterior. Los puentes levadizos situados en la parte anterior y posterior de la fortificación podían subirse para dar refugio a sus habitantes en caso de que los enemigos atacaran. Weldon no solo había sido un valeroso guerrero sino también un hombre de gran visión e inteligencia. Mientras dentro de la fortaleza hubiera suficientes provisiones antes de que un ejército decidiera sitiarlo, el torreón brindaría protección durante meses a todos los que vivieran dentro de los confines de sus murallas exteriores.

Aun así, por mucho que Abrielle apreciara la seguridad del castillo y la serenidad y la belleza de los alrededores, el hecho de saber que en breve estaría residiendo entre sus muros de piedra con un marido detestable vino a aumentar la melancolía que había invadido cruelmente su espíritu desde que ofreció su libertad a cambio de la de su padrastro. Saberse comprometida a casarse con un ser tan repulsivo bastaba para llevarla al borde de la arcada.

Aunque muchos de sus parientes sajones todavía no habían llegado, Abrielle había notado que los que se encontraban allí mantenían una fría reserva ante la presencia de su nada refinado anfitrión y el extraño grupo de individuos que formaban su vulgar séquito. Entendía perfectamente que sus familiares se sintieran molestos en esa situación. La mayoría de los conocidos de Desmond tenían fuertes prejuicios contra los sajones, como si ellos fueran notables figuras de impecable linaje en lugar de pendencieros indisciplinados sin prestigio, títulos ni riquezas.

Las mujeres de mayor edad no tardaron en apartarse del atestado patio y congregarse en un piso superior del torreón, en torno al calor de un hogar. Abrielle, junto con Cordelia y algunas de sus primas lejanas, prestó su brazo a aquellas que caminaban con piernas temblorosas o que necesitaban apoyarse en nudosos bastones. Al llegar a su destino, un brillo travieso iluminó la mirada de las ancianas mientras echaban a las más jóvenes y amenazaban con intercambiar sabrosos relatos sobre ellas en su ausencia. Allí, con voces apagadas cargadas de preocupación, las mujeres hablaron de las nupcias que tendrían lugar en breve e hicieron conjeturas sobre el dudoso destino de la prometida: ¿saldría tan mal parada como las dos esposas anteriores del hidalgo o, dada su juventud e inteligencia, le sobreviviría?

Cordelia lanzó una mirada alrededor al oír unos pesados pasos a su espalda en el puente levadizo, y gruñó para sus adentros cuando vio que su corpulento anfitrión corría hacia ellas. No hacía falta un gran ejercicio de lógica para deducir que Desmond de Marlé estaba absolutamente encantado con lo que había conseguido, pues sonreía con alegre entusiasmo.

Cordelia se acercó a Abrielle con disimulo.

—Ahí viene ese viejo verde al encuentro de su amada —le susurró al oído.

Abrielle emitió un débil quejido, consciente de que su pesadilla ya se estaba haciendo realidad. Agachando la cabeza, como si observara algo interesante en el riachuelo, se apresuró a suplicar a su amiga en voz baja:

—Quédate conmigo, Cordelia, te lo ruego. De lo contrario, el pánico se apoderará de mí y estaré tentada de huir.

La joven de cabello dorado suspiró con esfuerzo, como si se resistiera a la idea de tener cerca a aquel hombre.

—Desmond me repele hasta lo más profundo de mi ser —afirmó en un susurro—. Sin embargo, siempre me he preciado de ser una amiga fiel; no voy a abandonarte.

Decir que Abrielle se sintió atrapada por aquel hombre que corría hacia ella sería sin duda quedarse corto. Aun así, hizo acopio de todo el aplomo que pudo y recibió a su prometido con una sonrisa que, a pesar de todos sus esfuerzos, no había duda de que era forzada.

Pisándole casi los talones iba su sobrino de melena leonada, Thurstan, que un rato antes había despertado la ira de Abrielle y de muchos de los amigos de Weldon. Parecía poseer plena conciencia de su persona, pues tenía el rostro altivo en todo momento. A pesar de la fresca brisa otoñal, parecía mantener apretadas las fosas nasales, como si percibiera un olor hediondo en el aire. Le sacaba una cabeza a su tío y destacaba por su constitución delgada y musculosa. El atuendo y los complementos que vestía eran elegantes y de buena factura. La tirilla del cuello y las mangas de su traje negro resaltaban por una trenza tejida de color verde. Calzaba unas botas de ante negras adornadas con añadidos de piel de color verde que imitaban las hojas de un helecho, un ornamento presente también en la funda de su daga y en el monedero que colgaba del cinturón que llevaba inclinado, al estilo de la época, alrededor de sus estrechas caderas.

Su elegante apariencia contrastaba a todas luces con el deplorable aspecto de los siervos que corrían de un lado al otro del castillo o en el recinto situado más allá de la estrecha pasarela que atravesaba el riachuelo. Estando en vida Weldon se les veía limpios, bien alimentados y alegres, pero durante aquella última visita Abrielle había visto suficientes siervos para percatarse del siniestro cambio que se había producido desde su muerte. Muchos de ellos tenían las facciones demacradas y presentaban marcas de latigazos en el rostro y los brazos. De hecho, la mayoría parecía temer a Desmond y a su sobrino.

Para ser alguien que supuestamente había heredado una gran fortuna de su hermanastro, Desmond no parecía tener inconveniente en que sus siervos fueran harapientos y atendieran a sus obligaciones desaseados, hasta el punto de que era inevitable taparse la nariz con un pañuelo perfumado para evitar el hedor de sus cuerpos cuando se acercaban a prestar algún servicio. Al menos cuando se convirtiera en la señora de la casa podría hacer mucho para remediar aquella situación. Tal vez no pudiera mejorar su funesta suerte, pero trataría de encontrar toda la felicidad y la satisfacción posibles en ayudar a esos otros desdichados. Exigiría que todo aquel que trabajara dentro de los confines del torreón se lavara y vistiera una ropa que le otorgara una apariencia de pulcritud. Y, lo que era más importante, se aseguraría de que todos estuvieran bien alimentados, desde el más pequeño hasta el más viejo, pudieran trabajar o no.

—Mi querida lady Abrielle —exclamó Desmond al plantarse ante ella, al tiempo que tendía sus manos rechonchas como si esperara recibir las suyas con el mismo entusiasmo.

—Señor, ¿cómo os va el día? —preguntó Abrielle, consciente del temblor de su voz.

—Realmente bien, querida —respondió Desmond—. Pero ¿cómo no iba a ser así cuando tengo ante mí a una bellísima y maravillosa joven que está a punto de hacerme la persona más feliz del mundo? En un momento como este, un hombre piensa que el mundo le sonríe.

Esbozando algo parecido a una sonrisa cordial, Abrielle accedió de mala gana a la petición no expresada de su prometido y posó los dedos en sus garras. Sus manos hinchadas le parecieron repugnantemente suaves y blandas, una indolencia que probablemente iría en aumento, a la vista de tantos siervos como tenía atendiendo todas y cada una de sus necesidades. Un pánico creciente la invadió cuando un segundo después Desmond sujetó con fuerza sus manos y, en una ansiosa muestra de afecto, las cubrió de besos húmedos y deseosos, lo que provocó en su fuero interno un estremecimiento de asco que amenazó con llevarla volando al excusado más cercano para vomitar la última comida. No obstante, lo que más le costó fue reprimir las náuseas que sentía en la boca del estómago, en gran parte causadas por la conciencia de que, una vez que estuvieran casados, no tendría derecho a rechazarlo.

Abrielle se apresuró a apartar la vista de aquel hombre rechoncho, lo que solo le sirvió para encontrarse con la sagaz mirada de Thurstan. Sus ojos, de un extraño color verde amarillento, estaban bordeados por unas pestañas marrones y ensombrecidos por unas pobladas cejas leonadas. Sus altos pómulos, su recta nariz y su mentón de líneas definidas parecían cincelados al detalle, en contraste con la excesiva blandura y expresividad de su boca, rasgos que se ponían de manifiesto en la sonrisa sardónica que tiraba hacia arriba de la comisura de sus labios. De poder inferir algo de aquella sonrisita, Abrielle habría dicho que se trataba de un ser muy perspicaz que había advertido la repugnancia que la embargaba y parecía divertirse enormemente con ello.

Molesta ante la mirada escrutadora de Thurstan, Abrielle se cogió mentalmente de la mano y se volvió con parsimonia, como si no lo viera. Y ya frente a su prometido dijo:

—Comenzaba a preguntarme si os habríais dado cuenta de que estaba aquí, Desmond. Parecíais tan ocupado organizando todos los detalles para la cacería que empezaba a sentirme ofendida.

Desmond rió divertido.

—Desterrad tan inconcebible pensamiento de vuestra preciosa cabecita, querida mía. Os aseguro con toda sinceridad que no dejo de pensar en vos. Cuento los días y las horas que han de pasar antes de que estemos casados. Si estuviera en mi mano hacer que el tiempo corriera más deprisa, tened por seguro que lo haría.

A pesar de su entusiasmo, Abrielle prefería no pensar en absoluto en aquel acontecimiento. Sin expresar ni aprobación ni rechazo, hizo un gesto con la mano para señalar a su amiga de toda la vida.

—Creo que ya conocéis a lady Cordelia de Grayson. Lord y lady Grayson han aceptado vuestra invitación para asistir a nuestra boda y en estos momentos están visitando a mis padres en los aposentos donde habéis tenido la gentileza de alojarlos.

—¡Por supuesto! ¡Por supuesto! —respondió Desmond con alegría al tiempo que inclinaba su cuerpo rollizo varias veces de un modo que reflejaba cuánto le agradaba verse en compañía de dos damas de tan refinado linaje—. Aunque no nos hayan presentado hasta ahora, milady, os aseguro que conozco vagamente a vuestros padres desde hace tiempo.

Cordelia sonrió con cautela y se atrevió a arquear una ceja.

—Y ellos a vos, señor.

La insinuación implícita en la respuesta de su amiga hizo que Abrielle se preguntara si se habría equivocado al insistir en que Cordelia se quedara a su lado. Aunque coincidían plenamente en la aversión que ambas sentían por el hidalgo, a veces, ante la gente que no le gustaba, Cordelia no era todo lo sutil que dictaba la prudencia. Pero Abrielle se dijo entonces que su amiga no tenía por qué ser tan cauta como ella.

A diferencia de Abrielle, Cordelia no había perdido a un digno prometido por designios del destino, ni a su amado padre por un exceso de pertinaz orgullo, dejándola en una situación de lo más precaria en un mundo donde, para una mujer, contar con la protección de un hombre no era un lujo sino una cuestión de supervivencia. No recaía sobre los mimados hombros de Cordelia la responsabilidad de salvar a su padrastro de la ruina y a su madre de la humillación pública. No es que Abrielle deseara ni por un instante que algo así le ocurriera a su querida amiga. Lo único que deseaba era que el destino le hubiera brindado un futuro distinto... un futuro en el que no se viera obligada a vender su corazón para salvar a sus seres queridos, un futuro en el que su suerte no estuviera tan ligada a los infortunios de los hombres.

De encontrarse Abrielle en otra posición no le habría molestado lo más mínimo que su amiga hubiera entablado una breve conversación con Desmond, pues este no podía competir con ella en inteligencia, pero la más leve riña entre ambos podía provocar tensiones en el seno de su familia, en especial teniendo en cuenta que Elspeth desdeñaba a Desmond tanto como Cordelia.

Por fortuna, en ese preciso instante un pez dio un salto fuera del agua que fluía bajo el puente levadizo. Teniendo en cuenta que la mayoría de los puentes levadizos atravesaban fosos de aguas estancadas y llenas de algas, a Abrielle le agradó ver que había algo de lo que podía alardear en presencia de Desmond.

—¿Has visto eso, Cordelia? ¿Te imaginas tener un foso lleno de peces tan cerca?

Otra persona tal vez no hubiera percibido jamás el sutil cambio en el melodioso tono de voz de su amiga, pero Cordelia captó de inmediato la tensión de Abrielle. No podía culparla por estar preocupada. En los últimos tiempos parecía que allí por donde pasaba Desmond ocurrían sucesos de lo más desconcertantes, como los relacionados con la desaparición de personas que se oponían a él férreamente, así como el robo de joyas, cuadros, objetos de plata, copas de oro y otras piezas de valor. Por el momento no había pruebas que confirmaran la posibilidad de que Desmond fuera culpable, pero eso no significaba que fuera inocente, sino lo bastante taimado para salirse con la suya. Para no cometer un desliz a causa de la profunda aversión que sentía por aquel hombre, Cordelia juzgó necesario, por el bien de su amiga, distanciarse de la pareja y se encaminó hasta el otro lado del puente.

Abrielle dio gracias a Dios por que Cordelia, además de inteligente, fuera extremadamente perspicaz en muchos aspectos. En aquel momento se imponía obrar con cautela, pues ella pronto se convertiría en la esposa de Desmond. El fallecimiento de Weldon había servido para convertir a Desmond en un hombre muy rico, mucho más que el fallecimiento de sus dos primeras mujeres, pero las tres muertes habían reportado un enorme beneficio a su repulsivo prometido, lo que con frecuencia le llevaba a preguntarse si sus desapariciones no habrían sido algo deliberadamente planeado por quien había sacado provecho de ello.

Evitando la mirada de Thurstan, Abrielle dirigió de mala gana su atención hacia Desmond y de algún modo logró disipar la náusea mientras le planteaba una pregunta con voz queda.

—¿Queríais hablar conmigo de alguna cuestión en particular, Desmond?

El uso de su nombre de pila hizo brotar una sonrisa de placer en los labios de él.

—Sin duda esperaba poder hacerlo, querida. Sir Vachel, como tal vez sabéis, me ha presentado el último borrador de nuestro acuerdo matrimonial para que lo revise y lo firme. Salvo por la presencia de alguna que otra cláusula aquí y allá, no veo nada que obstaculice los planes previstos para nuestra boda. Thurstan pone orden en mis negocios y es mucho más sagaz que yo a la hora de determinar la viabilidad de un contrato como este. En el caso que nos ocupa, me ha aconsejado que realice algunos cambios menores antes de que se ejecute el acuerdo…

—¿Significa eso que ahora tenéis dudas en cuanto a las condiciones en las que mi padrastro y vos estabais de acuerdo? —inquirió Abrielle; deseaba poder alegrarse, pero al mismo tiempo sentía un frío terror ante la idea de un futuro sin aquella boda. Tenía que salir de aquel apuro—. En tal caso, comunicaré la noticia a mis padres con presteza, pues apenas queda tiempo para la celebración del enlace. Creíamos que estabais plenamente conformes con todo lo expuesto en el contrato cuando pusisteis en él vuestro sello personal y anunciasteis que podríamos casarnos al término de la cacería. A estas alturas no parece apropiado sacar a colación otras cuestiones cuando el pacto ya ha sido aprobado por ambas partes. No puedo menos que preguntarme qué esperáis ahora.

—De hecho, solo es necesario realizar algunos cambios menores antes de celebrar la boda —se apresuró a asegurar Desmond, que entre risas trató de ahuyentar cualquier motivo de inquietud moviendo en el aire su mano rolliza con gesto despreocupado—. Estoy seguro de que cualquier diferencia que podamos tener vuestro padre y yo con respecto a los términos actuales del acuerdo se resolverá con facilidad y en cuestión de un par de días tendremos redactado un nuevo documento, justo a tiempo para nuestra boda.

Abrielle, desde luego, no iba a alentar al hombre dándole a entender que a aquellas alturas aceptarían sin problemas una modificación del acuerdo, ni ella, ni su padrastro.

—Por si no os habéis percatado, debéis saber que mi padrastro se ha vuelto bastante inflexible con relación a este asunto, de modo que, si habéis cambiado de parecer al respecto, debería ser informado de inmediato. —Abrielle se arriesgó a mentir descaradamente, confiando en que el hombre se viera obligado a echarse atrás—. No me cabe duda de que antes de que sir Vachel reanude las conversaciones con vos, hablará con varios peticionarios que han acudido a él recientemente para expresarle su interés en tenerme como esposa.

—Tal vez eso sería aconsejable... —comenzó a decir Thurstan en tono cortés.

Abrielle sintió un escalofrío de temor ante la posibilidad de que el sobrino hiciera cambiar de opinión a su tío, y con ello propiciara la ruina de Vachel.

Pero Desmond la interrumpió haciendo un gesto cortante con la mano al tiempo que lo fulminaba con la mirada. Luego se volvió de nuevo hacia ella con una sonrisa forzada en los labios.

—No será necesario, querida —afirmó—. Las condiciones del contrato son aceptables tal como están.

Abrielle apenas pudo contener un suspiro de alivio. No tenía forma de saber quién había advertido al hidalgo sobre la generosa suma que según el acuerdo matrimonial se vería obligado a entregar una vez que estuvieran desposados, por no hablar de la considerable fortuna que ella heredaría a su muerte. Lo único que podía deducir en vista del intento de Thurstan de instarla a considerar otras propuestas era que tal vez había sido él quien había sugerido la posibilidad de un estipendio menos lucrativo, lo que le llevaba a preguntarse qué esperaría conseguir él con ello. Siendo el único pariente de Desmond, querría más de la riqueza que su tío se había comprometido a entregar a la familia de ella.

El hecho de que Desmond no hubiera contemplado antes todos los aspectos del acuerdo le hacía pensar que no era tan sagaz como se esperaba de un propietario acaudalado. A fin de cuentas, su fortuna era el resultado del esfuerzo de otros, no la había ganado por medio de un obrar sensato o de empresas en el extranjero al servicio del reino. Tal vez fuera dado a dejar que la riqueza se le escurriera entre los dedos como el agua.

—Tío, ¿podría hablar con vos un momento? —le pidió Thurstan en voz baja, con un semblante de gran preocupación—. Realmente creo que es necesario aclarar los términos del acuerdo, por vuestro bien. Debéis reconsiderar...

—La decisión está tomada —dijo Desmond con firmeza, rubricando su afirmación con un rápido gesto cortante—. No es necesario hacer cambios. Puedes irte.

Con su enjuto rostro visiblemente tenso, el sobrino procedió a retirarse. Bajo su ceñuda frente, sus ojos amarillos parecían lanzar una lluvia de piedras a Desmond. A Abrielle no se le escapó el resentimiento que había despertado en Thurstan el verse apartado de una forma tan cruel.

Thurstan recorrió airado el puente levadizo hasta el patio interior; su tío lo había echado como si fuera un sirviente, y su mano deseaba desenvainar la espada y acabar con él de una vez por todas. ¡Cómo osaba aquel hombre ser el segundo De Marlé que le negaba la herencia que le pertenecía por derecho propio! Weldon le había prometido incluirlo en su testamento, pero murió antes de que pudiera modificarlo. Y ahora Desmond iba a entregar su dinero a manos llenas a una mocosa, cuando lo que necesitaba una mujer era un hombre de verdad que le enseñara lo que valía. Thurstan juró en silencio que seguiría tratando de manipular a su tío.

Si Desmond se percató de la exasperación de su sobrino, lejos de dar muestra alguna de que le importara, se limitó a dirigir su atención hacia Abrielle.

—¿Os he dicho ya lo prendado que estoy de vuestra sublime belleza, querida mía? Sois sin duda la dama más encantadora que jamás he visto.

Abrielle sintió que se le revolvían las tripas.

—Por Dios, Desmond, vuestras desmesuradas alabanzas me abochornan. Me siento tan poco digna de ellas...

—Pero ¿cómo no vais a serlo, querida mía? ¡Toda alabanza es poca para elogiar vuestra belleza! En todos mis viajes no he visto nunca una mujer más hermosa que vos.

Abrielle fingió una tímida risa de escepticismo.

—En ese caso debo preguntaros cuál ha sido el alcance de vuestros viajes, señor, pues me temo que la distancia habrá sido sumamente limitada.

Desmond asintió en silencio, pero jamás lo admitiría abiertamente. Su hermanastro, el miembro más inteligente y ambicioso de la familia, se había aventurado a ir hasta tierras lejanas en calidad de cruzado y había regresado no solo convertido en un valeroso héroe sino con mayor fortuna y fama de las que había dejado al marchar, lo que evidenciaba sin duda lo determinante que podía ser una madre abnegada en la vida de sus hijos. Por lo que Desmond había oído decir a los vecinos del lugar durante su juventud, la madre de Weldon había sido una noble dama cuyo linaje había servido para consolidar y fortalecer la dignidad y el honor de la familia de su marido. No podía decirse lo mismo de la astuta criada que, por medio de sus malas artes, había tratado de aliviar la pena del padre por la misteriosa muerte de su esposa, debida al efecto de una pócima que más tarde volvería a ser empleada, en dosis más pequeñas, para trastornar la mente del padre.

Valiéndose de dichas artimañas, la madre de Desmond había logrado dar a luz a su hijo bastardo y avergonzar al ofuscado hombre a fin de que se casara con ella, asegurando que la había violado durante sus ataques de delirio. Con el tiempo la mujer cedió a la tentación de alardear de sus logros ante su hijo y, estando en su lecho de muerte tras pasar por una horrible enfermedad, le reveló el último de sus secretos.

Haciendo uso de los conocimientos que su madre le había confiado aquella noche, Desmond llegó a saber cómo cambiar el destino de una persona con el empleo de extraños brebajes que con frecuencia resultaban alucinógenos y venenosos. A partir de entonces comenzó a utilizar esas pociones secretas con los que poseían lo que él codiciaba o los que se interponían de forma involuntaria en su afán por hacerse con más riquezas. A esas alturas había perdido la cuenta de a cuántas personas había envenenado a lo largo de su vida. Se habían esfumado de su memoria con la facilidad con la que las sombras pasaban de largo ante él en mitad de la noche.

Y en todas sus acciones había contado con la ayuda de su hermanastra, Mordea, que se había criado entre las brujas que habían sido amigas de su madre. Nadie conocía su relación con Mordea; Desmond la había puesto a su servicio como cocinera del castillo, lo que le permitía tenerla lo bastante cerca para sacar provecho de sus conocimientos... y también lo bastante cerca para que no revelara ninguno de sus secretos. Mordea no dejaba de prometerle que desarrollaría su saber culinario, pero Desmond tenía que ir con cuidado en lo que a ella respectaba.

Tras tener que cargar con su primera mujer, sintió un gran alivio al dar con la ocasión apropiada para administrarle la poción que le libraría de ella durante el parto, y después de contraer matrimonio con su segunda esposa se deshizo de ella de la misma manera, asegurándose en ambos casos que él sería la única persona con legitimidad para reclamar sus posesiones.

Se sentía orgulloso de que nadie hubiera descubierto todavía cómo se había desembarazado de su hermanastro. Unas gotitas de una pócima especial en el vino de Weldon le habían permitido empujar a aquel hombre mucho más alto y fuerte que él por la escalera de piedra situada más allá de sus aposentos. Había disfrutado viendo su imponente figura rodar por los escalones; sabía que si no moría en la caída, lo haría por otros medios. Para asegurarse de que contaría con un plan alternativo en caso de que fallara la primera tentativa, llevaba un pesado garrote escondido entre la ropa. Pero no fue necesario echar mano de él, pues la cabeza de Weldon golpeó contra el muro de piedra que servía de contrafuerte a la escalera. Todavía se le escapaba la risa al pensar en lo bien que había salido todo aquella noche... había significado para él un nuevo y próspero comienzo, y con el tiempo le había servido para confirmar su firme creencia de que controlaba por completo su destino y podría conseguir lo que deseara.

4

—¿Vamos con Cordelia? —preguntó Abrielle a Desmond, señalando a su amiga con su esbelta mano, sorprendida y aliviada de que la inquietud o, mejor dicho, la repulsión que sentía hasta lo más profundo de su ser no le hiciera temblar. Estaba más que dispuesta a permitir que su amiga sirviera de baluarte humano entre ellos dos. No podía menos que preguntarse quién desempeñaría aquella función cuando estuvieran casados, y esperaba contra todo pronóstico ser capaz de seguir ocultando los sentimientos de terror y fatalidad inminente que la amenazaban constantemente con revelarse y consumirla.

Al llegar al otro extremo del puente levadizo bajó la vista hacia el foso mientras trataba de dar una impresión de deleite y serenidad. Soportar un beso en la mejilla fue otra prueba de tolerancia que la llevó a preguntarse qué se podría hacer para tratar el espantoso aliento de su prometido. Aunque sabía que no tenía más remedio que enfrentarse al hecho de que estaba destinada a convertirse en la esposa de Desmond, temió que su poca capacidad para el fingimiento acabara fallándole y tuviera que volver sollozando de arrepentimiento a los espaciosos aposentos donde estaban alojados sus padres. Lamentablemente, el compromiso que había contraído estaba arrastrándola a un pozo de desesperación del que temía que no hubiera escapatoria posible.

Cuando Desmond le rogó que le excusara un momento para ir a hablar con un sirviente que estaba por allí, Abrielle le dio su permiso con mucho gusto. Cordelia permaneció callada mientras su amiga, con aire apenado, apoyaba un brazo en la baranda del puente y el mentón en el pulpejo de la mano.

—Ojalá sintiera por la boda el mismo entusiasmo que muestran los hombres por la cacería que está a punto de empezar.

Tras un momento de vacilación, Cordelia le preguntó en voz baja:

—¿Cómo puedes casarte con un hombre que no merece tu confianza, un hombre al que tú y todos detestamos? Debo confesar que cuando escribiste para anunciarnos tu boda, la idea me horrorizó.

Abrielle volvió la vista atrás para asegurarse de que el hidalgo seguía ocupado.

—Era eso o ver a mi familia en la ruina. Vachel está al borde de la pobreza debido a su generosidad con su difunto padre y sus caballeros —confesó Abrielle.

Cordelia dio un grito ahogado.

—Pero ¿qué dices? ¿Vas a casarte con ese ogro por las irreflexivas acciones de tu padrastro?

—Él no tuvo la culpa. —Abrielle se apresuró a explicarle la injusticia cometida por el padre de Vachel—. Vachel estaba dispuesto a enfrentarse a la indigencia, no me obligó a aceptar la propuesta de Desmond. Fui yo quien decidió ahorrarle a él, y a mi madre, esa vergüenza.

Cordelia agarró la mano de su amiga y miró sus ojos verdeazulados llenos de lágrimas.

—Y hay quienes piensan que solo los caballeros tienen tan nobles rasgos…

—No cuentes esto a nadie —le pidió Abrielle—. Vachel no soportaría que la gente creyera que su padre fue injusto con él. Le dolería que criticaran a su padre. Hacia el final de sus días le fallaban un poco sus facultades y no debía de ser consciente de lo que hacía.

—Si me lo permites, solo hablaré de ello con mis padres, que realmente tienen a Vachel en gran estima. En homenaje a él compartiré con mis padres lo que acabas de contarme.

—Con ellos pero con nadie más —asintió Abrielle antes de

dejar que su mirada se perdiera en el infinito con aire pensativo mientras la suave brisa agitaba ligeramente su vestido.

—¿En qué piensas?

Los labios de Abrielle dejaron escapar un triste suspiro.

—Me da vergüenza admitir mis sentimientos después de aceptar la propuesta de matrimonio de Desmond, pero desprecio a ese hombre más que a nadie en el mundo.

Al percibir la desesperanza de su amiga en el excesivo comedimiento con el que transmitía la falta de estima que sentía por su futuro marido, Cordelia posó una mano sobre la manga de Abrielle en un gesto consolador.

—A menudo, cuando uno se enfrenta a lo desconocido, las circunstancias parecen de lo más sombrías y amenazadoras. Por propia experiencia sé que posees un espíritu valeroso y que superarás tus miedos. ¿Acaso no me salvaste de morir ahogada cuando éramos niñas, por mucho que te aterrara la idea de zambullirte en las aguas heladas para rescatarme? —Los verdes ojos de Cordelia volvieron a llenarse de lágrimas mientras añadía—: Si no hubiera sido por tu espíritu valeroso y la capacidad que tuviste para superar tus dudas, yo no estaría hoy aquí.

A la propia Abrielle se le empañó la vista al recordar su infancia y el espantoso episodio que había hecho que sintiera todo su ser traspasado por intensas punzadas de terror. El miedo que le había invadido en aquella ocasión le pareció tan doloroso como el hielo a medio derretir que había tenido que recorrer para llegar hasta su amiga. De no haber sido por el pavor que le aguijoneó al pensar que estaba a punto de perder a su amiga más querida, tal vez nunca hubiera encontrado el valor de adentrarse en las gélidas aguas para tratar de rescatarla.

—Sé que debo animarme —admitió Abrielle antes de dar un triste suspiro al pensar en lo que habría de enfrentarse en breve—, pero en estos momentos mi futuro me parece tan sombrío que hasta la idea de ahogarme en un arroyo helado me parece preferible. Realmente, los horrores a los que deberé hacer frente como esposa de un ser tan despreciable me resultan tan abrumadores que a veces dudo de si seré capaz de resistirlo.

Cordelia se dio la vuelta en un intento de calmar su atribulado espíritu. No podía menos que preguntarse qué haría ella si se viera en el lugar de Abrielle. Reflexionando sobre la difícil situación de su amiga, no reparó en el pequeño grupo de hombres a caballo que se aproximaban hasta que estuvieron en la mitad del camino que conducía al puente levadizo. Eran seis jinetes, pero Cordelia no sintió deseos de desviar la mirada del apuesto hombre de cabello gris a lomos del negro corcel que cabriolaba en cabeza. El elegante andar del animal era un complemento para el porte majestuoso e imponente del jinete, un caballero escocés que debía de rondar los sesenta años. A pesar de la edad avanzada del hombre, Cordelia estaba segura de que jamás había visto un individuo tan espléndido ni una monta más admirable en el reino de Enrique.

Cordelia se acercó a su amiga y le susurró en tono apremiante:

—Abrielle, mira detrás de ti con discreción y dime si has visto antes a esos caballeros. Si doy fe a los rumores que corren por ahí, casi juraría que tu futuro marido odia a los escoceses tanto como detesta a los nuestros, los sajones. Si es así, esos hombres no son conscientes del peligro que corren al aventurarse a entrar en los pequeños dominios de Desmond.

Abrielle escudriñó lentamente la campiña que se extendía a su alrededor, luego enfocó la vista en la comitiva que se acercaba y... se quedó helada. Acto seguido, sin un ápice de cautela o sutileza, volvió rápidamente la cabeza hacia Desmond. Al ver que seguía agitando los brazos en el aire mientras amonestaba al intimidado sirviente, dedujo que no se habría percatado de la presencia de los recién llegados y se sintió aliviada.

—¡Cordelia! Rápido... fíjate en el segundo hombre del grupo. A menos que me falle la vista, ¡se trata de Raven Seabern!

El corazón de Abrielle latía tan fuerte que tenía la certeza de que todos lo oirían retumbar en los muros del castillo; latía alarmado, pensó para sus adentros, alarmado, temeroso, pero no emocionado. ¿En qué estaría pensando aquel hombre para presentarse a galope en la propiedad de De Marlé como si pudiera estar allí por derecho divino, como si fueran a recibirlo con los brazos abiertos? ¿Acaso su excesiva desenvoltura le impedía ver que su mera presencia, por no mencionar el hecho de que acudía en compañía de un grupo de escoceses, irritaría a los nobles de varios kilómetros a la redonda?

Enderezando los hombros en un intento de parecer cuando menos serena, Abrielle se volvió y logró mantener la mirada apartada de Raven lo suficiente para ver al escocés de altura similar y complexión musculosa que había desmontado junto a él. El hombre, de mayor edad, se percató de su interés y le devolvió la mirada con un brillo burlón en sus luminosos ojos azules. Cuando con ello logró que se ruborizara, su sonrisa se abrió con una expresión encantadora y mostró unos dientes relucientes bajo un poblado bigote cuyos bien arreglados extremos le llegaban por debajo del mentón. Un profundo hoyuelo, similar al que poseía el que había sido el protector de Abrielle, marcaba la barbilla perfectamente afeitada del caballero mayor. A pesar de su edad, no se abstuvo de mirarla de arriba abajo con una expresión llena de picardía. Una vez terminada su valoración, le dedicó un guiño insinuante que se vio recompensado con una exclamación de sobresalto por parte de la joven.

Cordelia agachó la cabeza para que el hombre mayor no viera que aquella escena la divertía.

—Descaro no le falta, desde luego. ¿Crees que es Seabern padre?

—Diría que solo se diferencian por la edad y el color del cabello —respondió Abrielle con acritud.

Sin dejar de sonreír, el escocés levantó una ceja y ladeó la cabeza para volver a mirar a las dos mujeres, como preguntándose qué habría suscitado el interés que parecían tener en él. Luego miró a Raven y Abrielle sintió que su propia mirada se veía atraída a su pesar hacia la misma dirección. Hasta aquel momento había logrado evitar encontrarse directamente con los ojos de Raven; no temía tanto lo que pudiera ver en ellos como lo que ella pudiera sentir a merced de aquella intensa mirada que recordaba tan vívidamente, un temor que estaba bien fundado. Estando su prometido por ahí cerca, Raven se abstuvo de mirarla con el descaro que había mostrado en su último encuentro. En vez de eso, sus cautivadores ojos azules se entrecerraron con una mirada interrogante que bastó para que Abrielle se sonrojara.

Por la mente de la joven pasaron en un instante mil y una preguntas, todas ellas relacionadas con el motivo que habría llevado al escocés hasta allí, y se vio obligada a preguntarse si el hombre había perdido el juicio por completo o simplemente había olvidado el episodio de aquella noche en el palacio, cuando, con una facilidad abrumadora, frustró el encuentro forzado por Desmond, que huyó asustado a refugiarse en la oscuridad como el cobarde que era. Una pregunta aún más interesante era si Raven conocía su compromiso matrimonial con el Hidalgo Gallina, una posibilidad ante la cual a Abrielle se le hacía un nudo en la garganta, pues se preguntaba si eso podría tener algo que ver con la inesperada aparición del escocés.

Abrielle respiró hondo y tiró con fuerza de las riendas de su imaginación. ¿Acaso había perdido el juicio? Una cosa era que Raven oyera sus gritos en pleno forcejeo al pasar por un corredor del castillo y acudiera a socorrerla, y otra muy distinta que viajara desde tierras lejanas hasta un lugar donde no sería bien recibido a fin de… ¿de qué? Abrielle solo estaba segura de una cosa: Raven no estaba allí porque lo hubieran invitado. Después de la humillación que había causado al hidalgo, Raven Seabern sería el último hombre de toda la cristiandad en ser invitado. Lo más probable, concluyó Abrielle en un intento por tranquilizarse, era que hubiera ido hasta allí debido a un asunto de importancia para su rey. Fuera lo que fuese, no tenía nada que ver con ella, aunque se moría por saber por qué razón el escocés había traído a su padre.

Cordelia miró detenidamente a su amiga mientras las comisuras de sus labios dibujaban una amplia sonrisa llena de picardía.

—En mi opinión, una joven dama debería comportarse y no aprovecharse de ese pobre anciano escocés. Podría ser tu abuelo y ahí está con el corazón en la mano.

—¿Y qué me dices de ti? —la desafió Abrielle con una mirada cargada de recelo—. Me da la impresión de que la que está prendada de ese escocés eres tú.

Cordelia fue incapaz de negar el hecho de que aquel hombre había despertado su interés.

—Bueno, es muy apuesto…

—Tal vez deberías pedir a Raven Seabern que te lo presentara

—sugirió Abrielle, tratando de transmitir una calma que no sentía—. Después de todo, te debe una presentación.

Superada la sorpresa inicial por la inesperada aparición de Raven, Abrielle sintió un atisbo de pesar. Por razones que no sabía identificar, el hecho de verlo despertaba en ella pensamientos que había tratado de silenciar armándose de valor, pensamientos sobre cómo podría haber sido su vida, cómo debería haber sido, una vida plena y feliz con un buen hombre y una familia propia. La vida que había esperado compartir en su día con el bondadoso Weldon de Marlé, un sueño de niña que se había desvanecido con la muerte de su prometido. En su vida ya no había lugar para fantasías ni ideas románticas, y desear que fuera de otro modo solo servía para aumentar su sufrimiento. Era mejor aceptar que su unión con el hermanastro de Weldon sería el cruel reverso de lo que una joven podría esperar de su matrimonio y centrar su atención en otras cuestiones. En breve debería asumir las obligaciones rutinarias de la esposa de un hidalgo, y ello mantendría su tiempo y su mente ocupados, pero eso estaba aún por llegar, y por mucho que se resistiera, no podía evitar preguntarse cómo sería estar casada con un hombre como Raven Seabern. Aunque se dijo que en esa pregunta solo había una curiosidad intelectual, tuvo que reconocer que sería un matrimonio excitante y quizá no del todo desagradable.

No obstante, Abrielle no estaba en situación de considerar seriamente la idea de casarse con otro que no fuera Desmond, pues se había comprometido a salvar a su familia y no era persona que faltara a su palabra, por muy detestables que le parecieran las consecuencias. Además, según los párrocos, el contrato de esponsales era tan vinculante legalmente como el del matrimonio, así que debía hacerse a la idea de que su desalentador futuro ya estaba escrito.

Tras cruzar unas palabras entre ellos, los recién llegados se encaminaron hacia las mujeres, guiando a sus caballos. Y a pesar de que acababa de sorprenderse deseando lo imposible, Abrielle sintió el impulso de recogerse la falda y huir del enfrentamiento. Lo deseó casi con tantas fuerzas como deseó no haber conocido nunca a un escocés con nombre de ave de rapiña y rostro de ángel caído, un hombre irritante, arrogante, atractivo, que tenía el poder de hacer que se sintiera nerviosa, febril y triste, y todo al mismo tiempo.

Un momento antes de que el grupo de escoceses llegara hasta ellas, Desmond apareció de improviso junto a Abrielle y Cordelia. Teniendo en cuenta cómo había acabado su último encuentro con Raven, Abrielle suponía que Desmond se indignaría al reconocer a los hombres de la comitiva. Pero aunque detectó un brillo de odio en sus ojos, quedó contrarrestado por una sonrisa forzada y un extraño aire de satisfacción que Abrielle no pudo evitar interpretar como una mala señal.

De cerca, el azul de los ojos del escocés mayor era aún más intenso, y el agudo e ilimitado ingenio que brillaba en ellos era aún más visible. Pero había amarrado su encanto insinuante y en ese momento parecía decidido a reclamar cortésmente la atención del hidalgo. No así su vástago, que hizo caso omiso de la presencia de su anfitrión y no se molestó en ocultar su interés por las jóvenes que tenía a su lado. Abrielle, al saberse el centro de su atención, notó que se encendía. No lo había visto desde la noche en que la rescató, cuando el miedo y la torpeza —además de la semidesnudez en la que se encontraba, con la ropa medio arrancada— la llevaron a huir de una forma casi tan precipitada como su agresor. A pesar de que aquella noche el escocés había mostrado un interés en ella de lo más indecoroso, Abrielle sabía que no le había expresado su gratitud como le era debido. Y le preocupaba cómo recibiría él su gratitud cuando se enterara de que estaba comprometida con el mismo villano del que la había rescatado, si es que no lo sabía ya. ¿Pensaría que era una tonta a la que solo le importaba la riqueza, y que su gratitud se veía mancillada por su codicia? Ante aquella idea, Abrielle se mordió el labio y se preguntó qué le ocurría, pues era una mujer comprometida, desesperadamente comprometida. Y si bien la opinión que él pudiera tener de ella debería traerle sin cuidado, sabía que no era así, del mismo modo que sabía que aquello tenía que terminar. A la mínima oportunidad le daría las gracias por su galantería y con ello zanjaría la cuestión.

Raven y el hombre mayor saludaron con una reverencia a las dos doncellas y luego se volvieron hacia Desmond.

—Señor De Marlé —dijo el escocés mayor con voz alegre y resonante; tenía un acento mucho más marcado que Raven, una diferencia más entre padre e hijo. Llevándose una mano al pecho, inclinó la cabeza, tocada con una gorra escocesa, y realizó una rápida reverencia—. Es un verdadero honor que nos hayáis invitado a vuestro castillo.

Abrielle se tragó una exclamación de sorpresa cuando oyó decir al escocés que su hijo y él estaban allí en calidad de invitados, aunque, pensándolo bien, tal vez no fuera tan sorprendente. La única razón por la que Desmond podía haberles invitado era que quería ser el último en reírse, pasear a su prometida ante las narices de Raven y que el escocés viera y entendiera quién había sido el verdadero vencedor en aquella contienda. Desmond se había alzado con el premio que perseguía, había ganado el derecho a poseer su corazón, su mente y su cuerpo por siempre jamás, una idea que provocó en Abrielle un profundo malestar. Poco importaba que hubiera conseguido su victoria con oro y no por su coraje o valía, pues el acuerdo estaba debidamente cerrado y la unión no tardaría en ser un hecho consagrado. Y, por otro lado, Raven no había corrido a cortejarla cuando había tenido la oportunidad, un recuerdo que Abrielle tenía clavado como una espina en el corazón.

Desmond se alegraba de dar la bienvenida a los recién llegados, y ello por varias razones. Nunca venía mal relacionarse con hombres respetados e influyentes... aunque fueran escoceses. Pero lo más importante era que tenía una cuenta pendiente. Desde el desafortunado incidente en la corte de Enrique, había estado ocupado recogiendo información. Hablando con gente que tenía conocidos en las tierras del norte de Escocia, se había enterado de que el viejo Seabern era desde hacía años un íntimo confidente de los soberanos de aquel país y que, de hecho, había sido el brazo derecho del último monarca al frente de sus fuerzas armadas. En cuanto al hijo, hacía casi cinco años que era un importante emisario al servicio del rey David.

Cabría pensar que el hecho de que le hubieran confiado la tarea de llevar misivas de un lado a otro le habría servido para aprender a no meter las narices donde no debía, pero no era así. Y el propio Desmond le enseñaría aquella lección y disfrutaría al máximo de cada momento. Pasearía a su prometida ante Raven y su estimado padre hasta hacerles entender que le pertenecía, ante Dios y ante los hombres, que solo él tenía derecho a tocarla, cuando y donde quisiera, y que ningún hombre volvería a atreverse a cuestionar dicho derecho. Demostrar a aquellos dos caballeros tan seguros de sí mismos el poco poder que tenían para controlar el sino de una hermosa dama sería de lo más gratificante.

Desmond apenas podía reprimir el impulso de frotarse las manos ante aquella idea al saludarlos.

—Sois vos y vuestro hijo quienes me honráis al sumaros hoy a mí y a mis invitados para participar en la cacería, lord Seabern. —Desmond no escatimó esfuerzos por parecer el más cordial de los anfitriones—. Tengo entendido que en las tierras del norte no hay mejores cazadores que vuestro hijo y vos. Muchos de mis invitados han acudido con la esperanza de igualar vuestras mejores proezas. De hecho, han empezado a hacer apuestas sobre quién ganará, y me consta que se han recogido ya grandes sumas, y habrá más. Aquellos que consigan abatir el venado más imponente y el jabalí de mayor tamaño recibirán sustanciosos premios. Ahora que ambos estáis aquí, no me cabe duda de que las apuestas subirán significativamente. De ahí que os haya invitado a mi castillo.

Abrielle apenas pudo contener un bufido de desdén, pues dudaba de que nadie pudiera creer aquello.

—Pero estoy faltando a mis obligaciones como anfitrión —dijo Desmond antes de volverse hacia Abrielle y Cordelia—. Miladies, sin duda recordáis al emisario escocés de los festejos celebrados en el castillo de su majestad, pero creo que no conocéis aún a su padre, lord Cedric Seabern.

Los labios del hombre mayor dibujaron una sonrisa torcida cuando tomó los finos dedos de Cordelia entre los suyos y le besó la mano.

—No había visto doncellas tan encantadoras en muchos años —afirmó—. No hay duda de que habéis traído la belleza celestial hasta nosotros, meros mortales, y me alegra enormemente poder comprobar con mis propios ojos que semejante esplendor existe.

Un intenso rubor acudió a las blancas mejillas de Cordelia mientras le devolvía la sonrisa.

—Sé que los bardos celtas hacían magia con las palabras, noble señor, y por las vuestras deduzco que habéis heredado el don de aquellos poetas.

Cedric echó hacia atrás la cabeza y rió con deleite.

—Así es, milady, y si pudiera llevarme más, lo haría sin dudar con tal de haceros sonreír.

Cordelia señaló con la mano a su amiga.

—¿Conocéis a mi amiga lady Abrielle?

—Otra criatura de extraordinaria belleza —afirmó Cedric mientras se frotaba las manos con regocijo—. Santo cielo, si las vistas por estos parajes son tan hermosas, me vendré a vivir aquí y haré mi hogar de este lugar.

Abrielle dejó escapar una risa nerviosa, prefería la inofensiva coquetería de Cedric Seabern a la intensa e inquietante mirada de su hijo, una mirada que solo expresaba una cosa... posesión. Su interés ponía de manifiesto la arrogancia y el atrevimiento que había mostrado tan claramente en el banquete de Londres.

—Debo advertiros que tras esos muros se alojan en estos momentos muchos normandos, señor. Si yo fuera vos, no entraría ahí a menos que seáis ducho en el manejo de la espada y el broquel.

Siguió un incómodo silencio mientras los presentes recordaban las hostilidades pasadas entre sus respectivos países.

—Entonces será mejor que busque algunas armas para mi hijo y para mí, pues creo que ahí se encuentran nuestros aposentos —dijo Cedric, guiñándole el ojo.

Raven dio entonces un paso adelante, se colocó frente a Cordelia, se llevó su mano a los labios y le dio un suave beso en la yema de los dedos.

—Es un placer volver a veros, milady. Estoy seguro de que mi padre convendrá conmigo en que no hemos visto belleza igual desde la última vez que coincidimos en el palacio del rey Enrique.

Cordelia sonrió y señaló con la mano a su amiga.

—Tal vez recordéis a mi amiga lady Abrielle...

Abrielle tuvo que reprimir una mueca de disgusto, pues no había confiado a Cordelia el relato sobre el ataque de Desmond y la heroica intervención de Raven. Su amiga no podía saber lo bien que Raven debía de recordarla, ni el porqué. Por suerte, su protector respondió asintiendo con la cabeza en un gesto respetuoso que no dejaba entrever nada de lo ocurrido.

—Por supuesto. Es un placer volver a veros, lady Abrielle. El señor de De Marlé es un hombre realmente afortunado por tener una prometida tan hermosa. Imagino cuántos ardorosos pretendientes estarán ahora suspirando por su pérdida.

Raven notó los ojos redondos y brillantes de De Marlé clavados en él y se dijo que solo por esa razón tendería la mano a Abrielle. Tras una ligera vacilación, la muchacha posó su mano sobre la palma extendida de Raven, que percibió en ella un ligero temblor al envolverla con sus dedos y acercársela lentamente a la boca.

Raven tendría que haber sido muy obtuso para no percatarse del verdadero motivo de la invitación de Desmond; era evidente que quería observar su reacción cuando lo viera con su futura esposa, tocándola, bailando con ella, abrazándola. Pero antes Raven decidió ofrecer a aquella cucaracha inmunda una imagen digna de observación.

Acercó la cabeza a la mano de Abrielle y, cuando tenía su sedosa piel blanca a un milímetro de sus labios se detuvo. Alzó entonces la vista hacia la joven y le sostuvo la mirada. Aguzó los sentidos para percibir su tacto, su olor y la forma en que se le cortó la respiración cuando le acarició el dorso de la mano con su aliento cálido, y se deleitó al ver que se le ponía la piel de gallina a lo largo de su esbelto brazo. Raven confió en que el hidalgo estuviera observando la escena con atención, pues había que ser todo un artista para provocar tantas sensaciones en una mujer haciendo tan poco, y Raven sabía que lo era. Dejó que el contacto se prolongara durante un segundo de silencio, y otro más, y luego rozó brevemente la mano de la joven con sus labios y la soltó.

Abrielle dejó caer la mano a un lado mientras un cosquilleo le recorría todo el cuerpo, como si le estuvieran picando cientos de abejas, y la cabeza le daba vueltas, lo que no le impidió percibir la tensión entre Desmond y Raven.

—Os agradezco tan generosos cumplidos, sir Raven —dijo Abrielle, confiando en dar con el equilibrio adecuado entre un tono cordial y reservado que llevara a Desmond a dejar de fulminar a Raven con la mirada y al escocés a atenuar la expresión de petulancia de su rostro—. Vuestras palabras refulgen con la intensidad de una puesta de sol, noble señor.

—Mi padre, aquí presente, puede aseguraros que me ha educado para ser un hombre leal a la verdad, milady, y lo soy. Creedme cuando digo que lady Cordelia y vos sois dos joyas de extraordinaria belleza. Como hombre, me siento intimidado por ambas.

Pero no tanto como para dejar de honrarla con un beso como aquel cuando las circunstancias lo requerían, pensó Abrielle.

Cordelia no osó reconocer cuánto le gustaba aquel hombre tan apuesto, pero era traviesa y no pudo resistir la tentación de hacerle una pregunta delante de De Marlé, aunque ella ya sabía la respuesta. Estaba deseando poner de relieve el estatus de Raven en presencia del rollizo hidalgo, quien sin duda ya debía de estar al corriente de la posición privilegiada que ocupaba el escocés.

—¿Cómo es que estabais en palacio el día del homenaje a lord Berwin, si me permitís la pregunta?

—Lamentablemente, milady, no soy más que un extranjero en tan nobles lugares, salvo cuando sirvo de embajador a mi rey, David de Escocia. En ese caso debo viajar aquí y allá, donde la necesidad lo requiera. No ocurre muy a menudo que mis obligaciones me brinden la oportunidad de disfrutar de la compañía de unas damas tan encantadoras como las que ahora tengo ante mí.

Tal como Cordelia había imaginado, aquel diálogo irritó sobremanera al anfitrión, y tanto ella como Abrielle intuyeron al instante que la paciencia de Desmond estaba llegando a su fin.

—Tened la bondad de presentaros personalmente a mi ayudante. Él os mostrará vuestros aposentos. Esta noche celebraremos una fiesta en el salón de banquetes. Por la mañana, a primera hora, los hombres se reunirán para cazar un venado, y al día siguiente, un jabalí. Aquellos que regresen con los trofeos más imponentes serán honrados la misma noche. El tercer día lady Abrielle y yo intercambiaremos nuestros votos matrimoniales y más tarde celebraremos la unión con un banquete. Por supuesto a todos estos actos asistiréis como invitados especiales por mi parte.

Desmond bien podría haber expresado en voz alta su verdadera intención, pensó Abrielle, pero perdía el tiempo si esperaba fastidiar a Raven. El escocés nunca había mostrado un interés serio en ella, así que ¿por qué habría de importarle con quién iba a casarse? La única que resultaba herida con aquella broma cruel era ella.

—Podéis estar seguros de que celebraremos cada acto con nuestra presencia —aseguró Raven, llevándose una mano a los pliegues de la tela escocesa que le cruzaba el pecho al tiempo que inclinaba la cabeza y retrocedía varios pasos—. Nos honra contarnos entre vuestros invitados.

Desmond asintió mecánicamente en respuesta a dicho comentario.

Irguiéndose cuan alto era, Raven lanzó una mirada alrededor, como si quisiera admirar el paisaje que le rodeaba, pero solo Abrielle acaparaba su atención. No le sorprendía comprobar que recordaba a la joven con todo detalle. Pero la verdad era que ninguna otra mujer había llegado a estar tan cerca de atrapar su corazón como ella lo había hecho el día que se conocieron. Ella también lo observaba a él, aunque Raven percibió frialdad en su mirada. Se trataba de una mujer prometida, pero parecía que intentaba evitar su mirada por todos los medios, y Raven no entendía qué razón tendría para ello.

Desmond ofreció el brazo a su futura esposa a modo de callada invitación; era imposible no comparar aquel gesto con el que le había dedicado Raven apenas unos instantes antes al tenderle la mano de un modo similar. Abrielle supo que si alguna vez había pasado en un instante de la fantasía a la realidad más dura y desagradable fue en el momento en que posó una mano temblorosa sobre la manga del hidalgo. Su tacto la repelía, pero ante la falta de una escapatoria viable se vio obligada a fingir una sonrisa mientras sentía que una pesada carga le oprimía el corazón. Si por lo menos Raven no hubiera aceptado la maliciosa invitación de Desmond, no estaría mirándolo e imaginándose casada con alguien como él, apuesto y atrevido. ¿Por qué siempre se recordaba que él había tenido su oportunidad, que no había querido cortejarla como era debido, presentándose ante su padrastro en los aposentos donde se alojaba en el castillo de Westminster durante su estancia en Londres? No podía menos que suponer que el escocés iba en busca de una novia adinerada, y en su abatimiento se preguntaba si eso era lo único que le importaba a un hombre. Pero, por amarga que le resultara la idea, sabía que ella pecaba de lo mismo, pues aquella era la única razón por la que se casaba con el hidalgo.

Desmond se pavoneó con orgullo cuando pasaron por delante de los escoceses; los saludó a ambos con la cabeza y se la llevó de allí. Cuando entraron en el patio abierto, los invitados que ocupaban la zona se acercaron para saludarles y desearles una unión feliz. Abrielle apenas oía lo que le decían, y ante una pregunta que le hicieron, aturdida, solo pudo sonreír; De Marlé contestó en su lugar. Su prometido se apresuró a asegurarles que Abrielle estaba tan ansiosa por casarse como él, y aunque con su silencio parecía mostrar su conformidad con esas palabras, en su fuero interno se sentía como una marioneta sin alma, con una sonrisa pintada en la cara y cuyos hilos movía el hombre que tenía al lado.

Aferrada a una determinación apática para seguir adelante, Abrielle atravesó el patio interior sin borrar la falsa sonrisa de su rostro. El vacío emocional que sentía dentro le resultaba casi insoportable. De haber tenido un momento de libertad para buscar un rincón escondido, habría huido hasta allí para llorar con una angustia desconsolada hasta quedarse sin lágrimas. Nunca había vivido nada tan parecido a los horrores de un profundo averno como aquellos momentos vacíos y funestos, y todo porque estaba condenada a convertirse en la esposa de un ogro despreciable. Si se hubiera visto andando por un camino pedregoso hacia un ominoso tajo de madera donde le hubieran ordenado apoyar la cabeza y aguardar a que un verdugo encapuchado alzara sobre ella su hacha, no se habría sentido más consternada.

Entrada la noche, Abrielle yacía muy quieta en una cama estrecha de la pequeña cámara anexa a los aposentos que ocupaban sus padres. Con los ojos clavados en algo tan insignificante como los paneles de seda que cubrían el dosel, le costaba esfuerzo incluso respirar, y mucho más dormir. Un peso malsano le oprimía el alma, una sensación provocada sin duda por el hecho de que solo unos pocos días aciagos la separaban de la ceremonia que la ataría para siempre a Desmond de Marlé. Cuando imaginaba a lo que tendría que someterse para cumplir sus obligaciones conyugales se veía cayendo de nuevo en un pozo de desesperación. De no haber sido porque temía despertar a sus padres, habría sucumbido al llanto inconsolable que amenazaba con estallar en cualquier momento. Había aceptado por sí misma ese calvario, había dado su palabra y no tenía intención de desdecirse, aunque de haber querido tampoco habría podido.

Incapaz de soportar el conflicto que la atenazaba, salió de la estrecha cama y corrió al exterior; necesitaba estar unos instantes sola y que nadie oyera los sollozos que pedían a gritos escapar de su garganta. Cuando dejó de correr se vio en un pasillo que conducía a la escalera de la torre. El camisón se le pegaba al cuerpo y sus pies desnudos se habían quedado casi helados en contacto con el suelo de piedra. Su largo pelo le caía alborotado sobre los hombros y el pecho, ofreciéndole un manto de calor contra el frío que invadía el pasillo.

La única luz procedía de la luna que brillaba a través de una torrecilla. En el suelo de piedra se reflejaban los colores apagados de los cristales emplomados. A pesar de la desesperanza que la embargaba, le consoló el hecho de estar sola en un lugar donde podía llorar en alto si lo necesitaba, y a medida que se acercaba el día de la boda las lágrimas aumentaban. La tranquilidad que sentía duró poco; tras solo unos momentos de soledad tuvo la desagradable sensación de que había alguien por allí cerca. Presa de la inquietud, escudriñó la oscuridad que le rodeaba, preguntándose quién podría estar observándola. ¿Desmond? Desde su llegada, parecía andar acechándola en todo momento, oculto en algún rincón... todo lo oculto que se lo permitían sus voluminosas dimensiones. Estaba obsesionado con espiarla, un nuevo motivo para añadir a la lista de razones por las que rogaba a Dios que obrara un milagro y que la boda no se celebrara.

¿Le habría seguido Desmond aquella noche con la esperanza de cogerla desprevenida como ya hiciera en el castillo de Enrique? ¿Tanto ansiaba su cuerpo como para negarle las pocas horas que le quedaban de paz e intimidad? Una ráfaga de ira y asco le recorrió el cuerpo. Claro que existía la posibilidad de que quien merodeara en la oscuridad fuera un desconocido. No auguraba nada bueno para su futuro el hecho de que no pudiera decir a quién odiaría más encontrarse en mitad de la noche en aquel rincón oscuro y apartado: a su prometido o a un perfecto desconocido.

Un sonido en la escalera de la torre, como el del roce de unas botas contra la piedra rugosa, le llevó a frenar en seco sus conjeturas.

—¿Desmond? —dijo en voz alta, agradeciendo que el tono firme de su voz no revelara el temor que sentía, pues de poco le serviría dejarse llevar por el miedo. Y habría sido una insensatez confiar en que un galante caballero que pasara por allí justo en aquel momento acudiría de nuevo en su auxilio, sobre todo teniendo en cuenta la notable falta de galantería que observaba entre los hombres que la rodeaban en los últimos tiempos. De hecho, solo había uno al que podía atribuirle dicha cualidad, y aun así pensar que un escocés estaría dispuesto a interceder por ella una segunda vez seguía siendo una insensatez.

No le quedaba más opción que defenderse por sus propios medios. A fin de cuentas, ¿acaso no se había metido sola en aquel aprieto? Estaba convencida de que el hombre que la acechaba era Desmond, a pesar de que este no había contestado cuando ella pronunció su nombre. Era muy propio de él guardar silencio para prolongar su sufrimiento. El muy canalla probablemente esperaba que ella estuviera lo bastante asustada para abandonarse en sus brazos con gratitud cuando él por fin apareciera. Casi resopló al pensarlo, pues era más probable que comenzara a batir los brazos para intentar salir volando de allí que se lanzara a los brazos del hidalgo por voluntad propia.

Lo esperaría allí fuera; sabía que al final tendría que salir de las sombras, y entonces Abrielle mantendría la calma y le haría ver que resultaría más ventajoso para ambos que él respetara la dignidad de su familia, así como el deber de un caballero ante los invitados a su casa, y contuviera sus impulsos hasta que estuvieran oficialmente casados. Si no conseguía disuadirlo, estaba dispuesta a recogerse el camisón y echar a correr antes de que Desmond le pusiera las manos encima. No entregaría su cuerpo a aquel libidinoso un segundo antes de lo estipulado según el pacto con el diablo al que habían llegado.

El silencio se prolongó tanto que Abrielle creyó que acabaría con los nervios destrozados. Finalmente se oyeron unos pasos lentos, y una sombra se proyectó en el pavimento iluminado por la luz de la luna que se extendía a los pies de Abrielle. No conseguía ver quién era, y el instinto le llevó a recogerse el camisón y prepararse para huir.

—Desmond —repitió con voz enérgica—. ¿Sois vos?

La sombra se movió y una voz demasiado profunda, varonil y atrayente para pertenecer al hidalgo respondió:

—No, lady Abrielle. Espero que no estéis demasiado decepcionada.

5

No fue decepción lo que sintió, sino otra cosa, algo que no sabía cómo describir con palabras, cuando se dio cuenta de que se trataba de Raven, cuya silueta llegó a distinguir por el pálido brillo de la luz de la luna que lo iluminaba entre las sombras pero no le brindaba la claridad suficiente para que pudiera ver la expresión de su rostro. Así pues, el intruso que la acechaba no era su prometido ni ningún desconocido, y aunque sabía que debía sentirse aliviada por ello, no era así.

La precaución y el decoro le dictaban huir de su presencia al instante, pero algo más, algo que le resultaba desconocido, la mantenía anclada en el sitio. Era como si la húmeda niebla de la noche hubiera penetrado en su mente y hubiera conseguido que olvidara todo y a todos salvo al apuesto escocés que la miraba de nuevo con atrevimiento, sin disimular su interés. ¿Qué extraño poder ejercía aquel hombre sobre ella para que una simple mirada o un atisbo de sonrisa en sus labios alterara sus sentidos de aquella manera? Su imagen habría bastado para que una mujer prometida saliera corriendo a refugiarse en sus aposentos; sin embargo Abrielle se sentía más atraída que nunca por él, y su cuerpo reaccionaba como una mujer respondía ante un hombre desde el principio de los tiempos.

Raven cargó despacio el peso en el otro pie y un rayo de luz nacarada iluminó la holgada camisa blanca de manga larga que llevaba con su falda y sus suaves botas de piel.

—¿Y bien? —dijo en voz baja—. ¿Es así?

¿Que si era así? ¿El qué? Abrielle, consternada, frunció el ceño. Trató de recordar las últimas palabras de Raven, pero no era fácil concentrarse con el corazón acelerado y una legión de mariposas revoloteando en el estómago.

—¿Estáis decepcionada? —apuntó Raven antes de que ella se viera obligada a preguntarle—. Suponiendo, naturalmente, que hayáis abandonado la seguridad de vuestro cálido lecho para reuniros con vuestro prometido en este... —Raven miró alrededor— este rincón oscuro, frío y húmedo... el lugar ideal para una cita. Confieso con franqueza que no soy el sustituto idóneo del hombre que esperabais; acaso sea el menos indicado que pueda hallarse en este mundo. Tal vez habréis reparado en qué poco tengo en común con el hombre de vuestros sueños. —Al ver que Abrielle pestañeaba confundida, Raven añadió—: Nuestro gentil anfitrión.

Abrielle sacudió la cabeza y su largo cabello le cayó sobre la espalda.

—Me temo que el decepcionado seréis vos, señor —respondió.

—¿De veras? —Raven avanzó unos pasos hacia ella mirándola con descaro—. No veo la razón cuando el cielo que nos protege ha tenido a bien recompensar mi paseo nocturno con la fugaz imagen de la criatura más hermosa que existe sobre la tierra.

Aunque aquellas palabras la confundieron, fingió mantener el control y puso los ojos en blanco en un gesto aparentemente jocoso.

—No podéis negar que sois hijo de vuestro padre, un Seabern hasta la médula. Pero en vista de que no hay nadie aquí a quien queráis impresionar, podéis ahorraros vuestras bonitas palabras. Me refería a la decepción que os llevaréis cuando sepáis cuánto os equivocáis, pues esta noche no tengo ninguna cita planeada con nuestro gentil anfitrión ni con ninguna otra persona.

Raven avanzó un paso más, y Abrielle se dio cuenta de que cuanto más se acercaba, más dulce y grave era su voz, y al verlo tan cerca sintió que un escalofrío aterciopelado le recorría la espalda.

—¿Estáis segura de que me conocéis lo bastante como para saber a quién quiero impresionar? —preguntó Raven.

—Estoy segura de que no necesito conoceros mejor de lo que os conozco —respondió ella.

—Ah —dijo Raven con un dejo inequívoco de diversión—. En ese caso, milady, admito que me he equivocado, y no puedo menos que preguntarme qué os habrá llevado a vagar por el castillo tan escasa de ropa y a unas horas a las que las novias felices duermen plácidamente, sumidas en sus dulces sueños.

Abrielle se abrazó como si tuviera frío, y agradeció al cielo que Raven no notara lo mucho que le había acalorado su presencia.

—Me maravilla lo mucho que sabéis sobre novias, señor. Sin embargo, por lo que a mí respecta, os diré que no podía dormir y pensé que el aire fresco de la noche me vendría bien para conciliar esos dulces sueños a los que os referís. En mi agitación, he vagado más de lo que pretendía.

Abrielle se puso tensa al ver que Raven se le acercaba aún más, se dijo a sí misma que ya era hora de despedirse de él y tomó la determinación de hacerlo enseguida, pero no todavía. No tuvo más remedio que preguntarse qué le ocurría, pues si había un momento en su vida en que debía mostrarse cautelosa era entonces. Sin embargo, con todo lo que estaba en juego, no solo para ella sino también para sus seres más queridos, esa imprudencia que había heredado de su padre y que creía haber dejado atrás, o por lo menos aprendido a reprimir, de repente decidió revelarse.

—Es fácil vagar más de la cuenta en un lugar como este —dijo Raven, muy cerca ya de ella, provocando con su proximidad que el corazón le latiera aún más rápido, en contra de lo que habría creído posible.

Abrielle alzó el mentón, se juró a sí misma que no le dejaría entrever siquiera el miedo que sentía, y se obligó a ocultarlo.

—Sí, tenéis razón. Veo que me he alejado de mi cámara mucho más de lo que pensaba. Cada uno sobrelleva los nervios lo mejor que puede, y ya se sabe la emoción que provoca una boda...

Las palabras casi se le quedaron atravesadas en la garganta, pero no estaba dispuesta a confesarle cuán desesperada estaba su familia. Ya había perdido demasiado: su amado padre, su primer prometido, su seguridad y tranquilidad, incluso sus sueños de futuro, y pronto le quitarían mucho más, pero no renunciaría al escaso orgullo herido que le quedaba.

Raven arqueó una ceja.

—¿Emoción? Perdonad mi impertinencia, milady, pero me parece recordar que la última vez que os vi con De Marlé os estaba importunando. ¿Es eso lo que os inspira tanta emoción? ¿O también me equivoqué aquella noche en el palacio? Tal vez no necesitabais que os rescatara.

Abrielle se enfureció, sobre todo porque él parecía disfrutar en cada momento de la incomodidad de ella.

—Lo que ocurrió aquella noche fue un… malentendido entre el hidalgo y yo —repuso—. Malentendido que ya ha sido rectificado.

El semblante de Raven cambió al instante, se endureció, y también su voz. Estaba lleno de ira, y ante el tono sepulcral de su voz, Abrielle dio un paso atrás.

—¿Un malentendido, decís? Tal vez el hidalgo no entendió que aún no había pedido formalmente vuestra mano y que vuestro padrastro aún no había aceptado su petición, ni habían llegado a ningún acuerdo, ni se había establecido ningún vínculo, ni publicado ninguna amonestación. ¿También fue un malentendido que no tuviera derecho a atacaros y maltrataros, a tocaros y manosearos…?

Abrielle se esforzó en mantener la compostura, pero le costó horrores y se limitó a encogerse de hombros y musitar una respuesta con desgana.

—Creo que fue más bien un exceso de entusiasmo por parte del hidalgo.

Abrielle observó que la ira creciente que destilaba la voz de Raven se había grabado en su rostro, petrificando sus marcadas arrugas y sus facciones ya de por sí angulosas.

—Solo espero que no creáis realmente semejantes necedades, o lo que es peor aún, que penséis que ese «entusiasmo» es normal en un hombre. Un hombre honorable sabe perfectamente dónde están los límites, y obra en consecuencia por mucho que quiera… —Raven se calló de golpe—. Un hombre honorable entiende que hay cosas en este mundo por las que vale la pena esperar.

Sin motivo aparente, Abrielle notó que una placentera sensación de calidez le recorría el cuerpo. Todo en él, desde la forma obstinada de su mandíbula hasta el tono ferviente de su voz, revelaba que Raven era de aquella clase de hombres, y se le quitaron las ganas de seguir defendiendo a De Marlé ante él. En su intento por encontrar una respuesta de algún tipo, al final optó por una frase obligada dicha sin entusiasmo.

—Confío en que con ello no estéis insinuando que mi prometido no es un hombre honorable.

—Lo que yo piense de él no tiene ninguna importancia. Lo que importa es lo que penséis vos.

Abrielle lo miró a los ojos, preparada para ver en ellos un brillo de complicidad, pero en vez de eso encontró una mirada de comprensión que le resultó del todo insoportable.

—¡Por amor de Dios! —exclamó—, si tenéis tan bajo concepto de él, ¿por qué diantre habéis aceptado su invitación?

—Para ser sincero, tenía curiosidad.

—¿Sobre sus motivos?

Raven negó con la cabeza y esgrimió una sonrisa sardónica.

—No. Vuestro prometido no es tan complicado; sus motivos eran evidentes. Quería que viniera para alardear de su conquista.

Abrielle tomó aire de golpe. Ella pensaba lo mismo, pero Raven no debía saberlo.

—El castillo se halla muy próximo a vuestra tierra —le recordó Abrielle—. Tal vez solo pretendiera mostrar su buena voluntad al rey David.

—En tal caso debería haberlo invitado a él —repuso Raven con sequedad.

—¿Lamentáis ya haber venido?

La larga vacilación de Raven hizo que entre ellos creciera una tensión nueva e inconfundible.

—No, milady, por la oportunidad de volver a veros me habría enfrentado a situaciones mucho peores.

No había duda de que aquellas bonitas frases iban dirigidas únicamente a ella, pues allí no había nadie más que pudiera oírlas. Abrielle percibió un tono íntimo en la voz grave de Raven que le resultó nuevo. El desasosiego que sentía se convirtió en un deseo anhelante al que no tardó en sumarse un violento arrebato de ira. El escocés sabía ciertamente lo que hacía al tentar a una mujer que estaba a punto de casarse.

—No me habléis así —dijo entre dientes—, o sabré quién carece de honor.

Abrielle dio media vuelta y se retiró; tenía la mente puesta en su refugio más próximo, la cámara de sus padres, y no se detuvo hasta llegar allí.

Raven la siguió a cierta distancia y esperó a la salida de la pesada puerta hasta que oyó el sonido de la tranca de madera al encajar en su sitio. La seguridad de la muchacha le preocupaba más de lo debido, sin duda más de lo que dictaba la prudencia.

Se pasó una mano por la cara y emitió un quejido en voz baja. ¿Por qué perdía toda su compostura cuando estaba cerca de Abrielle? Se había prometido que la trataría en todo momento como correspondía a un conocido lejano.

Pero entonces la vio allí sola a la luz de la luna cual princesa de un cuento de hadas, con sus rizos del color del amanecer cayéndole sobre los hombros y su grácil silueta... más tentadora con un suave camisón de algodón que cualquier mujer de cuantas hubiera visto vestidas de terciopelo y cargadas de joyas. Y eso que él había visto bastantes mujeres, vestidas y desnudas; más que suficientes como para no responder a la imagen fugaz de una grata curva o al mínimo indicio de un recoveco apetecible como un ingenuo efebo que aún no hubiera robado su primer beso. Sin embargo, el mero hecho de mirar a Abrielle le privaba de prudencia, y quizá —como ella misma le había insinuado— de una pequeña parte del honor inquebrantable del que se enorgullecía.

Raven reconoció airado que la doncella estaba en lo cierto acerca de él, y despreció su propia debilidad por lo que a ella respectaba. Si fuera la mitad de inteligente de lo orgulloso que era, actuaría como había jurado que haría antes de llegar al castillo y se mantendría lo más lejos posible de ella durante su visita. Y si aún fuera un poco más inteligente, se marcharía en aquel mismo instante, mucho antes de que se celebrase la boda, que preveía como un suplicio de principio a fin. No necesitaba ver a Abrielle ante las puertas de la iglesia ataviada con sus mejores galas para saber que su mera imagen conseguiría que le fallaran las rodillas y que su corazón latiera tan fuerte que le doliera. O que el hecho de verla desposarse con De Marlé, ante Dios y ante los hombres, le incitaría a proferir un antiguo grito de guerra y a querer arrebatársela a punta de espada.

Debería irse aquella misma noche, en aquel preciso instante, pensó, aun sabiendo que no tenía intención de seguir su propio consejo. Marcharse sería de cobardes, y Raven Seabern no era un cobarde. No, se quedaría allí y daría a aquel hidalgo llorica la nimia satisfacción que buscaba. Se quedaría allí y haría algo que requería más valor que cualquier batalla o pelea en la que hubiera participado. Él era un emisario real, educado para controlar hasta las emociones más desenfrenadas, una habilidad que en su mundo podía marcar la diferencia entre una vida dichosa y una muerte segura; así pues, permanecería en silencio y se limitaría a contemplar cómo la única mujer que había logrado llegar hasta lo más hondo de su ser, sin ponerle encima más que un dedo enguantado, se casaba con otro hombre.

El sol del nuevo amanecer asomó con luz trémula entre las ramas bajas de los árboles que cubrían las colinas situadas al este, tiñendo con su brillo sonrosado la densa neblina que se arremolinaba de forma inquietante sobre el terreno pantanoso que rodeaba en parte el castillo. En el patio cerrado de la fortificación, siervos de ojos mortecinos y mejillas hundidas corrían inquietos de un lado para otro con bandejas cargadas de comida para los cazadores. Cuando retiraban las bandejas, eran muchos los siervos que aprovechaban el momento para llevarse rápidamente a la boca los escasos restos que quedaban.

De fondo se oía la algarabía de más de una veintena de perros de caza que gruñían y aullaban su deseo de permanecer cerca de sus amos. Tras un puntapié bien dado o un bastonazo gañían y salían corriendo en todas direcciones y no tardaban en lanzarse por los trozos de carne que hubieran caído de las rebosantes bandejas que llevaban los siervos.

Sentados entre aquellos cuya codicia avivaba su mente con artimañas diversas para hacerse con los premios que pudieran robar había hombres de naturaleza más tranquila y sutil, que se tomaban la caza como algo serio y confiaban en sus propias aptitudes. Dejando a los primeros con sus marrulleras riñas y sus ostentosos alardes de cacerías pasadas, los otros inspeccionaban en silencio los filos de sus arpones y flechas. Dentro de aquel último grupo se hallaba la pareja de escoceses.

Raven estaba afilando tranquilamente varias lanzas para la cacería del jabalí que se celebraría al día siguiente. Como era de esperar, su padre y él no conocían a ninguno de los presentes. Sus amigos de las tierras altas habían puesto en duda sus razones para aceptar una invitación de boda de alguien que probablemente se revelaría como un peligroso enemigo, pero Raven no había olvidado a la hermosa doncella a la que había rescatado y no podía hacer caso omiso del intenso deseo que sentía por poseerla. A sus ojos era como una delicada flor de una belleza inconmensurable. Para convertirse en toda una mujer habría que cuidarla con mimo, y no era muy probable que eso ocurriera estando en manos de un bellaco como De Marlé. Raven temía que no sobreviviera a sus malos tratos.

Cedric frunció la boca mientras contemplaba la hoja que había estado afilando, luego alzó la vista y miró a su hijo.

—No hemos tenido oportunidad de hablar de esto antes, así que te lo preguntaré ahora. Te advertí que De Marlé podría estar buscando venganza, y ahora que he visto la expresión de su mirada mis sospechas son mayores.

Raven lanzó una mirada a su padre.

—¿Acaso no os parece convincente su repentina camaradería?

Cedric resopló.

—Muchacho, ¿te importaría explicarle a tu anciano padre por qué te has empeñado en meterte en esta trampa cual un mendigo ciego?

Raven dedicó a su padre una sonrisa irónica.

—Sé que no lleváis tanto tiempo viudo para no admirar un hermoso rostro como hacemos los demás, padre. Habéis visto con vuestros propios ojos lo bonita que es la doncella.

—Dime que estás hablando de lady Cordelia.

—No, es Abrielle quien ha clavado su flecha en lo más profundo de mi corazón.

Cedric suspiró y negó con la cabeza.

—Me lo temí cuando vi el interés con el que la mirabas ayer, y eso fue antes de que me percatara del modo en que ella te devolvía la mirada. ¿No corre por ahí el disparatado rumor de que la joven está comprometida? ¿Acaso no era ese el motivo que nos ha traído hasta este torreón, asistir a las nupcias entre De Marlé y su hermosa dama?

Raven se encogió de hombros.

—Como ya recordaréis, padre, no pedí que me invitaran. Fue idea del hidalgo. Es cierto que habría preferido que la pobre doncella no se viera atada a un hombre como él, pero el contrato está firmado y debo aceptarlo. —Incluso en el momento en que lo decía se le revolvió el cuerpo en señal de protesta. Para evitar que tanto su padre como él siguieran pensando en ello decidió cambiar de tema—. Naturalmente, eso me lleva a preguntarme cuáles serán sus intenciones. Suponer que pretende hacernos daño tal vez sea exagerado, aunque sería interesante. Añadiría algo de emoción al acontecimiento.

—No estoy seguro de que a Abrielle le pareciera «interesante» que estallara la violencia en medio de su boda. —Cedric movió lentamente la cabeza—. Sí, muchacho, es cierto que entonces tendrías derecho a defenderte. Sin embargo, teniendo en cuenta que el pobre hombre casi te dobla la edad y el peso, y que te llega a los hombros, cualquier enfrentamiento entre vosotros no parecería del todo justo a ese atajo de víboras a los que llama amigos.

—Oh, no pretendo darle pie, padre —aseguró Raven a su progenitor—. Y la dama ha dejado claro que no quiere ayuda de nadie como yo. Pero aun así me siento… culpable.

—No tienes por qué, muchacho. Tú ni siquiera sabes las razones que le han llevado a elegir a un hombre como él.

—La desesperación, padre, ¿qué podría ser sino?

—Sea lo que sea, no nos concierne.

Raven emitió un sonido evasivo, pensando que aquellas palabras no le parecían más convincentes viniendo de su padre que cuando se las dijo a sí mismo.

Abrielle pasó el primer día de la cacería con las mujeres. Se habían reunido para ver partir a los hombres entre aclamaciones, gritos y gestos de afecto. Se fijó en que allí por donde pasaban los dos escoceses la multitud guardaba silencio, como si no quisieran alentar al enemigo. Los seguidores de Desmond los abuchearon con maneras deshonrosas, y lo último que quería Abrielle era que la celebración de su boda se estropeara y alguien acabara herido. Cuando Desmond por fin la miró, ella le devolvió una mirada suplicante, y el hidalgo acalló a sus escandalosos hombres con un gesto de la mano. Los dos escoceses siguieron avanzando con dignidad a lomos de sus monturas, pero Abrielle sabía que aquel silencio incómodo no presagiaba nada bueno. Y vio que Desmond la miraba de nuevo con sus pequeños ojos entrecerrados.

Aquella noche, cuando los cazadores regresaron con el botín, no había duda de que Cedric había cazado el ciervo más grande y majestuoso y que había ganado el primer premio. Tal era el tamaño del venado que Thurstan no pudo proclamar a otro ganador, aunque a Abrielle le pareció que vacilaba más de la cuenta ante los animales muertos.

Durante la cena nadie quiso compartir la mesa con Raven y su padre. Los dos hombres se entregaron a la comida como si aquello no les importara, pero ¿cómo podían obviar el tenso rencor de sajones y de normandos? Cordelia y Abrielle cruzaron una mirada de preocupación.

—Es del todo indecoroso que unos invitados reciban semejante trato —musitó Abrielle a su amiga.

—Aún no eres la señora de este lugar —repuso Cordelia, vacilante.

—Lo sé, pero estos hombres se comportan como si los Seabern en persona hubieran atacado nuestras tierras en el pasado. Vienen de las tierras altas de Escocia, no del otro lado justo de la frontera. Y si estalla una riña, ¿no lo estropeará todo?

—¿No agradecerías que la boda se retrasara?

—¡Cordelia! —exclamó lady Grayson con un grito ahogado mientras miraba alrededor, pero nadie las había oído.

—No quiero que la boda se retrase —aseguró Abrielle con firmeza; deseaba que su padrastro no tuviera un aspecto tan abatido al verlo encorvado sobre su jarra de cerveza—. Pero si este será pronto mi hogar, los amigos de Desmond deberán comportarse con educación. Parecen un grupo de perros rabiosos. Y si hay pelea, ¿no crees que nuestros padres se verán obligados a tomar partido?

Mientras Cordelia palidecía ante la idea, Elspeth se inclinó hacia su hija.

—Abrielle, haces bien en estar preocupada. Tú y yo sabemos cómo pueden comportarse los hombres cuando dejan de atender a razones. Recuerda que tu difunto padre se sintió obligado a aceptar aquel desafío que nos lo arrebató para siempre.

Abrielle se estremeció al pensarlo.

—No puedo permitir que eso se repita.

Dicho esto, se puso en pie con gracilidad y comenzó a recorrer el gran salón, pisando esteras que no se habían barrido desde hacía meses.

Raven dejó de comer cuando vio a Abrielle moverse entre la bulliciosa multitud. Era como la orgullosa proa de un barco que dejaba a su paso una estela de silencio. Tal era su belleza, que los hombres dejaban de comer para mirarla, y Raven sabía que él no era distinto.

—Muchacho, cierra la boca si no quieres que te entren moscas —le dijo su padre en tono divertido.

Abrielle se detenía en cada mesa, dedicaba a los invitados una dulce sonrisa y les hablaba con voz melodiosa. Los escoceses no alcanzaban a oír qué decía, pero vieron que más de uno les lanzaba una última mirada antes de arrellanarse en su asiento.

—¿Qué hace? —musitó Raven, desconcertado por no poder sino observar y preguntarse qué ocurría.

—Calmar los ánimos de sus invitados —se atrevió a conjeturar Cedric.

Aunque tenía la atención puesta en Abrielle, Raven se propuso observar asimismo la reacción de De Marlé. En un primer momento, cuando parecía que Abrielle iba a reunirse con él, el hidalgo estaba encantado, pero cuando vio que en su camino seguía deteniéndose en las mesas, Desmond miró hacia la mesa de Raven con creciente disgusto. Raven trató por todos los medios de desentenderse de lo que ocurría, pero no le fue fácil: el más leve movimiento de la joven y el menor atisbo de emoción que entreveía en su rostro lo fascinaban. No podía evitar mirarla, y cada vez que lo hacía deseaba tocarla, estrechar aquel cuerpo maravilloso contra el suyo y saciar su necesidad con la suavidad de Abrielle. Durante aquel último mes había sido incapaz de borrarla de su mente, y saberse en la misma estancia que ella solo sirvió para acrecentar su deseo. Dio gracias a Dios por la experiencia que le había reportado la diplomacia y que en aquel momento le permitió mantenerse impasible y no revelar los pensamientos ni sentimientos que se arremolinaban en su interior. De Marlé podía parecer un hombre ignorante, pero no era tonto. Tenía una astucia maliciosa, y Raven sabía que si la mirada de odio del hidalgo fuera una espada, su cabeza estaría rodando por el suelo del salón.

Para gran alivio de Raven, Abrielle, en vez de acercarse a su mesa, se dirigió a la de su prometido y le dedicó la más dulce de sus sonrisas. Raven deseó poder retar al hombre por el derecho que tenía de mirar aquellos preciosos ojos verdeazulados. Su padre, que parecía haber percibido su inquietud, le tocó el muslo en señal de advertencia, y Raven, aún nervioso, fingió que volvía a concentrarse en su plato.

Desmond tomó encantado la mano de su hermosa prometida, la sostuvo en alto y le plantó un beso. El gesto provocó afables comentarios sobre la noche de bodas, y Desmond vio aparecer un rubor virginal en el rostro de Abrielle.

Pero no podía olvidar la forma en que Abrielle había calmado los ánimos de los invitados, y todo por los escoceses. Su plan de vengarse de Raven Seabern alardeando de su prometida ante él no estaba saliendo como había planeado. Cierto era que el escocés aún la deseaba, pero lo mismo sentían todos los hombres presentes en el salón, y Raven se esforzaba más que la mayoría en reprimir su deseo.

Lo peor era ver cómo Abrielle evitaba deliberadamente dirigir la vista hacia Raven, como si temiera mirarlo de cerca por miedo a lo que pudiera sentir.

Y eso Desmond no podía consentirlo. Había que cambiar de planes. Su sobrino Thurstan contaba con hombres de reserva por si se revelaba necesaria una demostración de fuerza. Había llegado el momento de pasar a la acción. Un ataque perpetrado por ladrones sería más creíble que hacer que dos hombres sanos sucumbieran de repente envenenados.

Casi había anochecido cuando Raven y su padre detuvieron los caballos junto a la orilla opuesta del río que serpenteaba a cierta distancia del torreón, muy cerca de un tramo rocoso y poco profundo donde el agua fluía con rapidez. En aquel lugar, el segundo día de la cacería, padre e hijo habían visto varios jabalíes, ninguno de los cuales mereció el esfuerzo de la persecución, si bien Cedric había comentado que cualquier jabalí recién cazado mejoraría la comida que se servía en el castillo. Había tantos cazadores deambulando por aquí y por allá, y en su avance hacían tanto ruido, que los animales corrían a esconderse, y encontrar una pieza digna de elogio se había convertido en una empresa harto ardua.

Raven y su padre habían decidido aventurarse por parajes más lejanos en la dirección contraria, no solo para buscar la presa en la zona hacia la que los otros conducirían a los animales sin querer, sino también para tratar de mantenerse lejos de la trayectoria de una flecha o una lanza errada. La combinación de terreno accidentado y corrientes rápidas no suponía una dificultad para quienes se habían criado en las tierras altas de Escocia. Los que intentaron seguir su rastro no tardaron en desistir de su empeño y retirarse a una zona más llana y cercana a la fortaleza.

El sol se ocultaba ya tras las copas de los árboles más altos cuando padre e hijo seguían el rastro de un jabalí que prometía batir todas las marcas. Momentos antes habían descendido hasta un paraje cercano a un tramo de aguas rápidas y Raven había visto al animal adentrarse en una zona de matorrales protegida del sol por árboles imponentes. En silencio, hizo gestos a su padre para que se fijara en las huellas del animal y en una rama recién partida que había cerca de la base de un alerce. Se inclinó a un lado de la montura y, valiéndose de su lanza, apartó las ramas más bajas del árbol y dejó al descubierto un jabalí enorme, con sus inmensos colmillos curvos, que se había guarecido junto al tronco. De repente, un chillido iracundo rompió el silencio, el animal salió corriendo de su refugio y provocó un movimiento frenético de hojas en su huida. Al notar el contacto de las ramas en su piel hirsuta, el jabalí saltó a un lado y rasgó el aire con los colmillos en el intento de dar con su enemigo fantasma.

El animal, lleno de furia, se abalanzó hacia el claro entre chillidos. Al verlo venir, Raven rozó con las espuelas los costados de su semental para que girara sobre sí mismo y pudiera enfrentarse a su presa cara a cara. El jabalí clavó los ojos en la intimidatoria presencia que se alzaba ante él y, resoplando amenazadoramente, comenzó a rascar el suelo con los colmillos, arrojando densas matas de hierba a diestro y siniestro. Luego tomó impulso con las patas traseras y se lanzó hacia el caballo en una carrera enérgica.

Raven se apresuró a apartar a su montura a un lado y dejó que el animal pasara de largo. Un instante después, el jabalí terminó su furiosa arremetida bajo el extenso follaje de otro alerce situado a un tiro de piedra de donde se hallaba Raven. Las ramas más bajas del árbol se sacudieron de un lado a otro cuando el animal se abrió paso entre ellas con ferocidad.

Cuando emergió de nuevo con ímpetu de entre las ramas bajas se encontró con que el hombre le aguardaba lanza en mano. Con todas sus fuerzas, Raven arrojó el arma hacia su objetivo, y la lanza atravesó al animal. El jabalí comenzó a retorcerse entre chillidos de agonía en un intento desesperado por librarse de la lanza. Poco a poco, sus movimientos se ralentizaron y se hicieron cada vez más torpes mientras se tambaleaba a un lado y a otro en errática retirada, hasta que finalmente se derrumbó sobre sus cortas patas.

Raven se levantó sobre los estribos con la intención de desmontar, pero una lanza salida de la nada le pasó zumbando por la cara y le abrió un tajo en la mejilla. Manaron gotas de sangre de la herida sin que él se diera cuenta. Guiándose por el instinto y las enseñanzas transmitidas por su padre a lo largo de los años, siguió la trayectoria del arma hasta el tronco en el que se había clavado su punta irregular. A su espalda oyó un chapoteo que indicaba que unas monturas estaban cruzando la corriente y se apresuró a tirar de las riendas para dar media vuelta y enfrentarse a los jinetes. Ansiaba luchar contra un enemigo que había atacado sin previo aviso ni provocación por su parte.

Raven volvió la mirada de nuevo hacia el árbol y espoleó suavemente al caballo para que corriera en aquella dirección. Sin frenar su montura, agarró el asta desgastada de la lanza de su atacante, la arrancó del tronco y, tras arrojarla un instante al aire para cogerla mejor, tiró de las riendas para volver al punto de partida. Su padre también se volvió y juntos se enfrentaron a los dos jinetes con yelmo y capa que espoleaban a dos enormes y greñudos caballos hacia ellos.

El ruido atronador de los cascos resonaba en el claro del bosque mientras uno de los jinetes echaba la mano a la espalda para alcanzar una pesada hacha de guerra y la blandía por encima de su cabeza. Aunque sus oscuros ojos apenas se veían bajo la visera de su rudimentario y abollado yelmo, se clavaron sin vacilación en el más joven de los escoceses.

Raven echó hacia atrás la lanza por encima de su hombro y aguardó el momento oportuno con la mirada fija en los dos adversarios que avanzaban hacia ellos. Cedric espoleó su montura para salirles al paso y evitar que pudieran herir a su hijo. Al verlo, el bandolero más próximo giró su caballo y se dispuso a arremeter directamente contra el anciano. Sus ojos grises, brillantes a través de los agujeros de la máscara, no se apartaron en ningún momento de su objetivo, y bajo el tosco casco una sonrisa de dientes negros portaba una sombría promesa de muerte mientras el salteador alzaba lentamente la pesada maza sobre su cabeza.

Cedric desenvainó y su reluciente espada silbó en el aire. Mirando directamente a su adversario, el anciano espoleó los flancos de su caballo. Trozos de tierra con hierba y hojas volaron por los aires mientras los dos caballos corrían el uno hacia el otro a través de la estrecha extensión de tierra que los separaba. Profiriendo un grito de guerra que sorprendió a su adversario, Cedric hizo girar su espada por encima de su cabeza mientras guiaba a su caballo con la simple presión de sus rodillas. Cuando los dos corceles se encontraron, el más pequeño pasó sin esfuerzo junto al enorme caballo de batalla del bandolero mientras el anciano se alzaba sobre los estribos. Un instante después, en un golpe certero, la espada de Cedric zumbó con una claridad letal: chocó brevemente contra el rudimentario yelmo y luego separó del cuerpo la cabeza del malhechor.

La pesada maza cayó de una mano sin vida, pero Cedric no vio desplomarse el cuerpo decapitado, pues giró su caballo y acudió en auxilio de su hijo. Si se hubiera demorado un instante, no habría visto cómo Raven traspasaba al desconocido con su lanza.

Cedric recorrió a su hijo con la mirada en busca de posibles heridas y, al no ver ninguna, le habló en el tono crítico propio de un padre.

—Has tardado lo tuyo en acabar con ese villano, muchacho. ¿No te he dicho siempre que hay que ser rápido ante el peligro?

Raven alzó una ceja con aire receloso y le respondió tan bien como pudo.

—No quería avergonzaros acabando con él antes de que vos hubiérais terminado con el otro. Además, no sé si recordáis que, para poder enfrentarme a él, antes he tenido que recuperar su arma.

—Menuda excusa —repuso Cedric. Aunque por su tono de voz parecía alegre, aquel intento de acabar con la vida de su hijo consiguió que la sangre le hirviera de odio al pensar en el hombre que les había invitado con tan diabólico propósito—. ¿Por casualidad conoces los nombres de estos pobres diablos a los que acabamos de dar muerte? ¿Y puedes decirme quién crees que está detrás de todo esto?

Raven desmontó de su caballo y procedió a atar los dos enormes corceles de guerra a un par de árboles; luego quitó el yelmo al hombre al que había matado y se encogió de hombros, y negó con la cabeza.

—Supongo que son simples soldados. Lo que debemos averiguar es quién los ha abocado a tan estúpida muerte... acaso haya una remota posibilidad de que el culpable no sea el señor de De Marlé.

Cedric movió la cabeza con gesto triste mientras contemplaba la carnicería.

—Entre tú y yo, muchacho, diría que no hay duda de que ha sido ese astuto canalla quien ha mandado a estos dos a matarte. De Marlé no tenía razón alguna para invitarnos, salvo para servirnos como comida para sus perros.

—Sí, eso y su vanidosa arrogancia. —Raven entrecerró los ojos—. Aun así, me cuesta creer que un hombre como De Marlé tenga una lamentable excusa para planear un asesinato un día antes de desposarse con una mujer tan bella y encantadora como Abrielle.

—Tú lo avergonzaste, hijo, y lo hiciste no solo al salvar a la hermosa joven de sus viles propósitos, sino al demostrar que era tan cobarde que hasta su propia madre lo habría repudiado.

Raven sonrió.

—Supongo que el ver a su prometida calmando los ánimos del salón entero en nuestra defensa durante el banquete de anoche no sirvió para que se congraciara conmigo.

—Vi cómo te miraba y no me gustó —admitió Cedric.

—Pero ¿cuestiona la lealtad de la dama hasta el punto de contemplar la idea del asesinato?

—Yo más bien cuestionaría el criterio de la dama —replicó su padre—. La idea de que una doncella tan hermosa vaya a casarse con ese hombre haría llorar a una piedra.

—¿Convenís entonces en que tomó esa decisión porque estaba desesperada? Si es que la decisión fue suya... Creo que detrás de ese acuerdo hay más de lo que nadie sabe; algo tan espantoso, que Vachel no ha tenido más remedio que aceptar la unión.

—¿Y qué pretendes, que nos quedemos como invitados de un asesino? —inquirió Cedric, escudriñando a su hijo con la mirada. Luego señaló con la mano la sangrienta escena que tenían alrededor—. Si nos quedamos, tendremos que vérnoslas con más como esta.

—Y el final será el mismo. Solo hablo por mí, padre. Me quedaré hasta que se celebre la boda. Si algo sale mal, la dama necesitará protección.

—Eso no significa que seas tú quien deba protegerla —señaló Cedric.

Raven acalló cualquier otra protesta con una mirada de soslayo.

—Yo me quedo.

—Ten por seguro que De Marlé no tardará en encontrar otra oportunidad para matarte —le advirtió Cedric—. Cuando regresemos con estos hombres, su deseo de verte muerto crecerá.

Raven ladeó la cabeza y reflexionó en silencio durante largo rato, luego miró a los ojos a su padre y dijo:

—Pase lo que pase, pienso llevar al castillo a estos hombres para que De Marlé sepa que hacen falta más de dos soldados para librarse de nosotros. Tal vez la visión de estos pobres diablos le revuelva las tripas o le haga temer por su vida. Después de eso, aguardaré el momento oportuno, pero de un modo u otro acabaré viéndomelas con él. Puede que lo que haya entre su prometida y él no sea asunto mío —dijo, lanzando otra rápida mirada a los hombres muertos—, pero sin duda esto sí lo es.

Cedric se pasó un nudillo bajo su poblado bigote.

—Cuando vea lo que hemos cazado le dará un ataque.

Raven resopló con desdén.

—Ojalá… ojalá le diera un ataque que lo llevara a la tumba. Así lady Abrielle quedaría libre.

—¿Quieres decir libre para poder elegir a otro? —dijo Cedric, levantando una ceja con curiosidad mientras observaba a su hijo.

Raven sonrió poco a poco mientras miraba los ojos azules del anciano.

—¿Sabéis, padre? Siempre me habéis leído tan bien el pensamiento que a veces me pregunto por qué me molesto en expresarlo.

—Tal vez tú tengas la misma capacidad dentro de unos años. —Cedric carraspeó como si tratara de aclararse la voz—. Hasta entonces, sigue mi ejemplo si crees que el asunto merece la pena, si no arréglatelas tú solo.

—Así lo haré —dijo Raven; ya no había diversión en su voz.

6

Al llegar al extremo del puente levadizo, Raven desmontó del caballo y, con un gesto rápido de la mano, indicó a su padre que esperara junto a los greñudos caballos de batalla que portaban a los dos agresores y al jabalí. Varios invitados divisaron los cuerpos atados a las monturas y corrieron a acercarse para saber qué había ocurrido. Raven no les prestó atención. Solo quería hablar del asunto con un hombre concreto. Y si la conversación acababa subiendo de tono, pensó apretando los puños mientras avanzaba hacia el castillo, tanto mejor.

Después de que Raven lo sorteara, sir Colbert, un joven de linaje normando, avanzó ofendido por el puente como si fuera el representante del mismísimo rey en el condado. De hecho, ya había dado muestras de una actitud autoritaria entre sus amigos por el hecho de ser pariente lejano del hidalgo. Asimismo, había puesto de manifiesto su profundo desprecio por todo aquel que no fuera de familia normanda, con la única excepción de la joven prometida, de la que decía con entusiasmo que era la sajona más hermosa que había visto nunca. Colbert, que se había criado con unos padres que fomentaban entre amigos y familiares el desprecio hacia los clanes escoceses que habían luchado contra los de su estirpe, se plantó ante el anciano y le ordenó que dejara los cuerpos de los hombres en el puente levadizo, a la vista.

—Veamos qué lleváis ahí atado como si fueran fardos de grano, malditos escoceses. Si vuestras víctimas resultan ser amigos nuestros, os enseñaremos las consecuencias de tan insensatos crímenes. Tened por seguro que antes de que acabe el día vuestra cabeza podría estar en lo alto de una picota.

—¡Así se habla, Colbert! —gritó otro joven, al tiempo que hacía señas a sus compañeros para que se unieran a ellos—. Démosle al maldito escocés una buena lección de modales.

Cedric colocó una mano sobre la empuñadura de su espada casi con despreocupación y dirigió una pregunta al joven que había sugerido darle semejante lección.

—¿Y quién crees que va a ayudarte, muchacho? Te lo advierto por las buenas, hacen faltan más de un joven como tú y sus amigos para vencer a este anciano.

El segundo joven levantó el mentón con altiva arrogancia mientras fulminaba a Cedric con la mirada. Luego recorrió con la vista la veintena o más de conocidos y familiares que se habían congregado a su alrededor.

—Seguro que Colbert y yo no somos los únicos que nos sentimos indignados ante esta matanza de inocentes. ¿Qué decís, muchachos? ¿Acaso no hay muchos entre vosotros que desdeñan a estos detestables escoceses tanto como nosotros? ¡Démosles su merecido! El mismo que han dado ellos a estos dos.

Habiendo sido el primero en enfrentarse a Cedric, Colbert asumió la autoridad.

—¿Qué tienes que decir al respecto? —preguntó.

El anciano levantó una ceja con recelo y respondió en tono burlón:

—No tengo nada que decir, ni a ti ni a ese hatajo de jovenzuelos pueblerinos agrupados detrás de ti cual un rebaño de cabras.

—Responderéis por vuestros crímenes —aseguró Colbert en tono amenazador—, o juro por Dios que veremos vuestra cabeza en lo alto de una picota ahora mismo.

Haciendo un gesto con el brazo para reunir toda la fuerza de sus compañeros, Colbert sonrió con satisfacción al ver que todos avanzaban en masa para hacer realidad su amenaza. Supuso que entre tantos no tendrían problemas para dar al anciano su justo merecido antes de que el escocés más joven volviera del interior del torreón.

Esa vez, Cedric desenvainó poco a poco y la pesada espada sonó distinta. Pareció tomarse su tiempo para agarrar la empuñadura y adoptar una posición idónea para la lucha, reforzando su apoyo en el suelo con las piernas bien separadas. Su amplia sonrisa evidenciaba la férrea confianza que tenía en sus aptitudes. Arqueó una ceja y retó a sus jóvenes adversarios al combate:

—Y bien, ¿quién será el primero en probar el acero de mi hoja?

El grupo de jóvenes exaltados que tenía enfrente se miraron con recelo. El más inteligente de ellos no tardó en comprender que se hallaban ante un guerrero que llevaba la lucha en las venas, mientras que el mayor logro de muchos de ellos había sido competir en una justa abierta ataviados con una resistente armadura que les protegía de pies a cabeza. Fueran cuales fuesen las expectativas que habían saboreado de dar una dura lección al escocés, se desvanecieron tan rápidamente como el valor con el que se habían encarado con él. De repente, lo único que querían era retirarse.

—¡Ánimo, manteneos firmes! —gritó Colbert a sus compañeros, defraudado al ver que comenzaban a alejarse con sigilo, cual corderos ante un lobo feroz—. ¡Si nos enfrentamos a él todos juntos, no podrá vencernos!

—¡Yo no estaría tan seguro! —respondió el segundo joven, que ya había echado a correr hacia el patio. Cuando llegó a las puertas exteriores del torreón estaba casi sin resuello, entró en el recinto a toda prisa y ni se molestó en cerrarlas tras él. Al ver al escocés más joven, al que habían seguido varios jóvenes movidos por la curiosidad, se pegó contra el muro exterior, cuya forma curva le brindó un pequeño refugio desde donde ver lo que sucedía entre Raven y la muchedumbre.

Thurstan estaba sentado con varios hombres mayores alrededor de una mesa de caballetes cuando Raven se abrió paso entre la concurrencia. Posando sus ojos amarillentos sobre el escocés con una expresión hierática, Thurstan levantó una ceja y, reclinándose sobre los codos, estiró las piernas.

—¿Me buscabais?

Raven se detuvo justo frente a él.

—No, buscaba a vuestro tío, pero vos me servís. —El mero hecho de tener delante al sobrino de De Marlé le hizo enfurecer, y la expresión de desdén y suficiencia que vio en el rostro de ese joven bellaco solo sirvió para confirmar sus sospechas. El impulso de atacarlo con la palabra o con la espada era grande, pero Raven era un maestro en abstenerse de emplear una u otra hasta que se presentaba el momento oportuno.

—Mi padre y yo hemos traído dos hombres muertos —dijo con voz serena—. Están atados a sus monturas al final del puente levadizo, por si queréis echarles un vistazo.

—¿Y por qué iba a querer hacer eso?

—¿Por mantener las apariencias? —sugirió Raven con apenas un dejo de sarcasmo—. Se me ocurre que vuestro tío tal vez quiera fingir preocupación ante el hecho de que un par de esbirros pretendieran matar a dos de sus invitados.

—¿Por qué habría de preocuparse el señor de estas tierras por lo que hayan hecho un par de ladrones? —inquirió Thurstan con frialdad.

Raven levantó las cejas.

—¿Quién ha hablado de ladrones? Esos hombres iban equipados como soldados, no como ladrones.

Thurstan se encogió de hombros.

—¿Estáis diciendo que dos hombres de mi tío han atacado a sus invitados?

Sin apartar la mirada del rostro de Thurstan, Raven echó hacia delante una pierna y su bota dio con tal brío en los pies que Thurstan tenía cruzados con despreocupación que a punto estuvo de caerse de la silla.

—Tratad de escucharme con más atención. Si estoy aquí es precisamente para no tener que decir nada. —¿Por qué habría de hacerlo, pensó Raven, cuando las palabras de un hombre no dichas podían resultar mucho más eficaces?

La penetrante frialdad de la expresión de Thurstan seguía reflejando la aversión que sentía por el escocés. Le habría gustado ordenar a aquel par que enterrasen a los que habían matado, pero de repente se dio cuenta de que debía guardar el decoro ante la mirada de tantos invitados respetados.

—Iré a verlos.

Raven siguió con aire despreocupado a Thurstan cuando este salió contrariado al puente levadizo y luego comenzó a desatar los cuerpos de los hombres muertos.

Desmond se abrió paso a empujones entre aquellos que estaban parados en el puente levadizo y, al llegar al grupo de jóvenes que había en primera fila, se encontró cara a cara con los dos escoceses. Sabía que sería difícil acabar con ellos. Sin embargo, había elegido a aquellos dos soldados porque Thurstan le había prometido que eran los más astutos y les había amenazado con que sus familias serían asesinadas si no cumplían su misión.

Ante la cara de estupor de Desmond, los escoceses se limitaron a mirarlo fijamente mientras el hidalgo trataba por todos los medios de recobrar su aplomo. Incapaz de ello, desvió la atención hacia su sobrino y frunció sus pobladas cejas con una expresión de gran enfado.

—¿Qué significa todo este alboroto? —inquirió. Luego, al ver los cadáveres atados a lomos de sus enormes caballos, se giró hacia Cedric—. ¿Qué habéis hecho?

El escocés soltó una carcajada totalmente desprovista de humor.

—Iba a preguntaros exactamente lo mismo, señor. ¿Conocéis a estos hombres que han intentado matarnos mientras cazábamos?

—¿Los habéis provocado? —preguntó Desmond de manera cortante.

—Solo con nuestra presencia —respondió Cedric—. A decir verdad, no sabíamos que estaban en la zona hasta que cruzaron el río para atacarnos armas en mano.

—Mañana se celebra mi boda —exclamó Desmond—, y ahora nos envolvéis en una bruma de oscuridad con estas muertes sin sentido.

—¿Sin sentido? —repitió Raven en tono de mofa—. Lo dudo. De donde yo vengo, cuando se te planta delante un hombre a quien se le ha metido en la cabeza matarte, tiene todo el sentido del mundo separarle esa cabeza del cuerpo antes de que tenga la oportunidad de que haga lo propio. Y no había duda de que estos dos pretendían acabar con nosotros. Una vez aclarado eso, solo queda descubrir sus motivos, pues ni mi padre ni yo los conocíamos. —Tras una breve pausa, añadió en tono frío y especulativo—: Pensamos que vos podríais conocer qué razones tenían para ir a por nosotros.

—La promesa de un suculento premio, quizá —dijo Thurstan con sequedad—. Sigo diciendo que eran ladrones.

Raven divisó entonces por encima del hombro del hidalgo a Abrielle, Cordelia y sus madres respectivas aventurándose a salir al puente levadizo, y mirando de nuevo a Desmond de frente, le advirtió con voz apagada:

—Ahí vienen sus invitadas.

Desmond se volvió de inmediato y salió corriendo hacia las cuatro mujeres.

—Miladies, debo rogaros que regreséis a vuestros aposentos. Ha habido un problema... Los escoceses han vuelto con dos cadáveres y, aunque no es mi intención asustaros, faltaría a mi deber si no pensara en vuestra seguridad antes de investigar esta cuestión a fondo. Por tanto, os ruego que volváis a vuestros aposentos y permanezcáis allí hasta que logremos aclarar este espantoso suceso.

Abrielle llevaba todo el día con un terrible presentimiento, y en ese momento veía que los escoceses eran el blanco de la ira de los seguidores de Desmond. ¿Raven y su padre se habían visto obligados a matar a dos hombres? Lo único que se le ocurría era que estos les habrían atacado primero, pero lo cierto era que tampoco lo conocía tanto. No podía permitir que un rostro atractivo le bastara para considerarlo un hombre honorable. Pero en aquel momento vio a Raven mirándola, al lado de su padre, y observó en él una expresión carente de atractivo, propia de alguien que nunca le pediría que lo creyera.

—Pero ¿a quién han matado? —preguntó a Desmond, cayendo en la cuenta demasiado tarde de que su prometido no le había quitado ojo mientras ella pensaba en Raven. ¿Qué habría visto en su expresión?, se preguntó Abrielle, sintiendo un escalofrío de preocupación cada vez mayor. Debía tener más cuidado.

—Aún no puedo explicaros cómo ha ocurrido esta tragedia —dijo Desmond—, solo que dos hombres han resultado muertos. Así pues, debo rogaros que os retiréis a vuestros aposentos hasta que este terrible suceso se haya aclarado.

Aunque le habría gustado resistirse a obedecer su orden, Abrielle inclinó levemente la cabeza, un gesto de asentimiento para apaciguar a Desmond.

—Os dejaremos pues para que resolváis este problema lo mejor posible. —Abrielle posó brevemente una mano sobre el brazo de su amiga y rozó el de las mujeres mayores mientras se disponía a encaminarse de nuevo hacia el torreón—. Vamos, señoras. Volvamos adentro y dejemos que los hombres se ocupen de esta terrible tragedia. —Ya averiguaría los pormenores más tarde, cuando nadie estuviera observándola.

Thurstan se encaró con Raven cuando este se acercó a él.

—Quizá debería echarles un vistazo, por si resulta que son de los alrededores. Luego propongo que nos los llevemos de aquí, no sea que las otras damas se aventuren a salir y los vean.

—Y vos —dijo Cedric, haciendo señas a Desmond— también deberíais echarles un vistazo, señor.

Raven y Cedric dispusieron los cadáveres en una pequeña extensión de hierba seca que había más allá del puente levadizo. Del interior del castillo acudieron más hombres, entre ellos Vachel y Reginald, que observaban la escena con rostro adusto.

Una vez que colocaron la cabeza cortada junto al cuerpo al que había pertenecido, Thurstan dijo:

—Nunca había visto a estos hombres, ni en la propiedad de mi tío ni en la mía, a varias leguas de aquí.

—Yo tampoco —afirmó Desmond, apresurándose a apartar la vista de los cuerpos.

Cedric se dirigió a varios siervos mayores que se habían congregado a su alrededor.

—Nos vemos obligados a preguntaros si alguno de vosotros reconoce a estos hombres y puede decirnos de dónde son.

En presencia of Thurstan y Desmond, el pequeño grupo de siervos pareció optar por la cautela. Ninguno de ellos confesó que aquellos dos hombres habían salido de las tierras del hidalgo, y negaron con la cabeza cada vez que les hacían una pregunta, frustrando los intentos de los escoceses de averiguar la procedencia exacta de los muertos. Al final Cedric les indicó que se fueran y pudieron volver a sus obligaciones.

—Así pues, en vuestra opinión no son más que un par de ladrones —dijo Raven lentamente— que se han colado en vuestra cacería y han decidido al azar matar a dos hombres bien armados.

—¿Insinuáis que podría haber otra razón? —inquirió Desmond sacando pecho como un gallo.

—¿Debería hacerlo? —preguntó a su vez Raven. La calma total con la que se comportaba resultaba más amenazadora que cualquier muestra de cólera.

—¿Acaso tenéis pruebas de cualquier acusación que quisierais hacer?

—No, señor.

—En ese caso, enterrad a estos hombres y acabad con todo esto antes de que sus muertes malogren los festejos planeados —ordenó Desmond en un intento de parecer razonable—. Si pretendían matar a alguien, han pagado por ello con sus vidas.

—Muy bien —dijo Raven—, pero en caso de que tengan parientes en la zona, es justo que sepan lo que les ha ocurrido.

Thurstan frunció el ceño.

—Ni mi tío ni yo los conocemos, pero si no os basta con eso, podéis dejar los cuerpos en medio de las cabañas de los siervos. Si nadie los reclama, al menos los habrán visto. Luego enviaré a unos hombres para que los entierren.

Desmond rozaba la victoria con la yema de los dedos y no podía dejarla escapar, pero sintiéndose más amenazado por Raven que por Cedric, dirigió sus comentarios al padre.

—Dudo mucho que se averigüe algo más al respecto, teniendo en cuenta que habéis dado muerte a los únicos que podían mitigar vuestro deseo de saber por qué querían mataros… si es que era eso lo que pretendían. Por supuesto, solo contamos con vuestra palabra para creer que así ha sido, vuestra palabra y la de vuestro hijo.

—Yo no he mentido —repuso Cedric con voz resonante, poniendo de nuevo la mano en la empuñadura de su espada con un ardiente brillo de ira en la mirada.

Desmond levantó una mano en el aire, un gesto que reflejaba su desinterés en la afirmación del anciano. Luego dio media vuelta y se encaminó hacia el interior del torreón. Sentía una rabia infinita al pensar que aquellos dos inútiles habían fracasado de manera tan lamentable en su cometido. En vista de sus torpes esfuerzos para comportarse como verdaderos guerreros, tendría que buscar a otro más capacitado para la tarea de eliminar a los escoceses. Sin duda habría de prometer una lucrativa suma, pero si con ello conseguía olvidarse de aquel par de indeseables, estaría dispuesto a calmar los ánimos del asesino… por lo menos hasta que hubiera hecho su trabajo.

Tras ver marchar al anfitrión, Vachel regresó al torreón para cumplir la promesa que había hecho a su familia de relatarles cuanto hubiera sucedido allí fuera. Estaba convencido de que madre e hija quedarían sumamente consternadas ante los últimos hechos y temerían que Desmond estuviera implicado en todo aquello. En la medida de lo posible, tendría que disipar sus dudas y asegurarles que el prometido de Abrielle no podía tener nada que ver con aquel intento de asesinato contra los escoceses. Aun así, una extraña sensación de frialdad envolvía su corazón cada vez con mayor intensidad, la misma que le había servido en numerosas contiendas en las Cruzadas, y le advertía que desconfiara al máximo del hidalgo. Odiaba poner aquella desagradable carga sobre los hombros de Abrielle, demasiado delicada y noble para los gustos de Desmond de Marlé. Pero el contrato de esponsales estaba firmado y sellado, y sabía que el novio no lo rompería, y dudaba que Dios lo hiciera.

Abrielle cerró con manos temblorosas la vidriera de colores que daba al puente levadizo, donde los escoceses se habían quedado tras la partida de Thurstan. Dio gracias a Dios de que los agitadores más jóvenes se hubieran dispersado a fin de prepararse para el acto que se celebraría en honor de los cazadores. Sin duda muchos lamentarían que la pareja de escoceses hubiera ganado ambos trofeos y hubieran dejado sin premio al resto de los participantes.

Sus pensamientos volvieron entonces a la cuestión a la que temía enfrentarse: ¿habría sido capaz Desmond de atentar contra las vidas de los escoceses? ¿Estaba a punto de unirse legalmente a un hombre que podía llegar a matar para conseguir lo que quería? El miedo a disgustar a un hombre como aquel la obligaría a obrar toda su vida con cautela.

El bienestar de los escoceses mientras permanecieran en el castillo le preocupaba. No alcanzaba a entender las razones por las que se habían quedado en la zona, pues consideraba que la presencia de ambos solo serviría para provocar intentos de asesinato similares.

Ajena al halo de vivos colores que se había creado al atravesar el brillo de la luz del sol los cristales emplomados de la vidriera, Abrielle miraba fijamente un punto indefinido del fondo de la habitación mientras trataba de imaginarse en la ceremonia de boda como si no pasara nada. En aquel momento le pareció una proeza imposible. De hecho, si hubiera caído en un oscuro pozo de desesperación del que no tuviera escapatoria no se habría sentido más abatida que entonces.

De repente, una luz alumbró la puerta de los aposentos desde fuera y Abrielle dejó escapar un grito ahogado, pues no podía menos que temer que Desmond hubiera ido a hacerle una visita. Avanzó presurosa hacia la puerta y se detuvo un instante para intentar reponerse del susto. Si era él, se excusaría diciéndole que no se encontraba bien, lo cual era cierto. El mero hecho de pensar en tener que recibir la visita de aquel hombre convertía la posibilidad en algo real.

Cerca de la puerta, Abrielle preguntó con voz apagada:
—¿Quién es?
—Cordelia —respondió en voz baja su amiga desde el otro lado.
Con gran alivio, Abrielle abrió de golpe la pesada puerta e hizo señas a su amiga para que entrara a toda prisa a los aposentos de sus padres. Antes de seguir su indicación, Cordelia lanzó una mirada cautelosa a un lado y otro y se aseguró de dejar la puerta bien cerrada antes de seguir a su amiga hasta el salón. Aunque Abrielle tomó asiento en el diván y dio unas palmaditas en los cojines para invitar a su amiga a que hiciera lo propio, Cordelia prefirió captar toda su atención sentándose en un pequeño banco que colocó justo frente a ella.

—Entonces, ¿crees que Desmond ha tenido algo que ver con el ataque que han sufrido los escoceses? —preguntó Cordelia en voz baja.

—No quiero creer eso de un hombre con el que estoy a punto de casarme. Sé que no hay pruebas que lo demuestren, pero parece que es el único que tendría motivos para ello. ¿Quién si no se molestaría en ir a por ellos?

—Thurstan, quizá.

—Creo que Thurstan está enfadado porque de un modo u otro mi familia y yo vamos a percibir gran parte de la fortuna de Desmond. Pero eso no tiene nada que ver con los Seabern. —Abrielle suspiró profundamente—. Todo esto es por mi culpa. Lo que menos me imaginaba cuando Raven Seabern me rescató aquella noche de las viles intenciones de Desmond era que a partir de entonces su vida estaría en serio peligro.

Cordelia ladeó la cabeza con curiosidad.

—Podrías tener a bien satisfacer mi curiosidad relatándome lo que ocurrió aquella noche. Hasta ahora no me has contado lo que pasó después de que te dejáramos. ¿Qué indujo a Desmond a recurrir a tan despreciables maneras?

—Después de que tú y tus padres regresarais a casa, Desmond quiso hacerme suya en el palacio, pero Raven nos oyó forcejear e intervino antes de que lograra su objetivo. Desmond consiguió escapar ileso, así que todo apunta a que está enfadado porque Raven frustró sus planes de violarme. Lo mejor sería que padre e hijo regresaran a su tierra cuanto antes y que no asistieran a los festejos que ponen punto y final a la cacería. Si tardan mucho en irse, podrían darles muerte mientras duermen.

—¿Y ese es el único motivo por el que los ha invitado a la boda? ¿Cómo se puede ser tan cruel?

—No estoy segura de que Desmond quisiera matarlos en un principio. Cuando vi llegar a los escoceses, supuse que los habría invitado para mostrar a Raven que me había conseguido.

Cordelia se dio golpecitos con el índice en la barbilla con aire pensativo.

—Si Desmond está decidido a deshacerse de los escoceses, probablemente no le importe quién muera si al final consigue su objetivo. Está claro que piensa que los soldados están para obedecer sus órdenes, aunque estas impliquen matar a una persona a la que él desprecia. ¿Pensará acaso que Raven pretende hacerse contigo de algún modo?

—¡Pero si tenemos un contrato de esponsales! A estas alturas no puede romperse. Sus celos no tienen sentido.

—No olvides que estamos hablando de Desmond.

Abrielle suspiró.

—Tiene que haber una manera de demostrarle que Raven no está interesado en mí. De ese modo se aplacarían sus celos, tanto si responden a instintos asesinos como si no. Quizá si Raven se mostrara interesado en otra mujer... ¿en ti, tal vez?

Cordelia se puso derecha.

—¿Te refieres a hacer de algún modo que vaya detrás de mí?

—No, pero si se le viera flirteando contigo, puede que eso disipara las sospechas de Desmond.

—¿Y cómo podríamos convencerle para que flirteara conmigo?

—Pues... tu tendrías que dar el primer paso, claro, en el banquete de esta noche. Por el cargo que ocupa está acostumbrado a moverse entre reyes, así que estoy segura de que no tardaría en darse cuenta de tu propósito...

—¿No deberías explicarle...?

—¡No! —replicó Abrielle con excesiva energía—. No puedo arriesgarme a estar a solas con él.

—¿No confías en ti? —inquirió Cordelia con picardía.

Abrielle dio un grito ahogado.

—Hablas de esto como si no tuviera importancia, cuando podría representar la muerte para ambos escoceses y para otros, en el caso de que a algún joven se le calentara la sangre, como suele suceder.

Cordelia le puso una mano en el hombro.

—Mi querida amiga, solo pretendo aliviar tus preocupaciones, aligerar de algún modo tu pesada carga. No veas en mis bromas nada más que eso. Sabes que haría lo que fuera para ayudarte, y que puedes contar conmigo para distraer a Desmond en lo que a Raven respecta.

Abrielle abrazó a Cordelia con fervor.

—Salvar a tu familia de este modo es un acto que te ennoblece, aunque el precio que debes pagar por ello es sin duda muy alto —dijo Cordelia con sentida conmiseración—. Desde luego no te envidio. Realmente es mucho más razonable imaginar a Raven Seabern como tu pretendiente que a esa bestia despreciable con la que estás prometida.

—Por el amor de Dios, Cordelia, ninguna de las dos conocemos de verdad a Raven. Por su cara y sus formas Desmond no deja lugar a dudas sobre su naturaleza, pero el atractivo, la elegancia y el encanto del escocés bien podrían ser las armas de las que se vale para conseguir lo que quiere. A pesar de su galantería, y de la intensidad de su mirada cuando la dirige hacia mí, no puedo olvidar que no intentó cortejarme antes de que me comprometiera con Desmond, que nunca acudió a mi padrastro para que fuéramos presentados como es debido. Me apena confesarte lo que pienso al respecto, pero creo que va en busca de una esposa con una dote generosa, con propiedades para ofrecerle, y creo que una mujer en mi situación solo le interesa para coquetear. Yo sola, sin riquezas que me acompañen, no soy suficiente. —Cuando oyó las palabras que habían salido de su boca, por mucho que lo intentó, no pudo evitar que se le llenaran los ojos de lágrimas—. Oh, Cordelia —exclamó, llorando—, ¿por qué no soy suficiente?

7

La mayoría de los cazadores entraron aquella noche en el gran salón con sus esposas, parientes o en compañía de viejos amigos o de nuevos conocidos. Poco después de que los invitados se acomodaran en las mesas engalanadas con guirnaldas, les sirvieron copas de vino o jarras de cerveza, dependiendo de sus preferencias personales. Muy cerca de la mesa presidencial había otra mesa reservada para los campeones de la cacería.

Si bien la mayoría de los cazadores se mostraron arrogantes y sumamente resentidos por el hecho de verse vencidos por un par de escoceses, hubo unos pocos de natural más gentil que no tuvieron inconveniente en rendir homenaje a Cedric y a su hijo cuando entraron en el salón. Dos cazadores se pusieron en pie y alzaron su jarra de cerveza para brindar por ellos con entusiasmo. Al ver que a su alrededor nadie más seguía su ejemplo, los hombres, incómodos, se apresuraron a arrellanarse en su asiento.

Aquel brindis fue para Desmond como una bofetada en la cara mientras entraba a zancadas en el salón, ataviado con prendas tan costosas como las que podría llevar cualquier gran noble del reino. Presa de unos celos tan mezquinos como su negro corazón, se lamentó de no haber podido librarse aún de los escoceses. En toda la noche le fue imposible pensar en otra cosa que no fuera saborear su venganza contra ese par.

Por ello, cuando Desmond vio que los conducían a la mesa que tenían asignada, la animadversión que sentía hacia ellos se intensificó aún más. Se vio acosado por la extraña idea de que se las habían ingeniado de algún modo para conseguir aquellos asientos con la única intención de provocarle e importunarle con su presencia.

De repente, se oyó un murmullo de admiración procedente de las mesas situadas al fondo del salón. Al ver al grupo de damas que avanzaban por el pasillo escoltadas por sus acompañantes masculinos, Desmond se sorprendió ante su belleza. La ira que le invadía no tardó en dar paso a la fascinación, y sin ser consciente de ello sonrió de complacencia ante aquella imagen. Cuando las dos damas más jóvenes inclinaron la cabeza con elegancia como muestra de respeto ante su presencia, Desmond recobró al instante el optimismo. Estaba seguro de no haber visto nunca a dos beldades como aquellas.

Mientras seguían avanzando hacia la mesa del hidalgo, Abrielle, sus padres y sus íntimos amigos, lord y lady Grayson y la hija de estos, Cordelia, acapararon la atención de todos los presentes. Los galanes más jóvenes se sintieron sobrecogidos por la belleza de las dos doncellas, aunque a decir verdad Elspeth e Isolde atrajeron otras tantas miradas entre los hombres de mayor edad, un hecho que despertó la ira de sus maridos hasta que Cordelia les rogó que consideraran aquellas miradas como un cumplido por sus refinados gustos.

El vestido de Abrielle era una combinación de numerosas capas de una vaporosa gasa dorada y adornada con delicadas cintas enjoyadas, por lo que parecía ir envuelta en una nube que ondeaba reluciente en torno a su esbelta figura. La belleza de su atuendo suscitó miradas llenas de envidia entre la mayoría de las mujeres, mientras que los hombres contemplaban boquiabiertos a la dama que lo llevaba puesto.

Brillantes capas de seda de un tono crema dejaban entrever la silueta de Elspeth en un revoloteo cautivador, lo que provocó que al menos uno de los antiguos pretendientes de la hermosa viuda presentes en la sala lamentara el hecho de que hubiera elegido a otro, envidiando a Vachel de Gerard más de lo que ya le había envidiado hasta aquel momento.

Con su cabello rubio y sus brillantes ojos azul claro, Cordelia se parecía mucho a su madre, lady Isolde. Vestidas con prendas tan bonitas como las que llevaban los otros miembros de la comitiva, atraían casi tantas miradas de admiración como la novia. A juzgar por la amplia sonrisa de lord Reginald, era evidente que estaba muy orgulloso de su pequeña familia.

Cuando Desmond alcanzó a ver a su futura esposa, esta caminaba junto a Cordelia, un poco por delante de sus padres. Como anonadado, se reclinó en la silla y las contempló boquiabierto. Pasó un largo momento antes de que se diera cuenta de su propio asombro y, con cierta turbación, se aclaró la garganta. Tras recorrer el salón con una mirada furtiva, comprobó aliviado que la mayoría de los hombres contemplaban a las cuatro mujeres de un modo muy similar.

Raven no estaba menos sobrecogido por la belleza de Abrielle que cualquier otro hombre presente en el salón; simplemente tenía más habilidad para disimularlo. Por desgracia, no se le daba tan bien ocultarse los sentimientos a sí mismo. A decir verdad, los fuertes latidos de su corazón corroboraban la pasión que sentía. El deseo de tener a Abrielle para él solo era tan grande que apenas lo disuadía pensar en el escándalo que provocaría si siguiera el impulso de estrecharla entre sus brazos y huir con ella hasta las tierras altas de Escocia. Si la muchacha le dirigiera una dulce mirada de ánimo, por leve que fuera, Raven se pondría en pie y correría a su lado antes de que De Marlé pudiera moverse de su silla dorada. Pero los ojos verdeazulados de Abrielle no se volvieron hacia él en ningún momento.

Ofreciéndole un brazo a su futura esposa Desmond sonrió cuando la hermosa joven posó su fina mano sobre su manga.

—Estáis más deslumbrante que cualquier dama que haya contemplado jamás, querida —afirmó—. Solo puedo pensar en cuán afortunado soy. Una vez que seáis mi esposa y sellemos nuestros lazos de unión, no habrá hombre más privilegiado que yo.

Abrielle se estremeció al pensar en aquellos precisos momentos. Incapaz de dar una respuesta adecuada, se volvió en silencio y dejó que Desmond la condujera hasta la mesa que él presidía. Por mucho que dudara de su capacidad para dedicar siquiera una sonrisa fugaz a Desmond y sus invitados, trató por todos los medios de que cuando menos sus labios adoptaran un gesto de conformidad.

Cuando se sirvió el banquete Abrielle se fijó en los hombros caídos y el semblante abatido de los hombres y las mujeres, a los que se les habían quitado las ganas de un verdadero festín. Una vez más la comida dejaba mucho que desear, solo se podía decir que estaba pasable. Si había algo que Abrielle esperaba hacer cuando fuera la señora de la casa era buscar a una cocinera mejor para que los ocupantes del castillo disfrutaran de la comida.

Al término de la cena se retiraron las bandejas y Desmond se puso en pie y alzó los brazos para llamar la atención de los invitados. Había decidido provocar cierta animadversión hacia la pareja de escoceses y estaba ansioso por avanzar hacia dicho objetivo.

—Normandos y sajones, prestad atención a mis palabras. Como ya sabrán a estas alturas todos los súbditos de Enrique, el rey ha decidido que su hija Matilde se convierta en heredera legítima del trono inglés tras la trágica desaparición de su hijo hace años en el naufragio del *White Ship*, donde murió ahogado.

Aunque sus invitados tenían la impresión de que arrastraba las palabras, Desmond estaba convencido de que, al oírlo, hasta el mejor orador al servicio del rey se habría levantado del asiento en una muestra de respeto reverencial. A aquellas alturas, pensó, los escoceses esperarían una aburrida disertación sobre los miembros de la familia real.

—De expirar nuestro señor en los años venideros, la emperatriz Matilde, o Maud, como han dado en llamarla algunos de sus súbditos, reclamará el trono. Hasta el momento, todos los nobles le han prometido lealtad si un día falta su padre. Teniendo en cuenta su edad, es razonable pensar que no vivirá eternamente. También se sabe que el rey David de Escocia, tío de Matilde, ha jurado respetarla como soberana divina de esta tierra en caso de que fallezca su majestad. Por orden de Enrique, todos deberíamos prometer lealtad a Matilde y mantenernos unidos tras su muerte. Sin embargo, no puedo dejar de preguntarme si serán ciertos esos rumores que circulan por ahí últimamente, según los cuales el rey David aspira en secreto a hacerse con el trono de Inglaterra en lugar de permitir que su sobrina lo herede de su padre.

Muchos de los invitados asintieron y comenzaron a murmurar entre ellos, mirando a los escoceces con recelo.

Raven elevó la voz para reclamar la atención de los presentes.

—No me consta que mi soberano albergue deseo alguno de aspirar al trono inglés —declaró con franqueza, intuyendo la treta del hidalgo para suscitar antipatía contra los clanes escoceses y su monarca—. Por si a alguien le interesa, tengo entendido que el rey David tiene la intención de ayudar a la emperatriz en todo aquello que pueda necesitar durante su reinado y de brindarle todo el respeto que hasta ahora ha guardado al rey Enrique. Al fin y al cabo, Malcolm Canmore era el abuelo de Matilde, un hombre amado y respetado en nuestro país. Los escoceses no podríamos hacer nada mejor que jurarle lealtad. Y si intuís que alguien puede menoscabar el legítimo derecho de la emperatriz a reclamar el trono, tal vez debáis buscar a los culpables en vuestra propia tierra en lugar de tildar de traidores a los clanes escoceses. Pensar que podríamos estar en su contra no es sino una falacia.

—Entonces, ¿afirmáis que mantendríais vuestra lealtad a la emperatriz Matilde cuando esta reclame el trono de Enrique? —inquirió Desmond con una desagradable expresión de desdén.

—Mi lealtad se deberá siempre a Escocia —afirmó Raven sin vacilación—. Mucho queda por ver, pero me resisto a prever que la emperatriz Matilde pueda ser objeto de disputa por parte de nuestros clanes. Siempre la hemos considerado una de las nuestras.

—Los escoceses tenéis vuestra forma de respetar una idea y, cuando os conviene, dar la espalda a aquellos que en el pasado dijisteis haber admirado.

—Los escoceses solemos decir lo que pensamos, mientras que vos y los de vuestra clase no siempre sois capaces de ello —replicó Raven.

—¿Me estáis llamando mentiroso? —bramó Desmond, intentando levantarse de la silla a pesar de que en aquel momento toda la sala parecía hundirse y moverse a su alrededor sin lógica aparente. Agarrando una jarra de cerveza que tenía cerca, trató de llevársela a la boca, pero en lugar de ello se le escurrió de la mano, rodó por la mesa y mojó a todos los que estaban sentados a su derecha antes de que pudieran apartarse de su camino.

Desmond no se dio cuenta de que acababa de bautizar a muchos de sus invitados, pues todo su interés se centraba en fulminar con la mirada al más joven de los escoceses. Pero incluso en dicho objetivo se quedó corto. Tras haber consumido más vino y cerveza que la mayoría de los invitados, vio harto difícil cumplir su propósito ante la inquietante posibilidad de tener delante a dos adversarios, cuando un momento antes solo había un irritante bellaco llamado Raven Seabern.

—¿Me habéis… llamado… mentiroso? —repitió Desmond, arrastrando las palabras.

—Si el término os cuadra, señor, os aconsejaría que lo llamarais así —se limitó a contestar Raven.

—¿Que llame… así… el qué?

Ante la repulsión que le provocaba el estado de embriaguez del hidalgo, Raven se puso en pie y enseguida se vio acompañado por su padre, quien tomó la palabra en su propio nombre y en el de su hijo.

—Si nos disculpáis, señor, esta mañana hemos madrugado y ha resultado ser un día agotador para nosotros. Quizá nos permitáis acabar esta conversación en otro momento.

Desmond soltó una carcajada y trató de quitar importancia a la incapacidad de los dos escoceses para soportar los rigores de una cacería con el mismo aguante que habían demostrado sus otros invitados. De haber participado él en la competición, a buen seguro que les habría puesto en evidencia haciendo gala de su férrea resistencia.

—Vuestro hijo no parece muy fuerte —dijo en tono censurable, imitando el marcado acento escocés de Cedric—. ¿Acaso el gélido clima inglés ha helado vuestro lustre?

El anciano pasó por alto los insultos etílicos de Desmond y Raven esbozó una sonrisa hierática y reprimió la tentación de explicar al ebrio hidalgo lo fría que estaba el agua del riachuelo donde solía bañarse por las mañanas cerca de su casa paterna, en Escocia.

—No olvidéis, señor, que soy de las tierras altas, donde una mañana cualquiera helaría el lustre de un extranjero, ya fuera sajón o normando, que se aventurara a enfrentarse a nuestro gélido clima sin la debida precaución. ¿O acaso no sabéis que estamos justo al norte de vuestros dominios?

Evitando deliberadamente una posible réplica a su comentario, Raven dio media vuelta con aire resuelto y siguió a su padre con la intención de abandonar el salón. Los invitados los observaron durante un largo rato en medio de un tenso silencio.

—¡Esperad! —se oyó gritar a alguien de repente.

Abrielle se dio cuenta demasiado tarde de que Cordelia se había puesto de pie de un brinco para ir tras los escoceses. Pero ¿qué pretendía? ¿No veía que el plan que habían concebido para engañar a Desmond ya no podía funcionar?

—¿Qué hace? —preguntó lady Grayson a Abrielle en voz baja al ver que su hija perseguía a los Seabern.

Abrielle dejó escapar un gruñido y se llevó las manos a la cara.

—Teníamos planes para… distraer a Desmond de su obsesión con los escoceses —dijo—. Pero la noche ha terminado tan mal que no habrían progresado. No pensé que Cordelia…

—Abrielle —le reprendió su madre—, no deberías haber intentado interponerte entre los dos hombres.

—Pero, madre, ¿no veis que ya lo estoy? Al menos eso es lo que piensa Desmond —añadió con desánimo.

—¿Y tú qué piensas? —inquirió Vachel en voz baja.

Abrielle lo miró con aire grave.

—Pienso que sigo teniendo muy claro cuál es mi deber.

Las facciones de Vachel reflejaron de repente un sentimiento de consternación que se apresuró en ocultar tras una máscara de impasibilidad. Elspeth posó su mano sobre la de él y Vachel no la apartó, pero Abrielle intuyó que tenía la mente en el pasado y en lo que podría haber hecho de otra manera. Sintió tanta pena por él, que puso también su mano junto a la de su madre.

Mientras tanto, no dejó de observar atentamente a Cordelia. La vio conversar animadamente con los dos hombres, que acabaron sonriendo y recobrando su buen humor. Al final se despidieron de ella con una reverencia y abandonaron el salón. Abrielle miró de soslayo a Desmond; confiaba en que, después de todo, su plan hubiera funcionado, pero para su desgracia el hidalgo estaba tan ocupado comiendo y bebiendo que ni siquiera había reparado en que Cordelia estaba con los escoceses.

Cordelia regresó a la mesa y comenzó a comerse el postre como si nada hubiera pasado.

En medio del incómodo silencio que guardaba su familia y la de su amiga comentó:

—Humm, pues esto no está tan mal.

—Es difícil echar a perder un plato de fruta —respondió Abrielle en tono adusto.

Reginald puso los ojos en blanco ante la conducta poco seria de su hija e hizo callar a su esposa, que se giró para ponerse a hablar con Elspeth.

Abrielle se inclinó hacia su amiga y le dijo en voz baja:

—No deberías haber ido, pero ya que lo has hecho, ¿qué ha dicho Raven?

—Ha sido todo un caballero, naturalmente, pero la verdad es que no he flirteado con él. Es difícil resistirse a los encantos de su padre.

Abrielle cerró los ojos mientras dejaba escapar un gruñido.

—Pero parecía que estaba flirteando con Raven, ¿no es así?

—Sí, así es —contestó Abrielle a regañadientes—. Te agradezco el esfuerzo.

—Aunque Raven ha sonreído ante las palabras que le dirigía a su padre, me ha dado la impresión de que nuestro plan no le convencía.

—Pues claro que no —replicó Abrielle—. Es uno de esos hombres que se cree invencible y capaz de enfrentarse solo a cualquier circunstancia que se le presente. Mi única esperanza es que su padre consiga hacerle entrar en razón y ver que lo superan con creces en número y que es hora de que se marchen.

Cordelia sonrió de oreja a oreja.

—Después de haber conocido a su padre solo puedo decir que tu deseo tiene pocas probabilidades de cumplirse, pues ambos son hombres orgullosos, y sin duda tan feroces guerreros como debían de serlo sus antepasados celtas.

Abrielle estaba tan consternada por toda aquella situación, que le costó un buen rato dejar de pensar en todas las formas en que podían hacer daño a Raven y conciliar por fin el sueño. Gran parte de su inquietud se debía a algo que no llegaba a entender. Como le había dicho a Cordelia, el hecho de que él no la cortejara antes de que ella se comprometiera con Desmond demostraba su falta de interés en desposarse con ella, una actitud que, Abrielle tenía la certeza, respondía a su imposibilidad de aportar una generosa dote. Pero entonces, ¿por qué se preocupaba tanto por él? Y una vez que consiguió caer en brazos de Morfeo tampoco tuvo respiro, pues sus sueños se vieron impregnados de Raven... de su mirada, su tacto, el olor a aire fresco que despedía cuando lo tenía cerca... de cosas que ella no debería saber y que haría bien en olvidar y que aun así quería recordar el resto de su vida. Abrielle dio vueltas en la cama y, poniéndose encima de los cojines, sonrió cuando en el sueño vio a Raven apartándole un rizo suelto de la cara, y suspiró cuando notó que le acariciaba la mejilla con la yema de los dedos, y de repente pasó del calor al escalofrío y del escalofrío al calor cuando se dio cuenta de que el hombre de sus sueños era él en persona. Raven Seabern estaba inclinado sobre su cama, iluminado únicamente por la luz de la luna, y ella lo tenía cogido de la nuca, de aquella nuca suya tan suave y caliente, como si... como si...

Abrielle abrió los ojos de golpe y su grito ahogado se vio acallado antes de que saliera de su garganta cuando Raven le tapó la boca con su enorme mano y le indicó con un movimiento de cabeza que no chillara. Al notar la agradable aspereza de la palma callosa de él en sus labios suaves, un escalofrío le recorrió todo el cuerpo.

—Hablad en voz baja, milady, a menos que queráis despertar a todo el castillo.

Cuando por fin le destapó la boca, Abrielle le apartó la mano y se incorporó, cubriéndose con el cobertor hasta la barbilla.

—¿Cómo osáis invadir mi dormitorio, señor? ¡Y en la víspera de mi boda!

Raven se sentó sobre los talones junto a la cama y la contempló con aire grave.

—He osado porque vos habéis osado ayudarme esta noche... vos y lady Cordelia. Quería devolveros el favor advirtiéndoos que no volváis a arriesgaros tanto.

—¡No lo he hecho por vos! —replicó Abrielle enseguida, demasiado rápido, pensó—. Un estallido de violencia empeoraría las cosas para todo el mundo. No podía quedarme parada, viéndoos a vos y a vuestro padre a merced de Desmond cuando os supera en número y en ventajas.

—Así que esta vez habéis venido vos en mi auxilio.

Abrielle se encogió de hombros y apartó la mirada de él.

—Simplemente no quería que vuestra terquedad y vuestra sangre derramada estropeara el día de mi boda.

Raven se llevó la mano al corazón y esbozó una sonrisa.

—Cuánto os lo agradezco, milady.

—No hace falta que me lo agradezcáis —espetó Abrielle—. Y no subestiméis a Desmond, es un hombre demasiado celoso para jugar con él.

—Sí, y lo ha demostrado de sobra estos últimos días —añadió Raven.

Abrielle pensó en los cadáveres atados a los caballos.

—Lamento muchísimo que vuestro padre y vos os vierais atacados. Cuando pienso en lo malheridos que podríais haber salido, o algo... mucho peor...

—Solo eran dos hombres —dijo Raven con total naturalidad.

—Contra dos hombres.

Raven sonrió de oreja a oreja.

—No me importaría vérmelas con dos docenas de hombres para contemplar esa mirada de ternura en vuestros ojos.

—Debéis marcharos.

—No corro ningún peligro. Mi padre está vigilando en el pasillo.

—Quiero decir que debéis marcharos de mi dormitorio... ¡y del castillo! Mañana... esta noche... ¡ahora! ¡Antes de que ocurra algo peor!

—¿Vos queréis que me vaya?

En lugar de disponerse a marcharse, Raven se acercó aún más a ella. Su voz, suave y gutural, sonaba como un ruido sordo capaz de despertar algo primario en lo más hondo de Abrielle. Sintió el impulso de expresar sus deseos, pero supo que las palabras no saldrían de su garganta. Siguió mirándolo bajo el blanco resplandor de la luna que bañaba la silueta de Raven, iluminando su cabello negro y permitiéndole ver sus ojos azules llenos de una paz que no había visto hasta entonces. ¿Por qué hacía él aquello? ¿Porqué trataba de ayudarla?

Abrielle se obligó a recordar lo que estaba en juego.

—Sí, idos —dijo con frialdad—. No quiero que vuestra muerte pese sobre mi conciencia.

—Ni yo tampoco —le aseguró—. Sin embargo, me preocupa menos cómo pueda encajar esto vuestra conciencia.

Sin más aviso ni vacilación, Raven agachó la cabeza y rozó los labios separados de ella con los suyos. La mente de Abrielle se quedó en blanco y luego explotó en un estallido de sensaciones. Su beso fue lento, cálido, dulce, un denso caudal de pura miel que la arrastró hasta el fondo de su interior, a un lugar lejano, un lugar nuevo y excitante.

Raven no se precipitó, no la presionó ni la forzó. Cuando la punta de su lengua rozó la de ella, los labios de Abrielle se abrieron un poco más sin necesidad de que ella lo pensara ni de que él la alentara. Una parte de ella, ajena a su propia voluntad o a una voluntad externa, quería más, pero Raven se limitó a dejar su boca sobre la de Abrielle unos latidos más y luego se separó de ella y retiró con suavidad las manos que ella, sin darse cuenta, había puesto sobre sus hombros.

Raven se puso en pie, parecía enorme en la pequeña habitación.

—Me voy de vuestro dormitorio, milady, pero sabed que mañana no me marcharé del castillo. Para mí es ya una cuestión de orgullo.

—¿De orgullo o de arrogancia? Sois demasiado osado, señor. Podría comenzar a gritar y…

—Podríais —le cortó Raven—, pero no lo habéis hecho. Y no lo haréis. Tal vez deberíais pararos un momento a pensar por qué es así, antes de que retoméis el dulce sueño que he interrumpido.

Dicho esto, Raven se despidió de ella con una reverencia y abandonó la estancia. Por su espíritu temerario bien merecía que lo cogieran, pensó Abrielle aun cuando contuvo la respiración hasta que tuvo la certeza de que el intruso había conseguido atravesar el salón de sus padres y llegar al pasillo sin problemas. Solo entonces dejó escapar un fuerte suspiro y se desplomó en la cama, donde se quedó mirando el techo de madera con la esperanza de que Raven saliera de sus sueños como lo había hecho de su dormitorio.

Años atrás aquel traje malva con profusos bordados había vestido a Elspeth con majestuosidad con motivo de su primera boda, y en ese día serviría a su hija para el mismo fin. El hecho de que le quedara de maravilla, como confeccionado a medida de la joven, sin duda habría complacido al padre de haber sido el novio un caballero digno de su hija. Sin embargo, en aquellas circunstancias, Elspeth no pudo menos que dejar escapar un profundo suspiro de lamento al imaginar a su única hija atrapada en brazos de Desmond. La sospecha de que el hombre era tan maligno como una víbora venenosa la descorazonaba ante el acontecimiento que tendría lugar en breve.

Ya se habían realizado todos los preparativos necesarios para presentar a la novia con sus mejores galas. Llevaba su larga melena rojiza, que le llegaba hasta las caderas, recogida en la nuca y trenzada con gran número de cintas del mismo tono que el vestido. En la cabeza portaba una diadema de oro finamente labrado y un reluciente velo malva, cuyo ruedo primorosamente bordado caía con delicadeza sobre sus esbeltos hombros y su espalda. El hecho de que las mejillas de la novia presentaran una palidez inusual y de que sus finos dedos temblaran de modo incontrolable pasó inadvertido para todos salvo para su madre.

A Elspeth se le volvieron a llenar los ojos de lágrimas y a punto estuvo de derramarlas al pensar en el valeroso esfuerzo de su hija por parecer calmada.

—Rezo para que se produzca un milagro —susurró al oído de su única hija mientras fingía arreglarle el velo—. No soporto la idea de verte en brazos de Desmond, y aun así no se me ocurre nada que pueda hacerse a estas alturas para salvarte de un ser tan despreciable. Vachel confía en que serás feliz cuando te des cuenta de lo rica que eres, pero yo me temo que eso significará bien poco para ti mientras estés casada con Desmond.

—Madre, no lloréis, os lo ruego —le pidió Abrielle en voz baja mientras se le empañaba la vista—. Si os veo llorar no seré capaz de soportar esta noche sin sucumbir yo misma al llanto. Debemos tratar de ser valientes y mantener la calma.

Al ver que se acercaban sus amigas, Elspeth se apresuró a secarse las mejillas con un pañuelo y dedicó a las mujeres una temblorosa sonrisa.

—Ten ánimo, Elspeth —le susurró Isolde en tono compasivo mientras le pasaba un brazo sobre los hombros—. El día no ha llegado a su fin, aún podría ocurrir un milagro; no sería la primera vez, como bien sabes. Rezo para que Dios se apiade de ti y de Abrielle, pero tanto si eso sucede en breve como si tarda años en ocurrir, no me cabe duda de que podréis soportar lo que os depare el futuro y de que tarde o temprano gozaréis de la bendición de un milagro.

Elspeth sonrió pese al dolor que la embargaba. Nunca antes se había dado cuenta de que su mejor amiga podía ser tan optimista.

—Sé que debo tratar de animarme, querida amiga, pero falta tan poco para la celebración de la boda, que cuesta creer que pueda ocurrir algo que cambie a tiempo el curso de los acontecimientos. Por mucho que Vachel pueda necesitar lo que Desmond ofrece, no soporto la idea de que ese ogro pretenda casarse con mi hija. ¡Es tan despreciable…!

—No os preocupéis por mí, madre. Estaré bien —afirmó Abrielle con valor mientras estrechaba la fina mano de su madre contra su mejilla y fingía sonreír—. No tenéis por qué estar tan preocupada. Estoy segura de que Desmond me tratará bien.

Elspeth dedicó a su hija una sonrisa temblorosa, pero, incapaz de hablar con enteresa, solo consiguió decir con un hilo de voz:

—Parece que ha llegado la hora de que nos reunamos con los demás.

Isolde posó una mano sobre el brazo de su amiga.

—Cordelia y yo nos adelantaremos. Reginald nos espera en la capilla.

Elspeth le estrechó la mano.

—Iremos enseguida.

Isolde les dio un breve abrazo y aguardó a que Cordelia hiciera lo mismo. Madre e hija se volvieron después hacia sus amigas para sonreírles a modo de despedida y, enjugándose las lágrimas que se deslizaban por sus mejillas, se alejaron con tristeza.

Vachel estaba esperando a Elspeth y Abrielle en la estancia contigua y, al ver el rostro de su esposa, se preguntó si habría sido acertado dejar que su hijastra hiciera semejante sacrificio por la familia.

—Estás preciosa, querida —dijo en voz baja, cogiendo la mano de Abrielle.

—Desmond estará preguntándose dónde estamos —musitó ella tratando de transmitir cierta apariencia de entusiasmo. Mantuvo la voz firme y contuvo el temblor de su cuerpo, pues sabía cuán doloroso era aquel día para su padrastro.

Vachel miró de reojo a su esposa en el preciso instante en que ella se apresuraba a tapar sus labios temblorosos con un pañuelo ribeteado de encaje. Si alguna vez en su vida se había sentido mala persona, sin duda fue en aquel momento. Aun así, sabía lo mucho que sufriría su pequeña familia viéndose sumida en la pobreza; sus vidas serían insoportables, y su precaria situación tendría consecuencias mucho más dolorosas de lo que prometía ser el matrimonio de su hijastra con Desmond.

¿Qué iba a hacer él? ¿Qué podía hacer? Se sintió como si estuviera de espaldas contra un muro de piedra y con un cuchillo en el cuello a la espera del momento de arrebatarle la vida. La feliz unión que había llegado a saborear con todo su corazón probablemente no volvería a darse de nuevo, pensó ante la imagen de su mujer consumiéndose de dolor por su hija.

Elspeth le tocó una manga.

—Deberíamos salir ya, Vachel. Desmond nos aguarda —le recordó.

Vachel suspiró abatido. En aquel momento el hidalgo era la última persona a la que deseaba ver.

—No lo dudo.

8

Abrielle reprimió el impulso abrumador de escapar de la capilla entre gritos de pánico. Sabía que, salvo para un puñado de los presentes, su apariencia era serena y majestuosa, y así debía ser. El milagro por el que tanto había rezado para que la boda no llegara a celebrarse no se había producido, aunque consideró un milagro menor que hubiera sido capaz de expresar en voz alta los votos que le unirían por siempre jamás al esperpento que tenía al lado.

Por fin, y con más diligencia de la cuenta, el cura los declaró marido y mujer. Abrielle posó su mano sobre el brazo del novio. Incluso aquel tímido gesto de intimidad hizo que quisiera huir de él y se preguntó cómo conseguiría soportar las horas que le esperaban, por no mencionar la terrible noche que vendría después. Un nudo pequeño y apretado se le formó en el estómago y allí permaneció mientras su nuevo esposo y ella atravesaban el salón de banquetes para saludar a los invitados. Caballeros y damas se pusieron en pie y alzaron sus copas para brindar por la unión y expresar una miríada de buenos deseos entremezclados con bromas llenas de entusiasmo. Abrielle se concentró en mantener una apariencia de felicidad y lo consiguió hasta que al volver la cabeza sin razón atisbó a un hombre casi oculto en una esquina en sombra de la escalera. Al instante, el nudo del estómago creció y se apretó.

Raven, de pie, con los brazos cruzados sobre su ancho pecho, observaba los actos con expresión adusta y sombría. Aunque su rostro no mostraba nada de lo que pasaba por su mente, Abrielle sintió el peso de su implacable mirada tan contundente como si le hubiera puesto una mano en el hombro. Se dijo que era lógico que ante una mirada tan obstinada ella dirigiera la vista una y otra vez en aquella dirección, por muy rápido que la desviara hacia otro lado. Se aseguró a sí misma que no tenía nada que ver con lo deslumbrante que estaba Raven con su traje de cuadros escoceses en negro y su impecable camisa blanca, en contraste con sus largos rizos oscuros, que tanto le favorecía. Ni tampoco tenía que ver con lo que había ocurrido la noche anterior, ni con el zumbido que oía en su cabeza, ni con el hormigueo que sentía en el labio inferior cuando pensaba en cómo él había agachado lentamente su cabeza sobre ella y…

No podía pensar en aquello. Ni aquella noche ni nunca más. Lo hecho, hecho estaba. Pero ahora era una mujer casada, se recordó a sí misma mientras un estremecimiento la sacudía por dentro; era su deber obrar en consecuencia… y asegurarse de que Raven hiciera lo propio.

A tal fin, se puso de espaldas al rincón donde él se encontraba y, esbozando una sonrisa forzada, se entretuvo con conversaciones banales y contó hasta cien, luego se permitió lanzar una mirada fugaz más allá de los invitados congregados a su alrededor y comprobó que Raven seguía observándola. Abrielle apartó la vista, sonrió ante comentarios que apenas oía de gente que no conocía y volvió a mirar al escocés: continuaba absorto, la expresión de su rostro era inescrutable. ¿Qué le pasaría por la mente? ¿Y en qué estaría pensando ella para dejar que el descaro de él la distrajera precisamente aquella noche?

Durante el festín se sucedieron los brindis por los novios, y a cada jarra de cerveza o copa de vino que vaciaba, Desmond estaba cada vez más ebrio y su presencia resultaba cada vez menos soportable a su joven esposa. Las costosas vestiduras de Abrielle se vieron salpicadas en numerosas ocasiones, provocando las carcajadas del novio, que se afanaba en secar con energía el líquido que le manchaba el pecho y el regazo. Mantener la compostura sentada a su lado fue casi insoportable para Abrielle. Pero más duro fue aguantar sus pegajosos labios rozándole la mejilla o sus dientes mordisqueándole el cuello. Las atenciones de su nuevo esposo le recordaban a una serpiente maligna en busca de un lugar donde poder hincar el diente.

Ya en el dormitorio del hidalgo, Abrielle trató de contener los violentos temblores que la acosaban mientras intentaba prepararse mentalmente para el momento en que su esposo apareciera por la puerta. Durante la espera, fue ella quien tranquilizó a su madre, cuando era su madre quien pretendía consolarla.

Los labios de Elspeth temblaban mientras se debatía al borde del llanto, pero tras respirar hondo se prohibió llorar más de lo que ya había llorado; sabía que si comenzaba a sollozar no ayudaría a nadie. Tratando por todos los medios de controlar sus emociones, se enderezó y levantó la barbilla. Aun así, pasó un buen rato antes de que se atreviera a hablar sin temor a que se le entrecortara la voz.

—Nunca imaginé que al aceptar la propuesta de matrimonio de Vachel te obligaría a ti a unirte con Desmond de Marlé. No sabes cuánto lo lamento, querida. Cuando decidí seguir lo que me dictaba el corazón no tuve en cuenta las arduas pruebas a las que podrías verte obligada a enfrentarte por culpa de mi egoísta proceder.

Abrielle abrazó a su madre y la estrechó contra su pecho. Cuando la miró a los ojos, tuvo que contener las lágrimas que amenazaban con brotar.

—Siempre me habéis dicho que hay que mirar al futuro con esperanza, y eso es lo que debo hacer ahora, confiar en que algo bueno saldrá de mi matrimonio con Desmond. —Aunque sentía que un peso insoportable le oprimía el corazón, Abrielle se esforzó en sonreír, pero apenas lo consiguió—. Rezaré para que con el tiempo nuestra unión resulte beneficiosa. Y ahora id a la cama, madre. Estaré bien.

No más de media hora más tarde la reticencia de Abrielle se vio multiplicada por diez cuando Desmond atravesó la antecámara tambaleándose y entró en el dormitorio donde ella lo esperaba. Los ojos enrojecidos del hidalgo parecían más saltones que nunca cuando se clavaron en Abrielle, que yacía en la cama sin más prendas que un vaporoso camisón. Como si se viera saboreando ya un dulce exquisito, Desmond se pasó la lengua lentamente por los labios.

A pesar de los esfuerzos que había hecho para convencerse de que podría soportar lo que sucediera durante su iniciación al matrimonio, Abrielle no habría imaginado que su esposo se lanzaría encima de ella y, asustada, gritó. Un torbellino de miedo la invadió cuando Desmond le desgarró el canesú de encaje del camisón y metió la mano por debajo, y prorrumpió en un quejido de dolor cuando le agarró un seno. Se mordió el labio inferior para evitar gritar y enseguida notó el sabor de la sangre.

Temió no ser capaz de sobrevivir a aquella noche, y menos aún a su primer encuentro conyugal. Teniendo en cuenta las muestras de crueldad que había dado Desmond hasta entonces, no podía menos que preguntarse a qué tortura se vería sometida si permanecía junto a su obsesionado esposo un segundo más. Por su manera de proceder, la amenaza de que acabara violándola con brutalidad parecía del todo real. Abrielle sabía que tenía que huir de aquel hombre si no quería perder el juicio, cuando no la vida.

Desmond dejó de agarrarla con tanta fuerza y comenzó a echar a un lado el cobertor. Al ver que aquella podría ser su única oportunidad de escapar, Abrielle se zafó rápidamente de las garras de su esposo borracho y salió de la cama de un salto. Al principio no sabía adónde ir, solo la movía el apremiante deseo de huir de allí y ponerse a salvo.

El furioso bramido de Desmond puso alas a sus pies descalzos y, presa de un pánico creciente, corrió hacia la antecámara y cogió su bata de la silla donde la había dejado. Abrió la puerta de golpe y, todavía con la bata a rastras, salió corriendo al pasillo. Al mirar a la izquierda intuyó que en aquella dirección no encontraría ayuda alguna, pues no se veían más habitaciones a lo largo del corredor. Rápidamente dio la vuelta hacia el otro lado, sabía que en una corta carrera llegaría a la escalera que conducía al piso de abajo, donde se encontraban los aposentos de sus padres, el único sitio en el que parecía que podía buscar refugio.

Oyó unos pasos desiguales y tuvo la certeza de que Desmond iba tras ella. No quiso pensar siquiera en lo que le haría si conseguía atraparla. De hecho, su propia vida podría estar en peligro si le daba la oportunidad de cogerla.

La muchacha se echó a correr por el pasillo con un ímpetu fruto de la desesperación; no tuvo en cuenta los riesgos que podría comportar tratar de orientarse en un corredor mal iluminado y totalmente desconocido para ella. Al mirar un instante hacia atrás comprobó, aliviada, que su esposo avanzaba a trompicones y jadeando, de vez en cuando posaba su mano en el muro de piedra, como si necesitara un apoyo. Abrielle rezó con fervor para que no le alcanzaran las fuerzas para seguirla hasta los aposentos de sus padres o, en caso de que lo lograra, para que su padrastro tuviera más miedo de contrariar a su esposa que a su anfitrión. Dado el estado de embriaguez del hidalgo, no era descabellado contemplar dicha posibilidad. Vachel no se caracterizaba por tener demasiada paciencia con aquellos que bebían hasta límites inaceptables.

—¡Abrielle, vuelve aquí!

Para su sorpresa, la voz de su esposo sonó suave, como si a pesar de su embriaguez se diera cuenta de que si lo descubrían persiguiendo a su mujer quedaría en ridículo.

—Si no te detienes, juro por Dios que te encerraré en lo más profundo de este torreón, y ten por seguro que pagarás por lo que estás haciendo. Créeme, tu espalda no se verá tan bonita después de una buena tanda de azotes. Cuando pruebes el sabor amargo del látigo, pedirás clemencia y vendrás arrastrándote a mis pies.

Ante aquella amenaza, un escalofrío de terror le recorrió todo el cuerpo. Si bien consideraba que su esposo era completamente capaz de golpearla hasta dejarla sin sentido o algo aún peor, no podía ceder a sus exigencias. Si se detenía, no le cabía la menor duda de que tendría que someterse a la consumación forzada de su matrimonio, acto que le parecía mucho más atroz que cualquier tortura o paliza, por dolorosa que esta fuera.

Abrielle lanzó una mirada a su espalda e intentó calcular la distancia que la separaba de su perseguidor. Un instante después profirió un grito de dolor: su pie descalzo se había golpeado contra una piedra irregular. Dando un torpe traspié mientras intentaba recuperar el equilibrio, se cayó contra la pared y se dio tal golpe que a punto estuvo de perder el conocimiento.

Desmond se abalanzó hacia ella mucho más rápido de lo que

Abrielle imaginaba que podría hacerlo alguien de complexión tan rolliza y con tanto alcohol en el cuerpo. La sensación de peligro traspasó la niebla que la envolvía; de repente tuvo tanto miedo que el corazón le dio un vuelco. El temor de verse atrapada de nuevo en las malévolas garras de su esposo le sirvió de acicate para recuperar los sentidos y se giró rápidamente en un intento desesperado por evitar que Desmond le diera caza. Los dedos extendidos del hidalgo echaron mano de su larga melena suelta, pero Abrielle logró zafarse de él, sacrificando en el camino unos cuantos cabellos, y echó a correr con el corazón a punto de salírsele del pecho, plenamente consciente del serio peligro que corría su vida.

El camino de huida apenas resultaba visible, solo lo iluminaba la luz de la luna que se colaba por los ventanucos de la torrecilla que se alzaba sobre la escalera de piedra. Si conseguía llegar al piso de abajo sin que Desmond acortara la distancia que lo separaba de ella, tal vez pudiera llegar a los aposentos de sus padres antes de que su marido la atrapara. Incluso era posible que Vachel pudiera razonar con el hidalgo y convencerle de que debía tener paciencia con su nueva esposa.

Abrielle miró un instante hacia atrás para ver lo lejos que se encontraba Desmond. Para su desgracia, comprobó que se hallaba mucho más cerca de lo que se había atrevido a imaginar, por lo que apenas tuvo el tiempo justo de bordear el poste de arranque de la escalera. A menos que se le ocurriera una treta para atraer o confundir a su perseguidor una vez que hubiera bajado la escalera, su huida se vería en grave peligro. Abrielle temía que en tal caso Desmond volviera a intentar cogerla del pelo, sobre todo porque aún le dolía el cuero cabelludo. Pero si así conseguía escapar de su marido, tendría que arriesgarse.

Concentrando en sus piernas toda la fuerza que pudo reunir en un intento desesperado por agrandar la distancia entre ambos, Abrielle apretó el paso en su carrera y al llegar al final del corredor se volvió y se enfrentó al ogro.

—Ahora ya no podrás escapar de mí, Abrielle —se jactó Desmond, seguro de sí mismo pese a su hablar arrastrado y las dificultades que tenía para respirar—. A tu espalda tienes la pared, y solo puedes optar por un camino… el que pasa por delante de mí.

El sudor perlaba la frente de la muchacha y caía a goterones por las coloradas mejillas de Desmond. El hidalgo se llevó una mano al costado de su hinchado vientre, como si tratara de calmar el dolor causado por el esfuerzo realizado, y luego echó a andar hacia ella con una sonrisa de suficiencia.

Abrielle se tensó mientras esperaba el momento oportuno para tratar de pasar por su lado sin que la cogiera. Sintió que los pelos se le ponían de punta al ver a su esposo caminar despacio hacia ella con la confianza propia de un tirano. Cuanto más cerca estuviera de él, pensó nerviosa, más probabilidades tendría de sortearlo. Si dejaba mucho espacio entre ellos, Desmond se daría cuenta de sus intenciones y le interrumpiría el paso.

El hidalgo se hallaba a no más de un brazo de distancia cuando Abrielle aprovechó el hueco que había entre la pared y él para escapar como si le fuera la vida en ello. Desmond extendió un brazo en el intento de cogerla, pero no sirvió de nada, pues la muchacha giró sobre sí misma cual derviche y esquivó sin problemas sus zarpas, lo que provocó que su enfurecido esposo comenzara a echar sapos y culebras por la boca.

Abrielle corrió hacia la escalera con todas sus fuerzas concentradas en las piernas. La amenaza de caer en manos de su beodo marido le servía de potente incentivo.

—Te cogeré —dijo Desmond, airado y casi sin aliento, mientras echaba a correr tras ella a trompicones—, y cuando lo haga, ten por seguro que te enseñaré a no huir de mí.

Gracias a la tenue luz de la luna que entraba por la torrecilla Abrielle vio que tenía la escalera justo delante. El hecho de que su treta hubiera funcionado tan bien le daba esperanzas, pero sabía que aún no podía cantar victoria. Seguía oyendo el pesado caminar del ogro a su espalda, más lento que antes pero aun así persistente.

Un instante después de reemprender la huida, Abrielle chocó de lleno contra un muro, un muro alto, caliente y sumamente musculoso. A causa del impacto, rebotó hacia atrás y se le nublaron los sentidos, hasta que unas manos fuertes la cogieron por los codos con delicadeza y la ayudaron a recuperar el equilibrio. Aturdida, levantó la cabeza y se vio ante unos ojos azules que le resultaban más que familiares.

Abrielle ahogó un grito y trató de soltarse.

—Oh, Raven, no, marchaos de aquí. ¡No debéis inmiscuiros!

—¡Vil bellaco! ¡Quitadle las manos de encima a mi mujer! —espetó Desmond de Marlé. Le costaba respirar, había hecho un esfuerzo que superaba con creces los límites de su indolencia habitual, y en la penumbra su rostro rojo y sudoroso parecía mucho más inflado que de costumbre—. Escocés insolente —dijo arrastrando las palabras, intercaladas con reiterados accesos de hipo. Blandió un puño amenazador bajo la majestuosa nariz del otro hombre y continuó con su invectiva—: Ya os habéis... entrometido bastante... en mis asuntos... Y esta vez... habéis ido... demasiado lejos. ¡Os voy a... hacer pedazos! Esta es mi mujer... y este es mi castillo... lleno de amigos míos... y de una legión de hombres... que me deben lealtad.

Raven desvió sin esfuerzo el puño rollizo de Desmond con el revés del antebrazo. Había un toque de peligroso desdén en su sonrisa indulgente.

—¿Hombres a los que mandáis llevar a cabo vuestras inmundas acciones, como los últimos dos que perdieron la vida? ¿Y a cambio de qué, de la promesa de una mísera recompensa? ¿O es cierto que la lealtad de la que os jactáis no la conseguís con dinero sino con amenazas, viles amenazas no solo contra sus vidas sino también contra la de seres inocentes, como sus mujeres e hijos? ¿Era ese el pago que les esperaba a esos hombres si no me mataban?

—Eso no es de vuestra incumbencia —farfulló Desmond; su sonrisa de suficiencia era cada vez mayor mientras pensaba en algo que serviría aún más para aplacar su sed de castigo—. Cierto es, maldito escocés, que me encantaría ver vuestra cabeza clavada en lo alto de una picota más allá del puente levadizo de este torreón. Así, cada vez que pasara por delante de vuestro cráneo putrefacto, me reiría al recordar vuestros fútiles esfuerzos de haceros con Abrielle.

—Si creéis que podéis hacerlo mejor que los dos desdichados que enviasteis a morir bajo mi espada, no conozco a nadie más necio que vos.

Ante aquel comentario provocador, a Desmond casi se le salieron sus saltones ojos de las órbitas, indicio inequívoco de que su cólera iba en aumento.

Abrielle no sabía qué hacer, no albergaba la más mínima esperanza de que aquella confrontación pudiera acabar bien. De momento, por lo menos, Desmond había desviado su atención de ella, pero no podía dejar allí a Raven y que sufriera las consecuencias de la terrible furia de Desmond. Con todos los amigos del hidalgo alojados en el castillo y dispuestos a matar a todo escocés que supusiera una molestia, Raven se exponía a una muerte segura.

Los labios de Raven se curvaron en una medio sonrisa divertida al tiempo que retomaba la palabra en tono de mofa:

—Aun así, si os empeñáis en intentar matarme vos mismo, con mucho gusto os daré la opción de elegir las armas que emplearemos. ¿O pensáis asesinarme mientras duermo, cuando no haya nadie cerca que pueda ver vuestra acción? Sois como una rata vieja y gorda que sale de su agujero por la noche y anda correteando de aquí para allá para ver qué maldad puede hacer mientras los demás duermen. Pero yo sé cómo tratar con alimañas como esas. Echar de comer sus despojos a los gatos evita tener que enterrarlas.

—¡Maldito escocés engreído! ¡Ya os enseñaré yo quién carece de ingenio! —replicó Desmond—. ¡Será con vuestros despojos con los que los gatos se darán un festín esta misma noche!

—Si estáis resuelto a realizar dicha hazaña por vuestros propios medios, señor, será mejor que tengáis en cuenta aquello en lo que vuestros hombres no pensaron. Antes de convertirme en emisario me formé como guerrero, así pues, es rara la ocasión en la que no me defiendo ante un ataque. Supongo que recordaréis eso de nuestro primer encuentro en el palacio de su majestad. Aquella vez salisteis corriendo con el rabo entre las piernas. De haber tenido un ápice de valor, os habríais adentrado vos mismo en el bosque seguido de vuestros hombres en lugar de limitaros a decirles dónde podían encontrarnos a mi padre y a mí.

Aquel comentario era demasiado insultante para que Desmond pudiera soportarlo con prudente serenidad. Cualquier razonamiento que pudiera haber sostenido antes de la boda se había esfumado después de la ingente cantidad de cerveza que había ingerido. Estaba totalmente indignado, ofendido hasta límites que escapaban a la razón, la cual en su caso, y en aquel momento, lo hacía más frágil.

Un hediondo juramento salió de su garganta al tiempo que arremetía contra el escocés con las manos convertidas en garras y con el deseo de apretarlas alrededor del cuello hasta que se revolcara en el suelo entre estertores de muerte. Un segundo antes de que las manos de Desmond llegaran a su objetivo, Raven se echó a un lado con destreza y el hidalgo pasó de largo.

Desmond dejó escapar un grito agudo y aterrador que se ahogó en su garganta cuando vio ante sí la escalera de piedra por la que había empujado deliberadamente a su hermanastro meses atrás. Frente a la inminente caída, trató por todos los medios de recobrar el control de los pies y clavarlos en el suelo, pero sus esfuerzos fueron en vano. Un instante después se tambaleaba al borde del mismo precipicio al que se había visto abocado Weldon, experimentando en sus carnes el terror repentino que en su día había fantaseado que sentiría su hermanastro antes de poner en marcha su mortífero plan. Sus cortos brazos se agitaron en el aire cual aspas de molino en un intento desesperado por frenar el impulso de su cuerpo. Sin embargo, por mucho que trató de evitar la caída, no logró recuperar el equilibrio.

Sintió el latido desenfrenado de su corazón en sus oídos y contra su pecho. En un intervalo de tiempo que cubrió el abismo existente entre la vida y la muerte, desfiló una eternidad ante el ojo de su mente. Vistas vertiginosas —comparables quizá, o acaso totalmente distintas, a aquellas que su hermanastro mayor debía de haber visto en el instante fugaz que precedió a su muerte— llenaron la mente de Desmond con un terror que crecía rápidamente. La respiración se le entrecortó de nuevo en un grito ahogado cuando el pánico cauterizó su ser con sus propias visiones en expansión de lo que parecía su sino infernal. Al fondo de la escalera solo había oscuridad, aunque con los entierros que llevaba a sus espaldas de todos aquellos a los que había matado, había aprendido a memorizar muchas de las funestas advertencias implícitas en dichos mensajes. Tenía un vívido recuerdo de los desvaríos martirizadores que había sufrido su propia madre, que había muerto retorciéndose de terror ante lo que había creado su propio delirio. Al igual que ella, Desmond tenía la sensación de ver demonios retorciéndose bajo él en una masa informe, los cuales en plena agonía levantaban los brazos con gesto lastimero y suplicante para que un ángel sublime y misericordioso los liberara de su tormento. Otros espectros de aquellas siniestras tinieblas parecían hacerle señas y aguardar su presencia con sonrisas lascivas y malévolas, como si ellos fueran los nefastos cancerberos de aquel lugar infame. Luego, como si el horror que estuviera viviendo no bastara para cauterizar todo su ser con terror, vio pasar ante el ojo de su mente unos vapores blanquecinos que formaron una imagen que le recordó a su hermanastro. La aparición fantasmal movió la cabeza de un lado a otro con tristeza y señaló el oscuro abismo que se abría a sus pies.

—Nunca quise tirarte por la escalera, Weldon —dijo Desmond lloriqueando mientras la baba le caía por la barbilla sin que él hiciera nada por impedirlo—. ¡Fue un accidente! ¡Tienes que creerme, hermano! ¡No te vengues de mí por lo que ocurrió aquella noche! ¡Déjame vivir! ¡Ten piedad de mí, te lo ruego!

Raven y Abrielle se miraron y sintieron un extraño cosquilleo en la nuca. Nunca antes habían oído tanto pavor en los gritos de una persona que se enfrentaba a la muerte como en la súplica desesperada del hidalgo.

Desmond trató con todas sus fuerzas de agarrarse a algo que frenara el impulso cada vez mayor que empujaba a su cuerpo. Por un momento apoyó el antebrazo en el muro de piedra que servía de contrafuerte, pero sus flojos músculos no pudieron sostener su peso ni un instante. De repente se vio rodando escalera abajo en una torpe caída durante la cual escaparon de su garganta una sucesión de gruñidos sordos. Su cabeza chocó contra la pared y el cuello quedó extrañamente torcido a causa del golpe. Aunque siguió cayendo al vacío en un descenso sin obstáculos, ya no salieron más sonidos de su boca. Finalmente, la mole de su cuerpo fue a parar a los pies del poste de arranque del piso de abajo y allí se quedó, con las extremidades extendidas, la boca abierta y los ojos mirando hacia arriba con expresión ausente.

En lo que pareció un lapso de tiempo extraordinariamente largo, Desmond permaneció despatarrado al pie de la escalera, donde había ido a parar tras caer boca arriba en el suelo de piedra. El tenue resplandor que proyectaban unas velas titilantes a cierta distancia dejaba entrever el lugar donde yacía el cuerpo del hidalgo. Desde el descansillo donde estaban, ante la oscuridad que se extendía bajo sus pies, ni Raven ni Abrielle podían determinar si Desmond había quedado inconsciente a causa de la caída o si su silencio no era más que un ardid para conseguir que se acercaran, cual una araña cuando aguarda a que sus víctimas se queden enredadas en su tela antes de abalanzarse sobre ellas e inyectarles su veneno mortal. Si se trataba de esta última posibilidad, no había duda de que Desmond querría vengarse, si no de ambos, al menos sí de su joven esposa, antes de que la noche tocara a su fin.

Aquella noche había conseguido que Abrielle perdiera la serenidad, hasta tal punto que se echó a temblar de modo incontrolable al recordar a Desmond pronunciar el nombre de su hermano…

¿Habría visto el fantasma de Weldon? ¿O simplemente se habría sentido acosado por el crimen que había cometido en el pasado?

Al bajar con cuidado por la escalera detrás de Raven, sus piernas temblorosas parecían tan inestables que temía que le fallaran en cualquier momento y se precipitara escalera abajo hasta caer en brazos de su esposo. Tanto daba que Desmond estuviera vivo o muerto. La mera idea de que aquello pudiera ocurrir hizo que se le erizara el vello de la nuca, una sensación que tuvo la certeza de que no olvidaría jamás.

—Tened cuidado, os lo ruego —pidió a Raven con voz temblorosa al ver que la mitad inferior del brazo derecho de Desmond yacía oculto bajo su cuerpo. La enorme desconfianza que le inspiraba el hombre alimentó aún más temores—. Podría tener un puñal escondido en alguna parte y estar esperando el momento en que os acerquéis. Tened por seguro que si puede, os matará.

Receloso ante aquella posible treta, Raven se detuvo en el peldaño que quedaba justo por encima del hidalgo y con la punta de la bota empujó suavemente la cadera del hombre para ver si reaccionaba. No fue así. Ni siquiera emitió un gruñido; la única reacción visible fue el movimiento de su cuerpo, que se contoneó como un áspid muerto al ser cogido por la cola.

Raven pasó de un lado al otro de la mole que yacía de forma grotesca en el suelo y se arrodilló a su lado para ponerle dos dedos en el cuello y buscarle el pulso. Al cabo de un momento vio que no hacía falta, pues de haber estado vivo, no habría podido contener la respiración lo suficiente para llevar a cabo ningún ardid. Aun así, Raven comenzó a pensar en las numerosas repercusiones que provocaría la muerte de Desmond y en la mejor manera de proteger a la dama de las desagradables sospechas de las que sería objeto.

Se puso en cuclillas, levantó la cabeza y miró a Abrielle con detenimiento.

—Si no me equivoco, milady —dijo en voz baja—, ya no tenéis nada que temer del hidalgo. Creo que se ha roto el cuello en la caída.

Abrielle dejó escapar un grito ahogado de sorpresa, se tapó la boca con una mano temblorosa y se pegó al muro de piedra, por el que resbaló sin fuerzas hasta quedar sentada en el suelo a unos centímetros de Raven. Temblaba como una hoja y el corazón le latía con tanta fuerza que le parecía que no podía respirar, y menos aún pensar.

—¿Qué voy a hacer? —preguntó en un susurro desesperado. Lo único en lo que podía pensar era en el acuerdo económico que la convertiría en una mujer riquísima y, al mismo tiempo, sería fuente de todo tipo de sospechas sobre ella y sobre su padrastro—. ¿Qué voy a hacer? —repitió mientras una ráfaga de pensamientos discordantes pasaba por su mente—. ¿Cómo voy a explicar lo que ha ocurrido? —Abrielle juntó las manos y las apretó contra su pecho—. Seguro que los amigos de Desmond pensarán que de algún modo yo tengo la culpa... ¿Cómo no van a pensarlo cuando hace tan solo un rato que se reunió conmigo en nuestros aposentos y ahora estamos aquí fuera... junto a su cadáver al pie de la escalera? ¿Y si alguien me ha visto huir de él por el pasillo? ¿Cómo voy a explicarlo?

—No tendréis que explicar nada —contestó Raven.

Verla tan afligida le desgarraba el corazón, pero no tanto como para que a aquellas alturas no hubiera evaluado la situación por completo. Era poco probable que alguien hubiera presenciado lo ocurrido. El sobrino de Desmond se había encerrado en sus aposentos, como queriendo mostrar su airada protesta contra el matrimonio del hidalgo o quizá simplemente en espera del momento oportuno para echar del castillo a los dos escoceses. El resto de los invitados ya se habían marchado o retirado a sus aposentos. Raven lo sabía porque había estado vagando por los pasillos, tratando de liberar parte de la amargura que sentía tras ver a la inocente Abrielle prometer amor y respeto a De Marlé. La noche anterior su dulce inocencia y su vulnerabilidad absoluta le habían hecho entender que había cometido un error al besarla y no había podido dormir sabiendo cómo se sentiría ella en su noche de bodas. No era una casualidad que hubiera estado cerca u hubiera oído sus gritos.

—¿Que no tendré que explicar nada? ¿Cómo no voy a hacerlo? —inquirió Abrielle, sumamente angustiada. Se abrazó con fuerza y pestañeó varias veces seguidas para tratar de contener las lágrimas que empañaban sus ojos—. Debo pensar en lo que tengo que hacer.

Raven le cogió las manos y las juntó bajo el calor de las suyas mientras se arrodillaba a sus pies.

—No penséis. Limitaos a escucharme. Regresaréis a los aposentos del hidalgo y os quedaréis allí hasta que vengan a comunicaros la noticia de su fallecimiento.

—Pero...

Raven estrechó las manos de ella entre las suyas.

—¡Chis! Haced lo que os digo y confiad en mí. —Al ver cómo Abrielle se mordía el labio inferior añadió—: Al menos confiad en mí esta noche. Teniendo en cuenta lo mucho que ha tardado el hidalgo en dirigirse a vuestro encuentro, a cualquiera le parecería razonable suponer que os habéis quedado dormida esperándolo. Convenceos de que no habéis hecho nada de lo que debáis avergonzaros. El estado de embriaguez de De Marlé y su odio hacia mí lo han llevado a su muerte, nada más. Vos sois inocente de cualquier acto reprobable, milady. ¿Creéis lo que os digo?

Abrielle se veía casi sumida en la desesperación ante el temor de lo que podría pasar si se descubrían las circunstancias en las que Desmond había muerto.

—Pero yo he huido de él. No soportaba estar con él. Tenía miedo de...

—No os faltaban razones para tener miedo, milady. Era un hombre despreciable que solo se preocupaba de sí mismo. Mandó a aquellos hombres a que nos mataran pese a que carecían de la habilidad para satisfacer sus instintos asesinos. ¿Qué le importaba a él que no volvieran con vida? Lo único que buscaba era mi muerte, y tanto le daba si vivían o morían con tal de que las culpas se las llevara otro. En un ataque de furia podría haber sido muy capaz de mataros si no hubierais huido de sus aposentos. ¿Acaso no os ha amenazado con haceros daño mientras os perseguía? Quién sabe lo que podría haberos ocurrido si os hubierais quedado con él. Por el modo en que pronunció el nombre de lord Weldon, es posible que gritara presa de la culpa por su implicación en su muerte.

Sus palabras tenían sentido, y Abrielle se aferró a ellas con alivio. Sin embargo, en aquel momento le asaltaron dudas que solo tenían que ver con Raven. ¿Por qué estaba vagando por los pasillos del torreón la noche de su boda? Y ahora que sabía la verdad del terrible suceso que ella había provocado al escapar de su legítimo marido, ¿querría algo a cambio de su silencio? Abrielle recordaba cómo había flirteado con ella pese a saber que estaba a punto de ser una mujer casada. Y lo peor de todo, recordaba el beso que él le había dado y la poca resistencia que había ofrecido ella, y el nudo de preocupación y vergüenza que se le había formado en el estómago hasta sentirse realmente mal.

—Pero ¿y vos? ¿Qué haréis? —inquirió—. ¿A quién se lo contaréis?

—A nadie. —Raven la miró fijamente a través de la oscuridad—. Haré lo mismo... Volveré a mis aposentos y aguardaré la llegada de un nuevo día. Y ahora marchaos.

Abrielle dio media vuelta y, sintiendo que miles de ojos la observaban desde todos los rincones, se encaminó a toda prisa hacia los aposentos de su difunto esposo. Las palabras de Raven sobre la llegada de un nuevo día resonaban en su cabeza a cada paso que daba. Se sentía tan fría como la muerte que había encontrado Desmond al caer por la escalera. Guardaría silencio para protegerse de las sospechas. Si no había hecho nada malo, ¿por qué la embargaba la culpa? Debería sentirse aliviada por haberse librado de Desmond de Marlé. Sin embargo, ignoraba aún cómo encajarían los invitados del castillo el hallazgo del cuerpo... y lo que sospecharían de ella.

¿Y qué iba a hacer con Raven Seabern? Deseó que se marchara, que al despuntar el nuevo día del que él hablaba hubiera desaparecido, llevándose consigo lo que sabía sobre aquel terrible secreto. Al menos parte de ella lo deseó, pero sabía que probablemente la realidad no se ajustaría a sus deseos. Para bien o para mal, conocía a aquel hombre lo bastante para sospechar que no sería tan fácil librarse de él.

9

Unos golpes frenéticos en la puerta de la habitación despertaron repentinamente a Abrielle tras una noche inquieta en la que apenas había parado de dar vueltas en la cama. Teniendo en cuenta los numerosos temores que la habían acosado mentalmente después de huir presa del pánico por los pasillos del torreón y, sobre todo, después de obligarse a ocupar los aposentos de su esposo, tenía motivos para preguntarse si habría cerrado los ojos durante más de un instante. A lo largo de aquella tortuosa noche había revivido una y otra vez en su mente la espantosa caída de Desmond, un recuerdo que la acosaba sin piedad. Cuando pensaba en las consecuencias que sufriría si alguien había presenciado su desesperada huida o su posterior enfrentamiento con Desmond en el pasillo, no podía menos que imaginar la celebración de un juicio de proporciones diabólicas en un futuro no muy lejano.

No tendría una defensa que rebatiera las acusaciones que podrían lanzar contra ella. Con la posible excepción de su madre, Cordelia y unos cuantos amigos íntimos, probablemente todos los ocupantes del castillo serían de la opinión de que, como recién casada, debería haberse sometido a la voluntad de su esposo, por muy repulsivo y vil que le pareciera.

Pero si la muerte de su marido al caerse por la escalera hubiera sido un sueño, su suplicio comenzaría de nuevo. Preferiría morir en ese momento por un compasivo golpe del destino que verse sujeta constantemente al maltrato físico y mental de Desmond durante el resto de su vida. Aquello sería un infierno terrenal del que no habría escapatoria, por lo menos hasta que uno de los dos muriera.

Por descabellado que fuera el temor de que Desmond estuviera vivo después de que Raven lo declarara muerto, se veía acosada por imágenes del hidalgo entrando a trompicones por la puerta de la habitación con un reguero de sangre cayéndole por la cara. Y entonces no habría posibilidad de indulto, de eso estaba segura, pues sin duda su marido la molería a golpes por haber huido de él.

Tan inquietantes pensamientos le provocaron escalofríos de terror. Por eso, cuando oyó unos golpes frenéticos en la puerta, Abrielle se asustó tanto que el corazón casi se le salió del pecho. Es fácil imaginar por qué le costó que le saliera la voz en los momentos que siguieron a la llamada.

—¿Sí, quién es? —consiguió decir finalmente con un grito agudo inusual en ella, lo máximo a lo que podía aspirar dadas las circunstancias.

—Milady, me llamo Nedda. Me trajeron ayer al castillo para que fuera vuestra sirvienta, pero lamentablemente me temo que esta mañana os traigo malas noticias. ¿Me dais permiso para entrar en vuestros aposentos, milady?

Abrielle se dejó caer en los cojines y la tensión que había ido acumulando disminuyó hasta alcanzar niveles más tolerables. Malas noticias solo podían significar una cosa: la confirmación de la muerte de Desmond. Por mucho que su propia insensibilidad le hubiera horrorizado semanas atrás, se sentía como si le hubieran quitado un enorme peso de la cabeza. De hecho, comparó el anuncio con la conmutación de una pena de muerte. ¿Quién sino su propia madre podría haber entendido el inconmensurable alivio que sentía en aquellos momentos, al saber que Desmond estaba muerto y que no tendría que someterse a sus odiosos mandatos o, lo que era quizá más importante, a sus brutales atenciones como marido?

—Por supuesto, Nedda. Pasa —contestó Abrielle mientras daba gracias a Dios por haber tenido la sensatez de no colocar la tranca en la puerta para salvaguardar su intimidad. A la sirvienta le habría parecido muy extraño que hubiera cerrado la puerta por dentro mientras esperaba a su esposo.

Tras atravesar la antecámara a toda prisa, una mujer que debía de rondar los cuarenta y cinco años, vestida de negro y tocada con un griñón, entró en el dormitorio y se acercó a la cama con dosel donde su nueva señora se hallaba reclinada sobre varios cojines. Tapada con una sábana hasta la barbilla, Abrielle miró a la sirvienta con recelo; se preguntaba si la tendría como aliada o como enemiga. La tierna compasión que vio en los ojos color avellana y en la sonrisa de la mujer disiparon de inmediato sus temores. De hecho, a juzgar por la conmiseración que mostraba la sirvienta, habría dicho que era una persona muy bondadosa.

—Milady, me apena tener que daros semejante noticia cuando hace tan poco tiempo que os habéis desposado, pero me temo que las brumas de la oscuridad han visitado este castillo durante la noche —anunció la mujer en voz baja y en un tono solemne—. Apenas os casasteis cuando vuestro pobre marido sufrió…

—¿Mi pobre marido? —Abrielle odiaba la falsedad, pero sabía que era necesaria para apartar la sospecha tanto de ella como de otros. Comenzó a temblar de forma incontrolable mientras se llevaba al cuello una mano temblorosa y miraba fijamente a la mujer. A pesar del largo momento que tardó en tener el valor suficiente para confiar en su voz, finalmente consiguió preguntar—: Querida Nedda, ¿qué tratas de decirme?

La sirvienta suspiró con tristeza y recuperó el ánimo para encararse con la tarea que el encargado de la casa le había encomendado.

—Milady, en algún momento de la noche, probablemente cuando venía a estos aposentos, vuestro esposo… el señor De Marlé… ha sufrido una espantosa caída por la escalera. Ahí estaba, pobre hombre, engalanado con su traje de boda, hecho un nudo a los pies del último escalón. Quienes lo han descubierto dicen que lo más probable es que tropezara y se golpeara la cabeza contra el muro de piedra antes de caer rodando hasta abajo, a juzgar por las manchas de sangre que había en las piedras de arriba, la horrible magulladura que tenía en la sien y el corte profundo…

Abrielle tuvo la suficiente presencia de ánimo para apartar las mantas, mover las piernas a un lado de la cama y levantarse.

—En ese caso, Nedda, debemos ver sin falta las heridas del señor.

Levantando una mano fina y arrugada para frenar a su señora, Nedda movió la cabeza de un lado a otro con aire grave mientras la miraba con compasión.

—No, milady, me temo que ya no hay razón para las prisas.

Abrielle se detuvo y logró poner una expresión de perplejidad mientras buscaba la mirada de la mujer.

—Pero ¿por qué no?

—No sabéis cuánto me duele tener que ser yo la que os lo diga, señora, pero sir Thurstan no me ha dado opción. Parece ser que el señor De Marlé, en su caída, además de golpearse la cabeza contra la piedra, se rompió el cuello. Por lo que he podido deducir de los rumores que corrían por el castillo esta mañana temprano, el señor ha tenido una muerte muy similar a la que sufrió lord Weldon hace meses. Los siervos dicen que a él también lo hallaron en el mismo lugar, tendido boca arriba al pie de la escalera a primera hora de la mañana.

Abrielle se enfureció al recordar a Desmond pronunciando en voz alta el nombre de su hermano. ¿Acaso evocó en su mente el recuerdo inquietante de los crímenes que había cometido? ¿O tal vez Abrielle debía creer en la posibilidad de que el fantasma de Weldon de Marlé se hubiera vengado finalmente de su asesino?

—Por muy cruel que pueda parecer para una recién casada —prosiguió Nedda—, no hay nada que pueda hacerse por el pobre señor salvo darle sepultura. Me temo que el luto será la única vestimenta que llevaréis en los días venideros, señora. Ya no sois esposa sino viuda.

Ahí estaba, lo había dicho, y por simples que fueran las palabras, Abrielle las repitió una y otra vez en silencio para sus adentros: «No soy esposa sino viuda». No era un sueño, una pesadilla u otra fantasía fruto de su imaginación, sino la consecuencia real de lo que había sucedido en su noche de bodas.

Pese a intentarlo con todas sus fuerzas, Abrielle no consiguió que le brotara una sola lágrima con la que fingir siquiera un poco de dolor. Desmond estaba muerto, ella era libre y lo máximo que pudo hacer para simular su pesar fue llevarse las manos a la cara y permanecer un rato en silencio; confiaba que Nedda aceptara ese gesto como una reacción adecuada para una joven viuda.

—Hay que decírselo a mis padres —afirmó por fin, luego dio un suspiro tembloroso y bajó las manos hasta el regazo; no se atrevía a alzar la vista por temor a que la mujer detectara su falta de pesar.

—Cuando me he enterado de la suerte del señor De Marlé yo misma he informado a vuestros padres antes de venir a comunicaros la trágica noticia. He pensado que necesitaríais su consuelo en cuanto estuvieran vestidos. Llegarán de un momento a otro.

—Te agradezco tu amabilidad y tu interés, querida Nedda —murmuró Abrielle evitando la mirada de la sirvienta. Aunque era inocente de cualquier delito, se sentía como si fuera culpable del más diabólico subterfugio conocido por el hombre y no pudo menos que preguntarse si algún día borraría aquella oscura mácula de su conciencia—. Ha sido muy considerado por tu parte.

La sirvienta acababa de darle la bata con la que recibiría a sus padres cuando se oyeron unos suaves golpecitos al otro lado de la puerta de roble. Sin esperar a que contestaran, su madre dijo desde fuera:

—Abrielle, querida hija, Vachel y yo hemos venido a estar contigo en estos difíciles momentos. ¿Podemos pasar?

—Aguardad un momento a que me arregle un poco, madre —contestó Abrielle mientras se ponía la bata. Al atusarse el pelo para estar presentable hizo un gesto de dolor al recordar el mechón de pelo que Desmond le había arrancado. Notaba la herida, pero no parecía un precio muy alto por librarse de aquel monstruo salvaje. Dio gracias a Dios por tener una buena cabellera, pues no tendría que preocuparse por ocultar aquella pequeña calva—. Ya podéis pasar.

Elspeth derramó lágrimas de alegría al estrechar entre sus brazos a su hija, que se estremeció y se entregó al consuelo de su madre.

—Oh, Abrielle, Abrielle —fue lo único que pudo decir.

En parte Abrielle compartía el alivio que sentía Elspeth, pero en el fondo de su mente seguía pensando en Raven, el hombre que conocía su secreto. ¿Cómo se sentiría cuando lo viera a la luz del día? Por un momento se planteó la posibilidad de aliviar la carga que soportaba contándoselo todo a sus padres. Pero no quería que tuvieran que sobrellevar aquel secreto vergonzoso. Nadie más que ella debía sentir remordimientos de conciencia. ¿Y si alguien la había visto y... se planteaba acusarla? ¿Cómo iba a permitir que sus padres se vieran implicados?

Si a alguien le había apenado la noticia del fallecimiento de De Marlé, Abrielle sabía que ese no era su padrastro. En todo caso, a Vachel parecía que le costaba disimular cuán encantado estaba por cómo se habían desarrollado los acontecimientos. A fin de cuentas, él había desempeñado un papel decisivo en acordar la fortuna que ella heredaría como viuda de Desmond. Y sin duda había conseguido hacerse con ciertas concesiones que probablemente le permitirían codearse con otros acaudalados.

Abrielle se sentía demasiado aliviada por haberse librado de las apasionadas atenciones de Desmond para exagerar un pesar inexistente. Por otro lado, no le suponía ningún problema mostrarse solemne y respetuosa hacia el difunto e incluso guardarle luto. Lo peor era lidiar una y otra vez con el recuerdo del cuerpo de Desmond cayendo escalera abajo y los gritos escalofriantes que había proferido pidiendo clemencia al enfrentarse a la aparición de su hermano. Por mucho que tratara de desterrar aquel recuerdo aterrador de su mente, no podía evitar que la acosara con frecuencia cual si lo tuviera grabado a fuego en su memoria.

La mortaja que envolvía el cuerpo de Desmond resaltaba su silueta baja y rechoncha cuando los siervos lo introdujeron en la sepultura. Abrielle, de pie con su familia y los Grayson junto a la tumba abierta, observaba la escena como si estuviera paralizada. La última imagen morbosa del cadáver de su esposo mientras lo amortajaban parecía haberse grabado en su mente para siempre. Por mucho que intentara apartar de ella el recuerdo de su rostro blanco como la leche, su frente arrugada y extrañamente alargada por las entradas de su pelo, la magulladura violácea en la sien, y las uñas en forma de garras que no habían conseguido dejar limpias por mucho que las hubieran frotado, sabía que aquellas imágenes la acosarían de noche. Como era una viuda virginal, se había negado a ver su masculinidad y dio gracias a Dios cuando Vachel pidió discretamente al cura que dejara cubierta la mitad inferior del cuerpo de Desmond por el bien de la joven. Mirar el cuerpo de su esposo le producía tal horror, que Abrielle supo que no habría sido capaz de mantener la compostura ante la visión de su desnudez. Incluso cubierta por una sábana, su figura le había parecido extrañamente grotesca, pues la enorme barriga empujaba cual seta gigante la mortaja.

En un gesto de despedida, Abrielle lanzó sobre el pecho de Desmond una rosa de un rosal que un bondadoso sirviente había cuidado con mimo durante los meses más fríos y que, en una discreta muestra de compasión por la recién casada que acababa de enviudar, le había regalado dándole el pésame en un murmullo. Abrielle clavó los ojos en los pétalos color rojo sangre esparcidos sobre la blanca mortaja que cubría el cuerpo de Desmond y la asaltó de nuevo la visión de su caída mortal y el terror que había sentido cuando Raven dijo que el hidalgo había muerto.

Apenas un momento después de que el cura arrojara un simbólico puñado de tierra dentro de la sepultura y pronunciara en voz baja las palabras «Polvo eres y en polvo te convertirás», Abrielle se vio acosada por una bandada de solteros y viudos que se le acercaron para darle el pésame. Sin salir de su estupor, escuchó cómo se ofrecían a ayudarla en todo aquello que pudiera necesitar o desear en aquellos momentos o en un futuro próximo. Ella les dio las gracias gentilmente, pero les aseguró que no requería servicios, pues con toda probabilidad contaría con la ayuda de su padrastro para resolver sus asuntos.

Raven, tras expresarle su más profunda compasión y respeto, mantuvo una distancia prudencial, al igual que su padre. Con todo, los ojos verdeazulados buscaron a menudo aquellos de un azul intenso mientras Abrielle trataba de parecer estoica y fuerte. Una parte recóndita de su mente se afirmaba en su preocupación ante la posibilidad de que, ahora que era una viuda sumamente rica, Raven intentara aprovecharse de la situación. Sabía que debía tener presentes las palabras de cautela que no hacía mucho había expresado a Cordelia: ¿qué conocía realmente de él, aparte de su atractivo y su elocuencia?

Para evitar que cualquier malpensado sospechara algo, Abrielle consideró prudente prestar su atención principalmente al resto de los invitados. De un modo solemne pero cortés, escuchó las condolencias que le ofrecieron sus parientes y los cazadores y sus familias, muchos de los cuales no sentían más simpatía por Desmond que ella. Sin duda, el grupo de pendencieros que se habían unido al hidalgo con la intención de disfrutar de una parte de la fortuna que había heredado no habían sacado provecho alguno quedándose en el torreón entre los amigos y familiares sajones de la novia y los normandos, que los habían desdeñado. Para alivio de muchos, no tardaron en abandonar el castillo.

Durante el solemne oficio, sus padres, Cordelia, lord Reginald y lady Isolde permanecieron al lado de Abrielle. Su cariñosa compañía la reconfortó más que la presencia de todos aquellos invitados. La mayoría de los hombres estaban allí únicamente debido a la cacería, para ella eran simples desconocidos. Aun así, muchos de los hombres casaderos se propusieron dejar su impronta en la memoria de la joven viuda, le rogaron que no los olvidara y le prometieron que la visitarían en un futuro cercano. Aunque ella sonreía como si expresara su consentimiento, no tardó en darse cuenta de lo embotada que estaba su pobre y atribulada mente, pues le costaba distinguir un recuerdo del siguiente o el rostro de un joven pretendiente de los demás que se habían acercado a ella.

Estremeciéndose ante los truculentos recuerdos que se agolpaban en su mente, Abrielle llegó a la conclusión de que debía decidir cómo enfocaría su vida a partir de aquel momento. Así, se dio cuenta de que como señora del castillo tenía autoridad para corregir muchas situaciones desagradables de las que había tenido conocimiento poco después de la muerte de los dos hombres que habían atacado a los Seabern. En virtud del acuerdo que Vachel había exigido firmar a Desmond en su afán por tenerla, Abrielle se había convertido en dueña del torreón y de las tierras sobre las que se había construido y podría subsanar muchos de los desmanes que se habían cometido con los siervos.

Abrielle tuvo la gentileza de invitar a los huéspedes que se habían quedado tras el funeral a que más tarde comieran con ella en el gran salón. Prometió a los Grayson, a Cordelia y a sus propios padres y familiares que los vería durante la comida, y les rogó que le excusaran pues debía encargarse de unos asuntos urgentes. Cuando la gente regresaba al castillo, hablando en grupos de dos o tres, Abrielle vio a Raven allí de pie, quieto y alto como un roble, observándola. Un escalofrío fruto del nerviosismo y de algo más le recorrió el cuerpo. Deseó poder echarlo de allí, conseguir que dejara de mirarla. Lamentó que supiera lo que había ocurrido la noche anterior, aunque trató de imaginar qué habría hecho ella si Raven no hubiera aparecido y distraído a Desmond de su persecución. Los sentimientos que le inspiraba el escocés, desde la gratitud hasta el recelo, la desgarraban. Pero él no era su máxima preocupación aquel día.

Tras acercarse a Thurstan, que se había quedado junto a la tumba para dirigir a los siervos encargados de rellenar la sepultura con tierra, se paró a su lado y esperó un largo momento hasta que él se dignó mirarla. La frialdad que vio en sus ojos la sorprendió, y le desconcertó que el día del funeral de su tío pudiera mostrarle tanta animosidad. Comenzó a preguntarse cuándo volvería él a sus tierras, pues le pareció demasiado cruel pedirle que se marchara.

—Os pido disculpas por interrumpiros, Thurstan, pero ¿podría requerir vuestra atención unos minutos? —pidió en tono amable—. Me consta que habéis sido de gran ayuda para vuestro tío en la gestión del castillo. Si me equivoco, iré en busca del encargado...

Thurstan cruzó los brazos sobre el pecho.

—Podéis hablar conmigo sin reparos.

—Gracias, Thurstan. Hay varios asuntos que me preocupan desde hace días, pero hasta ahora no he tenido autoridad para hacer nada al respecto. Dado que las circunstancias han dado un giro inesperado debido a la muerte del señor, es mi deseo poner remedio a varios problemas en los que he reparado.

Thurstan no dijo nada, se limitó a seguir mirándola de un modo que la incomodaba. Cuanto más la molestaba su falta de gentileza, más se reafirmaba en sus convicciones.

—Voy a fijar una serie de normas que deberán respetar quienes ocupen un cargo de autoridad en este lugar. Los nuevos principios irán en beneficio de los que no tienen poder de decisión, y tengo intención de poner en práctica dichas iniciativas desde el día de hoy.

—¿Qué asuntos son esos que tanto os molestan, milady?

Abrielle percibió el sarcasmo en el tono de voz de su interlocutor y apretó la mandíbula. Debería haber hablado directamente con el encargado, pues sabía que no podría contar con Thurstan. Recordó el empeño que había puesto en aconsejar a su tío que cambiara las condiciones del contrato de esponsales. Sin duda le ofendía que el contrato fuera tan beneficioso para ella. De hecho, viendo su animosidad, Abrielle comenzó a preguntarse si Thurstan recibiría algo de lo incluido en el testamento de su tío. Pero eso a ella no le preocupaba.

—Voy a visitar la zona donde están situadas las cabañas de los siervos. —Señaló despreocupadamente con la mano en esa dirección—. Como parecéis estar al corriente de los asuntos de vuestro tío, os doy la oportunidad de que me acompañéis. Si no, me dirigiré al encargado.

Thurstan frunció el ceño durante un instante.

—Eso no será necesario. Puedo ayudaros como lo hacía con el señor.

Sin más comentarios, Abrielle se recogió su vestido negro y echó a andar por el puente secundario que cruzaba el riachuelo. Al otro lado se hallaban las cabañas de los siervos, las cuales se apiñaban formando un amplio círculo en el centro del cual había un lecho de brasas, rodeado de piedras grandes, donde aún quedaban rescoldos llameantes. Cuando Abrielle se detuvo junto al menguante fuego, Thurstan le lanzó una mirada inquisitiva.

—¿Podéis hacerme el favor de anunciar mi llegada a los siervos? —le pidió Abrielle—. Me gustaría hablar con ellos directamente.

—Milady, si fuerais tan amable de decirme qué os proponéis, podría satisfacer vuestros deseos.

Abrielle inclinó la cabeza en un gesto cortés.

—Gracias, Thurstan, pero mi deseo es hablar con los siervos directamente y explicarles qué esperaré de ellos de ahora en adelante en tanto que soy su nueva señora. Si en el futuro tuvieran alguna queja, deben saber que yo soy quien marca las directrices.

Sin mediar palabra, Thurstan se acercó a un disco metálico de gran tamaño que colgaba de una sólida estructura de madera situada al otro lado del fuego. Cogió otro disco metálico más pequeño forrado de pellejo y con un pesado mango de madera y dio tres golpes al gong. Acto seguido, regresó al lado de Abrielle, unió las manos en la espalda, se enderezó cuan alto era y permaneció rígidamente distante. Mientras aguardaban, Abrielle reparó en que Raven los había seguido desde la tumba de Desmond y se había parado cerca de los árboles, desde donde observaba la escena en silencio, como si se hubiera nombrado a sí mismo su guardia personal. Abrielle lo miró con el ceño fruncido, pero no pudo hacer nada más, pues los siervos salieron corriendo de sus moradas para acudir a su llamada, una visión ante la cual no pudo menos que gemir para sus adentros. Nunca había visto a tantos seres humanos de aspecto tan frágil, de rostro demacrado y ojos sin brillo que la miraban desde el semicírculo que se habían apresurado a formar al otro lado del fuego. Una brisa repentina hizo que se fijara en la insuficiencia de sus míseros atuendos, pues vio cómo muchos de ellos se apiñaban unos con otros para escapar de las afiladas garras del viento. Tuvo la certeza de que muchos morirían antes de que el invierno llegara con toda su crudeza, pues probablemente no tendrían las defensas necesarias para soportar los males y las enfermedades que traería la estación más fría del año. Si bien Weldon se había preocupado por ellos con la compasión de un padre afectuoso, era evidente que a Desmond no le había importado cuántos vivían o morían sino que hubiera suficientes para atender sus necesidades personales.

—Soy lady Abrielle, vuestra nueva señora —dijo con voz decidida al tiempo que comenzaba a caminar en un amplio círculo alrededor de la lumbre. Cuando se acercó a los siervos le sorprendió que Thurstan no permaneciera cerca de ella; se quedó donde estaba, como si no le importaran las condiciones en las que se encontraba aquella gente.

En conjunto, los siervos parecían aterrados por lo que les depararía el destino. Aun así, ella siguió avanzando dentro del perímetro que habían formado y, con una cálida sonrisa que iluminó su mirada, al pasar junto a ellos sintió el impulso de tender una mano para, con gesto compasivo, ponerla sobre el brazo de un anciano, alisar los rizos alborotados de un niño o estrechar la mano de una joven madre. Hubo muy pocos que no mostraron pavor ante Thurstan o recelo a alzar la vista incluso cuando Abrielle se paraba ante ellos. Aunque obligó a varios a mirarla a los ojos levantándoles el mentón con la mano, siempre miraban primero en dirección al ayudante del señor, lo que ponía de manifiesto el terror que les inspiraba.

Colocándose de nuevo frente a ellos, Abrielle vio que muchos estaban dispuestos a mostrarle atención.

—Como puede que sepáis, yo visitaba con frecuencia el castillo cuando lord De Marlé vivía. Ayer me desposé con su hermano, Desmond de Marlé. A primera hora de esta mañana lo han hallado muerto. Así pues, como nueva señora de este torreón, voy a instaurar ciertos cambios que probablemente agradeceréis. Espero de vosotros que aprendáis lo necesario para ser de ayuda en la fortaleza y mantener las nuevas estructuras que se construirán en breve para alojaros. —Sabía que Thurstan fruncía el ceño pero no le hizo caso—. Asimismo, se os enseñarán nuevas habilidades para que desempeñéis otras tareas que pueden resultar lucrativas, tales como el cardado de la lana de las ovejas de estas tierras, el uso de la rueca y la fabricación de muebles. Empezaréis confeccionándoos vuestra propia ropa y curtiendo piel para haceros zapatos y otros objetos. Hasta que dominéis dichas habilidades, se os proveerá de la ropa necesaria para que afrontéis el invierno que se avecina abrigados y con buena salud.

Un niño escuálido, descalzo y cubierto con un simple trozo de arpillera se acercó a ella balanceándose sobre sus piernas temblorosas; Abrielle sonrió mientras pasaba sus finos dedos entre el pelo enmarañado de la criatura. Su madre se lanzó a por él, imploró el perdón de la señora y, haciendo una rápida reverencia, se llevó al niño en brazos.

Y de repente Abrielle se puso en el lugar de esa pobre chica que no tenía forma de alimentar a su hijo. Se volvió hacia Thurstan; estaba tan indignada, que le costó que la voz no le temblara de ira.

—Por lo que estoy viendo, es evidente que estos siervos no han tenido sus necesidades cubiertas desde la muerte de lord Weldon. Tal vez ese haya sido el modo de hacer las cosas del señor Desmond, pero ahora está muerto y enterrado. Por tanto, a partir de hoy mismo se hará lo necesario para alimentar, vestir y alojar a estos siervos en un lugar preparado para el frío, y si no es así se me comunicará el motivo. ¿Me habéis entendido, Thurstan? Iremos juntos a hablar con el encargado para explicarle mis intenciones. Yo misma o alguien de mi confianza vendrá a inspeccionar la zona con regularidad. Espero ver muestras evidentes de que se avanza en la dirección que he indicado.

Abrielle sospechó que Thurstan estaba en connivencia con su tío en cuanto a las condiciones en las que vivían aquellas pobres almas, y la idea le horrorizó. No podía tenerlo delante un segundo más, así que tras dedicar una cariñosa sonrisa a la gente que a partir de aquel momento consideraba que eran su responsabilidad, se encaminó hacia el puente... y vio a Raven Seabern cortándole el paso.

Su reacción ante la proximidad del escocés fue tan contraria a su voluntad como rápida. Sintió en su interior una atracción tan intensa que no podía llevar a nada bueno, pues sabiendo él la verdad sobre la muerte de Desmond, Raven era más peligroso para ella que nunca.

Abrielle lo esquivó, lo saludó con la cabeza, y siguió caminando; no le sorprendió lo más mínimo que él se volviera con gracilidad y acomodara su paso al de ella.

—Lady De Marlé, ¿podría pediros un momento de vuestro tiempo?

Al oír su nombre de casada en boca de Raven se estremeció.

—Por supuesto —contestó ella, y luego bajó el tono de voz y añadió en un susurro—: Hablad rápido, pues no estaría bien que nos vieran llegar juntos al castillo.

—¿Y por qué no? —inquirió Raven con una expresión socarrona.

—Ya sabéis por qué —replicó Abrielle.

—Sé que vuestro marido ya no está. Y que no soy precisamente el primer hombre que se ha acercado a hablar con vos en el día de hoy. Debería haber estado ciego para no ver las numerosas muestras de afecto que ya habéis recibido por parte de hombres que buscaban vuestro interés.

—¿Ese es el propósito que os ha llevado a abordarme, señor? ¿Queréis obsequiarme con vuestra muestra de afecto?

—Creo que ya lo he hecho, milady —respondió él—. Pero si la señora lo desea, estoy más que dispuesto a...

Incluso aunque en aquel momento él no se hubiera puesto tan peligrosamente cerca de ella, Abrielle habría entendido lo que implicaba la «muestra de afecto» que Raven tenía en mente y una súbita ráfaga de calor encendió sus mejillas. Tras detenerse en seco, se volvió hacia él y dijo:

—La señora no desea en absoluto nada de lo que insinuáis.

—¿De veras? —Raven inclinó la cabeza y la miró de hito en hito—. Tengo cierta experiencia en la materia y me pareció que...

—Basta —le interrumpió Abrielle, y miró con cautela a su alrededor—. ¿Qué os proponéis exactamente, señor? —inquirió, incapaz de desterrar el temor de descubrirlo—. Ya no tenéis motivos para seguir aquí y creo que sería mejor para todos que os marcharais. Ya no estáis en peligro, y Desmond no podrá seguir tratando de demostrar que os ha ganado.

—Entonces, ¿conocíais la razón por la que nos invitó?

Abrielle se encogió de hombros y reanudó la marcha.

—Nadie me lo dijo, pero lo supuse.

—Entonces, también seréis lo bastante inteligente para deducir la razón por la que ni puedo irme ni me iré —dijo Raven con voz grave y profunda, casi ronca—. Desde el primer momento que os vi he ansiado teneros para mí solo.

A Abrielle se le cortó la respiración y sintió frío y calor, todo al mismo tiempo. Presa del miedo, miró alrededor. Habían llegado al puente, y se apoyó en la barandilla, como fascinada por el riachuelo que fluía debajo. Deseó poder mirar a Raven a los ojos, pero sabía que sería incapaz de controlar sus acalorados sentimientos.

¿Cómo podía estar él a su lado tan tranquilo, si lo cierto era que ni siquiera había intentado cortejarla cuando ella no tenía nada?

—¡Cómo osáis, señor! —exclamó en voz baja, sintiendo el dolor de saber que él la había considerado indigna hasta aquel momento, cuando sus riquezas superaban las de la mayoría. Raven Seabern no era distinto de cualquier hombre atraído por el dinero. Su decepción no debía sorprenderla, pero de algún modo lo hizo y mucho. Una vez más, le asaltó el miedo propio de una mujer que no sabía si un hombre llegaría a amarla por sí misma—. No competisteis por mi mano antes de que me prometiera en matrimonio. —Toda la fuerza de las emociones que se arremolinaban en su interior le salió entonces por la boca, y se sintió llena de dolor y rabia—. No sois distinto de los otros hombres que se han mostrado interesados en mí, incluido Desmond de Marlé. No os acerquéis a mí.

Raven la vio alejarse en silencio, y notó que sus instintos guerreros despertaban ante la intensidad de la pasión que sentía por ella y que el deseo de poseerla era más fuerte que nunca. La batalla por la conquista de Abrielle tal vez sería la más encarnizada de su vida, pero la conquistaría, costara lo que le costase.

10

Durante la comida, el clima que imperaba en el salón era mucho más contenido y cordial después del entierro del fallecido anfitrión, sobre todo porque el cuestionable séquito del hidalgo se había marchado justo al término del funeral, con la cerveza como fiel compañera de viaje.

Aunque muchos de los cazadores habían abandonado el castillo antes de la boda, los que se habían quedado para asistir a la ceremonia y el banquete acudieron a comer con sus esposas y otros familiares. Ahora que el hidalgo ya no podía dar rienda suelta a su indignación, en particular contra los dos escoceses y, en menor medida, contra los sajones, a los que detestaba, los invitados parecían de mejor humor y alargaron la sobremesa en compañía de sus parientes para conversar con la nueva señora y su familia. Los escoceses seguían siendo objeto de desconfianza por parte de varios nobles y terratenientes presentes en la sala, pero todos parecían respetar una tregua por la recién casada ya viuda. Al marcharse, muchos de los invitados le dieron de nuevo el pésame y le aseguraron a escondidas que en cuestión de meses o años encontraría un caballero más digno de ella, con el que tuviera más en común.

Cordelia se acercó a Abrielle cuando esta abandonó la mesa a la que había estado sentada con sus padres.

—Me temo que mi padre no se encuentra muy bien —le dijo—. La comida de aquí le ha resultado un tanto indigesta. Supongo que cuando lleguemos a casa tendrá que estar a cuajada y suero de leche, o algo tan insípido como eso hasta que mejore. En cualquier caso, tiene ganas de volver a casa, retirarse a su dormitorio y reposar en cama hasta que se le pase el malestar.

—Gracias por quedarte todo este tiempo —contestó Abrielle, apretando las manos de su amiga—. No habría soportado estos últimos días de no haber estado tú a mi lado escuchando mis quejas y dejando que expresara mi disgusto con toda franqueza. Siempre has demostrado ser una gran amiga, sobre todo en los momentos en que he estado afligida.

—Cuando vuelva a visitarte, seguro que me quedaré mucho más tiempo —le aseguró Cordelia—. Hasta entonces, querida amiga, cuídate mucho. Lo necesitarás, en especial después de todo lo que ha pasado.

—Echaré de menos no vivir cerca de ti y de tu familia —afirmó Abrielle—. Hay una larga excursión hasta tu casa, pero ¿qué es la distancia entre dos amigas tan unidas?

—Por desgracia, me temo que dicha visita tendrá que retrasarse bastante ahora que eres la señora de este castillo —respondió Cordelia al tiempo que daba un suspiro de lamento—. Con todos esos siervos escuálidos a tu cargo, te quedarás aquí hasta que consigas poner en marcha las normas que tienes en mente para gobernar este lugar. Solo entonces podrás ausentarte un tiempo con tranquilidad. —Cordelia observó a su amiga y añadió—: No hace falta que te recuerde que ya no estás bajo la autoridad de tu padrastro. Eres capaz de enfrentarte a los problemas e imponer tu autoridad a aquellos que deben cumplir tus directrices. Supongo que en mi ausencia se producirán grandes cambios... y eso no te dejará mucho tiempo, claro está, y yo seguramente vendré a verte antes de que tú ni siquiera hayas pensado en salir de aquí.

—Intentaré no decepcionarte. —Abrielle se rió.

—No me cabe la menor duda de que tienes la fortaleza necesaria para llevar a cabo cualquier tarea que emprendas —afirmó Cordelia con seguridad antes de dar otro suspiro de lamento—. Ojalá lord Cedric no viviera tan lejos. Estaría bien que viviera lo bastante cerca para que también él pudiera venir a visitarnos.

—Debería darte vergüenza, Cordelia —le reprendió Abrielle, echándose a reír—. Pero si podría ser tu abuelo…

Cordelia levantó el mentón y negó con la cabeza, haciendo caso omiso de la reprobación de su amiga.

—Mi abuelo nunca fue ni la mitad de apuesto que él. Fíjate, ya hablo como él. A decir verdad, ni mi padre está tan en forma, ni es tan elegante ni tan atractivo como Cedric Seabern, por muy mayor que sea. —Cordelia bajó la voz y añadió—: Por no hablar del hijo, tan guapo como el padre. Está claro que los dos son de buena casta.

Abrielle, incómoda, apartó la vista.

—No es un hombre en el que piense mucho.

Cordelia la miró sorprendida con el ceño fruncido.

—¿No? Pues parece que él no te quita ojo.

Abrielle se encogió de hombros.

—Hoy hay demasiados hombres que no me quitan ojo. Él es uno de tantos. Y además es escocés. ¿No has visto el recelo con el que lo miran mis parientes y vecinos? Le he pedido que se marche, y espero que lo haga en breve.

—Abrielle, no entiendo por qué haces eso, por qué te comportas de una manera tan descortés cuando siempre has sido amable y considerada con todo el mundo —dijo Cordelia lentamente—. Y si tuviera tiempo de preguntarte…

—No hay razón para ello —repuso Abrielle, dedicando a su amiga una sonrisa—. No te preocupes por mí. La vida, que yo auguraba sombría, sin duda ha dado un giro para bien.

Pese a la obligación de ocupar en lo sucesivo los espaciosos aposentos de su difunto esposo, Abrielle concentró sus esfuerzos en ahuyentar los recuerdos de la noche anterior que la acosaban y encontrar algo de paz para su mente cansada mientras se hundía bajo las mantas. No tenía un motivo real para temer por su futuro… salvo en lo que respectaba a la perspectiva de otro matrimonio, pues debía casarse y pronto. Tenía claro que los hombres competirían por ella y su fortuna, un extraño giro del destino para una mujer a la que todos habían ignorado en la corte hacía solo unos meses. Sin embargo, Abrielle estaba decidida a hacer valer su derecho a controlar su propio destino. Pero ¿cómo reaccionaría su padrastro ante eso? Él querría verla en buenas manos, con un hombre que contara con su aprobación. Ahora que ella poseía la mayor parte de las riquezas de Desmond, a buen seguro que Vachel trataría de buscarle un cónyuge con un título nobiliario. Era lo que la mayoría de los padres querían para sus hijas. Y en el caso de su padrastro, Abrielle imaginaba que en él pesaría su frustración por no haber conseguido que le concedieran un título.

Con todo, si las ambiciones de Vachel podían hacerse realidad con lo que había perseguido para sí, es decir, un merecido título por sus excepcionales logros, seguro que estaría satisfecho. Vachel era un caballero honorable que había servido con valor en campañas en el extranjero, y por ello era digno de reconocimiento por parte del rey. A su regreso al país, lord De Marlé había recibido los honores de Enrique por su heroísmo. Como recompensa le fue cedido el extenso territorio en el que construyó aquella torre del homenaje. Si ella recordaba a su majestad la valentía y las audaces hazañas de su padrastro durante los años en que había luchado con lealtad bajo el estandarte del monarca, tal vez también él mereciera los honores del rey. Bastaría que ella recordara a Enrique que había un caballero cuyas épicas gestas llevaban tiempo olvidadas. Y ahora que Vachel volvía a tener una fortuna propia, el título era más importante para él que sacar más dinero de las arcas reales.

Abrielle se desanimó al darse cuenta de que el soberano podría ofenderse si le robaba unos momentos de su tiempo para sugerirle la posibilidad de que concediera un merecido título a su padrastro. Pero quizá la fortuna que acababa de heredar le daba mayor notoriedad a los ojos del rey.

Abatida, fijó la vista en las llamas titilantes que danzaban en lo alto de las gruesas velas insertadas en los pesados apliques mientras se planteaba la conveniencia de elevar primero su petición a algún noble de rango inferior. Pero concluyó que para tan ardua empresa debería buscar a una persona a la que se le permitiera presentarse con frecuencia ante su majestad…

De repente, se dio cuenta de algo, dio un grito ahogado y se sentó en la cama. No hacía falta que le diera tantas vueltas, pues conocía a alguien que podría servirle de intermediario sin provocar la ira del rey. ¡Ese alguien no era otro que Raven Seabern! Para el escocés sería de lo más sencillo llevar su misiva a Enrique la próxima vez que tuviera que entregar un mensaje a su majestad de parte del rey David.

No podía haber mejor manera de librarse de él, ya que después de que ella le dejara claro que no requeriría más sus servicios no osaría volver al castillo. Todos aquellos sentimientos que se arremolinaban en su pecho desaparecerían con él, y por fin podría plantearse con calma quién era el mejor candidato para convertirse en su marido.

Abrielle se dejó caer de nuevo en los mullidos cojines y sonrió con satisfacción mientras juntaba las manos sobre el cobertor y miraba la escena que había bordada en el dosel situado sobre su cabeza. Lo primero que haría al día siguiente sería redactar una carta dirigida a su majestad. Si a Vachel le concedían un título y unas tierras como recompensa por sus notables logros, tal vez se sintiera satisfecho con lo que había conseguido en su vida y no se viera en la obligación de encontrar un noble que estuviera interesado en tomar como esposa a su acaudalada hijastra.

Tras asistir a misa y desayunar, Abrielle se dirigió al aposento de la señora, su propia cámara privada. Dentro, en un rincón, había un telar y una larga mesa de caballetes cubierta de ropa para los criados en distintas fases de confección, había telas por cortar y prendas por coser. Ordenó a las sirvientas que se marcharan y aguardó a que Nedda fuera a buscar a Raven. Había repasado una y otra vez su pequeño plan para ver si le encontraba algún fallo, pero no fue así. Le parecía muy ingenioso, modestia aparte, y realmente estaba convencida de que no podía fallar. Se libraría de la perturbadora presencia del escocés y al mismo tiempo apaciguaría la necesidad de su padrastro de buscar a un noble como futuro yerno. Tan encantada se sentía con su plan, que estaba sonriendo cuando la sirvienta anunció a Raven.

El escocés cruzó el umbral de la puerta con lo que solo podía ser una máscara de compostura; Abrielle no podía culparlo por ello después del último encuentro que habían tenido. Cuando Nedda hizo una reverencia y se retiró, cerrando la puerta tras ella, la sorpresa de Raven se reflejó en su rostro.

La saludó cortésmente con la cabeza mientras Abrielle se mantenía serena e impasible.

—¿Habéis mandado a buscarme, milady?

—Así es, señor. Deseo que me hagáis un favor personal. Se trata de una misión delicada que tengo en mente, y vos sois la persona indicada.

—No tenéis más que decirme de qué se trata, milady —dijo Raven, caminando hacia ella.

Abrielle levantó una mano, confiando en no dejar entrever su inquietud al ver que se acercaba a ella.

—No es preciso que os acerquéis.

—Cuando algo es preciso lo es —replicó Raven en voz baja, sin dejar de avanzar hasta que estuvo a dos palmos de ella—. ¿Cuál es esa misión para la que he sido elegido?

Abrielle extendió el brazo entre ambos como si en la mano sostuviera un escudo de metal en lugar de una misiva en forma de pergamino enrollado, atado con una cinta y lacrado con el sello de la casa de los De Marlé.

—La próxima vez que os presentéis ante el rey Enrique os ruego que le entreguéis esta carta de mi parte.

Raven no la cogió.

—Ignoro cuándo será la próxima vez que vaya a Londres… o a Normandía, pues allí es donde reside actualmente vuestro rey, por lo que tengo entendido.

Abrielle frunció el ceño; no era aquella la respuesta que esperaba.

—Sin duda el rey David os mandará despacharle algún mensaje en breve.

—No, en estos momentos no requiere mis servicios, así que me quedaré aquí.

—Pero esta misiva debe llegar a manos del rey —replicó Abrielle, disgustada al descubrir que su plan tenía un fallo después de todo, pues su éxito dependía por completo de que Raven actuara como ella esperaba que lo hiciera.

—Y así será —aseguró Raven, acercándose a ella medio palmo más con una sonrisa que no reflejaba la negativa a acceder por completo al deseo que expresaban sus ojos.

Abrielle logró contener un suspiro de alivio y en su lugar ofreció una simple sonrisa de agradecimiento.

—Gracias.

—Uno de mis hombres es un mensajero excelente, digno de toda confianza. Le diré que se ponga en camino sin dilación. —Raven vio desaparecer al instante la sonrisa del rostro de Abrielle—. ¿Acaso no os fiáis de mi palabra?

—No sé si vuestra palabra es de fiar. No sé nada de vos. —Abrielle advirtió entonces que no hablaba con sensatez, pues sabía perfectamente que Raven era un mensajero del rey leal, pero su reacción ante su plan la había desorientado.

—Os diré una cosa de la que no debéis dudar —dijo Raven con seriedad, mirándola con tal intensidad que a Abrielle le fue imposible apartar la vista—. Podéis fiaros de mi palabra. Tened por seguro que vuestra misiva llegará intacta a manos del rey.

—Gracias —contestó Abrielle resignada, deseando que se le ocurriera alguna razón que justificara el obligarlo a llevar la carta personalmente. Le costaba pensar teniéndolo tan cerca, cual ave acechante, tan grande y viril en aquella estancia usada únicamente por mujeres.

—¿Y cómo os va, lady Abrielle?

—¿A qué os referís? —replicó ella con aire distraído.

—Ahora que acabáis de enviudar, tendréis que tomar muchas decisiones. Me imagino que vuestras responsabilidades son innumerables.

—A decir verdad, en estos momentos solo hay una persona que suponga una amenaza para mí —le insinuó Abrielle con las manos en jarras, dándole a entender a quién se refería.

—Nada más lejos de mi intención que amenazar a una mujer, así que solo se me ocurre que es vuestra serenidad la que veis amenazada.

—Quizá sea más apropiado hablar de intimidación. ¿Pretendéis intimidarme, escocés?

—¿Os sentís intimidada, Abrielle?

—Os ruego que no os dirijáis a mí solo por el nombre de pila y no, no me siento intimidada por vos —mintió.

—Bien. Prefiero una lucha justa. —Abrielle no fue consciente de que Raven se había inclinado sobre ella hasta que él se puso derecho y ella de repente recobró el aliento—. Si alguna vez os sentís amenazada o intimidada por mí, tened la certeza de que estáis malinterpretando mi interés por vuestro bienestar.

—Os interesáis demasiado por mí, señor, vos y todos los hombres que se proponen hacerse con una fortuna rápida.

—Y una hermosa esposa —añadió Raven con una de aquellas sonrisas suyas que desarmaban—. No puedo hablar por los demás, pero ese es el único premio al que yo aspiro.

Ante las melosas palabras de Raven, Abrielle profirió un exasperado gruñido y señaló la puerta.

—Y ahora, si me disculpáis, no me cabe duda de que os hacéis cargo de lo ocupada que estoy tras los recientes acontecimientos.

Abrielle se volvió para darle la espalda y evitar así que otra sonrisa, otro ladeo de cabeza u otra visión fugaz de su irresistible presencia varonil confundiera aún más sus embrollados sentimientos. Supuso que él se marcharía, pero de repente sintió la caricia de su aliento en la nuca y se le puso la carne de gallina. Antes de que tuviera tiempo de apartarse de él, Raven colocó sus manos cálidas sobre sus hombros y la retuvo con delicadeza.

—No os miento cuando os digo que vuestra belleza me cautivó desde el primer momento en que os vi —susurró, acercando sus labios peligrosamente al oído de ella.

Abrielle no se dio la vuelta ni lo miró a los ojos para no dejarse llevar por lo que él quería que sintiera.

—Pero la belleza por sí sola... aunque sea una belleza como la vuestra, capaz de cegar el juicio de un hombre y arrebatarle el alma para siempre... la belleza por sí sola nunca bastaría para poner en peligro mi propio código de honor. Eso fue lo que ocurrió cuando vi vuestro valor y cómo manteníais la compostura al ver que negaban a vuestro padrastro su justa recompensa por el servicio prestado en las Cruzadas. De haberme marchado antes, me habría llevado el recuerdo de vuestra hermosura. Pero fue en aquel instante cuando vuestra verdadera belleza quedó grabada en mi corazón y supe que no habría nadie más, ni vuelta atrás.

«Mentiras, nada más que mentiras», se dijo Abrielle deseando poder taparse los oídos como una niña ante aquellas palabras de seducción que resultaban tan convincentes.

—Ya habéis dicho lo que queríais. Ahora, marchaos.

Abrielle sintió un escalofrío cuando Raven se apartó de ella para hacer lo que le pedía, pero hasta que no oyó que la puerta se cerraba no se dejó caer en una silla. Apenas le había dado tiempo a recobrar el aliento cuando la puerta se abrió de nuevo; al volverse, vio a su madre mirándola con curiosidad.

—Abrielle —dijo Elspeth mientras cerraba la puerta—, ¿era Raven Seabern ese hombre al que he visto salir de la habitación?

—Así es.

Elspeth puso una mano sobre el hombro de su hija.

—¿Te has reunido... a solas con él?

—No es lo que pensáis, madre —dijo Abrielle, cansada ya de verse a la caza de un nuevo marido, cuando hacía solo un día que se había quedado viuda.

—¿Y qué es lo que debería pensar, hija? Hay muchos hombres jóvenes en este castillo a los que les gustaría estar a solas contigo en una habitación y sacar provecho de la situación.

—No es eso lo que estaba haciendo Raven.

—Entonces, ¿por qué sigue aquí?

Abrielle abrió la boca, pero no supo hasta qué punto revelar la verdad.

—Se me ha... declarado —dijo en voz baja.

Elspeth arqueó las cejas.

—Teniendo en cuenta cómo te mira no puedo decir que me sorprenda.

Abrielle dejó escapar un quejido y se levantó de golpe; procuró que su madre no viera reflejada en su rostro la angustia que sentía.

—Como me miran todos los demás —repuso, agitando la mano

en el aire como si quisiera abarcar el castillo entero—. No soy más que el nuevo premio al que aspiran.

—Eres más que eso, querida.

—Estoy tan cansada de todo esto, madre —susurró, sorprendida de lo cerca que estaba de echarse a llorar—. Sin embargo, sé que es mi deber buscar un marido digno de las responsabilidades que habrá de asumir cuando se case conmigo.

—¿No debería ser digno de ti, más que de las responsabilidades?

—¿Cómo voy a pensar en eso cuando hay tanto en juego? Mi decisión tendría que basarse en muchos motivos, no solo en si el hombre me atrae.

—¿Y Raven te atrae?

—Es escocés —respondió Abrielle con energía—. ¿No ves cómo los ingleses, ya sean sajones o normandos, desconfían de su pueblo?

—¿Y esa es una razón para desconfiar de un hombre honorable, un hombre que te ha rescatado sin pensar en él?

Abrielle se mordió el labio, consciente de que tenía muchísimas razones personales para desconfiar de Raven.

—Mantendré la mente abierta, madre, pero él no es más que uno entre muchos.

Aquella noche, en la cena, Abrielle se sorprendió al ver a Thurstan sentado a la mesa presidencial con su familia. Lo vio conversando con Vachel, y no detectó en él ni un mínimo indicio de desdén. Cuando vio llegar a Abrielle y su madre, Thurstan se puso en pie, junto con el resto de los hombres presentes en el gran salón, y le hizo una pequeña reverencia. Durante la cena mostró interés por saber cómo le había ido en su primer día como señora del castillo. Le comentó algunas de las cuestiones que había mandado al encargado que empezara a supervisar en la formación de los siervos. Abrielle no entendía por qué de repente era tan amable con ella, cuando desde el primer momento la había tratado casi como si compitiera por la atención de su tío. A menos que… fuera por lo mismo que les interesaba a todos los hombres en aquel momento: su fortuna y el poder que conllevaba.

Tras la cena, Thurstan se acercó al rincón donde Abrielle se había sentado frente a la chimenea con sus padres.

—Milady, ¿podría hablar con vos en privado?

Elspeth y Vachel cruzaron una mirada y, como si leyera el pensamiento de Abrielle, Vachel dijo:

—No tienes por qué dejar tu cómodo asiento, Abrielle. Tu madre y yo os dejaremos solos.

Abrielle les hizo un gesto de agradecimiento con la cabeza y aguardó hasta que se hubieron alejado. Advirtió que varios jóvenes casaderos la observaban atentamente, como si esperaran su turno. Raven estaba hablando con su padre, pero no hizo ningún movimiento para unirse al resto. Se conformaba con mirarla de vez en cuando, con aquella seguridad en sí mismo tan serena que a ella le parecía irritante, un tanto amenazadora y, tenía que admitirlo, bastante enigmática. ¿Tan seguro de sí mismo estaba para creer que podría ganar a todos aquellos ingleses decentes? ¿O acaso pensaba que el hecho de conocer sus más oscuros secretos le daba ventaja?

Thurstan tomó asiento en el banco que antes había ocupado la madre de Abrielle y esta se vio obligada a centrar su atención en él.

—Milady, he pensado que la terrible tragedia de la muerte de mi tío no tiene por qué suponer el final de la relación entre nuestras familias.

Abrielle pestañeó con sorpresa.

—Este castillo es ahora mi hogar, Thurstan, y vos no vivís muy lejos de aquí.

—No es eso lo que quiero decir —repuso él con un dejo de impaciencia en la voz—. Estabais casada con mi tío; ¿acaso no tiene sentido que mantengamos el vínculo casándonos?

Abrielle se quedó boquiabierta por la sorpresa.

—Thurstan, ¿me estáis proponiendo matrimonio?

—Creo que el matrimonio resolvería todos los problemas que ha causado la repentina muerte de mi tío. He sido su brazo derecho en la gestión de este castillo desde que lo heredó. Podría seguir siendo así.

—¿Y esa es razón suficiente para casarse? —replicó Abrielle con incredulidad—. Estaba segura de que no sentíais el menor aprecio por mí.

Thurstan la miró de arriba abajo de un modo que la repugnó.

—No podía permitirme sentir nada por vos cuando ibais a convertiros en la esposa de mi tío. Y lo más importante en el matrimonio es el respeto.

—¿Respeto? —Oyó cómo había alzado la voz y supo que debía contenerse, pero su insolencia le parecía intolerable—. Vos mismo reconocéis que participabais en la gestión del castillo y de todas las tierras circundantes. ¿Acaso no acabo de ver el lamentable estado en el que se encuentra la gente que teníais a vuestro cargo?

Thurstan apretó los labios.

—Mi tío…

—Sí, ya sé, eran sus tierras, sus siervos. Pero vos deberíais haberos ocupado de esa pobre gente que dependía de vos. Yo no tuve más alternativa que casarme con vuestro tío, pero, después de haber visto cómo tratáis a los seres humanos más frágiles, jamás volvería a atarme a vuestra familia por voluntad.

Thurstan la fulminó con sus ojos de color verde amarillento, poniendo de manifiesto el profundo odio que guardaba en su interior.

—En tal caso mantened intactos vuestros votos matrimoniales —dijo airado.

Abrielle agradeció que hubiera tantas personas en la estancia, pues de lo contrario se habría sentido atemorizada por lo que destilaba la voz de Thurstan. Dadas las circunstancias, se vio obligada a mirarlo a los ojos impertérrita.

—Pero sabed —añadió Thurstan— que Desmond de Marlé tenía acuerdos monetarios anteriores a vuestro contrato matrimonial.

—¿De qué acuerdos habláis, señor? ¿Acaso insinuáis que el contrato, que fue examinado por consejeros de ambas partes, fue aceptado bajo falsas premisas?

—Desmond no respetó los acuerdos que Weldon tenía conmigo, acuerdos que vuestro esposo juró que cerraría en lugar de su hermano.

—¿Os referís a una herencia mayor de la que consta por escrito?

Thurstan parecía furioso y disgustado, pues esperaba que ella sucumbiera a su ira. Pero Abrielle estaba cansada de ser un mero peón en el tablero de los demás.

—Se comprometió a...

—Me importa bien poco a lo que se comprometiera, según vos —le interrumpió Abrielle fríamente—. Si no hay nada por escrito, no tenéis más pruebas que vuestra palabra.

—¿Y dudáis de ella? —inquirió Thurstan, comenzando a levantar la voz.

—Lamento que os sintáis con derecho a reclamar más de lo que...

—¡No quiero vuestra lástima! —espetó Thurstan, alzando tanto la voz que varios de los ocupantes de las mesas volvieron la cabeza desde distintos puntos de la sala—. Sabed que aquí os encontráis en una posición de debilidad, milady —dijo apretando los dientes.

—Soy lady Abrielle de Marlé. Mi posición aquí no es en absoluto de «debilidad».

—Solo os lo digo por precaución. Si no contáis con mi protección...

—Cuento con la protección de mi padrastro, de sus hombres y de los soldados de mi difunto marido. ¿Acaso insinuáis que ni siquiera ellos son leales?

Thurstan no quiso ir tan lejos, y ante las palabras acusatorias de Abrielle se limitó a guardar silencio.

—Por lo que a mí respecta, señor —dijo Abrielle—, este tema queda zanjado, y así permanecerá hasta que se me presenten pruebas viables que puedan hacerme cambiar de opinión. Lo que heredara mi marido de su hermanastro meses atrás no pertenece por legítimo derecho a ninguno de los parientes de Desmond, incluido vos. Mi esposo nunca se refirió a ninguna cuestión relacionada con sus posibles herederos, en especial con uno que debiera ser considerado ahora que él está muerto. De todos es sabido que las anteriores esposas de Desmond fallecieron sin dejar descendencia. Si vos o cualquier otro hombre tenéis razones para cuestionar la legalidad del acuerdo que Desmond firmó motu proprio, os aconsejo que dejéis de intentar asustarme y tratéis de inmediato esta cuestión con mi padrastro. Vachel de Gerard podrá convenceros de la validez de los documentos que redactó con Desmond. Por otro lado, quiero dejar claro que en caso de ocurrir algo que cause mi muerte, sea accidental, sea deliberada, todas las riquezas, propiedades y posesiones que debo heredar pasarán a manos de mis familiares, es decir, a mi madre y mi padrastro, sin derecho a recurso. Estoy segura de que si pesa alguna amenaza sobre ellos, Vachel podrá reunir a una legión de hombres dispuestos a velar por su protección.

Thurstan se puso en pie.

—Habláis de asesinato como si dicha idea se cerniera sobre nuestra conversación, cuando no es así.

El hecho de ver que su interlocutor se echaba atrás debería haber aplacado los ánimos de Abrielle, pero le recordaba a una serpiente que aguardaba el momento oportuno para atacar.

—Solo quiero informaros bien, sir Thurstan, para que podamos entendernos.

—Esa era también mi intención, milady.

Estaban tan concentrados en fulminarse mutuamente con la mirada que ninguno de los dos advirtió que alguien se había acercado a ellos hasta que oyeron una voz.

—Lady Abrielle, ¿necesitáis ayuda?

Raven estaba a unos pasos de ella, con las manos en la espalda y aire despreocupado, como si solo quisiera unirse a la conversación. A Abrielle le molestó que el escocés pensara que tenía que ayudarla, y vio que la llama maléfica que ardía en la mirada de Thurstan se iba apagando.

—Buenas noches, milady —dijo Thurstan haciéndole una reverencia.

Raven aguardó a que el sobrino de Desmond subiera la escalera que conducía a su aposento para volverse hacia Abrielle.

—No parecía una conversación muy agradable.

—No teníais por qué interrumpirnos. ¿Acaso vais a estar guardándome las espaldas siempre?

—Si es necesario, sí —respondió Raven con una sonrisa, y mirándola más de cerca añadió—: ¿Lo era en este caso?

—No, podía discutir con él sin ayuda de nadie. Os ruego que no volváis a entrometeros en mis asuntos.

Cuando Abrielle se puso en pie oyó decir a Raven en un susurro:

—Ah, pero os gusta tener mi atención.

Dentro de ella algo tembló, y despreció la debilidad que sentía ante él.

—No lo creo. Buenas noches.

11

Aunque Abrielle creía que había dejado clara su posición delante de Thurstan, cuando a la mañana siguiente fue a visitar el poblado de los siervos para comprobar in situ los primeros efectos de los cambios, se llevó consigo al encargado del castillo como medida preventiva. Daba gusto ver lo animada que estaba la gente ya con algo de comida en el cuerpo.

Sus temores se vieron asimismo disipados cuando su nueva sirvienta, Nedda, le sugirió que sus padres podían aliviar su soledad trasladándose a las espaciosas estancias contiguas a su aposento. Abrielle y su madre se mostraron encantadas con la idea. Vachel, por su parte, estaba más que dispuesto a satisfacer todos los deseos de su hijastra ahora que se había quedado viuda, sobre todo si ello servía para que su esposa recuperara su buen talante. Elspeth había compartido en gran medida el trauma que había sufrido su hija en aquellos últimos días, y como madre deseaba prestarle toda la ayuda posible y aliviar los temores que Abrielle aún pudiera seguir albergando tras su breve unión con Desmond de Marlé.

Abrielle aprovechó que estaba cenando en privado con sus padres para sacar un tema en el que se había visto obligada a pensar a raíz del fallecimiento de Desmond.

—Ahora que me he convertido en una viuda rica, podría parecer que se repite la misma situación a la que nos enfrentamos mi madre y yo poco después de la muerte de mi padre... aunque con una diferencia evidente, pues en este caso los hombres solteros aspiran a casarse con una mujer acaudalada, y no a desnudarme por el divertimento que ello puede ofrecer a nobles aficionados a las apuestas. En cualquier caso, preferiría no tener que vérmelas con ninguno de ellos, por muchos títulos o riquezas que puedan poseer.

Vachel dejó a un lado el cuchillo que tenía en la mano y miró a Abrielle con cara de preocupación.

—Creo que has sufrido mucho por el bien de nuestra familia, Abrielle, y por ello debo disculparme... y al mismo tiempo darte las gracias por lo que has hecho por nosotros. Antes de que contrajeras matrimonio con Desmond estaba sumido en la desesperación, pues no veía la manera de mantener a mi familia. El hecho de que te mostraras dispuesta a sacrificar tu propia felicidad hace que me sienta infinitamente bendecido por tu compasión. Dudo que alguna vez pueda llegar a corresponder a tan loable acto de buena voluntad.

Abrielle lo miró a los ojos y sonrió.

—Por un compasivo golpe de la providencia me he librado de ese detestable matrimonio. Teniendo en cuenta que ahora soy rica y que probablemente haya muchos que agradezcan ese hecho y se muestren ansiosos por satisfacer su propia codicia, os sugiero que si tenéis a alguien en mente, me lo presentéis antes para que yo pueda deciros si me complace o no. Consideraré cualquier propuesta de matrimonio que recibáis de posibles pretendientes, pero debo advertiros también que ni todas las lisonjas del mundo me harán cambiar de opinión si el hombre no es de mi gusto. Desmond se convirtió en una pesadilla. No quiero volver a casarme con nadie como él.

Abrielle no quería preocupar a sus padres mencionando la extraña propuesta de matrimonio de Thurstan, de modo que guardó silencio y confió en que Thurstan no fuera tan insensato para desafiarla de nuevo.

Elspeth esbozó una sonrisa divertida mientras miraba con recelo a su marido.

—Creo que tu valía como casamentero está por los suelos.

Vachel movió la cabeza, como si se resistiera a admitir aquel fallo, pero al cabo de un instante dejó escapar una risita entre dientes.

—Al menos el matrimonio duró poco. ¿Y qué me dices de ese

tal Raven Seabern? —se aventuró a preguntar Vachel, levantando una ceja con gesto burlón para encontrarse con la férrea mirada de Abrielle.

—¿Un escocés? —inquirió ella, fingiendo sorpresa, pues ni siquiera ante sus propios padres estaba dispuesta a admitir la de veces que pensaba en aquel escocés en particular. Sabiendo como sabía que no era un candidato apropiado para convertirse en su marido, resultaba aún más desconcertante que su rostro fuera el primero que ella buscaba al entrar en una sala, aunque en realidad no necesitaba hacer eso, pues su oído se había vuelto tan sensible al tono ronco de su voz que podía localizarlo sin necesidad de mirar. No tenía ningún sentido, y si ni ella misma lo entendía, ¿cómo iba a intentar explicar sus turbulentos sentimientos a otra persona?

Elspeth dijo a su marido en voz baja:

—Ya hemos hablado de ese tema, querido. No es un hombre que entre dentro de sus planes.

A Abrielle no le gustó el detenimiento con el que su padrastro la estudió.

—Ahora eres una de las mujeres más ricas de la cristiandad —dijo Vachel—. Pronto tendrás a una legión de pretendientes compitiendo por tu mano.

—Tal vez no me interesen —repuso Abrielle arqueando una ceja.

—Pero te alegras de ser una viuda adinerada, ¿no es así? —inquirió Vachel levantando una ceja en un gesto atractivo mientras aguardaba la respuesta de su hijastra—. Sé sincera y dime la verdad.

—Si me dieran a elegir entre la pobreza por casarme con un hombre al que amo y respeto, y la riqueza a cambio de ser desgraciada con alguien tan despreciable como Desmond, os aseguro que preferiría ser pobre y casarme con un hombre al que amo. Por si aún no os habéis dado cuenta de ello, sir Vachel, la riqueza es un pobre sustituto del amor verdadero y la sencilla satisfacción.

—Querida mía, uno no sabe lo que es de verdad la pobreza hasta que no se ha ido a la cama hambriento o le ha faltado ropa con la que protegerse del frío —replicó Vachel. Aunque las valerosas afirmaciones de Abrielle eran las que esperaba oír en boca de alguien tan joven e inocente, en cierto modo le enojaron. Nadie que hubiera pasado hambre durante semanas olvidaba fácilmente lo que era eso. Él aún se despertaba a veces en mitad de la noche con inquietantes recuerdos que seguían vívidos en su mente. Sin duda, los años en los que había luchado contra los turcos y otros habían dejado una impronta perdurable en su memoria.

Abrielle lo miró fijamente y se atrevió a preguntarle:

—¿Podéis afirmar con sinceridad que en algún momento de vuestra vida habéis pasado las penurias que describís?

Vachel se reclinó en la silla y permaneció en silencio durante un rato mientras meditaba si explicar las privaciones que había sufrido o no. Finalmente, decidió que la verdad debía ser contada.

—Si ha parecido que persigo la riqueza, Abrielle, tal vez sea porque tengo motivos para ello. Ha habido momentos de grandes apuros. Por mi condición de caballero he luchado al servicio de mi rey tanto en este país como en el extranjero, contra infieles de tierras lejanas. Durante esa época, tuve que dormir en el suelo duro y frío sin una capa que echarme por encima y con el estómago tan vacío que no dejaba de gruñir. Algunas veces habría dado lo que fuera por tener unas monedas con las que comprar algo de comer para aplacar el hambre, pero nunca había forma de conseguir dinero cuando la necesidad apremiaba, y me veía obligado a sobrellevarlo de la mejor manera posible. Como puedes ver con tus propios ojos, he sobrevivido a semejantes padecimientos, pero además he aprendido a valorar lo que es tener el estómago lleno, una cama donde dormir y una bolsa llena de monedas en el bolsillo.

Elspeth lo miró un tanto desconcertada.

—Vachel, ¿cómo es que nunca has compartido conmigo tan duras vivencias? Si no te hubiera oído explicárselas a tus primos en el funeral de tu padre, nunca habría sabido lo mucho que sufriste.

Vachel encogió sus anchos hombros con aire despreocupado.

—No pensé que pudieran interesarte, querida. Solo hablo de eso cuando me preguntan sobre las dificultades de una campaña en tierras extranjeras. A pocas mujeres les gusta escuchar esos relatos.

—Pues son interesantes —insistió Elspeth—. Al menos a mí me lo parecen. Por lo que he podido saber a través de los que fueron contigo a las Cruzadas, te ganaste el respeto incluso de tus peores enemigos. En cuanto a tu valentía, un día oí decir a tu primo que te ganaste el nombre de Vachel el Impávido porque nunca te retirabas antes que el enemigo, aunque te enfrentaras a la muerte una y otra vez. Las cicatrices que cubren tu cuerpo son una clara muestra de las batallas que has librado, y aun así sé muy poco de las penurias que pasaste en esas campañas. Me consta que estuviste cautivo durante un tiempo y que pasaste hambre hasta que tus hombres te rescataron, pero sé todo eso por tu primo. ¿Por qué has sido tan reacio a contarme todas esas experiencias?

—Esos hechos no fueron tan gloriosos como mi primo los pintaba, querida —repuso Vachel—. Aquellos eran tiempos de desesperación, en los que mis hombres y yo no teníamos más opción que mantenernos firmes ante nuestros adversarios o sucumbir a la carga de su caballería. Optábamos por luchar, y eso era lo que hacíamos casi hasta el último aliento. En lugar de aniquilarnos como podría haber hecho fácilmente, el enemigo nos rendía homenaje por nuestra valentía ante las pocas probabilidades que teníamos de vencer y se retiraba del campo de batalla. Si no hubieran tenido clemencia con nosotros, hoy no estaría aquí. —Vachel alargó la mano hasta el otro lado de la mesa y estrechó la de su esposa con cariño—. ¿Cómo voy a recordar aquellos tiempos de peligro y necesidad apremiante cuando gozo de tu encantadora presencia, querida mía? Tú me haces sentir como el más rico de los príncipes tocado por una bendición eterna.

Abrielle vio cómo se miraban y reparó en que nunca antes había visto una expresión de adoración como aquella en el rostro de su madre, ni siquiera durante su primer matrimonio. Quizá los odiosos esponsales de Abrielle y su posterior enviudamiento habían obrado un efecto beneficioso en la pareja, pues en aquellos momentos era evidente que Elspeth estaba muy enamorada de Vachel, más de lo que Abrielle habría imaginado. De hecho, cuando Abrielle vio con qué afecto su madre entrelazaba sus dedos con los de Vachel, tuvo la certeza de que se adoraban. La idea le pareció increíble, pues hasta entonces tenía la impresión de que, tras la muerte de su padre, su madre había aceptado la propuesta de matrimonio de Vachel simplemente para acabar con los intentos de nobles sin escrúpulos y de sus hijos de ganar sus apuestas a costa de la virginidad de Abrielle.

Elspeth dirigió la vista a su hija y se ruborizó mientras la miraba con expresión vacilante.

—Tengo que... anunciaros algo importante... a los dos.

Abrielle cruzó una mirada de curiosidad con Vachel, que parecía igual de desconcertado. Ambos miraron al mismo tiempo a Elspeth y aguardaron expectantes a que ella se aclarara la voz. Luego, con un sentimiento que solo podía interpretarse de vergüenza abrumadora, encogió sus delgados hombros como una niña y dijo:

—Estoy encinta.

Vachel, completamente estupefacto ante la noticia, se reclinó en la silla con la boca abierta.

—¿Estás... segura? ¿No tienes ninguna duda?

Con una sonrisa radiante en el rostro, Elspeth alargó el brazo hasta el otro lado de la mesa y puso su fina mano sobre la de su marido.

—Al menos estoy de tres meses.

—Pero ¿por qué no nos habéis dicho nada hasta ahora? —inquirió Abrielle, encantada con la buena nueva pero un tanto preocupada por el bienestar de su madre. Después del tiempo que había transcurrido desde su nacimiento, temía que su madre tuviera dificultades en los meses venideros o durante el parto. Aunque Abrielle siempre había deseado tener un hermano, sin duda no lo quería a costa de la vida de su progenitora—. ¿Os encontráis bien? ¿No habéis tenido ningún problema?

—¡Elspeth, por favor, dinos que estás bien! —insistió Vachel, girando la mano para agarrar la de su mujer con firmeza—. Debes saber que no soportaría perderte. No he sabido lo que era el amor hasta que llegaste a mi vida.

—Me encuentro bien. De veras —les aseguró Elspeth con una sonrisa radiante—. Solo quería estar segura de mi estado antes de deciros nada. Después de tanto tiempo como ha pasado desde que nació Abrielle, tener otro hijo no parecía sino una vana esperanza. Sin embargo, en los dos últimos meses todo ha confirmado que estoy encinta. Desde hace dos semanas siento que el bebé se mueve, y cada vez lo hace con más fuerza, así que tengo plena confianza en que mis plegarias se verán atendidas dentro de unos seis meses aproximadamente.

—Aunque esto era lo último que esperaba, la noticia es con mucho la mejor que he escuchado en mucho tiempo —afirmó Abrielle con alegría y, levantándose de la silla rápidamente, bordeó la mesa y abrazó a su madre—. Ya sabéis, por mis súplicas de pequeña, que siempre he querido tener una hermana.

—Un niño estaría bien —murmuró Vachel con una sonrisa torcida—. En realidad, qué más da lo que tengamos mientras el bebé esté perfecto en todos los aspectos... —Estrechando la mano de su esposa, se la llevó a los labios para besarla con ternura y le sonrió con toda la devoción que podían transmitir sus brillantes ojos llenos de afecto—. Querida mía, ya sabes lo importante que eres para mí, así que debes cuidarte. No soportaría que os ocurriera algo a ti o al bebé. Ya no soy joven, y tu anuncio no ha podido sorprenderme más, era lo último que esperaba.

Elspeth rió encantada como una niña y miró a su esposo con ojos brillantes.

—Yo también me sorprendí un poco cuando supe que estaba encinta. Creía que ya no tenía edad.

Vachel le acarició la mejilla mientras le sonreía de oreja a oreja.

—Tendré que vigilarte muy de cerca en los próximos meses.

—Yo haré todo lo posible para que no se canse —aseguró Abrielle con una sonrisa radiante que mostraba su júbilo—. Ahora que va a haber otro niño en la familia tendré la oportunidad de preocuparme por mi madre, para variar. Bastante se ha preocupado ella por mí durante todos estos años.

—¡Protesto! —exclamó Elspeth riendo al tiempo que levantaba las dos manos para frenar las ambiciosas intenciones de su marido y su hija—. Os aseguro que no soy una inválida y puedo cuidar de mí perfectamente. Al fin y al cabo, ya he pasado por esto antes.

—Claro que sí, mi vida, pero si tuvieras a bien considerar el hecho de que entonces eras mucho más joven, quizá nos permitirías mimarte durante los próximos cinco o seis meses —le instó Vachel, y luego añadió sonriendo—: Créeme, querida, puede que tú no envejezcas, pero yo desde luego sí, y necesito saber que estarás a mi lado para cuidarme cuando sea un viejo chocho.

Elspeth le dio una palmadita en el brazo.

—No te preocupes, esposo mío. Me tendrás a tu lado cuando llegue el momento... si es que llega.

Vachel alzó su copa de plata en homenaje a su hermosa esposa.

—Por nuestra cada vez mayor familia, querida. Que gocemos de paz y dicha durante todos los años de nuestra vida. Y que con la edad adquiramos también sabiduría y nos tomemos tiempo para disfrutar de las pequeñas cosas con las que el cielo nos ha bendecido. Dudo que hubiera sentido tanta felicidad de no haber contado con la bendición de tenerte como mi dulce y noble señora.

—¡Y que ambos viváis al menos cien años! —añadió Abrielle con entusiasmo, y rogó para sus adentros que su deseo se hiciera realidad.

Los temores de Vachel habían despertado en ella una ansiedad parecida. No podía ni imaginar lo que sería de ella si perdía a su madre. Elspeth siempre había sido el puntal de su vida, más que su padre, al que había querido mucho pero nunca había llegado a entender, sobre todo cuando por puro orgullo se dejó arrastrar a un duelo a muerte. Si le ocurría alguna desgracia a su madre, no tenía la menor duda de que el dolor y el vacío que sentiría serían infinitamente mayores. De hecho, tenían una forma de pensar tan parecida que sería como perder una parte de sí misma.

Aquella tarde Abrielle se presentó en la cocina para ver las vituallas que quedaban después de dar de comer a los invitados y de que la mayoría se hubieran marchado. Aunque había dispuesto que el encargado se ocupara de la alimentación de los siervos, quería tener la seguridad de que se estaba haciendo lo suficiente. Todavía veía en su mente la imagen de aquel niño enclenque al que la debilidad a causa del hambre había obligado a aprender a caminar.

Después de ver la comida que había sobrado, Abrielle comprobó que había víveres más que suficientes para mitigar el hambre de los pobres necesitados que vivían al otro lado del riachuelo. A tal fin, pidió a varios sirvientes que trabajaban en la cocina que pusieran las sobras en vasijas, teteras y cestas y cargaran los recipientes en una carretilla que, por orden de Abrielle, un joven enjuto había llevado hasta la puerta exterior, desde donde podría empujarse fácilmente por el puente hasta las viviendas de los siervos.

Sin embargo, al oír sus órdenes, una anciana gruñona de cabello negro y largo y mirada extraña le salió al paso con un andar lento y despreocupado, prueba de que estaba sobrealimentada y que era ella quien mandaba en la cocina. Los otros sirvientes se retiraron a toda prisa. La mujer olió el aire mientras sus ojos brillantes y redondos como cuentas se posaban en la comida que estaba cargada en la carretilla. Luego desvió la mirada hacia su señora y con aire pensativo se llevó una mano a su peluda barbilla.

—Cuando vine a cocinar para él, el señor De Marlé estableció que podía coger las sobras para alimentar a mis cerdos —afirmó la mujer, esgrimiendo algo parecido a una sonrisa desdeñosa—. Nunca me dijo que tuviera que compartirla con esos vagos pordioseros del otro lado del arroyo.

Teniendo en cuenta la cantidad de comida que había sobrado, Abrielle pensó en el enorme derroche que supondría destinarla en gran medida a alimentar a los cerdos y no a mitigar el hambre de los siervos. Echó un vistazo a la rolliza cocinera y supo adónde iban a parar buena parte de las sobras... a su estómago, sin duda. Abrielle arqueó una ceja y le preguntó:

—¿Cómo te llamas, buena mujer?

—Mordea —contestó la anciana, y acto seguido escupió un salivazo asqueroso en un cubo que tenía cerca.

Abrielle se apresuró a apartar la mirada y trató de controlar una náusea repentina. Tras recobrar el aplomo preguntó:

—¿Quieres decir que el señor De Marlé nunca hizo excepción en cuanto a la repartición de las sobras?

—Esa fue su norma desde el principio —afirmó la cocinera con arrogancia—. Yo superviso la comida, y tengo derecho a quedarme con las sobras que quiera antes incluso de que vayan a parar a su cerdo.

—¿Y con qué cantidad piensas quedarte? —preguntó Abrielle con curiosidad.

La mujer barrió el aire con el brazo y con una sonrisita de suficiencia contestó:

—Con todo.

Por las miradas de cautela que varios trabajadores de la cocina lanzaban a la anciana, Abrielle supo que no era una persona con la que se pudiera jugar. Había llegado el momento de que la cocinera se enterara de que, por muchas garantías que hubiera recibido por parte de Desmond, las circunstancias habían cambiado definitivamente.

—El señor De Marlé ya no se encuentra entre los vivos, y yo soy ahora la señora del castillo. Por tanto, seré yo quien ponga las normas que han de seguir los siervos a partir de ahora, y la primera de ellas es que nadie tiene derecho a establecer ninguna regla que yo no haya autorizado personalmente o a quedarse con algo sin mi permiso. —Abrielle señaló la comida. Luego hizo un gesto a los otros sirvientes de la cocina y añadió—: Y ahora, si sois tan amables, haced lo que os he ordenado.

—¡Quietos ahí! —bramó la anciana abalanzándose contra la joven señora con las manos convertidas en garras—. ¡Es mío! ¡Todo eso es mío!

Si nunca antes había visto a una bruja volando, Abrielle tuvo la seguridad de que en aquellos momentos tenía a una delante. Aunque esquivó sin problemas a la arpía, no pudo evitar enfurecerse al ver a la anciana como un ser demoníaco cuyo odio hacia los demás la había llevado al desvarío. No había duda de que los otros sirvientes pensaban lo mismo, pues miraban boquiabiertos el torpe avance a trompicones de la mujer.

Si bien la bruja agitaba los brazos cual aspas de molino para frenar el impulso de su cuerpo, cuanto más espacio recorría, más abajo estaba su cabeza. Un instante después su nariz y un lado de su cara se restregaban por el suelo de piedra.

—¿Qué ocurre aquí? —gritó Thurstan al entrar de improviso en la enorme cocina.

Al ver la sangre que salía a borbotones de la nariz y la boca de la mujer, Thurstan se apresuró a coger una toalla de una mesa que tenía cerca y le taponó la nariz, que se veía en carne viva y presentaba ya un oscuro tono violáceo.

—¿Quién te ha hecho esto, Mordea?

La cocinera levantó un brazo sin fuerza y señaló a Abrielle con un gesto acusador.

—Ha sido esa zorra altanera. Ella me ha tirado.

Con un ceño fruncido que daba miedo, Thurstan recorrió la estancia con la vista hasta encontrarse con la incisiva mirada de la nueva señora del castillo.

—Milady, yo...

—Nada importa lo que tengáis que decir al respecto —le interrumpió Abrielle—. Quiero que esa mujer esté fuera de aquí en menos de una hora.

Thurstan miró a Mordea con cara de pocos amigos y volvió la vista hacia Abrielle.

—Milady, el señor la trajo poco después de adquirir el castillo. Es la mejor cocinera que tenemos aquí.

Abrielle estuvo tentada de poner en entredicho aquella afirmación.

—Aun así, quiero que se vaya. No permitiré que un criado me ataque en mi propio castillo. —Y, dicho esto, extendió el brazo para señalar la puerta más cercana—. Os he dado una orden, así que cumplidla y expulsad a Mordea.

—Pero ¿no veis que es mayor? —protestó Thurstan—. ¿Cómo se las arreglará si la echáis de aquí?

—Sin duda imponiendo su voluntad a los demás, como está claro que lleva haciendo en esta cocina desde hace tiempo y como ha intentado hacer conmigo esta misma tarde. No permitiré que siga molestando ni martirizando un día más de lo necesario a aquellos que deberían obedecer sus órdenes. Que vaya a pedir clemencia a quienes ha estado desatendiendo deliberadamente.

Con un brusco ademán de desdén, Abrielle se volvió hacia los otros sirvientes y les pidió que cumplieran su orden de cargar la carretilla y llevarla al poblado de los siervos. Los criados, ansiosos por obedecerla, se empujaban unos a otros sonrientes mientras recogían la comida. Viendo su reacción no era descabellado suponer que Mordea les había hecho pasar las de Caín al frente de la cocina.

Abrielle miró un momento a su espalda y le sorprendió ver que Thurstan ayudaba a Mordea a salir de la cocina. Al oír que la anciana lo reprendía se percató de que Mordea sabía más de él que cualquiera de los otros sirvientes que habían pasado a estar bajo su autoridad, y le asaltó la sospecha.

—Si mi pobre madre estuviera viva, no habría consentido este terrible abuso. Habría acabado con esa mocosa sin pensárselo dos veces. Seguro que hubiera manchado de sangre el castillo entero de punta a punta para que se acordaran de ella.

—¡Chis! —exclamó Thurstan con impaciencia.

—¿Qué pasa? ¿No quieres que esa zorra se entere de que casi somos parientes?

Thurstan vio la mirada de asombro de Abrielle.

—Mordea, no…

—¡Sí, Desmond de Marlé era mi hermano! —dijo a gritos la anciana—. Pero de diferente madre… y tú también podrías haber sido mi sobrino, Thurstan de Marlé, así que no pienses que eres más poderoso que yo.

Cuando salieron de la cocina, Abrielle sintió un escalofrío: la hermana de Desmond, un hombre sospechoso de tantos crímenes, los había estado alimentando. La muchacha se apresuró a salir al sol de otoño para tratar de librarse de lo que sentía ante tanta maldad.

12

Más tarde, cuando se reunió con los trabajadores de la cocina a los que había enviado al poblado de los siervos con la comida, Abrielle se sobresaltó al ver allí a Raven.

El escocés estaba con un corrillo de hombres en la otra punta de la espaciosa sala, y aun así, como atraída por una fuerza mucho mayor que su propia voluntad, Abrielle no tardó un instante en centrar su mirada en él entre todos los demás. A aquellas alturas tendría que estar acostumbrada, pero aún se le encogía el corazón y se le aceleraba al ver sus anchos hombros y su porte orgulloso. Por un momento Raven pareció desviar su atención hacia otra parte y, a pesar de lo agradable que le resultaba contemplarlo, Abrielle sintió curiosidad por ver qué le parecía tan entretenido, además de ella.

Siguiendo su mirada llegó hasta lord Cedric, quien, con un niño sentado en sus rodillas, explicaba una fábula sobre un zorro hambriento que iba a la caza de un conejo y se veía engañado a cada paso. El anciano estaba rodeado de niños y con su ingenio provocaba las risas de su joven público, embelesado con las voces que daba a los distintos personajes, una habilidad para la que Cedric parecía tener un extraño talento. Abrielle no tardó en darse cuenta de que el ingenioso narrador estaba tan encantado con los niños y sus reacciones como ellos con su relato y sus agudos toques de humor. Para alegría de todos, el conejo consiguió escapar del zorro y este tuvo que conformarse con capturar una vieja rata de carne fibrosa.

Esta vez los siervos vacilaron menos a la hora de acercarse a ella y saludarla. De hecho, parecían ansiosos por expresarle su agradecimiento por lo que había hecho en su condición de nueva señora del castillo. Al recordar el recelo de la joven madre en presencia de Thurstan, Abrielle sospechó que su cambio de conducta debía de tener mucho que ver con la ausencia del hombre.

Desde su posición estratégica y cuidadosamente elegida frente a la puerta, Raven la vio entrar al instante. Ante las frecuentes protestas de Abrielle por sentirse objeto de su atenta mirada, Raven decidió simular que no advertía su presencia y ver si eso le gustaba más. No fue una treta fácil de llevar a cabo. Trató de mantenerse ocupado con cualquier quehacer que se le presentaba, ya fuera levantar una pesada vasija, ya fuera mover cestas que eran vaciadas casi antes de que las bajaran de la carreta. Pese a lo mucho que anhelaba estar cerca de Abrielle, le gustó la experiencia de observarla desde lejos, y a decir verdad le emocionó más verla en su nueva condición de señora del castillo que cuando la había contemplado dando vueltas en el salón de baile ataviada con encajes y joyas.

Con las mangas subidas y los rizos recogidos, Abrielle, codo con codo con los trabajadores de la cocina, distribuía las bandejas de comida que, como Raven sabía, había ordenado, no sin problemas, que llevaran hasta allí. Los siervos aceptaron entusiasmados cuanto se les ofreció y expresaron su gratitud una y otra vez. Abrielle recibía sus efusivas muestras de agradecimiento con una sonrisa tan afectuosa y alegre que cualquiera hubiera dicho que eran ellos quienes le hacían el favor. Raven vio llorar de gratitud a padres que contemplaban a sus hijos saciar su hambre en lugar de verse obligados a soportar un vacío en el estómago tan lacerante que ni siquiera el dormir les libraba de aquel tormento.

La lamentable suerte de los siervos no le había pasado desapercibida, y había que verlos ahora, alimentados por alguien cuya compasión se había hecho patente en cuanto había asumido el mando. No era de extrañar que a aquella pobre gente se le empañaran los ojos y quisieran estrechar o besar la mano de la señora al ofrecerle su más ferviente gratitud por lo que había hecho por ellos. A Raven, ver que aquellos que habían soportado durante tanto tiempo la insensibilidad y la autoridad mezquina del hidalgo eran tratados con amabilidad y generosidad le levantó el ánimo. Y le llenaba de orgullo, un orgullo que, en honor a la verdad, aún no podía atribuirse como propio, que Abrielle fuera la responsable de ello.

Raven podía ser un hombre paciente, en especial cuando la paciencia formaba parte de una campaña que podía conducir a la victoria, y ello a menudo para disgusto de aquellos con quienes trataba como emisario del rey David. Sus adversarios preferían verlo actuar de forma temeraria o irreflexiva y tener así una ventaja sobre él. Pero dicha reputación estaba poniéndose a prueba en aquel momento en el poblado de los siervos, y en cuanto estos apaciguaron su hambre, Raven vio una oportunidad para acercarse a la señora del castillo. Abrielle estaba sentada junto al fuego con algunos de los niños más pequeños, y ver cómo su encantadora sonrisa daba paso a una expresión de recelo y resignación a medida que él se acercaba no le gustó nada. Aunque se tratara de una cuestión de orgullo, Raven no estaba acostumbrado a que una mujer desconfiara tanto de él. Se había atrevido a pensar que la ayuda que le prestó la noche en que murió su marido forjaría un vínculo entre ellos, pero en lugar de eso parecía haberlos separado aún más.

Raven se sentó a su lado, procurando no realizar ningún movimiento brusco. Por ridículo que pudiera parecer, no había duda de que una maniobra de aproximación lenta y suave obraba milagros con los animales asustadizos.

—Lo que estáis haciendo con esta gente es una gran cosa —le dijo en voz baja.

La sonrisa de Abrielle estaba reservada para la niña pequeña que tenía en el regazo, acurrucada contra su pecho mientras se chupaba el pulgar con satisfacción.

—Es lo justo y, por tanto, fácil de hacer.

—Se diría que habéis nacido para mandar. ¿Será porque sois hija única?

Abrielle asintió y, aunque por un momento dio la sensación de que iba a hablar, apretó los labios. En su fuero interno se disgustó consigo misma por haber estado a punto de compartir la buena nueva de Elspeth con Raven, como si fuera un amigo.

—Yo también soy hijo único —prosiguió él—. Ya tenemos algo en común.

Abrielle le dedicó una mirada de cortesía, ladeó la cabeza y encogió sus delicados hombros.

—Sí —continuó él—. Mi padre me enseñó todo lo que sé, desde lucha con espada hasta diplomacia. Estoy bien enseñado.

—Sí, ya lo veo; tan bien enseñado que aún viajáis con él, como si necesitarais que os defendiera.

Raven hizo un gesto de dolor y se alegró de que los niños no pudieran captar el sarcasmo de Abrielle.

—Eso me ha dolido, milady.

—Os pido perdón —dijo Abrielle fingiendo consternación—. No sabía que la verdad pudiera resultaros tan dolorosa.

Sus miradas se cruzaron con tal intensidad que a Abrielle casi se le salieron los ojos de las órbitas y una expresión de susto y pánico ensombreció su rostro. Raven sabía perfectamente a qué se debía aquella reacción: Abrielle había recordado de repente la «verdad» que solo ellos dos conocían, el papel que habían desempeñado ambos en la muerte del hidalgo. Y casi al mismo tiempo entendió la razón por la que, en lugar de unirlos, aquella noche solo sirvió para acrecentar la sospecha y el recelo de Abrielle hacia él.

Raven trató de tranquilizarla.

—Hay verdades —dijo en voz baja— que si las supiera todo el mundo solo sembrarían dolor. Tenéis mi palabra, y con ella mi honor, de que nunca las haría públicas, milady. —Sin añadir nada más se puso en pie y se marchó, consciente de que había salido victorioso en aquella escaramuza dentro de su campaña para conquistarla, objetivo que tarde o temprano alcanzaría.

Tras abandonar el poblado, Abrielle ya había comenzado a cruzar el estrecho puente que pasaba sobre el riachuelo cuando avistó a Thurstan acompañar a Mordea hasta un carro tirado por un caballo que un siervo mayor había llevado hasta el puente levadizo del castillo. Un escuadrón de al menos veinte hombres montados aguardaban en las proximidades. Thurstan lanzó un saco enorme con las pertenencias de la mujer al interior de la parte trasera del vehículo. Mordea se agachó, cogió una piedra del suelo y se la guardó en el bolsillo del delantal; solo entonces consintió que Thurstan la ayudara a sentarse en el banco del cochero.

Con las riendas en la mano, Mordea hizo girar al animal poco a poco, levantó una mano en un gesto de despedida y le dijo algo a Thurstan en una lengua extranjera. Luego fijó su mirada en la señora del castillo y, con una risa socarrona, fustigó al greñudo corcel para que echara a andar. Thurstan se volvió con cara de sorpresa al ver quién los observaba. Cuando el carro pasó cerca de donde Abrielle se había detenido, Mordea se apresuró a sacar del bolsillo la piedra que había cogido del suelo y se la tiró a la que había sido su señora.

Antes de que Abrielle tuviera tiempo de intentar esquivarla, Raven la agarró de la cintura, la levantó del suelo y la hizo girar bruscamente. Ella se quedó pegada contra su pecho con la cabeza echada hacia atrás, por lo que estaba mirándolo a los ojos cuando oyó que la piedra impactaba en la espalda de él con puntería certera. Raven ni se inmutó ni aflojó su abrazo. Abrielle consiguió mover la cabeza en un gesto de agradecimiento; temblaba, pues se daba cuenta de que podría haber resultado malherida si no hubiera sido por él. Lo único que deseaba en ese momento era apoyar la cabeza sobre su pecho robusto y dejar que él la protegiera del mundo durante unos segundos más, unas horas o por siempre jamás, pero la posibilidad de que Raven fuera la mayor amenaza para su seguridad la obligó a apartarse de su cuerpo pese al calor y el consuelo que le ofrecía.

Mordea agarró la fusta con la intención de que el caballo echara a trotar con brío y ella pudiera marcharse de allí a toda prisa. Mientras se alejaba, su diabólica carcajada llegó hasta ellos y a Abrielle se le erizó el vello de la nuca. Mordea blandió entonces un puño en el aire con gesto amenazador y gritó:

—Acordaos de lo que os digo; cuando menos lo esperéis, volveréis a verme. ¡Os cortaré el pescuezo, os arrancaré el corazón y me lo comeré asado! ¡Esa es la suerte que os espera, os lo aseguro!

Tras lanzarles aquella amenaza, Mordea comenzó a vociferar en la lengua que había empleado momentos antes con Thurstan, y si bien resultaba casi imposible entender lo que decía con el traqueteo de las ruedas del carro resonando en su veloz partida, Cedric escuchó con afán cada una de sus palabras. Aunque Abrielle no conocía aquel idioma, estaba convencida de que lo que salía de la boca de la anciana no era precisamente una bendición.

—Por si os interesa saberlo, milady, creo que esa vieja bruja ha dicho que os perseguirá hasta la tumba —comentó Cedric a Abrielle al llegar a la altura del puente.

Thurstan no hizo ademán de pretender reunirse con ellos, se limitó a coger las riendas de su caballo, que sostenía uno de sus hombres, y dijo:

—Espero que no estéis herida, milady.

—Si no lo está es por pura suerte —repuso Raven en tono grave.

Abrielle, al ver que los dos hombres se miraban con animadversión, se apresuró a decir:

—Thurstan, aseguraos de que no vuelva a poner los pies en este castillo.

El hombre asintió.

—Y me aseguraré también de que vuestras posesiones, es decir, el carro y el caballo, os sean devueltas mañana mismo. —Thurstan respiró hondo, como si lo que se disponía a añadir le causara dolor—. Sir Raven, os doy las gracias por haber protegido a lady Abrielle del mal juicio de Mordea.

—¿Mal juicio? —repitió Raven con desdén.

Abrielle decidió hablar de nuevo antes de que la aparente hostilidad entre los dos hombres fuera a más.

—Thurstan, ¿acaso os vais sin tener la gentileza de despediros?

—No creía que desearais que me quedara.

Si Thurstan pensaba que Abrielle corregiría aquella impresión, andaba equivocado.

—Buenos días, milady —añadió fríamente antes de montar y alejarse a caballo con sus hombres.

Abrielle, Raven y Cedric se quedaron en silencio observando la marcha del escuadrón a la zaga del carro de Mordea.

—Milady —comenzó a decir Cedric—, ¿qué razón hay para que Thurstan de Marlé escolte a esa mujer?

Abrielle dejó escapar un suspiro.

—No son parientes. Thurstan es hijo del hermano mayor de Desmond, ya fallecido. Mordea y Desmond eran hermanastros, así que es posible que Thurstan sienta que le debe lealtad.

—En ese caso, adiós a los dos y hasta nunca —concluyó Cedric.

Sin embargo, Abrielle no pudo evitar preguntarse si aquella sería realmente la última vez que los vería.

En la cena de aquella noche los pretendientes de Abrielle se mostraron más atrevidos. Durante la velada, la joven viuda se vio pasando de uno a otro, ya fuera para bailar, ya fuera para entablar una conversación que en la mayoría de las ocasiones consistía en vanagloriarse de sí mismos, y como siempre Raven andaba cerca. Aunque no la observara en todo momento, Abrielle estaba más segura que nunca de que su atención era absoluta. Era como un enorme tigre tumbado al sol, contento y adormilado, pero pobre del que se atreviera a acercarse demasiado al tesoro que custodiaba para intentar robarlo. Aquella imagen la dejó helada, y se preguntó si sería ella dicho tesoro. Había algo atrayente en aquella idea, lo había desde que se sentía segura y protegida. Pero también existía la aterradora posibilidad de que la única razón que tuviera Raven para protegerla fuera la de estar en situación de coger lo que ella tuviera que ofrecerle cuando se le presentara el momento oportuno. A Abrielle todo le parecía confuso y agotador; dado que Raven no consentiría en marcharse, se lamentaba de que no fuera menos atractivo para poder desentenderse de él sin más. Cuánto más fácil sería su vida si al escocés le salieran cuernos, o amaneciera con una barriga descomunal, o al menos dejara de asearse.

Finalmente, con la excusa de estar agotada, pudo escapar del gran salón. Pero antes de que le diera tiempo de llegar a la puerta se le acercó sir Colbert, uno de los caballeros normandos que habían prolongado su estancia en el castillo con la esperanza de ganar su favor.

—Lady Abrielle —la llamó entre jadeos, como si le costara respirar.

—Sir Colbert, ¿qué ocurre?

—Esta tarde he salido a pasear... y he oído a alguien... llorar cerca de las chozas de los siervos.

—¿Llorar?

—Uno de los niños... está enfermo. ¿Tenéis... conocimientos curativos?

—Sí. Permitidme que vaya por mis hierbas.

El hombre abrió la boca para hablar, pero Abrielle ya había echado a correr por el pasillo. Cuando se instaló en los aposentos del amo, Nedda llevó allí todas sus cosas, y a Abrielle le fue fácil encontrar la pequeña bolsa de piel.

Al volver corriendo por el pasillo, Abrielle vio que sir Colbert miraba a ambos lados, dio un respingo ante su presencia y la saludó con un gesto de aliento.

—Vamos, milady, saldremos por la puerta del jardín de la dama. Por ahí llegaremos mucho más rápido al poblado.

Abrielle lo siguió agradecida; pensaba ya en ese pequeño que podría estar enfermo. Todos se hallaban en un estado de debilidad preocupante debido a la desnutrición. Avanzó sin fijarse en los corredores por donde la guiaba sir Colbert, pero finalmente oyó que descorría el cerrojo de una puerta y percibió el fresco olor a tierra húmeda del jardín.

Una vez allí, tomó la delantera con el fin de atravesar el jardín a toda prisa, traspasar la cerca medio tapiada, dejar atrás los altos muros del castillo y atravesar el puente que cruzaba el foso. Varios soldados que estaban de guardia la miraron con curiosidad, pero ninguno le bloqueó el paso.

Había llegado casi al riachuelo cuando sir Colbert gritó:

—¡Milady!

Al volverse hacia él lo vio de repente demasiado cerca. Sir Colbert dobló la espalda y se echó a Abrielle al hombro. Abrielle profirió un grito de sorpresa y, de repente, se vio sacudida con torpeza cuando el hombre comenzó a correr.

—¡Bajadme!

—Tengo el caballo ahí mismo, milady. Así llegaremos al poblado mucho antes.

El hombro de sir Colbert se le clavaba en el estómago y le cortaba la respiración.

Abrielle sabía que no tenía ninguna intención de llevarla al poblado. Le había mentido para sacarla del castillo... y tenerla sola e indefensa frente a él. Bastaría el rapto de una noche para que ella se viera obligada a casarse con él, a pesar de su crueldad. Su peor pesadilla hecha realidad.

Ante las patadas que trataba de dar a su raptor, este le sujetó las piernas para que no pudiera moverlas; Colbert ni reaccionó a las palmadas y puñetazos que le pegaba en la espalda, como si no pudiera hacerle daño. Cuando abrió la boca para gritar a voz en cuello, Abrielle le oyó decir simplemente:

—No gritéis o mi hombre se verá obligado a hacer daño a vuestra sirvienta.

«¿Nedda?», pensó Abrielle fuera de sí. ¿La habrían sacado del dormitorio de Abrielle para que no pudiera alertar a los ocupantes del castillo de la desaparición de la señora?

—¿Es este el hombre al que os referís? —inquirió una voz grave y serena que Abrielle reconoció al instante.

Raven había acudido en su auxilio una vez más, y eso provocó en ella dos sentimientos contradictorios, pues tenía tantas ganas de alegrarse como de llorar.

Colbert se detuvo a trompicones y Abrielle oyó el llanto apenas perceptible de otro hombre que imaginó tendido a los pies de Raven.

—Me temo que este hombre no será de gran ayuda —prosiguió Raven con un tono de voz a todas luces divertido y, por extraño que pareciera, tranquilizador—. Es una lástima que no hayáis pensado en todo esto con más detenimiento. Yo deseo a la dama al menos tanto como vos, así que ¿cómo iba a perderla de vista?

Colbert pasó entonces a la acción: lanzó a Abrielle en el aire para que cayera en brazos de Raven. Mientras ella trataba de desenredarse, Colbert levantó a su amigo del suelo, prácticamente lo lanzó a lomos del caballo y luego saltó detrás de él. El ruido de cascos se perdió en la lejanía.

Cuando Abrielle consiguió finalmente poner los pies en el suelo, se apartó de Raven con más fuerza de la necesaria, pero él se limitó a sonreír.

—De nada.

—Os doy las gracias —dijo Abrielle—, una vez más.

Al bajar la vista para contemplarla a la luz de la luna, la sonrisa de Raven desapareció de su rostro y la intensidad de su mirada la cogió por sorpresa.

—Parecéis tocada por polvo de hadas —susurró él con voz ronca.

Incapaz de hacer frente a la peligrosa debilidad que su presencia le inspiraba, Abrielle dio media vuelta y echó a correr por donde había venido. Lo oyó reírse y supo que la seguía, pero no se detuvo hasta que hubo recorrido todo el pasillo que llevaba a su dormitorio. Una vez allí, asomó la cabeza y comprobó aliviada que Nedda dormitaba en una silla junto al fuego; saber que Colbert había mentido al menos en eso la dejó más tranquila. Luego regresó al pasillo y llamó a la puerta de sus padres.

Raven aguardó paciente a que Vachel abriera la puerta. Cuando lo hizo, miró a Abrielle y luego al escocés con cara de sorpresa. Su hijastra entró en la estancia con aire resuelto y cerró la puerta en las narices de Raven.

—¡Abrielle! —exclamó su madre con desaprobación al tiempo que se acercaba a la puerta y se ajustaba la bata.

—No pasa nada, él lo entiende —contestó Abrielle con voz cansada antes de dejarse caer en un taburete.

Acto seguido, procedió a contar a sus padres todo lo sucedido. Lo que no les dijo fue lo vacía y asqueada que se sentía por dentro por el hecho de que sir Colbert ni siquiera se hubiera molestado en conversar con ella, en cortejarla como era costumbre, como si el esfuerzo no valiera la pena.

—Creíamos que te habías ido a la cama —dijo Vachel; no dejaba de dar vueltas por la habitación movido por la ira.

—Oh, Abrielle, ¡qué miedo habrás pasado! —exclamó Elspeth, abrazándola.

—No me ha dado tiempo de pasar miedo —contestó ella con desánimo—. Como siempre, Raven venía siguiéndome.

—¡Gracias a Dios! —dijo su madre con una expresión de alivio que le salió del alma y que hizo que Abrielle se sintiera aún peor, pues significaba que no podía confiar siquiera en controlar su propio destino.

Sin duda el semblante de la joven inspiraba el pesar de sus padres, pero las palabras de su padrastro pusieron de manifiesto que su suerte no estaba en las manos de Abrielle, sino en las de otros, concretamente en manos de hombres.

—No puedo permitir que esto siga así —concluyó Vachel; se detuvo y las miró con el ceño fruncido en un gesto sombrío—. Tal vez Colbert no quisiera hacerte daño, pero es posible que el próximo bellaco que lo intente pierda los estribos ante tu negativa. Abrielle, tienes que casarte pronto, de lo contrario seguirás en peligro.

—Pero, Vachel, no he encontrado a nadie que me atraiga. Sabéis que deseo elegir al que será mi esposo.

—Y desde luego no quiere vivir con una escolta armada pegada a sus faldas —añadió Elspeth.

—¿Por qué no echamos del castillo a todos los hombres casaderos? —propuso Abrielle con entusiasmo—. Así podría vivir en paz, por lo menos durante un tiempo.

—¿Y ver el castillo sitiado por mozos desesperados? —inquirió Vachel—. Creo que no. Se me ha ocurrido una idea para acabar con todo esto rápidamente. Celebraremos un torneo donde se darán cita todos los jóvenes nobles para exhibir sus habilidades y tratar de ganar tu favor.

—Pero muchos ya se han marchado a petición nuestra —repuso Abrielle con voz quejumbrosa—. ¿Y ahora vamos a hacerles volver?

—Así es, pero solo a los que den la talla, por supuesto. Los participantes permanecerán en el castillo varios días, y al final del torneo habrás tenido ocasión de conocer a los hombres suficientes para tomar una decisión.

—¿Varios días? —preguntó Elspeth.

—Invitaremos también a las familias de los jóvenes. Tendrás

tantas propuestas que no sabrás qué hacer con ellas. Podrás descubrir el carácter de todo hombre que te interese.

Abrielle dejó escapar un suspiro.

—Acepto. Esto tiene que terminar.

—El torneo comenzará dentro de tres días —anunció Vachel frotándose las manos.

—¿Tres días? —repitió Elspeth, imaginando ya lo difícil que sería encontrar una nueva cocinera en tan poco tiempo.

—¿Tres días? —repitió Abrielle, preguntándose si su padrastro se habría vuelto loco—. Pero ¿cómo lo haremos?

—Hoy mismo enviaremos a los heraldos. Si celebramos el torneo con tan poco margen de tiempo solo se animarán a asistir los señores del norte. Supongo que no querrás un marido que solo haya vivido en el canal de la Mancha y que no sepa cómo manejarse con los escoceses…

—Y hablando de escoceses… —dijo Elspeth mirando a su hija.

Abrielle se desplomó en la cama.

—Raven competirá por mí con tanto ahínco como el que más. Y ganará el premio, como ya hizo en la cacería.

—Quizá deberíamos ofrecer algo más que un premio al vencedor —sugirió su padrastro con una expresión astuta en su mirada—. Algo que fomente la competencia.

Abrielle torció el gesto.

—Temo preguntaros a qué os referís.

—Podría ganar… un beso.

Colbert cabalgó sin descanso en la oscuridad de la noche hasta encontrar la acogida que esperaba. Thurstan de Marlé abrió las puertas de su morada al joven, le ofreció cobijo… y alimentó su odio hacia el escocés que había frustrado su plan perfecto para quedarse con Abrielle.

13

En los tres días siguientes Abrielle consiguió mantenerse tan ocupada que rara vez habló con Raven, salvo en las comidas. Sabía que él seguía vigilándola, pero le hacía el menor caso posible y trataba de disfrutar de un acontecimiento que se celebraría en su honor. Con el fallecimiento de Desmond de Marlé se había librado del aciago nubarrón que se cernía sobre ella, y se decía a sí misma que la libertad para poder elegir a su esposo era más de lo que tenían la mayoría de las doncellas.

Había dispuesto que su compañía de sirvientas confeccionaran estandartes y brazaletes para identificar a los dos equipos que competirían en el torneo. Todos los días pasaba horas en la cocina con su madre, donde se enteraron de que las cocineras de Weldon no se habían ido, sino que durante aquellos últimos meses se habían visto obligadas a servir bajo las órdenes de Mordea. Las mujeres agradecieron recobrar la libertad para ejercer su creatividad, y los menús que pensaron entre todas a buen seguro aplacarían el apetito de los comensales.

En la campiña que se extendía alrededor del torreón comenzaron a aparecer pabellones de vistosos colores para albergar a los numerosos combatientes que participarían en la justa. El castillo estaría ocupado por las familias, padres y hermanos de los señores del norte que quisieran pasar un día lleno de emoción. Se montaron tiendas a lo largo de la orilla para que sirvieran de refugio durante la competición y los caballeros pudieran descansar y rearmarse.

El día anterior al torneo los caminos circundantes estaban llenos de caravanas que se dirigían al castillo. A su llegada, los niños de las familias visitantes atravesaban el patio corriendo, con las niñeras a la zaga, y Abrielle imaginó que un día serían sus hijos los que correrían por allí. Y de repente se vio con la fuerza necesaria para atreverse a soñar que en algún rincón de aquella fortaleza encontraría por fin al hombre que podría ser un verdadero esposo para ella, el hombre con el que compartiría un amor eterno.

Lo único que le preocupaba era la atención que recibían Raven y su padre. Los nobles normandos y sajones mostraban una actitud hosca hacia ellos, más incluso que la que muchos de ellos habían mostrado cuando estuvieron allí una semana antes. ¿Acaso esperaban que Raven y Cedric se hubieran ido, y consideraban que su presencia constituía una provocación inadmisible? Hacía varios años que en la frontera reinaba una paz precaria, no había razón para dicha muestra de animadversión, y menos hacia un hombre que contaba con la consideración del rey. Abrielle no quería que hombres llenos de odio participaran en el torneo y lo convirtieran en una batalla real. Emplearían sus propias armas, no las armas desafiladas con las que se entrenaban los jóvenes. En situaciones tan tensas como aquella, inevitablemente morían más hombres de la cuenta.

Aquella noche en el gran salón se sirvió un banquete que superó las expectativas de todos los presentes. Abrielle ocupó con sus padres la mesa presidencial, situada sobre una tarima, lo que le permitía ver a sus invitados romper con las manos las finas hogazas de pan blanco, muestra inequívoca de que no se había reparado en gastos. Habían asado un buey entero en el patio de la cocina, y preparado pastel de lengua de alondra, toda una exquisitez propia de una comida real. Las últimas hortalizas frescas del otoño se sirvieron en ensalada, aderezadas con aceite y zumo de agraz, seguidas de carne de añojo picada con hierbas y pan rallado, fuentes rebosantes de quesos variados y, por último, una selección de tartas y pasteles con los que todo el mundo acabó dándose palmaditas en el estómago lleno y resoplando.

Elspeth compartió una sonrisa triunfal con su hija, que se vio contagiada por el entusiasmo y la energía de una nutrida concurrencia que rebosaba alegría. Tras la copiosa cena, Abrielle se convirtió en el centro de atención de muchos de los caballeros, interesados en conseguir una prenda suya para lucirla en el combate que tendría lugar a la mañana siguiente. Su condición de anfitriona no le permitía dar muestras de favoritismos, por lo que animó a los hombres a que fueran en busca de las otras doncellas presentes en el salón.

Más de uno tuvo el atrevimiento de preguntar a Vachel por qué se había permitido competir al escocés, y Vachel dio la misma explicación una y otra vez: Raven era un emisario del rey de Escocia y había sido bien recibido en la corte del rey Enrique. ¿Cómo iba Vachel a insultar a cualquiera de los dos monarcas excluyéndolo de la justa?

Abrielle estaba bailando con un joven simpático, que en su entusiasmo no dejaba de pisarle, cuando las grandes puertas dobles del salón se abrieron de golpe. Una súbita ráfaga de viento hizo titilar la llama de las velas, y el silencio se apoderó de la estancia mientras todos se volvían para ver quién llegaba tan tarde.

Thurstan de Marlé encabezaba un contingente de una veintena de caballeros de su propia casa. Abrielle se excusó ante su desilusionada pareja de baile para ir en busca de su padrastro, a quien encontró compartiendo jarras de cerveza con Cedric Seabern delante de la chimenea.

Cedric la saludó con una reverencia y su padrastro la miró a la cara y le preguntó:

—¿Qué ocurre, Abrielle?

—¿No habéis visto quién acaba de llegar? —inquirió ella, señalando a Thurstan con un rápido ademán.

—Sí, ya lo veo —respondió Vachel con una mueca—. Pero no puedo impedirle la entrada, como tampoco podía hacerlo cuando era el sobrino de Desmond y un hombre respetado en todo el norte. Tiene todo el derecho a estar aquí.

—Me propuso matrimonio —explicó brevemente Abrielle cruzando los brazos sobre el pecho en un gesto casi protector que a ella misma le pareció extraño.

Vachel la miró sorprendido con el ceño fruncido.

—¿Acudió a ti en lugar de hablar conmigo?

—Cree que la herencia debería ser suya, no mía, y buscaba la forma de acceder a ella a través de mí.

—¿Por qué no me lo dijiste? —inquirió Vachel despacio.

—¿Acaso eso habría impedido su presencia aquí esta noche?

—No —admitió su padrastro—. Probablemente no.

—Lo mismo pensé yo. —Abrielle dio un suspiro—. Confiaba en que este torneo serviría para simplificar mi vida, pero apenas ha comenzado y ya hay un hombre al que debo evitar como pueda.

—No debería meterme donde no me llaman —dijo Cedric con un brillo de diversión en sus ojos azules—, pero si sois tan hábil para rehuir al recién llegado como lo sois con mi hijo, diría que no vais a tener demasiados problemas.

Si aquel comentario hubiera venido de otra persona, Abrielle se habría ofendido, pero era difícil sentirse agraviada con aquella sonrisa y aquel tono de voz tan burlones como entrañables. Con todo, notó que se le encendían las mejillas. Le hablara Cedric en broma o no, ella no tenía por qué fijarse en ningún hombre, y quizá la mejor manera de hacerle llegar aquel mensaje a Raven fuera a través de su padre.

—Os aseguro, estimado señor, que mi falta de atención hacia vuestro valeroso hijo responde únicamente a un acto de amabilidad.

—Y yo os aseguro, milady, que él no lo interpreta precisamente así.

—Es lógico, pues dicha amabilidad está dirigida hacia las innumerables damas solteras que hay en la zona. Por nada del mundo se me ocurriría monopolizar el tiempo de un hombre cuya leyenda atrae a más bellezas que peces hay en el mar.

El escocés echó la cabeza hacia atrás y prorrumpió en una sonora carcajada.

—Vaya, veo que con vos mi hijo ha encontrado la horma de su zapato —dijo, contento al parecer con la idea—. No discuto que haya atraído a unas cuantas bellezas, pero ahora se las está viendo y deseando para atraer a la única que le importa. Sin embargo, no os preocupéis, milady, el muchacho aprende rápido y al final todo saldrá bien.

—No sé exactamente lo que queréis decir con «bien» —repuso Abrielle—. Me temo que el resultado tal vez os desilusione. Entre nuestros pueblos hay muchas cosas infranqueables, lord Cedric.

—¿Es ese el único motivo por el que no incluís a Raven en la lista que estáis elaborando? —Los labios de Cedric se curvaron bajo el bigote—. Bueno, eso y, por supuesto, vuestra generosa consideración hacia el resto de las mujeres.

Abrielle negó firmemente con la cabeza; el viejo Seabern estaba demostrando ser tan difícil de desanimar como su hijo.

—No, hay otros motivos. Me limitaré a decir que no encajaríamos, y perdonadme si mis palabras os ofenden.

—En absoluto, milady. Sois libre de tener vuestra propia opinión.

Pero el anciano le guiñó un ojo y movió su poblado bigote, como si conociera sus pensamientos, y parecía evidente que suponía que Abrielle se inclinaba en secreto por Raven. La muchacha repitió en su mente las palabras de Cedric. «Sois libre de tener vuestra propia opinión.» Raven había insistido en que lo importante era la opinión que tuviera ella del hombre con el que iba a casarse, y no la de nadie más, aunque sería mucho más fácil determinar lo que ella pensaba si los demás dejaran de decirle lo que tenía que pensar. No necesitaba dedicar más tiempo a reflexionar sobre el papel que ocupaba Raven en su vida, pues no ocupaba ninguno. Tenía que encontrar a un hombre en cuyo amor pudiera creer, alguien que no dominara el arte del disimulo por su condición de emisario real. Era evidente que su destino estaba en manos de hombres, pero al menos podía elegir al hombre en cuestión. Y aprovecharía aquella noche para encontrarlo; seguro que estaba allí, aguardando a que ella se fijara en él.

Cuando volvió a reunirse con sus invitados entre sonrisas y saludos vio una imagen descorazonadora: sir Colbert había irrumpido en el salón con Thurstan y en aquel momento estaba a su lado. Al ver que había atraído su atención, Colbert le hizo una reverencia exagerada y le dedicó una amplia sonrisa. Luego comentó algo a Thurstan y ambos se echaron a reír de un modo desagradable, seguramente a costa de ella. Abrielle apartó la mirada y añadió otro nombre a la lista de hombres que debía evitar durante el torneo. Debía tener cuidado y no andar sola por ahí en ningún momento.

En su afán por guardar las distancias con Thurstan a punto estuvo de chocar contra Raven. El salón estaba plagado de hombres a los que prefería evitar, pensó Abrielle mientras la cogían por los hombros. Raven aprovechó la ventaja que le daba la altura para mirarla desde arriba mientras imaginaba su dolor al saber que un hombre que había intentado raptarla y violarla tenía la desfachatez de presentarse al torneo celebrado en su honor. No fue ninguna sorpresa que, adoptando una pose soberbia que era habitual en ella, Abrielle lo mirara a la cara, luego bajara la vista hasta las manos de él, que la tenían cogida de los brazos, y volviera a mirarlo a los ojos. Raven la soltó, esgrimiendo una sonrisa carente de arrepentimiento al tiempo que crecía su admiración por ella.

—Milady, sois el centro de atención de todos los hombres presentes en la sala… os guste o no.

Abrielle puso los ojos en blanco.

—En estos momentos me contentaría con dejar de ser vuestro centro de atención. Seguro que aquí hay muchas doncellas hermosas en las que podríais fijaros.

—Pero ninguna brilla tanto como vos —musitó el escocés con una mirada que se dulcificó sin por ello perder su expresión irónica.

Raven la vio sonrojarse, y agradeció que la muchacha tuviera una tez tan blanca como suave. El súbito rubor que asomó a sus pálidas mejillas y el brillo que iluminaba su dulce mirada le dejaron entrever sus verdaderos sentimientos y descubrir que no era indiferente a él, por mucho que tratara de convencerle, a él y a sí misma, de lo contrario.

—Disculpadme, debo atender al resto de mis invitados —se excusó Abrielle, apartándose de él.

—Lo entiendo —murmuró Raven con una leve reverencia—. Sé que no soy más que uno de los muchos que esperan tener vuestra atención.

Raven habló en voz más alta de lo que pretendía, y con ello llamó la atención de aquellos que Abrielle tenía a su lado. Nunca antes había sentido la animosidad de tanta gente, y todo por la tierra en la que había nacido. Inspiraba más confianza en la corte normanda del rey Enrique, donde podía presentarse ante el monarca con toda libertad. Sin moverse del sitio, Raven levantó una ceja ante aquellas miradas hostiles, retándolas a que lo desafiaran.

Pero en ese momento Vachel reclamó la atención de todos los presentes desde su asiento frente a la chimenea, y aunque Raven volvió la cabeza, sabía que no era prudente dar la espalda a tan deshonrosos enemigos.

—Honorables invitados, valerosos caballeros, ha llegado el momento de elegir los equipos para el torneo de mañana. Esta bolsa de piel está llena de piedras, unas están pintadas de rojo y otras de verde, a juego con los brazaletes y estandartes que las damas del castillo han tenido la gentileza de confeccionar.

El anuncio se recibió con vítores de alegría y jarras de cerveza alzadas en dirección a la mesa presidencial, y Raven vio que Abrielle y su madre intercambiaban sonrisas.

Vachel levantó la bolsa con esfuerzo.

—Tened la amabilidad de acercaros y sacar una piedra.

A cada piedra que sacaban los caballeros se oían ovaciones o divertidos abucheos al tiempo que unos y otros se daban palmadas en la espalda. Pero cuando le llegó al turno a Raven el salón se quedó en silencio, salvo por el cuchicheo de las damas. El escocés se encontró con la fría mirada de Abrielle, que se limitó a levantar el mentón. Raven sacó una piedra roja, y dedujo que las exclamaciones de alegría que se oyeron procedían de los hombres que formaban el equipo contrario. Los de su propio equipo solo murmuraron entre ellos. Pero a fin de cuentas se trataba de un deporte individual, y estaba convencido de que al final contribuiría a la victoria de su propio equipo.

—Además de los caballos y las armaduras que consigáis —prosiguió Vachel, alzando la voz—, habrá una elevada suma para el caballero cuya actuación se considere la mejor, decisión que tomaremos los más veteranos. —Vachel miró a varios hombres de cabello cano o medio calvos, y estos asintieron con un gesto de complicidad—. Y, por último, aquel que se proclame vencedor de la justa ganará un premio aún mayor: un beso de nuestra anfitriona, lady Abrielle.

La multitud prorrumpió en vítores y aplausos ensordecedores, y Raven levantó la copa para brindar por ella, al igual que todos los hombres presentes en el salón. Un beso de Abrielle era el único premio al que aspiraba; de todos los hombres que había allí, solo él conocía la suavidad de sus labios y la caricia de su aliento cálido en la piel. El recuerdo de aquel beso lo llevó a quererla más, a desearla con locura, a morirse por ella. Y supo con certeza que nunca compartiría aquel premio con nadie.

En respuesta a las ovaciones de la concurrencia, Abrielle sonrió y sus mejillas se sonrojaron. Sin duda, era la mujer más hermosa de todas las presentes. Aunque acabara de enviudar y aún vistiera de negro, tan sombrío color realzaba la deslumbrante belleza de sus cabellos cobrizos y el resplandor de sus ojos verdeazulados. Raven supo en aquel momento que todos los solteros del salón estaban decididos a conseguir su beso... y su mano. Todos y cada uno de ellos verían sus ilusiones truncadas, pues para gozar de aquel privilegio tendrían que derrotarlo, y nunca había participado en un combate con tantos deseos de ganar como en ese. En vista de que aún no había conseguido impresionar a Abrielle, quizá con un trance de armas lograra al menos llamar su atención.

Abrielle sintió, con vergüenza y placer, que un calor sofocante le recorría el cuerpo al ver un mar de hombres aclamándola. Procuraba fingir que la deseaban por sus virtudes, no por su riqueza, y en gran medida lo logró, decidida como estaba a disfrutar de la justa.

Cuando los juglares comenzaron a tocar de nuevo, Vachel se acercó a ella y a Elspeth.

—Creo que el torneo ha sido una idea fantástica, querido —dijo Elspeth a su marido.

—Solo si sirve de ayuda a Abrielle —le recordó él.

Abrielle le puso una mano en el brazo y lo apretó con delicadeza.

—Vuestra ayuda es la única que podría pedir.

—Es una lástima que Raven Seabern no tenga ayuda ninguna.

—¿Qué queréis decir? —preguntó Abrielle, buscando al escocés entre la multitud, donde lo vio con la única compañía de su padre.

—Su posición es precaria. Ya has visto cómo han reaccionado los caballeros de su propio equipo ante su presencia. No se mostrarán muy dispuestos a defenderlo. Será como si compitiera solo, en un equipo de uno.

—En ese caso, quizá no debería haber participado —repuso Abrielle en voz baja.

Vachel le lanzó una mirada sarcástica.

—¿Acaso crees que renunciaría sin más a su afán de conquistarte? Es un hombre orgulloso y resuelto.

—Habláis como si os gustara.

—No me gusta necesariamente como marido para ti. Como tampoco les gustaría a la mayoría de los presentes. He oído que Thurstan ha estado sembrando el odio hacia los escoceses de forma subrepticia. Si la guerra estallara, y estuvieras casada con Raven, sé que te debatirías entre la lealtad que les deberías a unos y a otros.

—Aunque el primero al que deberás lealtad será a tu esposo —añadió Elspeth.

Abrielle no dijo nada, pues no pensaba verse nunca ante tal dilema. Aun así, cuando le fallaba la concentración, veía que su mirada siempre iba en busca de Raven. No quería tener que preocuparse por él al día siguiente. No se le había ocurrido que los hombres de su propio equipo podrían atacarlo. Pero viéndolo sonreír y hablar con su padre en medio de la multitud, le parecía de lo más relajado y seguro de sí mismo. Probablemente ansiaría conseguir el premio en metálico más que ella, pues le movía la riqueza. Así que no se preocuparía por él, se dijo para sus adentros; su estúpido empeño en participar no era problema de ella.

Cuando un nuevo pretendiente la sacó a bailar, Vachel miró a su esposa con el ceño fruncido y le dijo:

—Sus protestas con respecto a Raven son desmedidas.

—Lo sé —musitó Elspeth, posando la mano sobre la de su marido—. Creo que le aterra la idea de entregar su corazón a cualquier hombre.

—La culpa es mía —dijo Vachel con gravedad—. Si no hubiera sido por mí, nunca se habría visto en la obligación de casarse con Desmond de Marlé. Creo que incluso el compromiso matrimonial la dejó marcada.

—Y el miedo a lo que tendría que enfrentarse. Dios la libró de aquella pesadilla, pero me temo que nunca encontrará la paz.

Vachel le apretó la mano.

—Dios ha velado hasta ahora por nuestra Abrielle. Confía en él.

A media mañana, cuando el sol apareció entre las nubes que cubrían el cielo, Abrielle se protegió los ojos de la luz y se vio buscando a Raven una vez más. Sentada en la tribuna construida para la ocasión, recorrió la palestra principal con la mirada. Pero, dado que no había límites de espacio, solo algunos de los combates se libraban ante ella, mientras que otros tenían lugar a lo largo de la campiña y se internaban en el bosque.

Aún resonaban en su cabeza los roncos gritos de guerra que se oyeron cuando un toque de cuerno anunció el comienzo del torneo y un equipo cargó contra el otro con fuerza. El choque de las armas produjo un sonido feroz, y más de un caballero fue derribado y hecho prisionero casi de inmediato. A lo largo de la mañana llevaron a varios hombres a la tienda de curas, pero Abrielle no tenía conocimiento de que hubiera muerto ninguno, gracias a Dios.

Apenas había visto a Raven. Casi le daba vergüenza reconocer que había grabado en su mente la forma de su yelmo y el cuervo en posición de ataque que llevaba blasonado en el escudo, para así poder identificarlo cuando volviera a verlo. Al inicio de la justa, Raven tiró del caballo a un adversario de un golpe certero y, tras coger las riendas del corcel, se adentró al galope en el bosque con su trofeo, probablemente en busca del pabellón de su equipo. Mientras se desarrollaba dicho lance, Elspeth tomó asiento junto a su hija.

—¿Cómo os encontráis, madre? —le preguntó Abrielle.

Elspeth estaba pálida, pero asintió con la cabeza.

—Bien, querida. He conseguido comer algo de pan, y ya estoy mucho mejor. ¿Has visto a…?

Al ver que su madre no acababa la frase, Abrielle levantó una ceja.

—¿Raven? Qué sutil, madre.

—Solo lo pregunto porque a tu padrastro le preocupa que sea un blanco vulnerable.

—No tan vulnerable —repuso Vachel, sentándose junto a ellas—. Acabo de oír que ha derribado a cinco hombres y que el pabellón de su equipo está lleno de sus trofeos. De hecho, ¿no es aquel?

Abrielle trató de fingir desinterés, pero observó con avidez a varios jinetes que salían de entre los árboles con gran estruendo. Raven iba en cabeza, pero entonces se dio cuenta de que los otros cuatro caballeros lo perseguían. Otros le bloquearon el paso y, mientras el escocés hacía dar media vuelta a su corcel, la lanza de un caballero le rozó la cota de malla y lo tiró de la silla. La multitud dejó escapar un grito ahogado, todos los presentes se levantaron a la vez; Abrielle sabía que muchos de ellos esperaban ver a Raven apresado y, con ello, excluido de la justa. Pero el escocés rodó por el suelo, se puso en pie y desenvainó su espada en un solo movimiento. Mientras varios caballeros montados se arremolinaban a su alrededor, Raven se entregó a una lucha feroz, esquivó sus estocadas y arremetió contra sus corceles hasta que se vieron obligados a retirarse de uno en uno por miedo a perder la montura... o las piernas. Al final, uno de los caballeros cayó al suelo en el intento de escapar de la espada de Raven y este le arrebató las riendas y se montó en el caballo de un salto. Para sorpresa de Abrielle, en las gradas hubo gente que aclamó su triunfo y su muestra de valor.

También ella estaba de pie, riendo y gritando con ellos. Se dijo a sí misma que lo hacía por cortesía; si no participaba con entusiasmo en su propio torneo, ¿cómo iba a esperar que lo hicieran los demás? Admirar la destreza de Raven en el campo de batalla no era lo mismo que mirarlo con buenos ojos, por mucho que el latir frenético de su insensato corazón pudiera dar a entender lo contrario.

—¿Habéis visto a Thurstan? —preguntó a su padrastro cuando los combatientes volvieron a adentrarse en el bosque.

Vachel no lo había visto, pero por la tarde, cuando el sol comenzó a ponerse y los caballeros estaban al borde de la extenuación, Thurstan y varios de sus hombres volvieron a aparecer en el campo de batalla, con los yelmos intactos y ni una sola gota de sangre bajo la cota de malla.

—Vachel —dijo Abrielle—, ¿no os parece que están muy frescos? Tal vez hayan estado descansando en algún refugio.

Vachel meneó la cabeza.

—Es un ardid que algunos emplean en los torneos; esperan a que la mayoría de los combatientes estén agotados para irrumpir a galope y derrotar a sus contrincantes. Es una maniobra legal, pero no muy honorable.

—Thurstan y sus hombres van a por Raven —dijo Elspeth agarrando la manga de Abrielle.

Raven se había alejado a caballo para sacar del campo a un caballero apresado cuando se vio rodeado por Thurstan y sus hombres. El escocés evitó que se llevaran al cautivo derribando a varios de los hombres de Thurstan. Aunque este consiguió rozar en varias ocasiones el escudo y el yelmo de Raven, no trató de retarle en solitario. Uno de los caballeros se abalanzó sobre él por detrás, y la multitud se levantó con un grito ahogado al ver que el hombre empuñaba la espada en alto. En el último momento, Raven intuyó el ataque y lo frenó con el escudo. El caballero cayó del caballo con toda la fuerza de su cuerpo y quedó tendido en el suelo, pisoteado, hecho un amasijo informe.

En aquel momento el sonido del cuerno anunció el final del torneo. Desde su lugar en la tribuna, Abrielle no fue consciente de cuánto le había preocupado que le ocurriera algo a Raven hasta aquel instante, cuando por fin pudo liberar la respiración que había estado conteniendo y notó que le dolían las palmas de las manos allí donde se había clavado las uñas de tanto apretar los puños.

Alguien llevó a un médico al campo de lucha mientras los caballeros se retiraban para contar sus trofeos. Allí solo quedó Raven: erguido con la espalda recta y su largo cabello ondeando sobre sus hombros cual bandera de la victoria, aguardaba a ver la gravedad de su adversario. Finalmente, quitaron el yelmo al caballero caído y se lo llevaron del campo. Abrielle vio entonces que se trataba de sir

Colbert; cuando pasaron delante de ella con él a cuestas, percibió que se movía, y Abrielle respiró aliviada. A pesar de que había atacado a Raven por la espalda antes de caer al suelo, sabía que el combate podría haberse convertido en una batalla real si Colbert hubiera muerto.

Mientras tanto, en la tribuna, Vachel y los otros veteranos se reunieron para intercambiar impresiones en voz baja y decidir quién merecía ser el vencedor de la justa. Al poco rato Vachel asintió con la cabeza, se volvió hacia la multitud y levantó las manos para reclamar la atención de la concurrencia. Los caballeros, caminando, cojeando o apoyándose unos en otros, se reunieron para escuchar las palabras de Vachel.

—Oíd, buena gente. Damos gracias a Dios por no tener que lamentar ninguna víctima mortal en el día de hoy ni más heridas que unos cuantos huesos rotos. El jurado, compuesto por mis compañeros y un servidor, ha deliberado detenidamente sobre quién ha sido el mejor caballero del torneo, y al final ha llegado a una decisión casi unánime. Por hacer cautivos a doce hombres, defenderlos del ataque de otros y compartir generosamente sus trofeos con sus compañeros de equipo, concedemos el primer premio a Raven Seabern.

A Abrielle no le sorprendió —ni lamentó— oír que Raven había sido proclamado vencedor. Merecía aquel honor. Lo que sí le sorprendió, sin embargo, fue que varias docenas de personas lo vitorearan, hecho que atribuyó a la inesperada generosidad del caballero. Que con ella hubiera pretendido conquistar la buena voluntad de los espectadores o ablandar sus sentimientos tanto daba. Abrielle lo buscó con la mirada entre la muchedumbre y lo encontró con su padre. Cuando este le ayudó a quitarse la cota de malla, la muchacha vio las manchas de sangre en el gambesón acolchado que llevaba debajo e hizo un gesto de dolor. Debía de haber recibido golpes realmente fuertes para causar tanto daño. Y cuando lo vio levantar la cabeza descubrió que tenía un tajo sangrante en la mejilla, donde se le debía de haber clavado la visera. Liberado de la pesada malla, Raven se puso en pie y, a juzgar por el agotamiento que se deducía de la lentitud de sus movimientos, Abrielle se percató de que solo su fiero orgullo lo mantenía en pie. Raven se acercó a recoger el premio sin cojear ni tambalearse.

Vachel, con una amplia sonrisa, le entregó la bolsa llena de monedas, momento que inspiró algunos aplausos de cortesía y los habituales murmullos airados. Acto seguido, los presentes se volvieron hacia Abrielle con semblante expectante, y ella recordó que formaba parte del premio.

¿Cómo podía haber olvidado el beso? Aún más, ¿cómo podía haber dado su consentimiento a semejante propuesta? Ya era demasiado tarde para darse cuenta de que estaba claro que Raven se alzaría con la victoria y que aquel momento llegaría. Tenía que tratar por todos los medios de mantener la compostura; tenía que conseguir estabilizar el pulso y frenar el corazón. Necesitaba tiempo, y no disponía ni de un segundo. Lo vio con claridad cuando Raven se plantó peligrosamente ante ella y le dedicó una histriónica reverencia en la que había tanta galantería como broma.

—Milady —dijo.

Abrielle inclinó la cabeza. Si él pretendía hacerse el cortés, lo complacería.

—Señor. Vuestra actuación ha sido espectacular; habéis mostrado una destreza impresionante como espadachín y jinete. Ojalá pudiera ofreceros un premio más acorde con vuestras hazañas.

—Ojalá pudiera arrancar las estrellas del cielo para equiparar vuestra belleza —respondió Raven en voz baja—. Sería la única hazaña que estaría cerca de merecer el premio que me ofrecéis.

A su pesar, Abrielle se dio cuenta de que era incapaz de hablar, de respirar y de apartar la mirada, y lo maldijo por su facilidad para derretir su compostura como si fuera mantequilla. Bastante le incomodaba ya su presencia a solas, pero saber que había decenas de observadores riéndose entre dientes la paralizaba.

Pero entonces, con la misma rapidez con la que le había puesto nerviosa, Raven la sacó del atolladero, otra cosa para la que el hombre había demostrado tener una habilidad irritante.

—A decir verdad, ese premio me ha mantenido en pie todas estas largas horas, y preferiría reclamarlo sin prisas y no someteros a la suciedad y el hedor que traigo del campo de lucha. Os ruego que me permitáis bañarme y cambiarme de ropa, pues no me gustaría conversar con vos de esta guisa.

—¿Conversar? —dijo alguien mientras otros reían.

Abrielle asintió con la cabeza; agradecía cualquier eventualidad que supusiera un retraso. Pero aunque empezó a relajarse, se fijó en el corte tan profundo que Raven tenía en la mejilla y vio que aún sangraba.

—Sir Raven —dijo sin pensar—, permitidme que os cosa la herida de la cara. Venid conmigo al aposento de las damas.

—Debería bañarme...

—¿Creéis que no sé cómo huele un hombre después de un día de trabajo?

La gente se echó a reír.

—Hay que limpiar esas heridas —concluyó.

—Podría ir a la tienda que han habilitado como enfermería —sugirió Raven para sorpresa de Abrielle.

Vachel sonrió y le echó un brazo sobre los hombros.

—¿Y tener que esperar a que os atiendan cuando sois el campeón del torneo? Tonterías. Abrielle es experta en curar heridas.

Y así fue como Abrielle se vio dirigiéndose al castillo en compañía de Raven. Lo tenía tan cerca, que sentía el calor que aún desprendía su cuerpo después del duro esfuerzo. El sudor le caía por la cara y mojaba su pelo negro. Le pareció que intentaba no forzar la pierna derecha, pero no dijo nada, pues su instinto femenino le advirtió que era un hombre demasiado orgulloso para reconocerlo, sobre todo ante ella. Su fuerza y su orgullo la reconfortaron de un modo profundo y desconocido.

En el gran salón no había nadie más que los sirvientes que preparaban el banquete para la noche, pero incluso ellos los siguieron con la mirada cuando atravesaron la estancia en silencio. Abrielle agradeció llegar por fin a los oscuros pasillos del torreón, iluminados tan solo con antorchas. Cuando condujo a su acompañante hasta su aposento, le sorprendió no ver a sus sirvientas por ninguna parte. Luego cayó en la cuenta de que aún estarían fuera, entre el público del torneo, lo que significaba que se hallaría a solas con Raven, en una habitación que de repente le pareció diminuta, mientras le curaba las heridas.

Abrielle miró alrededor con preocupación, confiando en vano en que una criada saliera de repente de algún rincón. Al no aparecer ninguna, no le quedó más remedio que aceptar la realidad: tendría que ocuparse de él sin ayuda de nadie. Ante aquella perspectiva se puso derecha, respiró hondo y se recordó que la única razón por la que estaba allí era para hacer uso de sus conocimientos curativos como le habían enseñado, del mismo modo que haría con cualquier persona que necesitara su ayuda, fuera hombre, mujer o niño. El hecho de que fuera Raven Seabern quien la necesitara y de que estuvieran los dos solos no tenía ninguna importancia.

Entonces él cerró la puerta y apoyó su espalda en ella, su rostro sangraba y su oscura mirada de guerrero buscaba la de ella en la estancia desierta, y de repente el hecho de que él fuera Raven Seabern y de que estuvieran los dos solos era lo único que realmente importaba.

14

—¿Dónde queréis que me siente? —le preguntó Raven.
Abrielle no respondió de inmediato. No necesitaba mirar la tela empapada en sudor, pegada a cada uno de sus músculos y resaltando su ancho pecho, para saber que estar a solas con él, más que una insensatez, era peligroso. Sin embargo, le resultaba imposible dirigir su imprudente mirada hacia otra dirección. No le cabía la menor duda de que se lamentaría durante el resto de su vida si no le decía al instante que, sintiéndolo mucho, no hacía falta que se sentase, pues había cambiado de opinión y tendría que ir a curarse las heridas a otra parte. Pero al ver la sangre de la cara que le goteaba en aquel pecho que le impedía concentrarse y más sangre seca en los numerosos cortes que cubrían su cuerpo, y pese al peligro que pudiera correr, sabía que le remordería la conciencia si dejaba que la herida se le infectara.

—Podéis sentaros en el banco que hay junto al fuego —dijo finalmente en el tono más serio que pudo—. Y, si no os duele demasiado, podríais poner el caldero sobre las llamas. Ya está lleno de agua.

Raven hizo lo que le pidió y acto seguido comenzó a desatarse el gambesón.

—¿Qué hacéis? —preguntó Abrielle.

Él la miró por encima del cuello del gambesón arqueando sus oscuras cejas.

—¿No habéis dicho que me curaríais las heridas?

Abrielle asintió con la cabeza, un tanto confundida por la pregunta.

—¿Preferiríais curarlas a través de la ropa? —inquirió él, mirándola con seriedad, como si aquella fuera una posibilidad perfectamente aceptable.

—No, yo solo... pensé que... Lo siento, por supuesto que debéis quitaros la prenda.

Raven comenzó a desvestirse e hizo una mueca de dolor.

—Necesitáis ayuda —dijo Abrielle acercándose a él sin pararse a pensar.

—Es posible —asintió él—. Podría hacer llamar a mi escudero. Puedo desatarlo yo solo, pero en algunas zonas la prenda se ha quedado pegada a la sangre seca y es difícil sacarla por la cabeza.

Abrielle se mordió el labio y sopesó la embarazosa situación que supondría desvestirlo y el riesgo de pasar más tiempo a solas con él, sudoroso y medio vestido, mientras aguardaban a que llegara el escudero.

—No es necesario —dijo; se había decidido por la vía más rápida—. Ya que estoy aquí, puedo ayudaros como lo haría vuestro escudero.

Abrielle se esforzó en parecer brusca y eficiente, en vez de revelar sus verdaderos sentimientos, una mezcla de miedo, aprensión y, tuvo que reconocerlo, excitación. No quería verse sola con él en una situación como aquella, en la que se disponía a ayudarlo a desvestirse, sintiéndose tan temblorosa y extraña por dentro.

Se acercó a él lo justo para tocarlo con los brazos estirados, pero Raven levantó los brazos sobre la cabeza, se giró y acortó a la mitad la distancia prudencial que los separaba. Abrielle agarró el borde inferior del gambesón desatado y tiró hacia arriba.

Raven profirió una exclamación de dolor más parecida a un aullido que a un quejido, pero bastó para que Abrielle parara en seco.

—Creo —dijo él, acercándose aún más, hasta estar tan cerca que ella sintió su aliento en la nuca cuando el escocés alzó la vista para mirarla— que es mejor que hagamos esto muy, muy despacio.

Por muy inocente que Abrielle fuera, era lo bastante madura para deducir que la repentina dificultad que Raven tenía para respirar no se debía únicamente al dolor. Estaba tan turbado como ella por lo cerca que se hallaban el uno del otro; Abrielle lo notó en su ronco hablar y en el calor de su mirada.

—Es una opción —reconoció, acercándose a él el tiempo justo para agarrar la prenda con fuerza—. Pero soy de la opinión que es mejor quitároslo de un tirón. Así —dijo inmediatamente antes de hacer lo que acababa de sugerir.

—¡Dios mío, señora! —exclamó Raven entre dientes.

—Siento haberos hecho daño, pero estas cosas es mejor hacerlas de golpe. —Abrielle lo miró preocupada—. ¿Os ha dolido mucho?

El intento de mofa de Raven derivó en tos.

—Solo un poco. Agradezco que seáis vos quien me curéis, sea cual sea el precio. Sois un ángel misericordioso.

Raven se quedó vestido únicamente con una camisa de hilo y los leotardos que llevaba bajo la cota de malla. La camisa tenía una mancha de sangre oscura en la zona de las costillas y al moverse se le pegó a la piel. Cuando Abrielle vio que se desataba la camisa para quitársela, lo detuvo. Tras mojar un trapo en el agua caliente se lo aplicó sobre la herida y humedeció la camisa hasta que le pareció que podría despegarla fácilmente de la piel.

—Levantaos —le dijo. Él obedeció y Abrielle cogió la pechera abierta de la camisa—. Os prometo que esta vez no os dolerá.

Poco a poco, con suma delicadeza, deslizó la camisa sobre su cuerpo hasta quitársela; su torso quedó al desnudo frente a ella. Tuvo que cerrar los ojos hasta recordar cómo se respiraba. Pese a la presencia de una raspadura bastante ancha, y que todavía sangraba un poco a lo largo de las costillas, la muchacha solo veía la anchura de su pecho y las suaves protuberancias de sus músculos. Sabía que Raven la miraba, pero no se atrevió a alzar la vista.

En eso una gota de sangre de la cara cayó en el pecho de Raven y Abrielle volvió en sí.

—Podéis sentaros —dijo, sintiendo que le fallaban las rodillas.

Una vez sentada ella también, mojó un paño limpio en el agua caliente y se lo aplicó con delicadeza en la cara.

—Sostened el paño mientras os miro las costillas. La herida que tenéis ahí no parece muy profunda.

—Sí, me ha rozado una lanza. No es más que un rasguño. Me saldrá un bonito moretón.

—Ya ha salido —repuso Abrielle con sequedad. Pese a que se había propuesto fingir que Raven era como cualquier otro hombre de los muchos a los que había curado hasta entonces, la artimaña de engañarse a sí misma no le sirvió de nada. El tacto de su piel le hacía sentir cosas que no estaba segura de que debiera sentir una doncella decente. Notaba la respiración de él como si fuera la suya propia, percibía el olor penetrante de su piel suave y veía cómo le latía el pulso en aquel hoyo fascinante que tenía en el cuello.

Abrielle se apresuró a apartarse de él y abrió la caja donde guardaba las hierbas medicinales. Con varias de ellas hizo una pasta molida y la extendió sobre la herida; luego le envolvió el torso con largas tiras de lino limpias para evitar que esa zona se ensuciara.

—Ya podéis poneros la camisa —dijo con gran alivio cuando terminó de curarle la herida.

—¿Por encima de la cabeza? —preguntó él, sosteniendo aún el paño ensangrentado contra su mejilla.

Abrielle se sintió como una idiota y notó que le ardían las mejillas por la vergüenza.

—Os ruego me disculpéis. Estoy tan cansada que me cuesta concentrarme en la tarea que tengo entre manos.

—Entonces, ¿qué puede ser sino fatiga lo que siento cuando os tengo cerca y cualquier otro pensamiento o preocupación carece de valor? —preguntó Raven en voz baja.

—¿Cómo voy a saber lo que sentís? —espetó Abrielle, y aunque trató de poner mala cara, al cogerle el paño de la mano le tocó con delicadeza. Se lo retiró con cuidado del rostro y le lavó la herida; le preocupó que siguiera sangrando abundantemente.

—Me temo que tendré que daros unos cuantos puntos.

—O quemar la herida —sugirió Raven como si tal cosa, encogiéndose de hombros ante la cara de horror de Abrielle—. No sería la primera vez.

—No seré yo quien lo haga, y menos en la cara.

—¿Es que no queréis arruinar mi atractivo?

—Vos os lo decís todo —replicó Abrielle—. ¿No se os ha ocurrido que no quiero ser la causante de que deis aún más miedo a niños y animales?

—Aguja e hilo, sea —asintió Raven.

Abrielle agradeció aquel momento de desenfado, confió en que sirviera para ocultar el efecto que Raven ejercía realmente sobre ella. Algo había cambiado entre ellos, o quizá dentro de ella. Para averiguarlo necesitaría pensar con más concentración de la que podía hacer acopio con la doble distracción del cuerpo que tenía delante, y que acababa de ver en acción en una heroica demostración de fuerza y coraje, y la expresión de interés del rostro misteriosamente atractivo de Raven. Le sería fácil dejarse llevar en momentos como aquel, pero el manifiesto encanto del escocés le recordaba un pasado reciente en el que no se había molestado en mostrarse tan afable con ella. Fuera lo que fuese lo que pudiera alegar él en cuanto al trato que le había dado en su primer encuentro, su rechazo a cortejarla cuando pudo hacerlo, una mujer en su situación debía estar segura de un hombre, y ella no podría estarlo nunca de Raven. No podía permitirse el lujo de olvidar que era la primera vez que el escocés utilizaba aquel encanto suyo, hasta entonces no había considerado que mereciera la pena emplearlo con ella.

—Esto os dolerá —le advirtió mientras se colocaba cerca de él con la aguja enhebrada en la mano.

—Lo soportaré, milady —contestó Raven en un tono tan tranquilizador como afectuoso.

La única posición cómoda en la que Abrielle podía trabajar en el rostro del herido era de pie junto a él. Pero el escocés era tan corpulento que estando sentado no hacía falta que ella se agachara mucho. Abrielle vaciló unos instantes antes de introducir la aguja en la carne, pero al ver que Raven no rechistaba se apresuró a pasarla por el otro lado.

Aquellos ojos que la miraban eran tan azules, y sus pestañas tan largas y oscuras, que se obligó a pensar en otra cosa. Finalmente decidió recurrir al torneo como tema de conversación.

—Mi padre me ha dicho que el ataque de Thurstan contra vos era una maniobra legal.

Raven esperó a que Abrielle tirara del hilo y luego dijo:

—Así es, por eso sabía que tenía que estar preparado, sobre todo con alguien como él.

—Pero los demás contrincantes llevaban compitiendo todo el día. Esperar de ese modo hasta el final…

—Pero no podía ganar porque no había reunido a suficientes cautivos.

—No creo que le importara tanto ganar como atacaros.

—¿Acaso estáis preocupada por mí, milady? —Su voz grave retumbó dentro de él y llegó hasta Abrielle a través de sus manos, que reposaban sobre la cabeza de Raven.

—Me preocupa la justicia —respondió ella con afectación.

—En la guerra nada es justo.

—Pero ¡eso no era una guerra! —repuso Abrielle con vehemencia.

—Con hombres como Colbert siempre es una guerra. Todo forma parte del juego.

Abrielle retuvo la aguja y lo miró detenidamente.

—¿Cómo podéis tomaros todo esto tan alegremente cuando podrían haberos matado?

—¿Habríais sentido mi pérdida?

—Tanto como la de cualquier campeón caído —contestó—. Bueno, ya está. Y vuestro atractivo rostro sigue más o menos igual.

Raven rió en voz baja mientras Abrielle miraba alrededor con aire burlón.

—Tijeras… tijeras —musitó para sus adentros—. Sé que estáis por aquí.

—Cortadlo con los dientes —le instó Raven.

Abrielle puso los ojos en blanco.

—Os tiraría de los puntos.

—Yo lo soportaré… ¿Y vos?

Los ojos de Raven emitieron un peligroso destello y Abrielle supo que estaba pensando en lo mucho que tendría que acercarse si accedía a tan desafiante propuesta. Le entraron ganas de maldecir la sangre del audaz Berwin de Harrington que corría por sus venas y que tan a menudo la hacía incapaz de reprimir el deseo o, más bien, la necesidad de aceptar cualquier reto. Como si de repente sus movimientos se ralentizaran, Abrielle se inclinó y, agarrando el nudo con los dedos para evitar que la sutura se tensara, mordió el hilo hasta partirlo en dos. Al notar el calor del aliento húmedo de Raven en su cuello se estremeció. De repente, sintió los brazos de él alrededor de sus caderas y, empujándole los hombros, tensa, trató de apartarlo.

—¿Qué hacéis? —preguntó, molesta por lo entrecortada que le salió la voz.

—Voy a cobrar mi premio.

—Pero debería dároslo en público, para que todos vean que he cumplido mi parte del trato.

—No os preocupéis, milady, supondrán que me lo habéis dado en privado.

Pasándole un brazo por los hombros, la levantó del suelo, la tendió en su regazo y su boca abierta descendió en picado sobre la de ella. Vencida y abrumada, Abrielle respondió a aquel beso con toda la pasión que fue capaz de mostrar y cedió al avance de su lengua, que fue recibida por la suya con cautela hasta que las pasiones de ambos se intensificaron y encendieron un fuego llameante que ardió entre los dos. Ella estaba tan hambrienta de él como él de ella y se vio aferrándose a Raven como si fueran la única pareja del mundo. Sentía una necesidad imperiosa de estrecharse contra él mientras sus dedos exploraban su espalda.

Raven sabía que era apasionada; su miedo era que después de todas sus negativas no fuera capaz de serlo con él. Su boca, cálida y húmeda, le supo a las fresas más dulces, y pensó que tal vez podía intentar conseguir algo más que un beso.

De repente Abrielle dio un grito ahogado y se levantó de un salto. Su pecho subía y bajaba mientras trataba de recuperar la respiración.

—Eso ha sido… eso ha sido… injusto y cruel.

—¿Por qué? —replicó Raven—. Ofrecisteis de buen grado un beso al ganador, y yo siempre gano. —Sus ojos azules se veían más oscuros que nunca, de un color que parecía salido de las aguas oceánicas más tempestuosas.

Abrielle se maldijo por haber caído bajo su hechizo, aunque solo hubiera sido por unos instantes.

—Os convendría recordar que «siempre» es mucho tiempo. Os aconsejo que no toméis mi desliz de hoy como una buena señal. Nunca me casaré con vos, pues no me inspiráis confianza. Consideraos afortunado por haber ganado el premio del torneo, ya que nunca tendréis mis posesiones, nunca me tendréis a mí. —Estas últimas palabras las soltó a boca llena, con sus ojos verdeazulados centelleantes, presa de una ira propia de una leona ultrajada.

Se dio la vuelta y echó a correr; deseaba poder encerrarse en su dormitorio, pero tendría que hacer de anfitriona hasta el banquete que pondría punto y final al torneo. Se pasó la velada sonriendo y hablando en todo momento con la cortesía debida, pero se sentía como una marioneta, como si otra persona le dictara lo que tenía que decir. Le costó lo indecible no mirar a Raven, no romper a llorar de pena y rabia. Debía aprovechar la ocasión para elegir a un hombre entre sus pretendientes, pero veía sus rostros desdibujados, sus sonrisas le parecían falsas y no se le ocurría qué podía preguntarles para saber más de ellos. Sentía que había fracasado, y por la forma en que su madre fruncía el ceño sabía que sus padres estaban preocupados por ella.

En el transcurso de los dos días siguientes el castillo fue vaciándose de nuevo de visitantes, y Abrielle evitó la cuestión de la elección de un marido. Era consciente de que su madre y Vachel estaban siendo muy pacientes con ella, un detalle que agradecía de todo corazón. Elaboró listas de nombres y anotó los motivos por los que cada uno de aquellos hombres podría ser un buen esposo, pero cada vez que pensaba en el beso de boda se veía en brazos de Raven.

Le costaba conciliar el sueño, y la tercera noche pensó que estaba tan agotada que dormiría hasta el amanecer, pero a altas horas de la madrugada un llanto apagado, intercalado con gritos de dolor, procedente del pasillo al que daban sus aposentos, la despertó.

Un miedo súbito a que hubiera ocurrido una tragedia y que su madre estuviera en su puerta porque necesitaba hablar con ella hizo que le entrara un escalofrío por todo el cuerpo. Tenía demasiado presente la caída de Desmond por la escalera para pensar que algo así no podría suceder de nuevo, quizá incluso a uno de sus seres más queridos.

Desesperada por saber quién lloraba y cuál era el motivo de su llanto, Abrielle sacó chispas de un pedernal y encendió varias velas del candelabro que tenía junto a la cama antes de ponerse una bata encima del camisón. Tras coger el candelabro, lo sostuvo en alto para alumbrar su camino mientras se dirigía a toda prisa a la antecámara. En un acto de precaución, pegó la oreja a la puerta, pero todo parecía tranquilo, al menos en aquel momento.

—¿Quién anda ahí? —inquirió.

—¡Milady, no abra...!

Al reconocer la voz de su sirvienta, dejó a un lado el candelabro y se quedó quieta, entonces oyó lo que sonó como una bofetada y un quejido apagado. Abrielle se enfureció, pues era evidente que un bellaco salvaje estaba pegando a Nedda.

Horrorizada, levantó la tranca de roble y, tras dejarla a un lado a toda prisa, abrió la puerta de golpe. Lo primero que vio fue a Nedda con una bata encima del camisón y tendida de costado en el suelo. Un hilo de sangre le caía de la comisura de la boca y por la mejilla. Detrás de la mujer, de pie, había un bruto enorme con el rostro lleno de cicatrices, barba muy poblada y una voluminosa mata de pelo negro con mechones canos que se arremolinaban sobre sus descomunales hombros.

Un olor nauseabundo atrajo la mirada de Abrielle con recelo. Al ver una réplica de la enorme bestia que se alzaba sobre Nedda, más pequeña y más ancha, apoyada contra la pared situada junto a la puerta, de la garganta de Abrielle brotó un grito de horror. Al igual que su compañero, tenía una cabellera entrecana tan greñuda que no se sabía dónde le acababa el pelo de la cabeza y le empezaba el de la cara. Sonrió a Abrielle, dejando al descubierto sus dientes picados, y al ver que daba media vuelta en un intento desesperado de huir a sus aposentos se abalanzó hacia ella.

Tras entrar en la antecámara con un grito ahogado, trató de cerrar la puerta en las narices del forajido, pero este la empujó con tanta fuerza que Abrielle salió disparada a trompicones hasta la otra punta de la estancia. Chocó contra un arcón que había cerca de la puerta de su dormitorio y se golpeó la cabeza contra la pared de piedra; sintió un dolor agudo y le faltó poco para perder el conocimiento. En su aturdimiento, se deslizó sobre el arcón, profusamente decorado, y fue a caer encima de la alfombra, desde donde miró como a través de un largo túnel a aquel bruto bajo y voluminoso que avanzaba hacia ella.

El hombre agachó la cabeza hasta poner su cara a la altura de la de ella y le sonrió; parecía divertirse.

—Me llamo Fordon, por si os lo preguntabais —dijo. Luego, moviendo el pulgar por encima de su hombro, señaló al bruto más corpulento que estaba plantado junto a Nedda—. Y ese es Dunstan.

—¿Qué queréis? —masculló Abrielle, tratando por todos los medios de aclarar sus sentidos ofuscados mientras se ponía en pie apoyándose en el arcón, un adorno que lord Weldon había traído de las Cruzadas. Abrielle no había reparado en lo macizo que era hasta impactar contra él en aquel choque frontal.

A través de la puerta abierta que daba al pasillo vio que el bruto más corpulento, Dunstan, cogía a Nedda por el pelo, que llevaba cubierto con un gorro de dormir, y la ponía en pie de un tirón con una sola mano. Con una carcajada, empujó a la sirvienta al interior de la antecámara, que la mujer atravesó dando vueltas hasta caer sobre su señora. Abrielle, que había intentado levantarse pese a que tenía los sentidos aturdidos por el golpe, volvió a verse tumbada en el suelo, esta vez hecha un amasijo informe bajo Nedda.

Frustrada, magullada e hirviendo de rabia, Abrielle aguardó a que la sirvienta se desenredara de ella y por fin consiguió recuperar parte de sus maltrechas facultades mientras se levantaba apoyándose en el arcón, desde donde fulminó con la mirada a los dos salvajes, que le dedicaron una sonrisa burlona. Abrielle deseaba vengarse de aquella detestable pareja, pero no veía cómo podía hacerlo. Al mismo tiempo, se preguntaba si les gustaría verse enterrados en aquel arcón decorativo que tantas contusiones acababa de causarle.

Abrielle sacó la mano de debajo de su arrugada ropa y se pasó el dorso por la boca magullada, pero se detuvo en seco ante la humedad que sintió en los labios. Al bajar la mirada vio que tenía los nudillos manchados de sangre.

Nedda se arrancó diligente una tira de tela del dobladillo del camisón y la dobló varias veces. Pese a estar malherida a causa de la paliza que le había propinado Dunstan, aplicó la tela con firmeza sobre el labio de su señora para contener la hemorragia. La sirvienta lanzó una mirada iracunda a los bellacos y frunció la boca con una expresión de desprecio.

—¡Malas bestias! —les espetó con ira—. ¡Os tendrían que colgar!

Fordon soltó una carcajada.

—Pues lo que van a hacer es pagarnos para que os llevemos a dar un paseo.

Abrielle y Nedda se miraron con recelo, lo que provocó de nuevo la risa de Fordon, que sin duda estaba disfrutando del padecimiento de ambas.

Agradeciendo en voz baja la atención de Nedda pero sin apartar la mirada de aquellos brutos desaliñados, Abrielle dedujo sin temor a equivocarse que serían dos sicarios.

—Si tuviera una escoba, os daría una buena tunda en vuestro gordo trasero —musitó en tono despectivo—. Vuestros cuerpos apestan tanto como vuestras acciones. Cuando os marchéis de aquí habrá que ventilar estos aposentos por lo menos durante dos semanas enteras.

—Ni que lo digáis, milady —asintió Nedda, admirando la entereza de la muchacha. En un gesto lleno de desdén frunció el labio superior y fulminó con la mirada a los dos hombres—. Aunque creo que este hedor tardará como mínimo seis meses en desaparecer.

—¿Qué queréis de nosotras? —inquirió Abrielle con brusquedad.

—No tardaréis en averiguarlo —contestó Fordon, enseñando sus dientes negros con una sonrisita de suficiencia.

La luz de las velas proyectaba en las paredes y el techo las sombras enormes e inquietantes de los truhanes. Dunstan tenía un aspecto más desagradable, si cabía, que su compañero de menor estatura. Una fea cicatriz atravesaba su rostro rechoncho, cerrándole casi un párpado antes de desviarse hacia abajo y tirar del labio superior en una mueca permanente de desprecio. A diferencia de Fordon, Dunstan era tan alto y musculoso que Abrielle se sentía como un pajarillo encaramado a una rama frente a un hombre monstruoso.

Fordon se agachó para mirarla con otra sonrisa de suficiencia.

—Y ahora será mejor que cuidéis vuestros modales, milady, o tendré que sacudiros a base de bien. Quién sabe si una gran dama como vos sobreviviría a una buena paliza. —Fordon soltó una risa malévola antes de encoger sus caídos y rollizos hombros—. Yo creo que no.

Abrielle bajó los párpados con desprecio para lanzarle una mirada glacial mientras le advertía:

—Si me matáis, podéis estar seguros de que el villano que os ha enviado nunca pondrá las manos en lo que busca. Es un hecho, no una frívola amenaza.

—¿Y qué busca, milady? —le preguntó Fordon, esgrimiendo de nuevo una sonrisita.

—Si tú no lo sabes, no seré yo quien te lo explique. Solo te aconsejo que consideres las consecuencias que se derivarían de que tu compañero y tú nos mataráis. Probablemente os arriesgaríais a perder la vida por enfurecer a aquellos que os han enviado.

Abrielle estaba segura de que Thurstan estaba detrás de aquella intrusión en su vida; sin duda pretendía obligarla a renunciar a todos sus derechos a la riqueza de Desmond, o quizá incluso a casarse con él. En cuanto a sus hediondos captores, parecían demasiado cortos; Abrielle no los creía capaces de planear un secuestro como aquel. Se fiaba tan poco de ellos como de un jabalí al que hubiera dejado atrás, pero aún se fiaba menos de Thurstan.

Riéndose de la recelosa mirada de Abrielle, el bellaco dio varios pasos hacia atrás y de repente desenfundó una larga daga que llevaba en el costado; ambas mujeres gritaron.

—Os he asustado, ¿eh? —dijo con una risita burlona.

Abrielle, viendo cuánto disfrutaba Fordon atormentándolas, deseó ser capaz de dejarlo pasmado con un par de puñetazos en la nariz. En momentos como aquel entendía perfectamente la razón por la que su padre se había enfrentado a sus enemigos, aunque hubiera sido a costa de su vida.

Después de soportar la maliciosa broma del rufián, Abrielle le lanzó una mirada deliberadamente hierática.

—¿Se nos permite saber qué pretendéis hacer con nosotras?

El hombre fornido le respondió con una amplia sonrisa y mostró de nuevo sus dientes cariados.

—Vamos a llevaros a un lugar muy lejos de aquí, donde tendréis tiempo para pensar qué os importa más: vuestra vida o las riquezas que le habéis sacado al señor.

—Yo no le he sacado nada al señor —replicó Abrielle con acritud. Aunque al principio había pensado que aquellos brutos repulsivos no sabían lo que Thurstan perseguía, vio que Fordon había estado jugando con ella, posiblemente con la esperanza de averiguar algo más de la fortuna que estaba en juego—. Nunca quise casarme con Desmond de Marlé, y por esa razón podéis estar seguros de que no participé en la redacción del acuerdo matrimonial ni en ninguna conversación concerniente a sus riquezas.

—Eso ya no tiene importancia ahora que él está muerto y vos tenéis el maldito tesoro que guardaba bajo llave. Vuestro problema es que hay quienes piensan que esa fortuna les pertenece a ellos. Hasta la última moneda. Y harán lo que haga falta para conseguirla.

—Deduzco por tu comentario que seríais capaces de matarme para haceros con él —le acusó con mordacidad—. Pues podéis decir a Thurstan y a aquellos con quienes se haya compinchado que si me asesinan les será imposible acceder a lo que tanto desean.

—Me parece que no entendéis lo que os estoy diciendo —repuso Fordon en tono represor, moviendo la cabeza de un lado a otro como si lamentara aquel hecho. Agachándose de nuevo, acercó su enorme cara a la de Abrielle y le enseñó sus negros dientes con una mueca de desprecio y lascivia—. Si no hacéis lo que él quiere, permitirá que os corte poco a poco en trocitos. Luego, si os seguís negando, me permitirá darme el placer de matar a vuestra madre ante vos de una forma lenta y dolorosa. Eso es lo que se me da mejor.

Tras soltar aquella inquietante fanfarronada, el ogro se puso derecho y, sosteniendo en alto el enorme puñal, lo examinó con detenimiento en un intento más que evidente de intimidarla. Aunque a Abrielle se le encogió el corazón al oír la amenaza del sicario contra su madre, se negó a darles el placer de que vieran su miedo. A buen seguro Thurstan solo pretendía asustarla lo suficiente para que accediera a casarse con él.

Fordon lanzó una mirada a su compañero y señaló a Abrielle sacudiendo la cabeza.

—Ata a esta bien atada. La criada puede llevar sus pertenencias al carro. Si es necesario, le cortaremos los dedos y se los enviaremos a los suyos como advertencia. —Al ver que la sirvienta ahogaba un grito, Fordon le lanzó una mirada lasciva y la tiró a la cama—. Seguro que su familia querrá que paremos antes de que sigamos cortándola en pedacitos.

—Sí, eso los aterrará —dijo Dunstan, riendo.

—Voy abajo a ver si el carruaje de milady ya está listo —anunció Fordon con una carcajada.

En ausencia de Fordon, Abrielle se vio ante la vigilancia del bruto descomunal. Cuando este se le acercó, comenzó a dar patadas y a forcejear con él desesperadamente.

—Si queréis seguir respirando, milady, tendréis que comportaros —gruñó Dunstan al tiempo que le tapaba la cara con un cojín hasta que Abrielle se vio obligada a dejar de forcejear—. Así está mejor... así es como debe comportarse una dama. Y ahora haced lo que os digo u os pegaré tal puñetazo en la cara que durante un buen rato lo veréis todo negro.

Abrielle pasó a estar boca abajo en la cama y con las muñecas sujetas por una mano enorme. Trató de frustrar los esfuerzos del hombre, pero este le apoyó una pesada rodilla en la espalda para inmovilizarla mientras la ataba de pies y manos. Cuando acabó, la cogió del brazo, tiró de ella y la puso en pie. Atada como estaba, no le quedó más remedio que permanecer sumisa mientras el hombre la envolvía con una colcha, le metía un trapo sucio en la boca y ataba la colcha con una cuerda de piel, dándole varias vueltas alrededor del torso.

Atada como un ganso desplumado a punto de ser asado, Abrielle cayó de nuevo encima de la cama y allí esperó presa del terror. Sin embargo, no tardó en darse cuenta de que el hombre no la había atado tan fuerte como seguramente habría sido su intención, y eso le dio una razón para la esperanza.

Dunstan se inclinó hacia Nedda y le mostró sus dientes negros y picados en una sonrisa siniestra. Un mechón de su larga cabellera greñuda cayó sobre su hombro y pasó por delante de la nariz de la sirvienta, que torció el gesto con desagrado y volvió la cara hacia otro lado.

—Tenemos un largo viaje por delante, y como tu señora o tú nos causéis la más mínima molestia... lo lamentaréis. —Para dar mayor énfasis a su amenaza, Dunstan sostuvo la afilada hoja frente a la cara de Nedda hasta que clavó su mirada en la daga. Luego la hizo girar entre sus dedos y enfatizó el movimiento silbando a través de los huecos que tenía entre los dientes. A Nedda le quedó muy claro que si no obedecía la matarían. Reacia a seguir dando a aquel salvaje la satisfacción de saberla atemorizada, asintió con la cabeza una sola vez y le obsequió con una mirada impasible.

Nedda recibió la orden de preparar una pequeña bolsa de viaje con ropa de abrigo, zapatillas y los enseres básicos que ella y su señora pudieran necesitar. Pese a la mugre que Dunstan llevaba pegada a las gastadas suelas de las botas, se tendió cuan largo era sobre el cubrecama y, sin reparar en el fino bordado que lo adornaba, cruzó los tobillos y observó cómo la criada hacía el equipaje. Con aire despreocupado, el hombre se pasó la punta de la daga bajo las uñas. Abrielle estaba segura de que lo único que quería con eso era que no perdieran de vista la reluciente hoja, como si quisiera hacer hincapié en la amenaza que el arma representaba para ellas.

Cuando Fordon regresó, el sicario más alto levantó a Abrielle de la cama y se la cargó sobre su musculoso hombro. Nedda, cargada con los fardos, lo siguió de cerca.

Llevaron a Abrielle a los rincones más lóbregos del torreón. Los pasadizos de piedra estaban iluminados con antorchas encendidas hacía poco, lo que ponía de manifiesto que aquel secuestro había sido planeado con bastante antelación, siguiendo quizá las órdenes de Thurstan.

La puerta de hierro de la entrada trasera del castillo estaba concebida para resistir el asedio de fuerzas enemigas. Lord Weldon había insistido en su resistencia y durabilidad durante la planificación y construcción de la estructura de piedra. Sin embargo, su invulnerabilidad solo servía en caso de que los enemigos se hallaran en el exterior, no dentro de la propia fortificación.

Ya al otro lado del corredor que partía del portal trasero, Abrielle fue descargada con brusquedad sobre una pila de colchas. Aunque intentó aguzar la vista para vislumbrar la luna o las estrellas a través de la abertura de la puerta, no había nada que ver. Sin embargo, esa noche, antes de meterse en la cama, había estado un rato sentada en el mullido cubículo que había junto a las ventanas de su dormitorio, contemplando el firmamento estrellado a través del enrejado de hierro.

Tardó unos instantes en caer en la cuenta de que había un manto negro colgado en la entrada, sin duda para impedir que alguien pudiera ver la luz desde fuera. La presencia de un farol en aquella zona del castillo habría resultado extraña, lo que parecía sustentar la teoría de que su secuestro había sido planeado con antelación. ¿Habría tramado Thurstan todo aquello mientras se deleitaba con su comida y competía en su torneo?

Apagaron las velas de los faroles y retiraron el manto que cubría la entrada. La luz de la luna se filtró de inmediato en las profundidades más bajas del castillo, haciendo brillar con un destello plateado los rostros barbudos de sus captores. Dunstan se cargó a Abrielle al hombro una vez más, atravesó el portal con ella a cuestas y la dejó en un carro que los esperaba fuera. Al verse descargada de aquella manera, Abrielle hizo un gesto de dolor pese a la colcha que le envolvía el torso. Ella no fue la única contrariada en aquel momento, pues el caballo greñudo y de patas cortas que estaba enganchado al carro se despertó sobresaltado al notar que el peso de su cuerpo sacudía de repente el vehículo. El animal dio un salto adelante, comprobando así la longitud de la soga.

Sintiéndose dolorida por todas partes, Abrielle fulminó con la mirada al enorme bellaco, que sin prestarle más atención volvió sobre sus pasos a través de la abertura. Instantes después apareció Nedda, que recibió la orden de arrojar los fardos de ropa al interior del carro antes de subir a él. Luego la ataron y amordazaron del mismo modo que a su señora.

Dunstan y Fordon regresaron un momento al interior del castillo para recoger los faroles de sebo, los guardaron en el fondo del carro y se montaron en un par de caballos greñudos. Un tercer hombre salió por la poterna posterior con un par de cojines y colchas, los lanzó al interior del carro y cerró la puerta. Acto seguido tuvo el detalle de poner un cojín bajo la cabeza de las mujeres y de taparlas con una colcha. Tras soltar al caballo, subió al asiento del cochero y sacudió las riendas para que el carro se pusiera en movimiento. Vio que sus dos compañeros emprendían la marcha por el estrecho y serpenteante camino que se alejaba del torreón, y los siguió.

Abrielle se preguntó con tristeza si volvería a ver a su familia. Trató de consolarse imaginando sus rostros y pensando en lo mucho que se preocuparían al descubrir que había desaparecido y en que no escatimarían esfuerzos en buscarla hasta dar con ella y traerla de vuelta a casa sana y salva. Pero a medida que pasaba el tiempo y que el incómodo viaje se prolongaba, la imagen de sus seres queridos se desvaneció para dar paso a otra de ojos de un azul intenso, pómulos altos y angulosos y una sonrisa arrebatadora. La persona que veía en su mente no sonreiría cuando se enterara de su secuestro. El mero hecho de imaginar su reacción le hizo temblar y le dio valor. Fuera como fuese, en aquellos momentos tan aciagos Raven representaba un fuerte rayo de esperanza al que Abrielle se aferró en la oscuridad.

15

Nubes cada vez mayores comenzaron a tapar la luna y las estrellas, lo que desconcertó sobremanera a Abrielle en cuanto a la dirección que habían tomado. Lo que más le preocupaba era lo poco que tal vez les quedaba de vida si no se les ocurría la forma de huir. Teniendo en cuenta las capas en las que iba envuelta, le costaba imaginar que pudieran escapar de sus captores antes de que llegaran a su destino.

Se preguntó si a aquellas alturas su madre se habría percatado de su desaparición y habría dado la voz de alarma. Imaginó la frenética escena, con Vachel dispuesto a salir con una partida en su búsqueda. Sin pretenderlo, sus pensamientos se desviaron entonces hacia Raven; algo le decía que el escocés no esperaría a formar parte de una batida organizada, era demasiado terco e independiente. En las últimas horas lo había imaginado saliendo en su rescate a lomos de su caballo, con su pelo negro revoloteando a su espalda, con el cuerpo inclinado hacia delante en la silla, forzando al máximo al animal. Aquella imagen era grata, incluso en sueños y aun cuando verse rescatada de nuevo por Raven le hiciera estar más en deuda con él. En ese momento, con los músculos entumecidos y la garganta reseca, no le importaba quién las encontrara con tal de que Nedda y ella salieran de aquello sanas y salvas.

Aunque les hicieron falta grandes dosis de perseverancia implacable y obstinada tenacidad, Abrielle y Nedda consiguieron finalmente desatarse las muñecas, congratulándose ambas de la despreocupación con la que el bruto grandullón las había atado. Abrielle movió el cuerpo para volverse hacia su sirvienta y se llevó el índice a los labios amordazados para advertirle que guardara silencio.

Le bastó un gesto de asentimiento con la cabeza para tener la seguridad de que Nedda le había entendido. Abrielle deslizó entonces los brazos dentro de la colcha en la que iba envuelta, se cogió el camisón y tiró de él hacia arriba hasta llegar al dobladillo, desde donde empezó a arrancar tiras estrechas de tela. El sonido de los desgarrones quedaba amortiguado por la colcha, pero cuando el cochero miró hacia atrás por encima del hombro y ladeó la cabeza un tanto desconcertado, como si tratara de determinar lo que oía, Nedda comenzó a simular un suave ronquido bajo el borde de la colcha, ante lo cual el hombre resopló con desprecio y volvió la vista al frente.

Instantes después, el primer retazo de tela ribeteado de encaje salió revoloteando por un lateral del carro, al que se sumó otro retal más sencillo lanzado por Nedda unos segundos más tarde. Tenían la esperanza de que sus rescatadores se dieran cuenta de que habían tirado aquellos jirones para guiarlos hasta su destino.

Arrojaron varios trozos más de tela con la intención de que cayeran cerca unos de otros mientras avanzaban por caminos colindantes que llevaban a casas lejanas, bañadas por la luz plateada de la luna. Cuando la ruta pareció enderezarse, dejaron pasar un buen rato sin lanzar retazos, y volvían a ello con prontitud cuando el cochero tomaba un desvío. La noche se hizo día y los campos abiertos y los pastos dieron paso a una vegetación cada vez más boscosa cerca del camino.

Cuando a mediodía el carro se detuvo frente a una casa destartalada, los camisones de ambas mujeres les llegaban muy por encima del tobillo, pero las batas eran lo bastante largas para ocultar los guiñapos en los que se habían convertido. Abrielle y Nedda se apresuraron a atarse las manos mutuamente. Los hombres no parecían haberse percatado del rastro que habían ido dejando a su paso, pues cargaron a las mujeres a hombros y las llevaron de inmediato al interior de la vieja construcción.

En algún momento del pasado los ventanucos de la casa habían sido tapados con tablas de madera, la mayoría de las cuales colgaban ahora torcidas y permitían que la luz del sol del mediodía penetrara por las rendijas. De unos clavos remachados en las esquinas superiores colgaban lo que quedaba de unas pieles de animal acartonadas que por su aspecto no parecía que bastaran para protegerse de los fríos vientos que azotaban la casa incluso en aquel momento.

Llevaron a Abrielle y Nedda a una sala contigua y dejaron a cada una en un camastro de tosca talla formado por un colchón de paja pestilente parcialmente torcido sobre una vieja red de esparto duro que había sido tejida hacía años para servir de soporte a la estructura de las camas. Después de entregarles sus fardos de ropa, las desataron y les ordenaron que permanecieran en aquella habitación. De lo contrario, si sus captores percibían el más mínimo movimiento que pudiera hacerles sospechar que trataban de escapar, las atarían a las camas.

—¿Y si tenemos que ir al excusado? —tuvo la audacia de preguntar Nedda, presa de la desesperación.

Dunstan se volvió hacia ella con un gruñido en los labios y la sirvienta agarró la colcha que tenía sobre los hombros como si fuera una coraza capaz de protegerla contra el más feroz de sus golpes y de soportar su amenazadora mirada. Ambos permanecieron con los ojos clavados en los ojos del otro durante un largo momento, hasta que Nedda tuvo el coraje de levantar el mentón con aire imperioso.

—Os he preguntado qué deberíamos...

—¡Ya te he oído! —gritó el rufián.

Si Dunstan pretendía asustarla, se llevó una desilusión, pues Nedda se mantuvo impertérrita y persistente. La criada levantó una ceja cual una reina que exigiera una respuesta de un súbdito.

—En ese caso, si sois tan amable de responder a mi pregunta, mi señora y yo os estaríamos muy agradecidas.

El hombre miró atónito a aquella mujer armada de valor; no podía dar crédito a su tenacidad. Luego levantó un brazo y señaló un orinal rudimentario que había en un rincón.

—Si tú y tu señora tenéis una necesidad, más os vale que no arméis mucho lío o yo o alguno de los otros vendremos a ver qué trastada estáis haciendo.

—¿Y qué trastada pensáis hacer vosotros mientras nosotras estemos durmiendo? —inquirió Abrielle, tratando de ponerse a la altura de la valentía de Nedda—. Si creéis que podéis entrar aquí y propasaros con nosotras, os aseguro que...

Dunstan soltó un gruñido y se acercó tanto a ella que Abrielle tuvo que inclinar la cabeza hacia arriba para mirar sus ojos centelleantes.

—¿Qué haréis, milady?

Abrielle comenzó a temblar de arriba abajo, le costó mantenerse en pie y tuvo que contener el impulso de tragar saliva ante el pánico que sentía, pero después de presenciar un ejemplo modélico de coraje inquebrantable, copió el gesto de Nedda y levantó el mentón con aire imperioso.

—Gritaré hasta que tú y tus compañeros salgáis huyendo de este cuchitril para no quedaros sordos.

Riendo a carcajadas ante la amenaza de Abrielle, Dunstan apoyó sus fornidos puños en su voluminosa cintura y la miró a los ojos.

—Tenéis agallas, milady, eso no os lo niego. Nuestras órdenes son que os dejemos tranquilas hasta que llegue quien nos ha contratado... a menos, claro está, que se os ocurra escapar. En ese caso podremos hacer con las dos lo que queramos. Así que mientras os portéis bien, Fordon y los demás os dejaremos en paz. ¿Os ha quedado claro, milady?

—A pesar de tu terrible dicción, te he entendido perfectamente —replicó Abrielle; luego levantó una mano y chasqueó los dedos para mandar al sicario a la sala contigua—. Y ahora, si no te importa, nos gustaría tener algo de intimidad. Y asegúrate de cerrar la puerta al salir.

Dunstan la fulminó con la mirada mientras su boca se abría poco a poco ante la osadía de Abrielle. A pesar de que les había asegurado que no les harían daño a menos que intentaran escapar, el hombre levantó un puño como si realmente se dispusiera a sacudirle.

Abrielle se limitó a levantar aún más su fina barbilla y mirarlo con lo que confiaba que fuera una expresión hierática. No le convenía que el bellaco viera lo asustada que estaba.

—Pensaba que habías dicho que no nos haríais daño a menos que intentáramos escapar —se atrevió a recordarle—. Ten por seguro que si me pones la mano encima, gritaré con todas mis fuerzas, así que ten cuidado.

—¿Por qué debería tenerlo? —preguntó Dunstan incrédulo. Luego se agachó sobre ella de nuevo y, entrecerrando sus ojos redondos y brillantes con una expresión iracunda, añadió—: Más vale que os deis cuenta de quiénes están retenidas aquí en contra de su voluntad, milady.

—Es evidente que, por el momento, soy vuestra cautiva. Sin embargo, si tú o los otros perdéis el control y os deshacéis de mí antes de haber cumplido con vuestro cometido, te aseguro que todo lo que he heredado personalmente del señor De Marlé irá a parar a las arcas de mis padres. Sir Vachel cuenta con el apoyo de numerosos caballeros que correrán en su ayuda si intentáis intimidarle. Y si nos matáis, de forma intencionada o no, el miserable que os ha contratado probablemente enviará a hombres más capacitados para eliminaros.

Aunque el rufián la fulminó con la mirada como si pensara en el placer que le produciría estrangularla, la amenaza de Abrielle debió de hacerle reflexionar sobre la precariedad de su situación, pues finalmente retrocedió unos pasos, hasta quedar a una distancia prudencial.

—Será mejor que te marches antes de que nos hagas algo que puedas lamentar —le aconsejó Abrielle—. Mi sirvienta y yo estamos exhaustas después de ese brusco despertar, por no mencionar el calvario que hemos pasado en ese viejo carro desvencijado. Así pues, agradeceríamos gozar de cierta intimidad. —Abrielle levantó su fina mano y le hizo gesto de que se marchara—. Y ahora vete antes de que me ponga a gritar.

El grandullón, incrédulo, se quedó mirándola boquiabierto y luego salió desconcertado por la puerta para reunirse con sus compañeros en la sala contigua.

Aunque Abrielle sabía que ella y su sirvienta carecían de la fortaleza y el aguante necesarios para frustrar el malvado propósito de sus captores y hacer valer su voluntad cuando lo tenían todo en contra, se negó a dar la batalla por perdida sin oponer resistencia. Quitó una colcha raída de uno de los camastros y obstruyó con ella la parte inferior de la puerta a modo de improvisada barrera por si los hombres se veían tentados de invadir la habitación.

—¿Qué creéis que harán con nosotras, señora? —preguntó Nedda, visiblemente preocupada.

Abrielle suspiró temblorosa.

—Lo que más le interesa a Thurstan de Marlé es obtener las riquezas y tesoros que poseía el señor. Tal vez intente conseguir su objetivo obligándome a casarme con él. —Abrielle se estremeció al pensar en lo que podría suceder si se negaba a acceder a su deseo—. Así pues, propongo que tratemos de escapar antes de que llegue. No me cabe la menor duda de que está lo bastante desesperado para emplear cualquier tipo de coacción para lograr su propósito.

—Pero ¿cómo vamos a vencer a esa pandilla de brutos? Son unos salvajes, mi señora. Si empezaran a pegarnos, no tendríamos ninguna posibilidad de sobrevivir a sus golpes. Y si nos vigilan día y noche, no habrá forma de escapar.

Pese a tener que aceptar todas las objeciones de su sirvienta, Abrielle se inclinaba a mostrarse más optimista.

—Mi madre no tardará en darse cuenta de que he desaparecido y en instar a mi padre a salir en mi búsqueda. Si encuentra el rastro que hemos ido dejando, seguro que se lanzará a nuestro rescate con aquellos que reúna para acompañarlo. Pero si nadie ve los retazos que hemos ido tirando a lo largo del camino, no podremos contar más que con nuestros propios medios de defensa.

—Pero no tenemos armas ni garrotes con los que atacar a esos animales o defendernos, milady. Y aun en el caso de que tuviéramos un palo con el que poder darles un buen garrotazo en la cabeza, solo somos dos mujeres. ¿Cómo vamos a poder imponernos a semejantes bestias?

—Está claro que tenemos que improvisar en la medida de nuestras posibilidades con lo que tengamos a mano, Nedda —dijo Abrielle—. Una de nosotras podría utilizar el atizador de hierro como arma. Y la otra...

Abrielle echó un vistazo alrededor de la estrecha habitación en busca de algo que pudiera servirles para defenderse de sus captores. Tras decirle a Nedda que se colocara junto a la chimenea, se fijó en los camastros con aire pensativo y por un momento pensó en la posibilidad de emplear su rudimentario armazón de madera. Con esa idea en la cabeza se aproximó al que tenía más cerca y volcó el mugriento colchón en el suelo de tierra. Había varios listones encajados en la estructura de madera, y después de tirar de uno de ellos con ahínco logró arrancarlo.

Sujetando con firmeza la improvisada cachiporra, Abrielle observó el objeto con cierto orgullo.

—Esto debería servir para dar a esos zoquetes su merecido —dijo antes de desviar la mirada hacia su acompañante con una amplia sonrisa en los labios—. Quizá con bastante más contundencia de la que esperan de un par de mujeres bien educadas.

Nedda, ya junto a la chimenea, se echó a reír en una súbita muestra de alegría mientras consideraba el potencial del atizador de hierro.

—Cuántas veces a lo largo de mi vida he deseado romperles la crisma a unos cuantos hombres... No tendré mejor oportunidad que esta.

Abrielle estalló en una carcajada.

—Ni que lo digas, Nedda. No hay villanos que merezcan más que los que nos han raptado un severo escarmiento, con la posible excepción de quien los ha contratado.

—¿Y cuál es el plan, milady?

—Antes de intentar escapar por nuestros propios medios sería mejor que esperáramos a ver si llega mi padrastro. Esos brutos son capaces de matarnos de un manotazo.

—Si a esos tres se les unen más como ellos, no creo que tengamos posibilidad alguna de escapar con vida de este agujero. Me parece que, en vez de limitarnos a esperar a vuestro padre de brazos cruzados, sería mejor que hiciéramos algo ya mismo.

—En ese caso deberíamos poner en práctica nuestro intento de huida ahora que solo son tres. Mejor eso que intentar derrotar solas a un pequeño ejército de villanos.

—¿Y cómo haremos para coger a esos bellacos por sorpresa, milady?

—Deja que te explique mi plan —dijo Abrielle en voz baja.

Al cabo de un rato, Abrielle abrió la puerta hacia dentro poco a poco, la puerta chirrió y llamó la atención de aquellos que aplacaban su hambre con voracidad en una mesa toscamente labrada. En el hogar, detrás de ellos, ardía un fuego vivo, y en el suelo había varios trozos de leña que debían de haber traído de fuera hacía poco. Pensando en su propia comodidad, los hombres no se habían preocupado por tener ningún tipo de consideración hacia sus cautivas. Aun así, al desviar la vista hacia ella comenzaron a codearse ligeramente, como si hasta entonces no hubieran reparado en la lozanía y la extraordinaria belleza de la dama.

—¿Qué deseáis, milady? —preguntó Fordon.

Abrielle carraspeó nerviosa.

—Tengo mucha sed, me gustaría beber agua. ¿Puedo salir a buscarla, o no se me permite moverme de esta habitación?

Dunstan, que estaba atracándose de comida en la otra punta de la mesa, se levantó del taburete y, tras hundir una copa de hojalata en un cubo de agua que tenía cerca y beber de él ruidosamente, se acercó a ella con parsimonia mostrándole sus dientes negros con una sonrisa de oreja a oreja. Abrielle se dio cuenta de lo fácil que le resultaba parecer asustada, pues casi temblaba como una hoja. Con los ojos desorbitados y llenos de temor, retrocedió a trompicones. Consciente de que sus captores podrían matarlas a golpes si se irritaban, no le hacía falta fingir que no se fiaba del hombre que tenía cada vez más cerca. De hecho, por un momento aterrador, las piernas parecieron fallarle realmente mientras reculaba para meterse en la habitación.

Al llegar al umbral, el bruto grandullón empujó con el hombro la tosca puerta, haciendo que chocara contra Nedda, que estaba de pie detrás de ella. El movimiento del tablón de madera al rebotar en los goznes de cuero pareció tan natural que el rufián ni siquiera miró atrás mientras atrancaba la puerta.

Los hombres que se habían quedado en la sala contigua intercambiaron comentarios jocosos sobre las intenciones de su compañero que acabaron en sonoras carcajadas. Mientras ellos reían, Nedda levantó el atizador por encima de su cabeza y lo dejó caer con una fuerza brutal sobre la cabeza del salvaje corpulento, que perdió el sentido antes incluso de que le fallaran las rodillas. Ambas mujeres aunaron esfuerzos para aguantar aquel cuerpo fornido en su lento descenso hasta el suelo de tierra, donde yació totalmente ajeno al mundo y a los que lo habitaban. Entre las dos lograron arrastrar al hombre inconsciente hasta detrás de la cama que había en la otra punta de la habitación. Acto seguido, levantaron el camastro y lo colocaron sobre aquel bulto enorme, procurando disponer las mugrientas colchas de tal manera que el cuerpo del rufián quedara oculto de las miradas de aquellos que pudieran verse inclinados a seguir sus pasos.

Abrielle, presa de un temor similar al que había sentido en su noche de bodas mientras aguardaba la llegada de Desmond a sus aposentos, respiró hondo. Sin embargo, apoyó el pesado listón de la cama en la pared, donde lo tendría a mano en caso de que tuviera que actuar en defensa de Nedda o quizá en la suya propia.

Siguiendo con su representación, Abrielle se puso a gritar con toda la emoción de la que pudo hacer acopio.

—¡Oh, por favor! ¡No me hagas daño, te lo ruego! —Se arrancó la manga y profirió un grito de terror fingido mientras corría hacia la puerta. Tras abrirla de golpe, sacó una mano como si con ello quisiera hacer un llamamiento desesperado, y se dirigió con voz suplicante a los dos hombres que seguían atiborrándose con avidez en la mesa—. ¡Oh, por favor! ¡Tenéis que ayudarme! ¡Os lo ruego! Mi familia os pagará con generosidad si me devolvéis sana y salva.

El cochero del carro se echó a reír mientras se ponía en pie.

—Yo os ayudaré, milady.

El hombre recorrió la sala con aire arrogante mientras se arremangaba como si se dispusiera a pelear con su compañero. Tras dar un empujón a la puerta para abrirla del todo, entró en la habitación con paso firme. Nedda empujó con suavidad la tranca de madera para que se cerrara tras él. Acto seguido, la sirvienta levantó de nuevo el pesado atizador y lo dejó caer con fuerza sobre la cabeza del hombre. Los ojos del cochero se quedaron en blanco y sus rodillas cedieron ante el peso de su cuerpo inanimado, que quedó tendido boca abajo en el suelo, totalmente inconsciente.

Nedda golpeó la pared con el atizador y luego cogió una silla y la arrastró por toda la habitación ante la mirada atónita de Abrielle. Tras simular un correteo con sus pies enfundados en zapatillas, la habilidosa criada se desplomó en la cama con un grito de debilidad, y con la misma rapidez con la que había caído se levantó de nuevo con un sonoro bufido y comenzó a golpear repetidamente el fino colchón con el pesado hierro.

—¿Pritchard? ¿Dunstan? —gritó Fordon desde la sala contigua mientras se apresuraba a ponerse en pie y volcaba con las prisas el pesado banco en el que estaba sentado—. ¿Qué pasa ahí dentro? Más os vale que no estéis incordiando a la señora.

—¡Oh, no, por favor! ¡Dejad de pelearos! —exclamó Abrielle, haciendo lo posible por parecer histérica. Se le ocurrió que un grito podría servir para dar credibilidad a su actuación y sin pensárselo dos veces emitió uno que hizo que Nedda se tapara los oídos con las manos y alzara los ojos al cielo como si rogara el perdón divino. Abrielle abrió la puerta de golpe y sin traspasar el umbral se dirigió a Fordon:

—¡Detenlos, por favor! —le suplicó en tono angustiado—. ¡Tienes que hacer algo! ¡Se están matando!

Su ardid resultó lo bastante convincente para que el hombre se acercara corriendo a ella. Respirando con dificultad, atravesó el umbral con andares de pato y, una vez dentro, se quedó parado presa de la confusión mientras miraba alrededor en busca de sus compañeros. Nedda no esperó ni un instante para dar a aquel zopenco su justo merecido, como ya había hecho con sus dos compinches. Mientras su víctima caía al suelo, se volvió hacia la sirvienta incrédulo, con los ojos vidriosos y su voluminoso cuerpo cerniéndose peligrosamente sobre ella. El hombre se desplomó hacia delante, cual árbol gigantesco al que le hubieran quitado un trozo considerable de su inmenso tronco, y aterrizó sobre la mujer.

—¡Nedda! —gritó Abrielle al ver que su querida criada caía al suelo derribada por el hombre y permanecía allí quieta.

La sirvienta no reaccionó. De pecho para abajo estaba aplastada bajo la mole inmóvil de Fordon. Abrielle se arrodilló y trató de quitarle el cuerpo de encima, pero no pudo moverlo.

—¡Nedda, despierta! —Si la mujer sufría algún tipo de lesión a causa de su plan de rescate nunca se lo perdonaría.

Entonces oyó horrorizada que la puerta de entrada de la casa se abría de golpe. ¿Habría llegado finalmente Thurstan?

—¡Abrielle! —gritó una voz afortunadamente familiar.

La muchacha salió de la habitación con paso tembloroso y vio a Raven entrando en la casucha con aire resuelto y espada en mano; la sensación de alivio que le invadió hizo que le fallaran las rodillas y los sentidos. Un instante después apareció Cedric Seabern: avanzaba de espaldas mientras blandía con destreza un hacha de doble filo sin dejar de mirar a diestra y siniestra por si había algún enemigo acechando cerca. A juzgar por las armas que llevaban en los cinturones, era evidente que padre e hijo habían acudido preparados para luchar contra un pequeño ejército de villanos.

—¡Oh, gracias a Dios! —exclamó Abrielle—. Nedda está herida. Venid a ayudarme, por favor.

Raven la siguió mientras su padre se quedaba vigilando la puerta. Abrielle se arrodilló y empujó el cuerpo de Fordon mientras Raven tiraba de él y lo apartó de Nedda. La sirvienta emitió un quejido y parpadeó varias veces seguidas.

—¡Traed agua, por favor! —pidió Abrielle, volviendo la cabeza hacia atrás.

Un instante después, Raven le puso una taza de hojalata en la mano, y ella la acercó a los labios de Nedda. Parte del líquido le cayó por la barbilla, pero luego comenzó a beber con avidez.

Abrielle sintió un alivio infinito.

—¿Nedda? ¿Qué tienes, Nedda querida?

—La pierna, milady —respondió la mujer con un quejido—. Me duele horrores.

—Puede que la tengas rota —dijo Raven con seriedad—. Necesitas un médico.

—Debéis llevar a milady de vuelta al castillo —repuso la sirvienta con los labios apretados por el dolor—. Si me lleváis con vos, retrasaré vuestro regreso.

—¡Nedda, no podemos dejarte aquí sola! —exclamó Abrielle, que volviéndose hacia Raven preguntó—: ¿Contáis con más hombres?

—Vienen de camino con vuestro padrastro, pero de momento solo estamos nosotros.

Cedric apareció por la puerta.

—Hay que sacar a las mujeres de aquí, hijo. —Dicho esto, dio un puntapié a uno de los captores, que no se movió—. A saber cuándo se despertarán estos. ¿Ellos son los únicos?

—Estaban esperando la llegada de alguien más, sin duda el hombre que ha contratado sus servicios —explicó Abrielle, dejando que Nedda le apretara la mano—. Aunque todavía no tengo pruebas que lo demuestren, Thurstan podría estar detrás de todo esto. Creo que le molestó el hecho de que mi acuerdo con Desmond me dejara en herencia el castillo y la mayor parte de la fortuna que pertenecieron en su día a lord Weldon.

—Pero no podemos darlo por seguro —repuso Cedric—. Hay muchos petimetres a los que se les podría haber metido en la cabeza la idea de teneros solo para ellos. Así que me quedaré aquí y me esconderé en el bosque. Cuando conozca la identidad de los culpables de esta vileza me reuniré con sir Vachel y regresaré al castillo llevando conmigo a estos bellacos.

—Yo me quedaré con vos, lord Cedric —afirmó Nedda con un hilo de voz.

—Pero necesitas que te curen —replicó Abrielle.

—Y vos necesitáis estar a salvo, milady. Mi vida no corre peligro; puedo esperar unas horas.

—Me encargaré de que repose cómodamente mientras esperamos —se ofreció Cedric.

—Que los villanos vayan en ese carro destartalado —dijo Nedda con una débil muestra de determinación—. Ya tengo bastantes moretones del viaje.

—¿Estás segura? —preguntó Abrielle mirando primero a la sirvienta y luego a los dos hombres.

—Es lo mejor, milady —respondió Nedda en tono afable.

—Deberíamos meter ya a estos rufianes en el carro, muchacho —dijo Cedric—. Si no, como nos pillen por sorpresa los que han de llegar, se armará la de Dios es Cristo.

Después de atar y amordazar a los tres hombres, Cedric se cargó uno al hombro y su hijo hizo lo propio con otro. Mientras salía en primer lugar, Cedric no pudo reprimir una carcajada.

—Hijo mío, si alguna vez olvido lo que he visto hoy aquí, sé tan amable de recordar a tu viejo padre que no se enzarce en una pelea con estas dos mujeres. Creo que mi pobre cabeza no podría resistir semejante maltrato.

Nedda lanzó una mirada al anciano y dijo fríamente:

—No tenéis por qué preocuparos, milord. Solo me dan ganas de tumbar a los brutos miserables.

—En ese caso agradezco haber tenido la suerte de que no nos confundierais con unos de esos indeseables —respondió Cedric divertido mientras Abrielle se adelantaba para abrirles la puerta de entrada. Volviéndose hacia su hijo, el anciano añadió—: Que te sirva de advertencia, muchacho. Trata a las mujeres con amabilidad o no se detendrán hasta abrirte la cabeza a palos.

Abrielle se retorció las manos con inquietud, consciente de que los hombres solo trataban de levantarle el ánimo. Pero lo único en lo que podía pensar era en la seguridad de su sirvienta, después de todo la mujer no se hallaría en tan grave situación de peligro si no fuera por su señora.

Una vez que los tres villanos estuvieron en el carro, Raven escondió el vehículo detrás de una cabaña en ruinas a la que Vachel y sus caballeros podrían acceder fácilmente. Tras borrar las huellas con una rama, se reunió con su padre para improvisar un cómodo lecho con las colchas y el armazón de uno de los camastros. Raven, acostumbrado a viajar con su padre al servicio del rey de Escocia, se resistía a dejarlo atrás. Cedric siempre había sido un noble guerrero, pero desde la muerte, tres veranos atrás, de la beldad que había tomado como esposa hacía más de cuarenta años, tenía tendencia a poner su vida en peligro de forma innecesaria. Raven pensó que a su padre le animaría el hecho de que aún no hubiera perdido su atractivo en lo que al bello sexo se refería, y que sería más cuidadoso con su propia vida.

Al ver que Abrielle estaba dando de comer un poco de queso a la sirvienta, Raven dijo a su padre:

—He oído que lady Cordelia habló muy bien de vos a una prima suya en el funeral del hidalgo.

Cedric arqueó una ceja poblada de canas mientras miraba a su hijo con cara de asombro.

—¿De mí?

—Creo que la dama ha puesto su corazón en vos, padre.

El anciano se pasó una mano por el bigote, como si intentara borrar una sonrisa cada vez más amplia.

—¿Es verdad lo que dices? No será una travesura tuya...

—Si os desposarais con una mujer tan joven, en poco tiempo me vería con una prole entera de hermanos y hermanas. Ya me los imagino correteando entre mis piernas y pidiéndome que les arregle sus muñecas y caballos rotos.

Cedric carraspeó mientras miraba a su hijo levantando una ceja con aire socarrón.

—¿No tendrías celos de ellos?

—Un poco, quizá... al principio —bromeó Raven—, pero seguro que con el tiempo les cogería cariño.

El anciano se echó a reír.

—Sí, yo también podría cogerles cariño. Tu madre no pudo tenerte más que a ti, hijo, pero puedes estar seguro de que siempre le fui fiel. Era mi único amor.

—Tened cuidado, padre —le pidió Raven en un momento de sinceridad—. Quiero veros de vuelta en el castillo cuando todo esto acabe. Si algún día Dios me bendice con hijos propios, querrán tener un abuelo que les cuente historias.

Cedric miró a Abrielle levantando una ceja.

—Los polluelos no se cuentan hasta que no salen del cascarón, hijo. Esa dama no parece tenerte mucho cariño.

—Dadle tiempo —repuso Raven sonriendo.

Una vez que la cama estuvo hecha, acomodaron en ella a Nedda.

—Y ahora coged el caballo y marchaos de aquí antes de que esos bellacos nos cojan desprevenidos —dijo Cedric—. Si voy a luchar, preferiría tener la seguridad de que os halláis a salvo antes de que empiece a hacer una escabechina con esos miserables. —Cedric sonrió de oreja a oreja—. De lo contrario, lady Abrielle pensará que soy un salvaje despiadado.

Abrielle le sonrió después de arropar a Nedda hasta la barbilla con la colcha.

—Creo que sois el héroe que me ha salvado.

Raven se puso derecho con aire orgulloso.

—¿Y yo, milady?

Abrielle se encogió de hombros.

—Os agradezco que hayáis venido a acompañar a vuestro padre.

Raven hizo una mueca de dolor y se tambaleó como si lo hubieran herido, pero Abrielle no relajó el gesto en una sonrisa. El escocés montó en su negro corcel entre suspiros y acarició el cuello del animal con unas palmaditas para que no tuviera miedo mientras su padre levantaba a Abrielle del suelo y la ayudaba a sentarse detrás de él. Tras acomodarse a horcajadas, la dama se tomó un momento para arreglarse la falda de la bata y el camisón, luego levantó la vista y se encontró con la mirada de Raven vuelto de espaldas.

—¿Estáis lista, milady?

Aunque asintió con la cabeza, justo en aquel momento cayó en la cuenta de que ella y Raven viajarían solos. Si quería sobrevivir, no le quedaba más remedio que confiar en él.

16

Mientras el caballo echaba a andar por un camino que se adentraba en el bosque, Abrielle volvió la vista y vio a Cedric arrastrar la cama de Nedda por un sendero distinto cercano a la casa y desaparecer. En aquel momento deseó haber podido quedarse con ellos; en vez de eso, estaba compartiendo una silla de montar demasiado pequeña con Raven Seabern. Sentada a horcajadas, se sentía indecentemente cerca de él. Para evitar el contacto en lo posible, intentó no agarrarse a él, pero se vio botando de un lado a otro por el movimiento del caballo, además de lo incómodo de estar los dos juntos en una misma montura.

Raven miró por encima de su hombro.

—Si no os agarráis, acabaréis con el trasero en el suelo.

Abrielle apretó los dientes y se aferró a los pliegues de la capa de Raven.

—Eso está mejor, milady.

El tono jocoso de Raven siguió resonando en la cabeza de Abrielle, que no soportaba ser su fuente de diversión. Necesitaba distraerse de aquella extraña tensión.

—¿Cómo nos habéis encontrado tan pronto?

—Un siervo llamado Siward puso sobre aviso a sir Vachel después de ver cómo cargaban un carro con colchas y cojines junto a la entrada posterior del castillo. Se quedó observando para averiguar qué metían en él, pensando que quizá Mordea os estaba robando de nuevo. Y entonces vio salir a vuestra sirvienta, antes de que la ataran y la lanzaran al carro. El siervo sospechó lo que podría haber en la colcha que habían cargado antes, y le contó a sir Vachel lo que acababa de ver.

—Le expresaré personalmente mi gratitud y le daré una recompensa apropiada por dar la voz de alarma —afirmó Abrielle—. Nedda y yo temíamos que nadie advirtiera nuestra ausencia hasta la mañana siguiente.

—Siward afirmó que vos salvasteis probablemente la vida de su hijo al proporcionar mejores vituallas para los niños. El pequeño apenas tenía posibilidades de sobrevivir, pero cuando empezasteis a mandar comida a los siervos, pudo alimentarse. Siward dijo que aunque los villanos lo mataran no podía guardar silencio ante la posibilidad de que os hubieran apresado.

—Pero ¿dónde están mi padrastro y sus caballeros? —inquirió Abrielle.

—Después de que Siward hablara con él, sir Vachel encontró rastros de sangre en el suelo a la salida de vuestros aposentos y en su interior. Entonces envió a varios jinetes a hablar con los caballeros que vivían más cerca para que acudieran a toda prisa al castillo. Como previmos que tardarían bastante en llegar, mi padre y yo decidimos ponernos en camino para seguir el rastro de los bellacos y señalárselo a sir Vachel, algo que hicisteis muy bien con los retazos que fuisteis dejando por el camino; eso nos dio esperanzas de encontraros con vida.

—Me alegro —dijo Abrielle en voz baja, tratando de pensar en la seguridad de Nedda y no en la ancha espalda y los cálidos muslos de Raven.

—¿Y cómo habéis conseguido someter a tres hombres fornidos? Tenéis que haber contado con alguna ayuda…

—Solo Nedda y yo y nuestras inteligentes mentes —respondió Abrielle con un leve dejo de sarcasmo.

Raven volvió la cabeza para mirarla con sus intensos ojos azules.

—Nunca he dicho que no fuerais inteligente.

Abrielle frunció el ceño, estaba a punto de decir que solo parecía interesado en tener una esposa hermosa y adinerada, cuando recordó que estaba llevándola a casa sana y salva y dio gracias a

Dios. En vez de eso le contó cómo habían logrado derrotar a sus captores.

—Estoy impresionado —dijo Raven tras escuchar el relato—. Sin duda nos habéis hecho las cosas más fáciles, pues pensábamos, pobres de nosotros, que tendríamos que enfrentarnos al peligro para rescataros.

Abrielle no pudo reprimir la pequeña sonrisa que dibujaron las comisuras de sus labios. Durante un rato cabalgaron en silencio a través del bosque que ocultaba la puesta de sol a medida que comenzaba a notarse el frío procedente de la tierra. De repente, reparó en el camino que habían tomado.

—No estamos haciendo el mismo trayecto que siguieron nuestros captores.

—No —contestó Raven—. En caso de que quien los haya contratado...

Abrielle no pudo evitar interrumpirle, ansiosa por saber quién habría hecho semejante atrocidad a ella, a Nedda y a su familia.

—¿Thurstan? —preguntó.

Raven se tomó un momento para responder.

—Quizá. Si decide tomar el mismo camino que sus esbirros, vale más que vos y yo vayamos por una ruta alternativa.

Abrielle asintió con la cabeza, estaba de acuerdo, y vio que el mero hecho de cerrar los ojos le hacía dar un respingo, como si se hubiera caído del caballo. Y, de repente, oyó la voz de Raven susurrándole al oído.

—No habéis dormido mucho —le dijo—. Y no es de extrañar, dadas las circunstancias. —Su voz se volvió aún más susurrante—. Aprovechad para dormir ahora.

—¿Y cómo voy a hacerlo? —replicó Abrielle con un leve resoplido.

—No os dejaré caer, milady. Apoyaos en mi espalda y dormid.
—La idea era de lo más tentadora; el balanceo del caballo la arrullaba, y aunque se resistió, al final su cuerpo se relajó, se apoyó en la espalda de él y sus brazos se deslizaron por su cintura. ¿Qué tendría de malo confiar en él por una vez? La corpulencia y el calor de su acompañante le daban tranquilidad.

Raven le puso una mano en el antebrazo.

—¿Veis? Os mantendré erguida.

Abrielle cerró los ojos por última vez y se quedó dormida.

Raven sabía que no tendría aquel problema aunque no hubiera dormido la noche anterior en su afán de encontrarla. ¿Cómo iba a entrarle sueño cuando tenía a Abrielle descansando sobre su espalda y el roce de sus suaves pechos alentaba la agonía de su pasión negada? Se hallaba entre sus muslos, donde deseaba estar... aunque los prefiriera desnudos y en la cama, pensó con sarcasmo.

Varias horas después de que se pusiera el sol comenzó a llover, lo que despertó a Abrielle y ralentizó la marcha del viaje al ocultarse la luna. Aunque Raven la acurrucó bajo su capa, ambos estaban cada vez más mojados. La notó tiritar de frío y finalmente desestimó la idea de continuar. Encontró una arboleda bajo la que guarecerse y encendió una pequeña hoguera para que ambos se calentaran. Abrielle tenía poco que decirle y guardó una distancia prudencial, aunque compartió agradecida su ración de queso y pan. El recelo que mostraba hacia él le resultaba aún más hiriente después de haber vivido la agradable experiencia de cabalgar con la cabeza de ella apoyada en su hombro y su cuerpo pegado al de él. Al ver que la lluvia amainaba, Raven extendió una manta seca junto al fuego y le pidió que durmiera.

Mientras mantenía el fuego vivo, veló su sueño; se preguntaba cuánto tardaría en vencer la desconfianza que le inspiraba. Si veía que nunca se ganaría su confianza, algo que rogaba a Dios que no fuera así después de pasarse el día apagando la ansiosa reacción de su cuerpo al contacto del de ella, la convencería de que no tenía nada que temer, que se arrancaría los brazos y se encadenaría a las puertas del infierno antes de causarle ningún daño. El mero placer de contemplarla dormir se ensombrecía al ver cómo tiritaba, a veces con tanta violencia que habría jurado oír sus dientes castañetear.

Llegó un momento en que no soportó verla sufrir de aquella manera. No tenía más mantas, y no permitiría que se expusiera a caer enferma en su estado de debilitamiento. Antes de pensárselo dos veces, levantó con cuidado la manta, se metió debajo, pegó su pecho a la espalda de ella y la rodeó con sus muslos para darle calor. Solo sería un rato, pensó para sus adentros. Hasta lograr traspasarle el calor de su cuerpo para que cayera en el sueño profundo que necesitaba. Si todo iba bien, podría apartarse de ella antes de que abriera los ojos por la mañana y ni siquiera se enteraría. No se permitiría pensar en el deseo que le invadía, en el roce de los pechos de ella contra sus brazos o en el tacto de sus delicadas manos que se aferraban con fuerza a él. Lo último que quería era darle más motivos para sospechar de él. Aquella noche su única pretensión era velar por su comodidad. Ya habría otros días para pedirle la mano. Con un suspiro de gratitud, Abrielle se sumió más aún en el sueño, y Raven hizo lo propio.

Abrielle se despertó sobresaltada, preguntándose qué la habría sacado del delicioso calor que notaba en la espalda. De repente, pestañeó confusa al ver a varias docenas de hombres a caballo agrupados frente a ella. Lo primero que pensó fue que los hombres de Thurstan les habían seguido la pista y los tenían rodeados. Raven. Se incorporó y se apoyó en el codo para ver dónde estaba.

Cuando su mirada se posó en el jinete que encabezaba la comitiva y vio a su padrastro, sintió que le invadía una ráfaga de alivio. Abrielle se echó hacia delante, dio gracias a Dios en el silencio de sus oraciones, y entonces se dio cuenta de que Vachel no sonreía. Algo se movió detrás de ella y fue entonces cuando cayó en la cuenta de que lo que la había despertado no era un ruido de cascos como había supuesto, sino el repentino movimiento de Raven Seabern, que, por motivos que en aquellos momentos escapaban a su comprensión, estaba tumbado a su espalda. Sí, había pasado la noche sola con el escocés porque él la había rescatado. Pero ¿qué hacía él durmiendo tan cerca de ella y rodeándola con sus brazos? Ella no le había dado permiso para que obrara de aquel modo, ni él tampoco lo había buscado, pero era evidente que...

Un escalofrío de comprensión y terror le encogió el pecho. Se puso en pie tensa, sin tener en cuenta la mano tendida de Raven ni la ayuda que le ofrecía... ya era tarde para ello, demasiado tarde. Pero ¿por qué habría permitido que aquel hombre la protegiera?

Notó que Vachel la observaba con una mirada sombría y vio cuchichear a varios de los caballeros que había a su espalda. Todos ellos le eran leales y no osarían sonreír descaradamente ante aquella imagen de su hijastra, pero para Abrielle sus silenciosas y miserables sospechas tenían el mismo efecto.

¿Y qué podía esperar si no? A fin de cuentas, la habían encontrado en brazos de Raven, acurrucados bajo una misma manta como si, como si... Empezó a hacerse una idea de cómo podría haber ocurrido aquello. Con sus pensamientos hechos un amasijo de confusión, traición y tristeza, Abrielle se volvió hacia Raven, que mirándola fijamente le dijo con franqueza:

—Temblabais de frío mientras dormíais, milady. No podía dejar que cogierais una pulmonía.

Su padrastro pasó la mirada del uno al otro.

—¿Qué ha sido de Cedric y Nedda? —inquirió.

—Mi padre se ha quedado en el lugar para averiguar la identidad del hombre que ha pagado a los villanos para secuestrar a lady Abrielle —respondió Raven—. Nedda está herida; se ha quedado con él para que yo pudiera poner a salvo a lady Abrielle llevándola de vuelta al castillo lo antes posible. —Sus palabras sonaron huecas, pues era evidente que la muchacha no estaba precisamente a salvo—. Cuando mi padre y yo llegamos al lugar donde las retenían, lady Abrielle y su sirvienta ya se habían encargado de dejar inconscientes a sus tres captores.

Aunque los labios de Vachel esbozaron un gesto divertido, se enderezó en la silla y dijo con frialdad:

—¿Y a quién se le ha ocurrido la idea de que lord Seabern se quedara atrás, dejando a mi hijastra sin acompañante?

—A Cedric —musitó Abrielle, sorprendida.

Tenía a Raven tan cerca que notó que se ponía tenso y percibió su tono de afrenta cuando explicó:

—Mi padre sabía que necesitaríais conocer la identidad del hombre que había amenazado a Abrielle.

—Aun así, fue idea suya dejaros a los dos solos —señaló Vachel.

En medio del silencio se oyó murmurar a alguien:

—Esto es cosa de los escoceses.

Abrielle deseó estar en cualquier otra parte menos en aquel bosque sombrío al alba. Pero su mirada se vio atraída hacia Raven y vio su ira y su orgullo resentido.

—¿Acaso osa alguien hablar mal de mi padre en mi presencia? —inquirió.

Se oyeron murmullos de inquietud entre los caballeros, pero nadie se pronunció.

A Abrielle le pareció interesante que Raven se enfadara más por el hecho de que acusaran a su padre que a él. Le constaba que padre e hijo estaban muy unidos. ¿Podía ser que hubieran planeado ellos dos toda aquella aventura?, se preguntó con amargura. Sin duda habría quien se apresuraría a sospechar que los escoceses habían contratado a aquellos rufianes. Abrielle consideró la idea por un momento y la desechó; tenían demasido honor para cometer un acto tan ruin. Lo que no descartaba con tanta rapidez era la posibilidad de que se hubieran aprovechado deliberadamente de la situación con la que se habían encontrado. Se había sentido tan abrumada por los acontecimientos que no se le había ocurrido pensar cómo verían los demás el rescate de Raven. Quizá en el fondo el enfado del escocés se debiera al hecho de que descubrieran su participación en la estratagema. Pensar tal cosa la angustiaba, y no quería imaginar siquiera el futuro tan incierto que le esperaba.

—Ven, Abrielle —dijo Vachel con seriedad—. Este no es el lugar apropiado para mantener una conversación de tanta trascendencia. Además, tu madre necesita saber que estás bien. Ya hablaremos más tarde.

Una conversación de tanta trascendencia. Aquellas inquietantes palabras resonaron en su mente. No era para menos, pues ¿qué podría tener mayor trascendencia que el resto de su vida y la elección de la persona con la que la compartiría? ¿Sería aún aquella una decisión que le correspondería tomar a ella? ¿O acaso el destino y Raven Seabern se habían confabulado para sumirla finalmente en una confusión de la que no veía la forma de salir?

Vachel dirigió con diligencia a sus hombres, envió a media docena de caballeros con Raven para ayudar a Cedric y Nedda. Luego se agachó hacia su hijastra.

Abrielle, agradecida, dejó que su padrastro le ayudara a montar detrás de él, y se abstuvo de mirar a Raven mientras el escuadrón de caballeros se alejaba, dejándolo atrás.

El sol había pasado su punto más alto hacía un par de horas cuando los siervos que trabajaban cerca del puente levadizo divisaron un séquito de jinetes que se acercaban al castillo. Reconocieron el estandarte de Vachel de inmediato, y como el pelo largo y rojizo que ondeaba tras la dama que iba montada detrás de él era del mismo color que el de su señora, los sirvientes atravesaron prestos el patio y el puente para verlos más de cerca. Tras estar seguros de que lady Abrielle iba sentada detrás de su padrastro, varios siervos corrieron en todas direcciones para difundir la buena nueva de una punta a la otra de la fortificación y explicaron a todo el mundo que la señora había vuelto sana y salva al castillo. La noticia hizo que Elspeth saliera volando de sus aposentos, deseosa de reunirse con su hija. Sin aflojar en ningún momento el paso, llegó al patio casi sin resuello.

—¡Oh, gracias a Dios misericordioso que estáis sanos y salvos! —exclamó con un llanto de alivio mientras aguardaba ansiosa a que su esposo descabalgara.

Tras pasar su larga pierna por encima del cuello del corcel, Vachel se deslizó hasta el suelo y ayudó a Abrielle a desmontar.

Elspeth no hizo ningún esfuerzo por contener las abundantes lágrimas de gratitud que se deslizaban por sus mejillas mientras rodeaba a su hija con los brazos.

—¡Tenía tanto miedo de lo que pudieran hacerte esos bellacos! —dijo, llorando de alegría—. No saber si Vachel te encontraría viva, muerta, herida… me tenía fuera de mí. Desde que nos dijeron que te habían raptado ha pasado una eternidad. Mi mayor temor, claro, era que os hubieran matado, a ti y a Nedda. No hay duda de que tenemos una deuda de gratitud con los caballeros de Vachel por encontrarte donde quiera que os hayan llevado y traeros de vuelta.

—No hemos sufrido ningún daño, madre —dijo Abrielle echándose un poco hacia atrás pero sin romper el abrazo. Sabía que Vachel aguardaba sus palabras con gravedad, pero aquel no era el momento de reanudar la conversación que habían dejado pendiente. No quería pensar en otra cosa que no fuera en el alivio de volver a estar en casa, que en cierto modo era en lo que se había convertido aquel castillo para ella—. Os gustará saber que Nedda y yo golpeamos a los mentecatos que nos raptaron casi hasta dejarles la cabeza medio colgando.

Elspeth cogió la cara de Abrielle entre sus manos, miró con los ojos llenos de lágrimas el rostro de su única hija y depositó un beso maternal en su frente.

—No sabes el alivio que siento de tenerte aquí de vuelta, hija mía. No habría podido soportar tu pérdida si te hubieran encontrado muerta. ¿Quién lo hizo?

—No sabemos quién contrató a esos desalmados. —Abrielle se imaginó mirando por última vez al escocés mientras este avanzaba al fondo del escuadrón—. Lord Cedric se quedó allí para averiguar la identidad del responsable, escondido junto a la buena de Nedda, que resultó herida por mi culpa.

—¡Válgame Dios! —exclamó Elspeth—. Una mujer tan bondadosa y leal... —dijo frunciendo el ceño con preocupación—. Cuando no teníamos riquezas, nada suponía una amenaza para tu vida, desde luego no lo eran los hombres que se disputaban tu mano. No creo que esta nueva amenaza desaparezca hasta que los responsables de tu secuestro sean apresados o castigados con la muerte.

Vachel pasó un brazo sobre los hombros de su esposa.

—Puede que el máximo responsable sea Thurstan de Marlé, o puede que no. Ya veremos; no podemos más que esperar.

Elspeth asintió con la cabeza y se volvió hacia su hija.

—¡Debes de estar helada, querida! Ven adentro a resguardarte del frío, ya hablaremos luego de esta cuestión.

Abrielle fue con su madre, se bañó y se puso ropa seca y limpia, pero seguía sintiendo el desasosiego que llevaba atenazándola todo el día, y no quería dejar que los rumores se extendieran por el gran salón durante mucho más tiempo. Cuando acudió a cenar, vio que ya era demasiado tarde para poner freno a las habladurías, pues era evidente que todo el mundo sabía que había estado a solas con Raven. Vio rostros murmuradores y ojos muy abiertos que se paseaban entre ella y Raven, que estaba sentado solo. Abrielle hizo un gesto de disgusto, lamentaba que Cedric y Nedda no hubieran vuelto todavía, pero sabía que no había nada que hacer, pues los hombres de Vachel habían sido enviados en su ayuda.

Su madre la esperaba en la mesa presidencial; no se molestó en ocultar su preocupación.

—Abrielle, tu padrastro me ha informado de lo que ocurrió anoche y esta mañana —dijo en tono de reproche pero sin alzar la voz—. ¿Por qué no me has hablado de ese tiempo que estuviste a solas con Raven?

—No hay nada de que hablar, madre —replicó Abrielle dejando escapar un suspiro—. Y si lo hubiera, no me gustaría contártelo aquí.

—Claro que hay mucho de que hablar —repuso Vachel con gravedad—. Hazte a la idea, querida. Ya se habla de ello, y demasiado. Los demás pretendientes no tardarán en enterarse.

Abrielle se puso erguida.

—No he hecho nada malo. Soy inocente.

—Lo sé —afirmó Vachel—, pero eso no disculpa lo que puedan creer los demás. Tu reputación ha resultado dañada, Abrielle, aunque todos deseemos que no sea así. Prepárate para la idea de que deberás casarte con el joven Raven.

Cuando escuchó aquellas palabras pronunciadas en voz alta, Abrielle sintió que el corazón se le hacía añicos y que los ojos le escocían por las lágrimas que no podía derramar en público. Si hubieran estado solos, habría montado en cólera y habría gritado todas las excusas que le impedían casarse con aquel hombre. Pero tal vez Vachel había elegido deliberadamente aquel lugar para hacerle ese anuncio, pues sabía que ella solo podría protestar en voz baja y escuchar. Elspeth le puso una mano en el hombro con dulzura, pero Abrielle no estaba de humor para aceptar de buen grado el consuelo de su madre.

Quería elegir al que sería su marido, y ahora su padrastro le comunicaba que se le impondría otro hombre. Si bien no se trataba ciertamente de otro Desmond de Marlé, tras su rostro atractivo y sus finos modales se ocultaba un hombre que solo había mostrado su devoción cuando ella se había convertido en una mujer rica. Había flirteado con ella estando ya prometida, otro punto en su contra. Y además era escocés, todos sus vecinos lo miraban con malos ojos por los pecados que habían cometido sus compatriotas. Se preguntó si, en el caso de negarse a aceptarlo como marido, Raven desvelaría finalmente el secreto que compartían sobre la noche en que Desmond había muerto. Se sintió humillada y abatida. ¿Cómo era posible que se hallara en semejante situación? Acababa de librarse de las garras de un villano y se encontraba atrapada por otro.

No podía mirar a Raven; no quería preguntarse si vería el triunfo en sus ojos, un sentimiento que, aunque de momento ocultara, no dudaba que albergaba en su interior.

La llegada del resto de los caballeros de Vachel, junto con Cedric y Nedda, le ahorró tener que seguir hablando del tema. Lanzando un grito de alegría, Abrielle corrió hacia la camilla en la que transportaban a la sirvienta.

—Nedda, ¿cómo estás? —le preguntó con verdadera preocupación.

Pero la mujer tenía buen color y sonrió, aunque le habían salido arrugas de dolor alrededor de la boca.

—Bien, milady. Tal vez ni siquiera tenga la pierna rota.

Abrielle alzó la vista hacia Cedric y sintió una punzada de desilusión, pero no podía permitirse pensar en lo que se avecinaba. Cuando se llevaron a Nedda para que la viera un médico, todos los presentes se congregaron en torno a Cedric para escuchar su relato. El escocés explicó que un pequeño grupo de hombres a caballo se dieron cita en la casa después de buscar por todas partes a las mujeres y a los tres captores. Cedric se arrastró con cautela hasta la ventana para ver si reconocía a alguien. Tras esconderse detrás de una pila de leña cortada que con los años se había convertido en poco más que un montón de pasta, espió por una rendija que había entre los dos postigos con los que habían condenado una ventana. A pesar de sus esfuerzos, solo vio las sombras de los villanos, y eso cuando se ponían delante del farol que los iluminaba por detrás. Sin embargo, los había oído discutir y había reconocido dos de las voces: la de Thurstan y la de Mordea. Dos de los villanos se mostraron a favor de poner fin a esa búsqueda infructuosa y defendieron con ahínco su postura, pero Thurstan no estaba dispuesto a dar su brazo a torcer. En vista de que su plan había fallado, tramaría otro para conseguir a Abrielle. Todos se marcharon juntos por el mismo camino por donde habían llegado.

Aunque entre la partida de los malhechores y la llegada de los caballeros de Vachel solo transcurrió una hora, un repentino aguacero borró toda prueba del rastro que Thurstan pudiera haber dejado. Varios hombres peinaron la zona en círculos cada vez más amplios en el intento de encontrar alguna señal que indicara la dirección que habían tomado los responsables del secuestro, pero sus esfuerzos resultaron inútiles tras aquel chaparrón.

—Tampoco podríamos haber hecho mucho contra Thurstan —dijo Vachel con un suspiro.

—¿Por qué lo dices? —inquirió Elspeth.

—Thurstan es un caballero acaudalado, querida —explicó Vachel con paciencia—. Y, aunque quiera una esposa rica, ha elegido una vía que muchos hombres han empleado antes que él. Poseer a la mujer para que esta se vea obligada a casarse con él.

Raven notó que todas las miradas se volvían hacia él, y el hecho de que lo equipararan con Thurstan consiguió que le hirviera la sangre, pues se consideraba un hombre de honor, pero sabía que poco podía hacer para rebatir las ideas de aquellos que lo rodeaban. Vio que su padre lo miraba con ojos extrañados y comprendió su curiosidad; tendría que explicárselo más tarde. De momento lo único que podía hacer era mirar a Abrielle, que lo veía con los mismos ojos que a hombres de la calaña de Thurstan y Colbert, hombres sin honor. Y sintió que la rabia o, mejor dicho, la ira se apoderaba de él.

—Y la única prueba que tenemos —dijo entonces uno de los caballeros— de que Thurstan sea el culpable procede de un escocés.

Muchas cabezas asintieron y se oyó un murmullo de voces. Raven cerró los puños, pero antes de que pudiera hablar en defensa de su padre, Vachel dijo:

—¡Basta! Lord Cedric es un hombre estimado en su país. Él y

su hijo cuentan con el respeto de nuestro rey Enrique. No quiero oír ninguna otra afrenta contra un apreciado invitado en casa de mi hijastra. —Luego se acercó a Raven y añadió—: Tenemos que hablar en privado.

Raven lanzó una mirada a Abrielle y vio que lo observaba con verdadera preocupación. Por un momento su semblante expresó resentimiento, pero enseguida apartó la vista y no volvió a mirarlo. Raven siguió a Vachel a la sala privada de los hombres. Una vez que estuvieron solos, Vachel comenzó a caminar de un lado a otro, como si no supiera cómo empezar. Finalmente, dijo:

—Me habéis puesto en un grave dilema, Raven Seabern.

—No era mi intención —respondió Raven, con las manos en la espalda—. Solo quería ver a vuestra hija a salvo. Todo se confabuló para que me quedara a solas con ella.

—¿Y para que durmierais abrazado a ella? —dijo Vachel en tono adusto.

—Os doy mi palabra de que mi única intención era darle calor. No traté de tocarla con ningún otro propósito.

Vachel sabía que el escocés era un guerrero noble y orgulloso, un hombre digno de la confianza de reyes. Era peligroso poner en duda el honor de un hombre como él, y decidió no hacerlo.

—Sabéis que tendréis que casaros con ella —dijo con calma.

Raven se plantó ante Vachel y asintió con la cabeza.

—Sabéis que lo haré. Protegeré a vuestra hija de Thurstan y sus secuaces. Ella será la única dueña de las propiedades y posesiones que le corresponden.

Vachel lo miró boquiabierto, no entendía los entresijos del hombre con el que Abrielle se desposaría en breve.

—¿No queréis nada para vos?

—Tened por seguro que nunca he necesitado ni codiciado nada de lo que ella ha heredado —respondió Raven sin vacilar—. Si hubiera venido a mí en harapos, la habría querido igual. Si Abrielle diera su consentimiento, la llevaría conmigo a Escocia, donde estaría a salvo, pero no querría obligaros a soportar su ausencia hasta que pase el susto de su frustrado secuestro. En cuanto a sus riquezas, que haga con ellas lo que le plazca. Solo tengo una petición.

—¿Cuál es? —preguntó Vachel entrecerrando los ojos.

—Que no le habléis de nuestro acuerdo.

—¿No queréis que sepa que habéis rechazado su dote? —Vachel no podía estar más sorprendido; Raven Seabern era un enigma para él.

—No os pido que mintáis, pero si no surge el tema, no se lo digáis. Ella cree que la quiero por su riqueza en vez de por la mujer que es. Quiero que llegue a ver por sí misma la clase de hombre que soy y que confíe en mí.

Vachel respiró hondo y le tendió la mano.

—Me tranquilizáis, Raven. —Se estrecharon la mano—. No puedo garantizaros que Abrielle no os guardará rencor por este matrimonio durante mucho tiempo.

—Confío en que al final la conquistaré —afirmó Raven con firmeza.

—Si hay un hombre capaz de demostrarle su valía, ese sois vos. Tenéis mi bendición. Pero por lo que respecta a la bendición de su madre…

—Lady Elspeth será tan difícil de conquistar como su hija —dijo Raven con una sonrisa adusta—. Pero haré lo posible por conseguirlo.

17

Después de la cena, Cedric se quedó sentado en el gran salón aguardando a que Raven volviera de la cámara de Vachel. Tras haberse enterado del dilema al que se enfrentaba su hijo, esperaba lo mejor, y dado que lo conocía bien, no dudaba de que sabría afrontar la situación con aplomo y determinación. Había oído los rumores que corrían por el castillo en boca de siervos y de caballeros, y había aprendido hacía mucho a dejar que los chismorreos le resbalaran por sus anchos hombros. Y se enorgullecía de saber que su hijo tenía una espalda fuerte para hacer lo propio.

Por fin apareció Raven con expresión resuelta, como Cedric preveía.

—¿Te gustaría dar un paseo por el patio conmigo, hijo? —le propuso poniéndole una mano en el hombro—. Hace una buena noche.

Raven asintió. Ya en el exterior, oyeron los sonidos lejanos de los soldados acomodándose en sus barracones, los relinchos de los caballos y los chirridos de los insectos. Era un instante apacible, pero Cedric sabía que Raven sentía todo menos paz y que su hijo hablaría en el momento y los términos que considerara oportunos.

Cuando finalmente lo hizo, Cedric notó un tono de orgullo y resolución en su voz.

—Al fin la he conseguido, pero no como yo lo había imaginado. Debo afirmar que ella y su honor han puesto en duda el nuestro, y aunque los rumores no son ciertos, he conseguido que llegue a ser mía oficialmente. Pero no tengo la menor duda de que lograré hacerla mía por completo, en cuerpo y alma. Juro que será mía de verdad.

Abrielle se había puesto el camisón para acostarse cuando oyó que llamaban a la puerta. Sorprendida, atravesó la antecámara preguntándose si su madre acudía a prestarle su apoyo una vez más. No quería mandarla de vuelta a su dormitorio, pero no había nada que Elspeth pudiera hacer, y hablar con ella solo serviría para remover los sentimientos de rabia y rencor de Abrielle, lo que a su vez afectaría más aún a su madre.

—¿Quién es? —preguntó.

—Raven —le contestaron con brusquedad.

Ahora sí que tendría que contener sus sentimientos, pensó antes de cerrar los ojos y respirar hondo, tratando de reprimir una ráfaga de furia, duda y desesperación. Por mucho que no quisiera que su sufrimiento se sumara a la angustia de su madre, aún le atraía menos la idea de dar a Raven la satisfacción de verla así.

—Marchaos —le ordenó sin abrir la puerta.

—Necesito hablar con vos, milady —repuso él.

—No es lo más apropiado.

—Es demasiado tarde para preocuparse por lo que es apropiado y lo que no.

Presa del despecho, abrió la puerta de golpe con tal fuerza que esta golpeó contra la pared.

—Sí, así es, ¡y todo gracias a vos!

Raven asintió con aire de gravedad.

—Tenéis todo el derecho a estar enfadada. Y yo también.

—¡Oh! Estoy mucho más que enfadada —repuso, luego le cogió de la manga, lo metió en la habitación de un tirón y cerró la puerta detrás de él.

Por un momento se limitaron a mirarse. Era como si ahora que divisaban un futuro muy diferente al que ambos habían imaginado, ninguno de los dos supiera qué decir. Finalmente Raven se puso derecho y se aclaró la voz.

—Esta noche he hablado con vuestro padrastro.

Abrielle cruzó los brazos sobre el pecho y lo fulminó con la mirada.

—Ya lo he visto.

—Seguro que sabéis de qué hemos hablado.

Abrielle no dijo nada; si creía que ella le allanaría el camino, se equivocaba de medio a medio. Raven tensó los músculos de la mandíbula, borrando todo rastro de suavidad de su apuesto rostro, y cuando habló el tono bajo de su voz distó mucho de resultar tranquilizador.

—Se ha decidido que... debemos casarnos.

Raven, consciente de lo orgullosa y valiente que era la mujer que tenía delante, se disponía a hincar la rodilla en el suelo para proponerle formalmente matrimonio cuando ella echó hacia atrás su reluciente cabellera y, apretando los dientes, dijo:

—Me casaré con vos, pero nunca tendréis mi respeto. Os dije que nunca me casaría con vos, y habéis hecho lo necesario para que no me quedara más opción.

—Y yo os digo que nunca he traicionado mi honor ni el de mi familia. —Su voz traslucía algo que Abrielle no había oído antes y, de repente, pese a la impetuosidad de los Harrington, supo que tenía que andarse con cuidado, pues era un hombre peligroso.

—Tendréis que aceptar ciertas condiciones —se limitó a decir Abrielle—. Debéis prometerme que se destinará un elevado porcentaje del dinero a mejorar la precaria situación de los siervos. Las casitas de piedra con chimenea y tejado de paja en las que viven algunos ponen de manifiesto que lord Weldon tenía la intención de proporcionarles lo mismo a todos. Por desgracia, se mató antes de que pudiera cumplir ese sueño. Tengo la esperanza de que esas casas puedan construirse en un futuro próximo.

—Dadlo por hecho. Sabéis que lamento muchísimo la difícil situación en la que se encuentran los siervos.

Abrielle escrutó su rostro en busca de una mentira visible.

—Sois de otro país. Mi matrimonio con vos me obligará a estar siempre entre vuestra gente y la mía.

—Abrielle —repuso Raven con un semblante más tierno—,

vuestra madre es sajona, y su marido, normando. Vuestro rey normando está casado con la hermana de mi rey David.

Las palabras de Raven eran del todo razonables, pero Abrielle no estaba preparada para conversar con tanta calma y levantó las manos con gesto airado.

—¡Marchaos! ¡Dejadme tranquila!

Raven respetó que Abrielle tuviera su orgullo y abandonó su aposento. Ya en el pasillo vio que la puerta de al lado se abría y que Vachel asomaba la cabeza.

—¿Ya está? —preguntó.

—Sí —asintió Raven—. Ha accedido a que nos casemos.

Vachel pareció desinflarse con un suspiro.

—Gracias a Dios.

Elspeth pasó rápidamente por delante de su marido, miró a Raven con el ceño fruncido y se dirigió a la habitación de su hija.

—La ceremonia tendrá lugar en el gran salón antes de la comida —prosiguió Vachel—. Luego podremos «celebrarlo» con un generoso festín para los presentes.

—¿Renunciaréis a la lectura de las amonestaciones?

Vachel torció el gesto.

—Habrá suficientes testigos para que la unión sea válida. Mañana por la mañana, después de desayunar, vos y yo negociaremos el contrato matrimonial.

Raven asintió con la cabeza.

—Que descanséis, Raven. Creo que tardaréis en poder volver a hacerlo —concluyó Vachel.

El anuncio de la inminente ceremonia de casamiento hecho tras la misa fue acogido con sorpresa. Lejos de enfrentarse a ese día con entusiasmo, Abrielle y Raven estaban serios y apagados. Vachel presentó el enlace como un motivo de celebración, pues propiciaba la unión entre un emisario real de Escocia y la viuda más rica de Inglaterra. Habló de la buena voluntad que debía guiar a los vecinos de la región fronteriza, tanto de Inglaterra como de Escocia. Pero no muchos se mostraron interesados en su optimismo. Se oyeron murmullos airados procedentes de los otros pretendientes de Abrielle, y más de un hombre se apresuró a abandonar el castillo presa de la indignación. La opinión general parecía ser que la fortuna normanda iría a parar a las arcas de un escocés a través de una joven sajona. Vachel vio con tristeza que no habría paz entre vecinos. No entre marido y mujer, de una y otra generación, pensó compungido, pues aunque Elspeth no estaba exactamente enfadada con su esposo, estaba preocupada por su hija, y eso pondría a prueba su matrimonio con Vachel.

Y allí estaban Raven y Abrielle, sentados uno junto al otro en una mesa de caballetes, sin comer apenas y sin hablar. Vachel se dijo que en el debido momento Abrielle entendería que aquel matrimonio era muchísimo mejor que el que le había unido brevemente a Desmond de Marlé. Pero estaba demasiado enfadada para ver o apreciar la honda pasión que su esposo guerrero sentía claramente por ella.

Abrielle dejó escapar un suspiro de cansancio al ver que Raven y Vachel se retiraban una vez más a la cámara privada de su padrastro. Ante la mirada de aprensión de su madre, se vio obligada a sonreír. No hacía falta preocupar a su madre más de la cuenta, no en el estado tan sensible en el que se encontraba.

—Abrielle, hija mía, ven. Vamos a prepararnos para la ceremonia.

—Otra vez —musitó Abrielle mientras se levantaba para seguir a su madre—. ¿Qué sugerís que me ponga, madre? Creo que el vestido negro sería ideal para la ocasión. —Al ver que Elspeth la miraba boquiabierta, Abrielle se apresuró a aclarar—: Era una broma, madre, y muy mala por lo que veo.

Elspeth recobró la calma y lanzó a su hija una mirada concluyente.

—Yo te sugeriría el vestido que llevabas puesto en la corte del rey Enrique. Es con el que llamaste por primera vez la atención de Raven.

Abrielle apenas se molestó en contener un quejido mientras seguía a su madre al piso de arriba para vestirse y se mordía la lengua una vez más para no alterar a su madre. Elspeth estaba decidida a tomarse la situación con alegría, y Abrielle sabía que su madre daba gracias a Dios por no tener que entregarla a un hombre como Desmond de Marlé. Y no le borraría aquella alegría haciéndole partícipe de la preocupación que la embargaba.

Por muy despreciable que hubiera sido Desmond y por mucho que le hubiera costado acceder a casarse con él, Abrielle temía aún más su unión con Raven. Con Desmond sabía que debía mantenerse en guardia en todo momento, así que podía controlar sus sentimientos sin necesidad de erigir un muro protector en torno a su corazón. Con Raven era muy distinto, y en todos los sentidos, pues cuando lo tenía cerca no sabía dónde estaba, cuál era la verdad o qué se suponía que debía sentir. Por mucho que desconfiara de él, no podía negar o pasar por alto el hecho de que le hacía sentir cosas que no estaba bien que quisiera sentir, y las sentía con demasiada facilidad para no correr peligro, con tanta facilidad que temía que en el mundo no hubiera un muro lo bastante alto y sólido para proteger su corazón.

La última vez que se había vestido para casarse, lo que más pavor le daba era pensar en la noche de bodas; aquella vez lo que temía eran las noches que le esperaban el resto de su vida. Le aterrorizaba la idea de que si bajaba la guardia un solo instante, Raven se deslizaría hasta ella, le robaría el corazón y el alma, conseguiría que lo necesitara y después la dejaría desvalida.

El enlace matrimonial tuvo lugar ante los invitados que se quedaron; no eran muchos, y entre ellos había numerosos siervos y criados, pero todos parecían alegrarse por la señora. Quien no pudo asistir al acto fue su querida amiga Cordelia, lo que hizo que Abrielle se enfadara aún más con Raven, pues él era el causante de aquellas prisas.

Allí estaba de nuevo el mismo cura que había oficiado su primer casamiento… ¿Cuánto hacía de ello, dos semanas? Raven y Abrielle intercambiaron los votos matrimoniales sin un ápice de entusiasmo, y si a ella le tembló la voz, nadie lo mencionó. Raven aportó la alianza de boda de su padre, y aunque sabía que a Abrielle le quedaría demasiado grande, significaba mucho para él, pues en su familia había pasado de generación en generación.

Abrielle ni siquiera pudo mirar a Raven a la cara mientras él pronunciaba las siguientes palabras:

—Con este anillo os desposo, y con mi cuerpo os honro.

Ante la insistencia de Elspeth, Abrielle aportó la alianza de su padre. Le parecía obsceno emplearla para un matrimonio que era una farsa, pero no quería herir los sentimientos de su madre. Cuando fue su turno, repitió las mismas palabras que Raven con voz monótona.

El cura los declaró entonces marido y mujer. Si Abrielle se hubiera parado a pensar en el hecho de que había contraído dos matrimonios no deseados en tan poco tiempo, habría salido corriendo del salón entre sollozos. En lugar de eso, aceptó los buenos deseos de la gente durante el banquete. Vachel la sorprendió pidiendo a los trovadores que tocaran al final de la comida. Incluso se celebró un torneo de mesa, y Abrielle confió en que Raven se llevara a los hombres a jugar al patio de justas, lo que fuera con tal de no tenerlo delante.

Pero no, Raven desempeñó en todo momento el papel de novio atento; se quedó a su lado e incluso la retó a jugar con él. Abrielle habría jurado que la dejó ganar, pero Raven le aseguró que no fue así.

Pese a todas aquellas distracciones, el pensamiento de la noche de bodas la perseguía. De repente, sintiendo que la hora se acercaba, pensó que quizá temía aquella noche de bodas más que la primera, y aquella reflexión casi le hizo soltar una risita nerviosa presa de una histeria creciente. ¿Qué mujer no querría llevarse a la cama a Raven Seabern? Siempre lo había considerado un truhán apuesto, y su atractivo y sus dotes consumadas de seductor la habían derretido hasta los huesos, aun cuando con ello la había enfurecido.

Pero una noche de bodas significaba entrega, y Abrielle no estaba dispuesta a dar lo más preciado que tenía, es decir, ella misma, a un hombre en el que no confiaba, una idea que no le inspiraba más que pesar por aquella unión. ¿Cómo iba a entregarse a él, que parecía haberse valido de un ardid para conquistarla? Abrielle concluyó entonces que Raven no gozaría aquella noche de sus placeres viriles. Tendría que ganarse el derecho a poseerla con algo más que no fuera un mero acuerdo matrimonial.

Finalmente, su madre la dejó sola en su dormitorio, ataviada con un vaporoso camisón que Elspeth le había cosido aquel mismo día a toda prisa. Abrielle esperó a que su madre se hubiera ido para ponerse encima la bata cual armadura para una batalla.

Poco después, Raven entró en la estancia y, tras cerrar la puerta, se apoyó en ella. No esperaba encontrarla esperándolo en la cama, y no fue así. Abrielle estaba sentada en una silla mullida frente al fuego que ardía en la chimenea; tenía la vista fija en el fuego, como si meditara.

Sin embargo, a Raven casi se le cortó la respiración al verla. La luz titilante de las velas de un candelabro de madera profusamente tallada iluminaba la larga y espléndida cabellera de color rojo cobrizo que caía alborotada sobre sus finos hombros, creando una imagen de una belleza sin par. La mirada de Raven la recorrió en una prolongada caricia y consiguió que la dama se ruborizara hasta tal punto que sus mejillas adoptaron casi un tono tan sonrosado como sus suaves labios. La bata de terciopelo color granate que llevaba puesta solo sirvió para que Raven se muriera por ver lo que escondía debajo.

—Casi pensaba que fingirías estar dormida —dijo acercándose a ella.

Abrielle volvió la cabeza lentamente.

—Me lo planteé, pero no quería empezar nuestro matrimonio con una mentira, al menos no por mi parte.

Las facciones de Raven se endurecieron y su voz adoptó un tono grave e intenso.

—Yo no te he mentido.

Abrielle no dijo nada, consciente una vez más de que estaba provocándolo demasiado y que a aquel hombre le podía el orgullo.

—¿Y cómo pretendes empezar nuestro matrimonio? —inquirió él.

—Diciéndote que no te has ganado mi confianza —respondió Abrielle con firmeza, mientras se ponía en pie delante de él, con las manos en jarras cual ángel vengador— y que no me llevarás a la cama.

De repente, Raven la agarró del brazo con fuerza en un movimiento de pantera que la sobresaltó, y la mirada de estupor de Abrielle se cruzó con la suya.

—Pero hasta entonces —dijo Raven con voz suave— sigues siendo mi esposa. No permitiré que ningún hombre insinúe que no estamos legalmente casados.

—¿Qué quieres decir? —preguntó Abrielle, presa de repente de unos sentimientos que no sabía cómo describir.

Con un temor creciente, notó que las manos de él le desabrochaban el cuello de la bata y se la abrían pese a su intento de pararlo. Vio sus ojos brillar con intensidad ante el camisón de seda transparente, que con su sencillez envolvía el cuerpo de ella como si fuera un regalo, pegándosele al pecho y los muslos. Abrielle contuvo la respiración cuando la mano de Raven le rozó la mejilla, descendió lentamente por su piel, se posó un instante en su cuello y siguió bajando por la clavícula y entre los pechos. No podía moverse, gritar ni detenerlo. Era como si el mundo se hubiera reducido hasta quedar limitado al lento respirar de ambos y al calor y la ilusión que le inspiraban sus caricias. Raven le puso una mano en el pecho, arrancándole un grito ahogado mientras ella le clavaba sus ojos desesperados. Él la miró a la cara mientras sopesaba su pecho en toda su plenitud.

—Por favor, para —gimió Abrielle.

La expresión de aquellos ojos azules se suavizó.

—No puedo, Abrielle. No me rechaces, te deseo desde el primer momento en que te vi.

Había sensualidad en su voz. Era como si se hubiera perdido su barniz de hombre civilizado, dejando al descubierto al hombre de verdad, un hombre de carne y hueso, de instintos y deseos sinceros, un hombre que no ocultaba lo que era y lo que quería. Ojalá pudiera estar segura de que aquel era el verdadero Raven que tanto la deseaba.

Entonces sus dedos dieron con su pezón y comenzaron a acariciarlo, y por primera vez Abrielle vio lo vulnerable que era ante él, pues la excitación que le produjo aquel roce estuvo a punto de dar al traste con su determinación. Trató desesperadamente de apartarse, pero Raven la atrajo hacia sí mientras seguía acariciando su delicada piel.

Y entonces posó su boca sobre la de ella, que tuvo que echar la cabeza hacia atrás mientras la lengua de él se abría paso entre sus labios y buscaba la suya. Abrielle se sentía tan impotente ante el deseo creciente que la consumía como se había sentido la primera vez que Raven la había besado. El sabor a vino de su boca embriagó sus sentidos. Raven aumentó la presión de las caricias en su pecho mientras deslizaba la otra mano por su espalda hasta cogerle las nalgas y estrecharla contra él con más fuerza.

—Abrielle —musitó con sus labios pegados a los de ella—, Abrielle, bésame.

Pero lo que Abrielle hizo fue apartar la cara cuanto pudo. Sin embargo, el orgullo le impedía escapar de él, así que cuando Raven dio un paso atrás y se quitó la larga túnica que llevaba puesta, ella lo observó paralizada. A la túnica le siguieron la camisa, los zapatos y las calzas. Lo único que le separaba de la desnudez eran los calzones, la prenda de pretina baja que le tapaba las partes pudendas. Pero al final también se desprendió de ellos y Abrielle se volvió de espaldas ante la amenazadora masculinidad de Raven.

Con todo, no podía negar que se estremecía con solo pensar en su rostro y su cuerpo, y el deseo que él parecía sentir por ella le hacía preguntarse hasta qué punto la querría de verdad. Abrielle se topó con la cama, como si se sintiera impelida hacia aquel rincón de la estancia, lo que solo sirvió para despertar su ira. Pero él se le echó encima, la empujó de espaldas a la colcha mullida y la cubrió con su cuerpo largo, caliente y musculoso. Raven la besó de nuevo, esta vez con fuerza e intensidad, y Abrielle sintió que una corriente de aire fresco le corría por las piernas mientras él le subía el camisón.

—No dejaré que nada se interponga entre nosotros esta noche —le susurró Raven con los labios pegados en su cuello.

Abrielle notaba la presión de sus manos por todas partes, como si su cuerpo traidor ya no le perteneciera. Sus muslos y sus caderas quedaron entonces al descubierto y él se instaló entre ellos, con todo su calor y su dureza. Abrielle ahogó un grito y se retorció, pero Raven, lejos de entrar en ella por la fuerza, se limitó a inmovilizarla con su cuerpo mientras le bajaba las mangas de la bata. Luego la levantó sin esfuerzo de la cama para quitarle la prenda y, aunque Abrielle opuso resistencia, Raven consiguió sacarle el camisón por la cabeza.

Así fue como acabaron los dos desnudos, uno sobre el otro. Abrielle se quedó quieta, sentía la excitación de él a las puertas de su feminidad. Pero Raven, en lugar de abrirse paso en su interior, le musitó palabras ininteligibles con la boca pegada en su cuello para luego ir bajando y atrapar su pecho con los labios. Abrielle sintió que una intensa llama de calor la envolvía, perdió el control de sí misma y lo puso en manos de él. Ante la exquisita tortura, gimió y contoneó sus caderas bajo el peso de él, que le impedía moverse. Raven se deslizó por fin en su interior, y Abrielle se estiró de dolor mientras llegaba al fondo de ella.

—Tranquila —susurró, rozando sus labios antes de tomar su boca con otro beso mortificador.

Raven sabía que era virgen, pero estaba fuera de sí y solo podía entregarse a la necesidad de moverse, de entrar en lo más hondo de ella para salir después. Al percibir que los gritos de Abrielle no eran de dolor sino de placer se dejó ir, la embistió una y otra vez hasta que notó la tensión de su cuerpo y un temblor liberador. Raven apenas duró un momento más: el clímax se apoderó de él con una fuerza hasta entonces inimaginable para él.

Cuando su pasión se calmó, cuando pudo recordar cómo respirar, se apoyó en los codos y miró a Abrielle, que clavó sus ojos en él, sonrosada y sudorosa.

—Ahora eres mía —le dijo, y ella rompió a llorar.

Con un quejido Raven se quitó de encima de ella y trató de atraerla hacia sí, pero Abrielle no quería su consuelo. Se sentía traicionada por su propio cuerpo, pues el placer que le había proporcionado Raven no había estado bajo su control. Él había ganado aquella primera batalla. Abrielle rodó por la cama y se apartó de él; sus finos hombros temblaban entre sollozos silenciosos que le sacudían todo el cuerpo.

Raven se quedó mirando el techo mientras se preguntaba si habría cometido un terrible error casándose con una mujer que no confiaba en él y que no quería confiar. ¿Acaso la lujuria habría superado su buen juicio? ¿Cómo había pensado que aquel matrimonio podría funcionar? Pero entonces se recordó a sí mismo que aquella era solo la primera noche de todas las que tenían por delante, y decidió que a partir de entonces solo un pensamiento guiaría su matrimonio: no renunciaría a su esposa.

18

Cuando Abrielle abrió los ojos lentamente mientras los rayos del sol de la mañana caían sobre ella, tuvo la sensación de que algo estaba mal, pero no recordaba el qué, hasta que para su horror y consternación se dio cuenta de que estaba desnuda. Con un grito ahogado, se incorporó y se tapó el pecho con la colcha, pero estaba sola. Las prendas que habían caído al suelo de cualquier manera estaban perfectamente dobladas y apiladas en una silla. Con un quejido, volvió a tumbarse. Era una mujer casada, ya no era virgen. Raven había tomado la decisión por ella.

Abrielle echó atrás la ropa de cama y su furia creció al ver la mancha de sangre en las sábanas. Tras taparla de nuevo, se puso la bata y se levantó. ¿Qué iba a hacer? ¿Cómo se enfrentaría a Raven? Ahora era su marido de verdad, en todos los sentidos; él se había asegurado de eso.

Pero no podía descargar su ira contra él. ¿Qué conseguiría con ello, aparte de amargar a todos los implicados, incluyendo a sus padres? No, lo hecho hecho estaba, tendría que vivir con ello. Eran muchas las mujeres que se casaban con hombres a los que no habían elegido. Ella era solo una más. Sonreiría y fingiría que todo iba bien. Eso no incluía, por supuesto, el ámbito de su dormitorio, pero ya se plantearía eso cuando fuera necesario. En aquel momento llamaron a la puerta con un toque vacilante y, dado que Abrielle sabía que el descarado de su marido entraría con aire arrogante por su condición de nuevo amo, dijo a quien fuera que entrara.

Nedda asomó la cabeza.

—¿Milady?

Abrielle sonrió, y la sirvienta entró ya más relajada.

—Sir Raven me ha dicho que os dejara dormir —comentó Nedda—, pero os he oído moveros. ¿Os apetece un baño?

—Oh, eso sería fantástico —respondió Abrielle. Era consciente de que Nedda la observaba casi con recelo, pero recordó el voto que había hecho de comportarse como una esposa más.

Y como una esposa más se bañó, se vistió y bajó al gran salón. De nuevo detestó sentir semejante alivio al no ver a Raven. Encontró a su madre hablando con los sirvientes, que estaban plegando las mesas de caballetes para apoyarlas contra la pared después del desayuno.

Su madre corrió hacia ella y tras darle un abrazo la miró a la cara con preocupación.

—Abrielle, ¿te encuentras bien?

Abrielle se recordó a sí misma que era una esposa más y, forzando una sonrisa, respondió:

—Sí, madre, estoy bien. Simplemente ahora soy una esposa, lo cual no es nada raro.

—Humm —fue todo lo que dijo su madre, pues conocía bien a su hija y dedujo de inmediato que no se encontraba bien por mucho que afirmara lo contrario.

Abrielle miró alrededor del salón con más alegría de la cuenta.

—Veo que he llegado tarde para el desayuno. Disculpad que no viniera antes.

—No digas tonterías. El día de ayer tuvo que ser duro para ti. —Sin hacer quedó la pregunta de si podía decirse lo mismo de la noche de bodas, pero Abrielle fingió no darse cuenta. Elspeth dejó escapar un suspiro—. Te traeré algo de pan y un plato de potaje.

—No, ya voy yo a la cocina.

Estaba claro que su hija no era ella misma, lo cual era comprensible.

—¿No preguntas dónde está tu esposo? —inquirió Elspeth lentamente.

—Supongo que estará por ahí, disfrutando de su nueva condición de amo del castillo. —Abrielle torció el gesto; su resentimiento se había filtrado a través de la máscara—. Perdonadme, madre —dijo antes de que Elspeth tuviera tiempo de hablar—. Con el tiempo se me dará mejor mi nuevo papel, os lo prometo.

Elspeth le puso una mano en el brazo.

—Toda mujer debe aprender a asumir su papel de esposa, querida. Adaptarse no es fácil ni siquiera cuando una está profundamente enamorada de su marido.

—Pero ¿qué ocurre cuando no puedes respetarlo? —repuso Abrielle en voz baja, sintiendo una vez más el escozor de unas lágrimas tontas ante las cuales se apresuró a pasarse una mano por la cara y esbozar una sonrisa forzada—. No es más que la primera mañana. Las cosas mejorarán —le aseguró a su madre, aunque no veía cómo podrían mejorar si no confiaba ni respetaba al hombre cuyo anillo le pesaba tanto en la mano como su matrimonio le pesaba en el corazón.

Abrielle habló con los trabajadores de la cocina sobre la comida prevista para el día y dejó que su madre se encargara de examinar los alimentos almacenados en el sótano para el invierno que se avecinaba. Decidió mostrar a la gente que la transición que suponía tener un nuevo señor se realizaría sin problemas y recorrió el castillo para hablar con los sirvientes y saber de su vida y su trabajo. Al llegar al patio notó que la alegría de sus súbditos la había animado un poco. Luego examinó la cosecha en el huerto, observó a las ordeñadoras en pleno trabajo y habló con los mozos de la cuadra.

Al final el sonido del choque de metales la atrajo y lo siguió por la parte posterior del castillo hasta llegar al patio de justas, donde los soldados y caballeros practicaban el arte de la guerra. Fue allí donde encontró a Raven y a su padrastro. Y fue en Raven en el que se posó su mirada, muy a su pesar. Llevaba puesto un jubón de piel sin mangas que le llegaba hasta la mitad de los muslos; bajo el sol, sus brazos desnudos y musculosos brillaban por el sudor. Raven estaba hablando con un grupo de hombres, todos ellos armados con una espada. De repente, sin dejar de hablar, comenzó a hacer una demostración práctica con Vachel, que se comportaba como cualquier otro joven.

No parecía haber animadversión ninguna entre los guerreros, algo que Abrielle agradeció. Los caballeros miraban a Raven con respeto, y vio que más de un hombre mostraba su aprobación con la cabeza ante las maniobras que ejecutaba. Tal vez Raven había sido causa de discordia en el campo, pero al menos allí, entre los hombres que tenía a su mando, era respetado.

Sin embargo, no hacía ni dos días, cuando lo encontraron con Abrielle, que aquellos mismos hombres habían mirado a Raven por encima del hombro. ¿Así de fácil satisfacía el matrimonio su sentido del honor? Ojalá pudiera reconciliarse ella tan fácilmente con su destino. Pero a ellos no les habían engañado, utilizado ni arrebatado la única opción que tenían para hacer su voluntad, imponiéndoles a su vez un sucedáneo mancillado.

De repente, la mirada de Raven se posó en ella y su ardiente intensidad la dejó petrificada. Mientras se le acercaba a grandes zancadas, con la espada aún en la mano, Abrielle vio que no podía moverse, ni soñar siquiera con escapar. Lo único en lo que podía pensar era en lo que le había hecho en la oscuridad de la noche y en el placer que la había invadido en contra de su voluntad. Incluso en aquel momento notó que su cuerpo traidor se acaloraba a medida que el rubor se expandía por toda su piel.

Para su sorpresa, Raven la rodeó con un brazo y la atrajo hacia sí. Abrielle puso las manos sobre su pecho, pero no podía apartarlo, no delante de todos los hombres que tendría a su mando. Los labios de él buscaron entonces los de ella en un beso demasiado sensual para hallarse en público. Abrielle se sintió indefensa, excitada y enfadada tanto con él como con ella, sobre todo cuando oyó resonar las aclamaciones de los hombres en el patio de justas.

—¡Eres un bruto! —dijo entre dientes cuando Raven levantó por fin la cabeza—. ¿Cómo te atreves a tratarme así?

Raven arqueó una ceja y sonrió de oreja a oreja.

—Ya no puedes hacer de virgen ultrajada, querida.

Abrielle le hubiera contestado con un comentario mordaz, pero al ver que Vachel se acercaba forzó una sonrisa, algo ya habitual en ella, y con una voz más dulce de lo necesario dijo:

—Me estás haciendo pasar vergüenza delante de tus hombres.

—Nuestros hombres. Yo creo que se alegran del éxito de nuestro matrimonio.

—¿Éxito…? —Pero al ver a Vachel demasiado cerca, Abrielle se volvió hacia él, se apartó de Raven y besó a su padrastro en la mejilla—. Buenos días, Vachel.

Extrañado ante su muestra de afecto, Vachel le dijo con recelo:

—Buenos días, querida. Esta mañana estás radiante.

«¿Acaso una noche en la cama con Raven debía suponer un cambio positivo?», pensó Abrielle intrigada.

—Veo que ambos os habéis apresurado a volver a vuestros menesteres después de la celebración de ayer.

—Era necesario —respondió Raven con semblante serio—. Debía comprobar en qué situación se encontraban las fuerzas armadas del castillo después de estar durante meses bajo el dudoso mando de Desmond de Marlé.

—Y la situación no es muy buena que digamos —añadió Vachel.

Abrielle dejó a un lado sus propias preocupaciones.

—¿Qué ocurre?

—Muchos de esos hombres llegaron con nosotros —explicó Vachel—, y cuatro con Raven. Los demás se han vuelto perezosos. Desmond se gastaba en sí mismo la riqueza que había heredado, no en sus soldados. ¿Qué incentivo tiene uno para entrenarse cuando en el mejor de los casos recibe una paga irregular?

—Qué horror. —Abrielle volvió la mirada hacia el patio de justas, donde los hombres comenzaron a practicar con espadas sin punta.

—Pero ahora saben lo que se espera de ellos —dijo Raven.

—Y la recompensa que recibirán —añadió Vachel—. Tu nuevo marido ha sido muy generoso.

«Con mi dinero», pensó Abrielle resentida antes de reprobarse a sí misma. Raven estaba cumpliendo con su deber en lo que respectaba al castillo de Abrielle y a su gente, nada más. Tenía que dejar de ver motivos innobles detrás de todas sus acciones, aunque solo fuera por el bien de todos.

—Los pertrechos reservados en previsión de un posible asedio se han visto seriamente diezmados —dijo Raven—. Hay mucho por hacer.

—Me hago cargo —respondió Abrielle—. Gracias por encargarte de ello.

—¿Y por qué no iba a hacerlo? —Luciendo su sonrisa más encantadora, Raven le pasó un brazo por los hombros y la estrechó contra sí—. Haré lo que esté en mi mano para protegerte a ti y a los tuyos.

Abrielle le dio unas palmaditas en el pecho y se apartó de él de nuevo.

—Os veré a los dos para comer.

Sin embargo, mientras servían la comida del mediodía comunicaron a Abrielle que habían avisado a Raven, Cedric y Vachel para que acudieran a una casa solariega cercana, y aunque parecía que los sirvientes trataban de protegerla, oyó murmuraciones llenas de temor que hablaban de «invasión» y de «escoceses».

A lo largo del día se dijo a sí misma que si esos rumores fueran ciertos, Raven no habría dejado las puertas del castillo abiertas ni a los soldados siguiendo con su entrenamiento, sino que les habría ordenado que ocuparan sus posiciones. Pero al caer la noche Raven no había regresado. Así pues, la segunda noche de casada acabó acostándose sola. Dormir tranquilamente en aquella cama tan grande habría sido para ella un gran alivio de no ser porque el destino y el futuro la ataban a su marido. ¿Y si la situación empeoraba? ¿Debería mandar a un contingente de hombres como refuerzo? Si Raven necesitaba ayuda sin duda enviaría a un emisario.

Le parecía que acababa de quedarse dormida cuando la luz del alba la despertó. De repente se sintió atrapada y se dio cuenta de que Raven estaba en la cama y de que tenían sus cuerpos entrelazados; su cabeza descansaba sobre el hombro de él y ante sus ojos se extendía, desnudo, el ancho pecho de Raven. Por fortuna, ella se había acostado con camisón. Una mano de él reposaba sobre su espalda con naturalidad y, para su estupor, ella tenía una rodilla encima de él. Abrielle estaba pensando en la mejor manera de escapar sin despertarlo cuando alzó la vista y vio que la miraba con una expresión divertida.

—Qué maravilloso despertar —dijo Raven con voz retumbante antes de incorporarse y apoyarse en un codo, alzándose sobre ella como una amenaza.

Abrielle se apresuró a escabullirse de sus brazos y salir de la cama.

—Me alegra ver que has vuelto sano y salvo. Tengo mucho que hacer, y estoy segura de que tú también tienes que hacer lo que sea con... esos soldados perezosos —acabó sin convicción.

Raven se arrellanó de nuevo en los cojines y apoyó la cabeza en un brazo para contemplarla mejor. Al ver lo nerviosa que se había puesto al encontrar a un hombre en su cama, y al recordar su llanto, decidió dejarla escapar... de momento. Pero la paciencia de un hombre recién casado no da mucho más de sí, y ella tendría que aceptarlo.

Abrielle se quedó temblando en la alfombra que había delante de la chimenea, donde el fuego que él se había ocupado de mantener encendido a última hora de la noche había quedado reducido a unas cuantas brasas. Raven percibió su vacilación; sabía que quería vestirse pero que no lo haría delante de él. Y él no pensaba ponérselo fácil.

Abrielle se abrazó y se frotó los brazos.

—¿Qué fue lo que te retuvo tanto tiempo ayer fuera del castillo?

Abrielle ni siquiera sabía si él accedería a hablar de algo que algunos hombres considerarían restringido al ámbito masculino, pero vio que la sonrisa se desvanecía de su cara y que fruncía el ceño al empezar a hablar.

—Un mensajero nos comunicó que la casa de Thornton había sido «atacada» por un contingente de escoceses.

—¡Dios mío! —exclamó Abrielle; un miedo repentino la paralizó. ¿Qué sería de ella y de los suyos si estallaba una guerra ahora que tenían a un «enemigo» como señor?

Las facciones de Raven se relajaron.

—No hay nada que temer, querida. No se trataba de un ataque, sino de un puñado de pobres escoceses que de vuelta a su castillo no se dieron cuenta de lo cerca que estaban de la frontera y la cruzaron sin querer.

Abrielle cerró los ojos, aliviada, y dio gracias a Dios.

—Naturalmente, no era a mí a quien pretendían avisar. El mensajero no se dio cuenta de que no debía alertar a todos los que vivían en la zona. Mi llegada casi empeoró las cosas, como si yo estuviera en connivencia con esos escoceses. Tuvimos suerte de que Thurstan de Marlé no se hallara en casa y no acudiera a la llamada de auxilio. Tu padrastro mantuvo la calma, y la jovialidad de mi padre sirvió para que nadie perdiera los estribos. Al final los escoceses quedaron libres y pudieron regresar a su casa.

Abrielle se dejó caer en el borde de la cama y se tapó la cara con las manos.

—Esto no va a terminar, ¿verdad?

Al notar la mano de él en su espalda se puso tensa y Raven la retiró.

—¿Te refieres a la desconfianza que reina aquí hacia los míos?

No solo a eso, sino a la desconfianza que sentía ella hacia él, al hecho de que su condición de escocés lo enfrentaría siempre a los suyos. ¿Cuándo se pondría él en su contra? ¿Cuándo pondrían a prueba su lealtad como esposa?

—¿Abrielle?

Al oír su nombre dio un respingo y, levantándose con brío, fue a elegir la ropa que se pondría.

—¿Crees que te llamarán a menudo, especialmente tu rey?

—No lo sé. Ahora que debo ocuparme de una propiedad en ambos países, no tendré mucho tiempo para dedicarme a los asuntos del rey. Lo entenderá.

Abrielle lo miró sorprendida; realmente había muchas cosas de la vida de su marido que ignoraba por completo.

—No sabía que tuvieras otra propiedad.

—Nunca me lo has preguntado —respondió Raven con sequedad—. Tengo una propiedad contigua a la de mi padre en las tierras altas, y algún día la suya también será mía.

Abrielle asintió pensativa y, aunque tenía curiosidad, no siguió haciéndole preguntas por miedo a que la malinterpretara. Pensó que si él quería hablarle de su casa, lo haría, pero en vista de que no se había dignado mencionar el tema hasta aquel momento, y dado lo ansioso que se había mostrado por adquirir la propiedad de ella, sospechó que sería modesta. Tampoco quería interesarse más de la cuenta por sus tierras, no era asunto de su incumbencia.

—¿La visitaremos… algún día?

—Sí, quiero enseñarte todo lo que ahora es también tuyo.

Abrielle asintió, permaneció allí de pie indecisa, y se alisó el camisón con la mano. Se dijo que no sería la primera vez que se mudara, ya lo había hecho primero a raíz del matrimonio de su madre con Vachel y luego por su compromiso matrimonial con Desmond. Aceptaría lo que tuviera que aceptar, y seguiría siendo fuerte.

—Supongo… —comenzó a decir con voz vacilante— que no tienes intención de abandonar la habitación en breve.

—No, ayer fue un día largo y duro, y todavía estoy muy cansado.

Cuando Abrielle echó un vistazo por encima de su hombro, él estaba estirándose lánguidamente, y vio con los ojos como platos cómo sus músculos parecían tensarse sobre sus huesos. Nunca lo había visto con barba de un día; le daba un aspecto de rufián libertino, de hombre acostumbrado a obtener placer en la cama siempre que quería, y por lo que ella había notado antes de salir de la cama, en aquel momento quería.

Se sintió un tanto confusa, pues Raven acababa de compartir con ella un asunto militar y Abrielle no esperaba que él se abriera a ella con tanta facilidad, como si realmente confiara en ella. Raven poseía sus propias tierras, y seguro que había recibido una generosa retribución por parte de su rey. Se preguntó si en realidad la desearía más a ella que a su riqueza, pero no sabía qué pensar.

No podía quedarse en camisón todo el día. Gracias a Dios que se había bañado la noche anterior, pues no concebía hacerlo delante de él. Bastante mal lo pasó ya cuando se vio obligada a darse la vuelta y quitarse el camisón por la cabeza. Buscó a tientas el sayo con desesperación, consciente de su desnudez, temiendo que Raven se le acercara por la espalda y le exigiera que se sometiera a él de nuevo.

Pero al final se tapó con el sayo y se sintió un poco menos asustada cuando se puso encima la túnica y el cinturón trenzado colgando por debajo del talle. Estaba cubriéndose el cabello con un velo cuando oyó que Raven se acercaba. Ante su proximidad, Abrielle se puso tensa y volvió la cabeza.

Raven le cogió el pelo, lo extendió sobre sus hombros y comenzó a acariciarlo. Abrielle tembló.

—¿Es necesario que cubras semejante belleza? —musitó Raven, que para sorpresa de Abrielle hundió la cara en su pelo e inspiró—. Cuando te huelo solo anhelo estar contigo en la cama, en tus brazos. Pienso en ello todo el día.

Incluso sus palabras conseguían que algo dentro de ella se removiera con vacilación.

—Tengo… tengo que llevar velo. Ahora soy una mujer casada. Tú te has encargado de que así sea.

Ahí estaba el conflicto que había entre ellos, lo que se veía obligada a recordarse a sí misma: el hecho de que él había propiciado aquel matrimonio y a ella no le había quedado más remedio que aceptarlo como esposo.

Haciendo caso omiso de su desafiante comentario, Raven susurró:

—Entonces no lleves el pelo trenzado bajo el velo. Deja que imagine que me paso el día tocándolo.

La desnudez y las dulces palabras de Raven la confundían sobremanera. Así pues, se apresuró a ponerse el velo, lo sujetó con una cinta en la frente y salió corriendo del dormitorio.

Abrielle deseó que otra situación de emergencia reclamara la presencia de Raven todo el día, pues parecía estar allí donde ella iba. Cuando visitó el poblado de los siervos, se apresuraron a contarle que su nuevo marido iba a verlos todos los días, que acababa de marcharse, y que qué buen hombre era. Cuando fue a hablar con las mujeres que lavaban la ropa en el patio, vio a los niños reunidos alrededor de Raven mientras examinaba a los caballos. Uno de los críos más pequeños, flaquísimo pero lleno de energía, se empeñó en seguir a Raven durante el resto del día, como si fuera su sombra en miniatura, y su marido no mostró en ningún momento su impaciencia. De hecho, cuando Abrielle se acercó a ellos sin que se dieran cuenta, oyó que Raven decía al muchacho que podría tomarlo como segundo escudero y que comenzara a entrenarse al día siguiente.

Durante la cena incluso su madre elogió a su nuevo yerno. Abrielle se sentía atacada desde todos los flancos. Vachel, Cedric y Raven sostenían su jarra de cerveza en alto para brindar por alguno de sus logros del día, mientras varios caballeros se acercaban solos o de dos en dos, como deseosos de unirse a ellos. No hacía ni dos días que se habían casado y Raven ya se había ganado a todo el mundo…, salvo a ella, insistió en recordarse a sí misma antes de retirarse pronto a sus aposentos y hacerse la dormida.

Raven observó la silenciosa partida de Abrielle, y aunque siguió respondiendo a su padre, tenía la mente puesta en su joven esposa. Aquella mañana la había dejado escapar de la cama, y ahora ella se batía en retirada, como confiando en que él no se diera cuenta. ¿Acaso no sabía aún que él se daba cuenta de todo lo que tenía que ver con ella? Era difícil concentrarse en sus obligaciones cuando lo que quería era seguirla todo el día como un caballero enfermo de amor. La ternura de Abrielle hacia los siervos lo conmovía, y la lealtad hacia su padrastro y su disposición a ayudarlo, pese a que ello podría haberle costado la cordura, lo dejaban atónito. Se había enamorado de ella de una forma tan natural y absoluta que no podía imaginar la vida sin Abrielle. Y quería que ella sintiera lo mismo por él. Pero el miedo, la duda y la desconfianza que le inspiraba eran muy fuertes, y sabía que le costaría mucho vencer aquellos sentimientos. Abrielle vería su amor como una carga, así que decidió no hablarle de ello.

Haciendo acopio de todo su dominio, esperó a que a Abrielle le diera tiempo de acostarse. Luego dejó la jarra de cerveza en la mesa y, bostezando exageradamente, se puso en pie.

Vachel lo miró divertido, pero fue Cedric quien dijo:

—Hijo mío, después de ocuparte durante todo el día de los caballos y las gallinas, debes de estar agotado.

Varios hombres rieron con descaro, reacción que Raven interpretó como una señal de que empezaban a aceptarlo.

—Bueno, padre, alguien tenía que ocuparse de que estuvierais bien pertrechados y alimentados. Buenas noches a todos.

Raven abandonó el salón entre las afables risas de los presentes y, contagiado de aquella alegría, se encaminó a sus aposentos. Al llegar a la antecámara vio que habían dejado las velas encendidas para que le sirvieran de guía, y fue apagándolas una a una a su paso. Ya en el dormitorio, cerró la puerta rápidamente para que no se escapara el calor del interior. Contemplar a su esposa, que dormía enterrada bajo el edredón, iluminada por la titilante luz del hogar, le produjo una profunda satisfacción. Raven se desvistió rápidamente, dobló la ropa y la dejó a un lado. Cuando levantó la sábana y se metió en la cama, sintió que el calor y la fragancia de Abrielle lo invadían todo y la deseó aún más, si eso era posible, con un anhelo doloroso.

Abrielle no se movió, pero Raven notó que se ponía ligeramente tensa y supuso que no estaba dormida. Poco a poco se deslizó hacia ella y avanzó una mano para tocarla. Rozó la curva de la parte inferior de su espalda y se dio cuenta de que estaba tumbada boca abajo, como si quisiera protegerse. Raven comenzó a tirar del camisón hacia arriba y se preguntó cuánto duraría su farsa.

Abrielle siguió con los ojos cerrados y la cabeza girada hacia el otro lado, concentrada hasta en la última fibra de su ser en mantenerse relajada, como si durmiera. Pero eso no pareció importar a Raven, que pegó su cuerpo caliente al de ella; estaba desnudo. Al notar que le subía el camisón, apretó los dientes para reprimir el impulso de tirar de la prenda hacia abajo y revelar así que estaba despierta. Seguro que si lograba resistir lo suficiente, al final desistiría.

Raven se deslizó entonces bajo el edredón y Abrielle se mordió el labio para no gritar. La cama subía y bajaba mientras él se arrastraba lentamente hacia los pies. De repente, Abrielle notó horrorizada el roce de sus labios en una corva y la mezcla de estupor y excitación que sintió casi le provocó una sacudida. Pero consiguió dominarse, incluso cuando la humedad de la boca de Raven fue subiendo por la parte posterior de su muslo hasta la base de las nalgas. ¿Cómo podía seguir tumbada sin moverse con él a punto de…?

Su boca dejó de mortificarla, pero el alivio de Abrielle duró poco, pues notó que sus besos le subían por la otra pierna y comenzaban a escalar los montículos de su cuerpo. No pudo evitar estremecerse fruto de la tortura y del lánguido calor que sentía, y percibió la risa queda de él con los labios pegados a su espalda.

Raven se puso entonces encima, con sus partes pudendas en contacto con las nalgas de ella, y hundió el rostro en su pelo. El peso de él la habría asfixiado de no ser porque Raven yacía sobre ella con delicadeza.

—Vaya, te has dejado el pelo sin trenzar para mí —musitó.

Maldición, con las prisas de acostarse y fingir que dormía lo había olvidado.

Raven comenzó entonces a frotarse lentamente contra su cuerpo y deslizó una mano bajo ella para cogerle un pecho. La nube de sensualidad que la envolvió le hizo olvidar incluso el motivo por el que se resistía a él. Lo único que veía era su ternura y su afecto, y cuando finalmente la tumbó de espaldas y la besó, no pudo sino corresponder a su beso, aferrarse a él, separar los muslos y dejar escapar un gemido cuando los dos se fundieron en uno solo con una embestida de Raven. Una vez más le proporcionó el máximo placer que podía alcanzar una mujer antes de llegar él mismo al clímax.

Pero después, cuando Raven se acostó a su lado y Abrielle se encontró ante la fría realidad de lo que había hecho, se echó a llorar de nuevo. Lo deseaba, pero le daba demasiado miedo confiar en él, confiar en que permanecería a su lado como su esposo aunque Escocia reclamara sus servicios. Y si bien aquella desconfianza antes solo le había causado ira y resentimiento, ahora conseguía que le doliera el corazón de un modo que no sabía que fuera posible. Dios santo, ¿estaría enamorándose de él?, se preguntó, y enseguida se respondió a sí misma con un no rotundo, y para mayor seguridad lo repitió. No, no estaba enamorada de su marido, en absoluto, y se negaba a estarlo. Puede que él fuera capaz de reducir su cuerpo hasta la sumisión, pero nunca le entregaría su corazón, y esa idea le hizo llorar aún más.

19

Raven, incapaz de permanecer impasible ante el llanto de una mujer, se incorporó en la cama, apartó las mantas y, poniéndose en pie, se plantó ante su esposa.

—Abrielle, esto no puede continuar así —dijo con severidad—. No puedo seguir seduciéndote por la fuerza. No volveré a poseerte de este modo. Ya es hora de que tú vengas a mí.

El hecho de que Raven asumiera con aquella facilidad el papel dominante en su vida despertó la ira de Abrielle y consiguió que sus lágrimas se secaran con la rapidez con la que habían brotado. Apartando el edredón con gesto airado, se puso de pie de un brinco y se encaró a él desde el otro lado de la cama.

—Pues ya puedes esperar sentado, Raven Seabern. Tal vez seas dueño de mi riqueza, pero no conseguirás que mi corazón y mi alma se aflijan cuando te marches.

—¿Por qué...? —Dudó, la vista de las curvas de Abrielle acentuadas por su camisón arrugado lo distrajeron, pero pestañeó, frunció el ceño y retomó la palabra—: ¿Por qué iba a marcharme?

Pero Abrielle no dijo nada más, se limitó a meterse otra vez en la cama y le dio la espalda. Raven deseó girarla hacia él para que le explicara qué había querido decir exactamente, y deseó estrecharla entre sus brazos y acostarse con ella, por mucho que acabara de decir que no volvería a poseerla hasta que ella diera el primer paso, o que creyera estar harto de esa manera de hacer el amor. Sin duda era un necio por permitir que lo desconcertara de aquel modo, pero no hasta el punto de dejarse llevar como estaba tentado de hacer en aquel momento. No le daría esa satisfacción a su exasperante esposa. Pero tampoco estaba dispuesto a negarse el placer de dormir junto a ella, aunque no pudiera tocar su cuerpo por culpa de la maldita promesa que le había hecho. Menudo necio era, pensó mientras se metía en la cama, colocaba los brazos detrás de la cabeza para contener el impulso de tocarla y clavaba los ojos en el techo.

Si en la nueva casa de los Seabern había tensión, en el resto de Inglaterra los conflictos aumentaban por momentos. Nunca antes se había enviado a tantos heraldos a la vez para que entregaran despachos a distintas partes del reino. Las noticias que llevaban eran realmente graves. Durante una breve estancia en su castillo de Lyons-la-Forêt, adonde había acudido con la intención de cazar en el bosque que lo rodeaba, Enrique I, hijo menor de Guillermo el Conquistador, había caído enfermo y en menos de una semana había fallecido. Su muerte era el preludio no solo de un tiempo de duelo por su dolorosa pérdida sino también de una época larga y angustiosa para el reino del difunto monarca.

La primera esposa de Enrique había sido una escocesa, hermana del propio rey David, y el soberano había designado a la hija de ambos, Matilde, para que le sucediera en el trono. Años atrás su padre había recibido la promesa de todos sus nobles de que la apoyarían cuando él muriera. Si bien los nobles no veían con demasiado entusiasmo la designación de Matilde, temían que si juraban lealtad al sobrino del difunto monarca, Esteban de Blois, perderían cuanto habían obtenido durante el reinado de Enrique, bien por méritos propios, bien por medio de subterfugios.

Si el rey no hubiera estado en desacuerdo con su hija y el marido de esta en el momento de su fallecimiento, Matilde habría corrido al lado de su padre en su lecho de muerte y reclamado su derecho al trono antes de que nadie pudiera usurpárselo. En lugar de eso, en solo unos días Esteban había conseguido imponerse como rey en la mente de los nobles y no tardó en desafiar con agresividad a cualquiera que no viera con buenos ojos aquella idea. Aunque faltaban todavía varias semanas para que la coronación oficial de Esteban fuera un hecho, su autoridad parecía consolidarse con la ausencia ininterrumpida de Matilde en Inglaterra. En los días subsiguientes se puso de manifiesto que tan regios dominios se verían sumidos en el más sombrío de los conflictos, una situación muy distinta del pacífico reinado de Enrique durante los años que ocupó el trono.

En su sexto día de matrimonio, Raven fue convocado a una reunión con el rey David para tratar las recientes tensiones existentes en la relación entre Escocia e Inglaterra. Abrielle estaba de pie junto a su madre, expuesta al frío gélido del patio, viendo cómo Raven hablaba con su padre mientras aguardaba la llegada de su escudero y de otros tres hombres armados que habían acudido con ellos desde Escocia.

Elspeth rodeó a su hija con el brazo.

—Estoy segura de que te duele verlo partir.

Abrielle asintió, sorprendida ante la veracidad de las palabras de su madre a pesar de que ella y Raven seguían enfrentados en su matrimonio. En las últimas noches habían compartido cama, pero los separaba un abismo de ira y malentendidos.

—Quizá... —añadió Elspeth despacio, observando a su hija—, esta separación os sirva para ver vuestro matrimonio con más claridad.

Abrielle se volvió para mirar a su madre; un gesto cargado de sarcasmo asomaba en las comisuras de su boca.

—¿Tan segura estáis de que tenemos cosas que aclarar entre nosotros?

—Veo sufrir a mi hija. Quiero que seas feliz, Abrielle.

Abrielle se cerró la capa alrededor del cuello y volvió a mirar con frialdad a su marido, que en aquel momento atravesaba el patio a pie junto a su caballo en dirección a ella.

—Madre, dais por sentado que dos países no van a interponerse entre nosotros. Dais por sentado que Raven valora más nuestro matrimonio que sus obligaciones para con su rey.

Elspeth abrió la boca para hablar, pero se abstuvo de decir nada ante la llegada de Raven, que se paró delante de Abrielle y la miró muy serio. La vio hermosa, orgullosa y distante, rasgos todos ellos que formaban parte de las contradicciones que definían a su esposa.

—Adiós, Raven —dijo Abrielle en voz baja—. Regresa sano y salvo.

Raven se agachó para darle un beso en la mejilla y se impregnó de su agradable fragancia. No quería marcharse sin el consuelo final de su abrazo, pero no estaba dispuesto a obligarla.

—Volveré pronto —aseguró, luego se volvió y montó a lomos de Jerjes, su fiel corcel. Tras despedirse de su padre y sus suegros con la cabeza, salió cabalgando del patio, rumbo al norte.

En los días y semanas que siguieron, una nefasta oleada de muerte, violencia y saqueos se extendió rápidamente debido a aquellos que sacaron provecho de la situación utilizando los terribles medios que les brindaban su codicia y maldad desenfrenadas. El pillaje se convirtió en una práctica común en toda Normandía e Inglaterra, hasta el punto de que nadie estaba a salvo de sufrir una agresión o de ser asesinado incluso en su propia casa. El problema parecía proliferar sobre todo en los caminos, donde era frecuente que gente inocente sufriera el ataque de individuos inclinados al robo y a otros graves actos de violencia.

Abrielle dio cobijo y curó a más de una víctima, e imaginaba a menudo a Raven viajando por aquellos caminos peligrosos entre los dos países. Era su marido, y ya solo por esa razón era lógico que quisiera que regresara a casa sano y salvo. Sin embargo, pensar en él también le inspiraba pensamientos tiernos nacidos de su corazón de mujer, sentimientos que eran cada vez más fuertes pese a verse vapuleados por la tristeza, la confusión y el arrepentimiento. ¿Sería aquella la vida que le esperaba, siempre viendo partir a Raven, siempre preguntándose quién podría matarlo por su país de nacimiento? ¿O llegaría el día en que su marido se viera en la tesitura de luchar con Escocia contra la gente de Abrielle? Hubo un tiempo en que se había jurado a sí misma que no se expondría al sufrimiento de enamorarse de él; ahora se preguntaba si tendría más opción que las que había tenido al casarse con él.

Que uno fuera leal a Esteban o a Matilde no parecía importante; había muchos que estaban decididos a cosechar, bien por medio de la arbitrariedad, bien por la fuerza, los beneficios que pudieran obtener de la discordia que se propagaba por el reino. Los caballeros y hombres en general que habían estado en su día bajo las órdenes de Vachel acudieron una vez más a defenderlo, repartiendo sus fuerzas entre la casa de Vachel y la de Abrielle. Dichos caballeros, así como los soldados de a pie y sus respectivas familias, aceptaron la invitación de Vachel de establecer su residencia permanente dentro de los protectores muros de piedra que rodeaban la torre del homenaje. Muchos de los que vivían allí reconocían que la presencia de los caballeros apaciguaba en parte sus temores, pues más allá de las puertas del castillo estaba claro que vecinos, familiares y amigos se habían vuelto unos contra otros con brutalidad en un mundo del revés del que se había desterrado la razón.

Fue a ese castillo adonde los tres miembros de la familia Grayson y varios de sus leales caballeros huyeron a toda prisa al abrigo de la noche. Al igual que los caballeros y soldados de a pie que habían escapado del terror que imperaba en sus tierras, los Grayson acudieron buscando refugio, llevando consigo sus posesiones más preciadas, así como baúles repletos de ropa y enseres imprescindibles. Su huida, sin embargo, no estuvo exenta de incidentes, pues una flecha lanzada por un desalmado se había clavado en el hombro de lord Grayson mientras ayudaba a los sirvientes a acomodar a su pequeña familia en un carro. Tuvieron que sacar varios artículos de valor de uno de los carros para que los codiciosos salteadores se abalanzaran sobre el botín y comenzaran a pelearse entre ellos, lo que permitió a la familia escapar de una muerte segura.

A su llegada, los sirvientes ayudaron a Reginald a entrar en el torreón, seguido de Isolde y Cordelia. Abrielle y Elspeth, puestas ya sobre aviso, tenían una cama medio preparada, con el colchón cubierto ya con sábanas blancas limpias aunque gastadas por el uso, cuando los sirvientes entraron en los aposentos con Reginald a cuestas. Isolde y Cordelia estaban visiblemente consternadas por saberlo herido, pero les alentó oír a Vachel asegurándoles que su señor tenía mucha resistencia y que no era de los que sucumbía fácilmente a la flecha de un bandido. Se instó entonces a madre e hija a que regresaran a la antecámara, donde era más recomendable que permanecieran hasta que lograran extraer la flecha. Abrielle mandó a un sirviente que trajera vino caliente para las mujeres, confiando en que la bebida bastara para disipar muchas de sus dudas y sirviera quizá para que se relajaran mientras se mantenían en vela. Pero Abrielle sí que entró en el dormitorio de Reginald. Nunca había extraído una flecha, a diferencia de Cedric, y quería ayudarlo en cuanto pudiera necesitar.

Con la ayuda adicional de una abundante dosis de cerveza fuerte para el paciente, Cedric pudo extraer la flecha y cauterizar después la herida con un atizador al rojo vivo. Superado el trance, un Reginald medio adormilado le ofreció una jarra de cerveza en señal de agradecimiento. Cuando Elspeth, Cordelia e Isolde entraron en el dormitorio se encontraron a Cedric y Reginald riendo juntos como si acabaran de contarles un chascarrillo de lo más gracioso.

La mirada de Cordelia buscaba instintivamente los intensos ojos azules del escocés mayor, que en respuesta a su atención le guiñó el ojo y le dedicó una radiante sonrisa torcida, provocando con ello que las mejillas de la joven se sonrojaran de inmediato.

—Veo que las estrellas han salido para brillar en el manto de la noche que me cubre —afirmó Cedric, riendo con voz profunda—. Si no es así, lo que veo ante mí es el resplandor de la sonrisa de milady.

—Podéis estar seguro de ello, señor —dijo Cordelia, agachando la cabeza con un gesto arrebatador—. Es probable que hayáis salvado la vida a mi padre, y por ello os estaré eternamente agradecida. De hecho, me gustaría elogiaros tanto a vos por vuestra destreza para extraer la flecha como a Abrielle por su eficiente ayuda.

—Os doy mi humilde gratitud por vuestros generosos elogios, milady —contestó Cedric, inclinando la cabeza brevemente en un gesto de agradecimiento.

Abrielle se limitó a estrechar la mano de su amiga, incapaz de expresar con palabras lo feliz que se sentía de contar con su compañía en aquellos tiempos tan duros.

Isolde cogió la mano de su marido.

—¿Cómo te encuentras? —le preguntó con el tono de preocupación propio de una esposa.

Reginald la miró sonriente.

—Bastante tranquilo ahora que ha pasado lo peor. He tenido mucha suerte de que lord Cedric estuviera aquí para atenderme. Lo he pasado peor en manos de médicos que me han tratado heridas más simples. Vale la pena tener cerca a un buen hombre como él.

—Os dejaré en las competentes manos de Abrielle —dijo Cedric, dedicando a su nuera una breve reverencia—. Mi hija política es una experta sanadora. Ahora debo irme. Aún queda un buen rato de entrenamiento en el patio de justas antes de que acabe el día.

—¡Tened cuidado! —le instó Cordelia mientras Cedric atravesaba el umbral de la puerta presuroso—. Esperamos volver a veros pronto.

Cedric volvió la cabeza y guiñó un ojo a la hermosa joven.

—Volveré, milady, dadlo por hecho.

Al ver que Isolde y Elspeth comenzaban a colmar de atenciones al somnoliento Reginald, Abrielle les dejó un puñado de hierbas machacadas con las que preparar una cataplasma y se dejó arrastrar por Cordelia a la antecámara.

Las dos amigas se dieron un largo abrazo, luego Cordelia retrocedió un paso y estudió el rostro de Abrielle mientras la agarraba de los brazos.

—No has cambiado nada para estar casada con Raven.

—Oh, Cordelia, sin ti no me pareció una boda de verdad —dijo Abrielle, dando un suspiro.

—Pero seguro que la noche de bodas fue de verdad —dijo Cordelia con una sonrisa maliciosa.

Abrielle dejó escapar un quejido y se volvió de espaldas a Cordelia.

—Ni siquiera las amigas deberían hablar de cosas tan íntimas.

Cordelia le dio la vuelta, para tenerla de cara, y borró la sonrisa de su rostro.

—Abrielle... Cuando me marché de aquí tratabas a Raven como a un pretendiente más, uno al que, de hecho, habías pedido que abandonara el castillo. Y en la siguiente carta me anunciabas de sopetón que te casabas, sin más detalles.

—Es que... quería comunicarte la noticia con presteza, por eso no me entretuve escribiéndote una carta más larga.

—Es un hombre bien plantado. Así que, ¿por qué veo una sombra en tu mirada cuando hablas de él? Y no me digas que simplemente estás preocupada por él en su ausencia, porque no te creeré.

Abrielle nunca había ocultado nada a su amiga, así pues le hizo un breve resumen de lo ocurrido desde el episodio en que los habían descubierto durmiendo juntos hasta el día de la boda.

—No debió de ser una ceremonia muy alegre... —dijo Cordelia con sequedad—. Pero seguro que Raven es mucho mejor que Desmond de Marlé.

—Si me mostrara vulnerable, Raven podría hacerme sufrir más que Desmond —susurró Abrielle, abrazándose a sí misma—. Sabes que desde el principio me ha sido imposible confiar en los motivos que ha tenido para cortejarme.

—Abrielle, eres una mujer maravillosa; cualquier hombre estaría encantado de casarse contigo solo por ti misma. Raven tiene suerte de haberte conseguido, no importa cómo, y estoy segura de que él lo sabe.

—Ojalá pudiera creerte —repuso Abrielle—. Pero aunque así fuera, es mucho más complicado que eso. Raven es escocés, Cordelia. Si entramos en guerra con ellos...

—¿Te ha pedido lealtad a su rey?

—Pues... no, pero...

—Entonces ya resolveréis eso cuando llegue el momento. Aunque los países luchen entre ellos, marido y mujer no tienen por qué hacerlo.

Abrielle se sentía tan desgarrada por las emociones, que las lágrimas consiguieron que le ardieran los ojos.

—No es tan sencillo. Si me permito amarlo y luego tiene que dejarme por una guerra, ¿cómo lo soportaré?

—Abrielle, ninguno de nosotros puede predecir el futuro. Si todos basáramos nuestras acciones en lo que podría pasar, nos quedaríamos en la cama muertos de miedo y no tomaríamos ninguna decisión. Tienes que dejar que el amor entre en tu corazón.

—No sé si puedo —respondió Abrielle finalmente.

Teniendo en cuenta las matanzas que estaban produciéndose y la violencia generalizada en todo el reino, no era de extrañar que Thurstan de Marlé hubiera visto en ello el instrumento ideal para utilizarlo en contra de Raven Seabern. El escocés le había arrebatado lo que le pertenecía desde un principio: el torreón de De Marlé y la riqueza que lo acompañaba. Había llegado el momento de que Thurstan enviara al escocés al lugar de donde procedía... o a la tumba. Pero antes tomaría el castillo mientras su nuevo señor estaba ausente.

No le fue difícil visitar a los diversos señores de la región y sacar partido de sus preocupaciones en cuanto a la paz y la seguridad de sus hogares, tan próximos a Escocia. Thurstan animó a todos a asediar la nueva base de poder de Raven alegando que así podrían «preservar» su pertenencia a Inglaterra, y no a Escocia. No había que permitir que los escoceses se apoderaran de más territorio inglés.

Y presos de la inseguridad y del miedo, los señores del norte de Inglaterra lo escucharon y permitieron que Thurstan, pariente de Weldon de Marlé, un hombre tan respetado en vida, los dirigiera. Thurstan se vio obligado a su vez a llevar a su lado a Mordea, la hermanastra de Desmond. Seguía aferrándose a ella y alimentando su odio, en espera del día que pudiera necesitar sus malvadas habilidades.

Sin previo aviso, Thurstan y un nutrido contingente de nobles, caballeros y hombres armados a caballo llegaron a aquellas tierras con gran estruendo, haciendo que los siervos huyeran despavoridos hacia la fortificación de piedra para poner su vida a salvo. Cabalgando junto a Thurstan a lomos de un corcel greñudo iba Mordea, con sus largos y crespos cabellos revoloteando a su espalda. Llevaba los hombros cubiertos por una enorme piel de lobo gris a modo de sombría capa, bajo la cual un peto protegía su robusto torso.

Tras permitir la entrada de los aterrorizados siervos en el patio, Vachel ordenó que subieran el puente levadizo para impedir el acceso a los invasores, que les pisaban los talones. Acto seguido, seleccionó a varios de los mejores jinetes entre los siervos y les pidió que se armaran con espadas y picas; luego dirigió al grupo por el pasadizo que conducía a la salida posterior, por donde los raptores de Abrielle y Nedda las habían sacado del castillo. Desde entonces los subterráneos de la fortaleza habían experimentado cambios beneficiosos, entre ellos la instalación de una cuadra donde, en distintos compartimientos situados cerca de la puerta exterior, se hallaban algunos de los caballos más veloces, lo que permitiría a los ocupantes del castillo salir rápidamente en persecución de cualquiera que llevara a cabo otra tentativa de secuestro. Desde allí, Vachel envió a varios jinetes en diferentes direcciones con la esperanza de que alertaran a sus aliados y los convencieran de que acudieran prestos en su auxilio para derrotar a los agresores que, sin previa provocación, habían decidido tomar posesión del castillo. Sin embargo, la mayoría de los señores del norte recordaban bien el pasado, y lo más probable era que creyeran que había que expulsar a los escoceses de Inglaterra.

Thurstan, portando una bandera blanca y vestido completamente de negro salvo por el peto metálico que le cubría el pecho, se adelantó. Al llegar a un punto en el que podían oírle desde las almenas, detuvo su caballo.

—No tenemos nada en contra de la mayoría de los ocupantes del castillo. Si os rendís, no sufriréis ningún daño. Pero los señores de Northumberland no permitiremos esta incursión de Escocia en nuestra tierra. Queremos preservar la pertenencia de esta fortaleza a Inglaterra.

Vachel, con las piernas abiertas y los brazos en jarras, gritó:

—Hablo en nombre de lady Abrielle, ama y señora del castillo por legítimo derecho, como bien sabéis. Aunque su señor sea escocés, el castillo y sus tierras pertenecen a Inglaterra, y lady Abrielle se ha mantenido y se mantendrá firme al respecto. Así pues, exijo que pongáis fin a este acto de violencia ahora mismo, antes de que mueran hombres inocentes.

Thurstan bajó la bandera y se alejó; había intentado llegar a un acuerdo de paz. Inquieto, se dijo que se habría contentado con la rendición, pero en lo más hondo de su ser se regocijaba ante la idea de ganárselo a pulso, de luchar por lo que creía que era suyo. Y con el modesto ejército que había logrado reunir gracias a la ayuda de sus vecinos, el asedio tendría un glorioso final.

Vachel y Cedric, uno al lado del otro, observaron desde las almenas la partida de Thurstan.

—Así que quiere preservar la pertenencia de este castillo a Inglaterra... —dijo Cedric en tono de misterio.

—No pensará que vamos a tragarnos semejante sandez —repuso Vachel—, aunque al parecer el resto de los vecinos de Abrielle sí le han creído.

—¿Os parece que el castillo está preparado?

—Podríamos haber empleado más tiempo, pero Raven lo ha preparado todo a conciencia. Sin duda intuía los conflictos que se avecinaban.

—O al menos la animadversión de los señores de esta región fronteriza —añadió Cedric, negando con la cabeza—. ¿Qué tal las mujeres?

—Bien. Elspeth y Abrielle han asignado tareas a todo el mundo para mantenerlos ocupados y reducir así las posibilidades de que cunda el pánico. Están fabricando flechas, preparándose para curar a los heridos y, por supuesto, haciendo provisión de comida y bebida para los hombres cansados. —Vachel vaciló—. ¿Pensáis que Raven volverá en medio de todo esto? Espero que no regrese hasta que todo acabe y hayamos salido victoriosos.

—Ignoro los planes que le tiene reservado el rey David —respondió Cedric—. Pero conozco a mi hijo, y si se entera del ataque de Thurstan, vendrá. Pero hasta ese momento, sabemos lo que tenemos que hacer.

—Os agradezco vuestra ayuda —le dijo Vachel.

—Esta batalla afecta tanto a vuestra familia como a la mía —le respondió Cedric dándole una palmada en el hombro.

Cedric eligió a los mejores arqueros entre los que compartían el mismo rango y los dispuso en las almenas para que repelieran el avance de los soldados que trataban de atravesar el riachuelo a través de puentes flotantes. Enseguida una lluvia de flechas comenzó a caer sobre los intrusos, que corrieron a refugiarse bajo cualquier árbol, roca o muro que les ofreciera protección.

Cedric caminaba detrás de los siervos, instándoles a apuntar bien y a que cada flecha contara. Elogiaba sus habilidades; intentaba que su determinación de derrotar a los agresores pesara incluso más que su desprecio por Thurstan. Aunque actuaban en defensa del castillo, a los siervos les asustaba la idea de matar a un hombre libre, pues sabían que podían sufrir diversos grados de castigo por semejante ofensa. Por ello miraban a Cedric para que él los orientara. Con su acento tranquilizador, de efecto balsámico para muchos de ellos, les aseguraba que su nuevo señor, Raven Seabern, esperaba de ellos que protegieran sus tierras y sus familias. Su poder de convicción dio resultados visibles en el campo enemigo, que en cuestión de segundos quedó sembrado de cadáveres y hombres malheridos bajo el ataque implacable de las flechas.

Al ver que los soldados de Thurstan colocaban tablones reforzados con la intención de atravesar el foso, Vachel pensó en la forma de disuadirlos. A tal efecto, ordenó a los siervos que calentaran calderos llenos de grasa derretida para verterla sobre aquellos que no tardarían en tratar de escalar los muros de piedra. Dejó al escocés al mando de esas tareas y se fue a dirigir otras maniobras defensivas que había puesto a menudo en práctica durante las Cruzadas. Asimismo, mandó cargar con grandes piedras un par de catapultas recién construidas por si las necesitaban.

Al mismo tiempo que los ocupantes de la fortaleza preparaban su defensa, el enemigo puso de manifiesto su decisión de permanecer allí el tiempo que hiciera falta montando un campamento al abrigo de la arboleda justo pasado el claro. Instalaron arietes en la parte delantera del foso con la intención de utilizarlos en su asalto al puente levadizo. Desde el castillo veían a Thurstan dirigir a aquellos que lo habían acompañado en su incursión. Haciendo un gesto con el brazo, indicó a sus hombres que llevaran un pontón de madera dividido en dos hasta la parte delantera del foso. Tras apoyar la primera mitad en vertical en la orilla opuesta a la fortificación, la dejaron caer en el agua, donde se mantuvo a flote gracias a las numerosas vejigas de animal llenas de aire que contenía.

Los arqueros apostados en las colmenas lanzaron una lluvia de flechas sobre los intrusos, con las que hirieron a un número elevado de enemigos antes de que lograran protegerse con los escudos que llevaban colgados a la espalda. Enseguida, otro grupo de hombres con la segunda sección del pontón a cuestas corrieron hacia el extremo opuesto de la primera mitad, desde donde la dejaron caer sobre el agua para cruzar la parte restante del foso, a solo uno o dos pasos de la estrecha lengua de tierra que quedaba al descubierto bajo el puente levadizo, entonces subido. La estructura original del puente era tan pesada y maciza que resultaba casi inmune al impacto de las hachas y armas similares. Sin embargo, una fila de hombres cargados con grandes haces de juncos secos y otras plantas combustibles atravesaron corriendo el pontón a fin de apilarlos en la tierra que quedaba bajo el puente levadizo.

Sus intenciones eran claras. Dado que el puente era demasiado pesado y macizo para traspasarlo en un período de tiempo razonable, tratarían de quemarlo y así poder entrar en el castillo. Varios de los hombres de Thurstan estaban proveyéndose ya de antorchas encendidas para ejecutar su plan.

Vachel envió a media docena de siervos a la cocina para que trajeran sin tardanza calderos de agua hirviendo. Cuando regresaron a las almenas, los invasores ya estaban prendiendo fuego a los haces de hierbas secas amontonados a los pies del puente. El contenido de las enormes ollas, transportadas entre parejas de siervos por medio de una pértiga robusta, fue vertido de inmediato tanto sobre la leña en llamas como sobre los que portaban las antorchas. Los intrusos, empapados de agua hirviendo, volvieron corriendo por los pontones entre alaridos de dolor mientras desde las almenas vertían más calderos de agua sobre las llamas.

En el interior del castillo, Abrielle, Elspeth, Isolde, Cordelia y las mujeres que trabajaban en la cocina continuaron llenando calderos enormes, esta vez de grasa derretida. Bajo las ollas ardía un fuego avivado entre todas ellas; el calor aceleró el derretimiento de la manteca y esta comenzó a borbotear y chisporrotear. Una vez líquida, la sustancia se trasvasó entonces a recipientes ligeramente más pequeños que los diligentes siervos procedieron a transportar con correas a las almenas, desde donde se vertió sobre los soldados que trataban de subir por las escaleras de mano. Gritos de angustia acompañaron el descenso inmediato de aquellos a los que les cayó encima el aceite hirviendo, y aunque otros trataron de ocupar sus puestos, una cascada continua de grasa líquida disuadió de su empeño a todo el que lo intentó. La única forma que tenían los agresores de aliviar en cierta medida el dolor que les producían las quemaduras consistía en zambullirse en el foso, pero algunos estaban tan malheridos que fueron incapaces de llegar a la otra orilla o de vadear el riachuelo. Muchos de ellos acabaron hundiéndose bajo la superficie del agua sin que nadie advirtiera su desaparición.

Largas pértigas con tablas en cruz fijadas a los extremos valieron a los siervos como un medio relativamente seguro para apartar las escaleras de los huecos en los que se habían encastrado temporalmente. Las sirvientas, por su parte, se apresuraron a arrojar cubos de agua sobre las flechas en llamas que se habían alojado en ciertas estructuras de madera de la fortaleza. Los invasores, como era lógico, no temieron los esfuerzos de las mujeres hasta que notaron el calor abrasador de las sustancias en ebullición a través de la ropa. Las quemaduras provocaron que muchos de ellos cayeran de las escaleras improvisadas entre gritos de dolor. El agua del foso fue casi tan eficaz como el líquido hirviendo que habían vertido sobre ellos, pues el gélido viento penetraba rápidamente sus trajes empapados mientras intentaban salir a rastras del agua.

Poco después, otra ráfaga de flechas en llamas comenzó a atacar las almenas y la pasarela que rodeaba el castillo con la intención de prender fuego al aceite que los ocupantes del torreón arrojaban sobre sus adversarios. Una ola tras otra de flechas bombardearon las almenas, así como las defensas que se erigieron rápidamente para garantizar la seguridad de quienes estaban refugiados dentro del recinto amurallado. A pesar de las incesantes órdenes y exigencias que Thurstan imponía a sus hombres, los siervos demostraron ser más tenaces en su defensa del castillo. Bajo la eficiente dirección de Vachel y Cedric, llegaron a creer que tenían posibilidades de derrotar al enemigo y conseguir que Thurstan se retirara con el rabo entre las piernas. Estaban motivados para seguir luchando hasta la muerte si era necesario. Era mejor pelear con valor y morir intentando defenderse que verse sometidos a los crueles castigos que a Thurstan y Mordea se les ocurriera infligirles si tomaban el torreón.

Finalmente cayó la noche, y la oscuridad impuso el cese de las hostilidades. Ambos bandos aprovecharon para atender a sus heridos y rearmarse. Dentro del castillo reinaba el optimismo, pues eran pocos los que habían resultado gravemente heridos, y contaban con víveres y pertrechos suficientes para varias semanas, por no decir meses. Transcurrieron tres días más de la misma forma, con el ataque de las fuerzas de Thurstan, y Vachel y Cedric al frente de la defensa.

La cuarta noche el optimismo de Abrielle pasó a ser pura apariencia ante los suyos, que tras la última jornada de asedio reposaban ya con el estómago lleno. Ella se veía incapaz de conciliar el sueño, pues cada vez le resultaba más difícil vencer el miedo y la tristeza que la acosaban. Salió al patio y subió a las almenas, por encima de los muros de cerramiento. Desde allí las estrellas eran puntos de luz repartidos por el firmamento, y la luna colgaba baja en el horizonte como una blanca sonrisa que se reía de ellos.

Vachel estaba patrullando las pasarelas con los soldados, animando a sus hombres sin perder de vista al enemigo acampado a cierta distancia de la fortaleza. Al ver a Abrielle, se acercó a ella y la arropó con su capa. Ella ni siquiera se había dado cuenta de que tenía frío hasta que la envolvió aquel calor tan reconfortante.

—Deberías estar descansando, querida —dijo Vachel.

—Y vos también. —Abrielle dejó que Vachel la rodeara con el brazo y la estrechara contra su pecho, pero la presencia de su padrastro no podía aliviar el dolor que sentía en su corazón—. Por mi culpa están muriendo hombres inocentes en ambos bandos —musitó con la garganta seca y al borde del llanto, por sorprendente que pareciera.

—No, eso no es cierto, hija mía. Los hombres están muriendo por culpa de la codicia de un hombre que ha convencido a un montón de necios para que apoyen una causa falsa. Son incapaces de ver más allá de su miedo.

Abrielle se acercó a una tronera para ver la campiña que se extendía ante sus ojos sumida en la oscuridad. Docenas de hogueras salpicaban el horizonte.

—¿Cuánto creéis que durará esto?

—Hasta que los señores del norte recobren el juicio y vean las verdaderas intenciones de Thurstan —respondió Vachel, encogiéndose de hombros.

Ya entrada la noche, cuando el fragor de la batalla no era más que un lejano recuerdo, se impuso el silencio de una paz engañosa. Lo único que oía Abrielle era un murmullo de voces masculinas que le traía el viento, el susurro del agua del riachuelo… y un choque de armas apenas perceptible.

Su cuerpo se tensó de inmediato, al igual que el de su padrastro.

—¿Qué es eso? —preguntó.

—Una lucha —respondió Vachel en tono grave—. Pero ¿de noche? Y no suena cerca de nuestros muros. ¿Habrá atacado alguien a nuestros enemigos?

Uno tras otro los soldados se apostaron junto a las almenas para escudriñar el horizonte y hacer conjeturas con voces cautelosas. A Abrielle le dolían los ojos de tanto forzar la vista para intentar distinguir algo, pero le pareció percibir que los sonidos se acercaban cada vez más. En más de una ocasión llegó a ver la chispa producida por el choque del metal y oyó gritos.

Luego siguió el estrépito de unos cascos de caballo y el grito de un hombre que se acercaba al castillo.

Abrielle no necesitó ver al que había gritado para saber quién avanzaba en medio de la oscuridad y el peligro al que se había enfrentado para llegar a su lado.

—¡Raven! —exclamó.

20

Menos de una hora antes Raven había conseguido atravesar las líneas enemigas. Arrastrándose con sigilo, había sorteado un campamento tras otro; los guardias que los vigilaban estaban más pendientes del oscuro horizonte que de lo que ocurría a ras de tierra. Y en su lento avance Raven tenía la mente puesta en el momento oportuno para dar el paso siguiente, o en el lugar más indicado de donde asirse, evitando desviar su atención del camino que le quedaba por recorrer, sin atreverse a pensar en lo único en lo que quería pensar, la verdadera razón por la que estaba allí, por miedo a que ello le hiciera retrasarse un segundo siquiera en su propósito.

Se había adelantado al regimiento que había reunido, hombres todos ellos leales a Esteban —no podía negarlo—, pero dispuestos a luchar contra una injusticia y acabar con la agitación que sacudía el campo. Raven había dejado a su pequeño ejército a una legua de distancia, pues sabía que atravesaría las líneas enemigas con más rapidez y facilidad si iba solo.

Tenía que avanzar, y lo lograría, por mucho que se interpusieran en su camino, pues al otro lado de la muralla que tenía ahora a la vista estaba lo más preciado para él en el mundo, más de lo que podría haber llegado a figurarse en su vida, y mil veces más de lo que ella estaría dispuesta a creer… Abrielle. No quería ni pensar en que pudiera haber sufrido algún daño, ella o cualquiera de sus seres queridos. Y el mero hecho de imaginar el trance por el que habría pasado ya debido a aquel asedio bastaba para despertar en él una furia que lo haría más peligroso de lo que su reputación acreditaba.

Cuando llegó a estar lo bastante cerca del castillo como para ver los muros iluminados con antorchas oyó el primer grito de alarma, seguido de otros que resonaron en el silencio de la noche. Lo habían descubierto. Sin pensarlo dos veces se puso de pie de un salto y echó a correr mientras desenfundaba la espada, con la que mató al primer guardia sin detenerse en su veloz avance. Varios soldados más le salieron al paso, con las espadas en alto, pero sus ojos destilaban miedo, como si su osadía lo hiciera peligroso. Raven se desvió hacia donde estaban los caballos maneados, cortó una cuerda para liberar a uno de ellos y, montándose a pelo sobre el animal de un salto, lo espoleó con brío para que galopara hacia el torreón.

De nada le servía ya su plan de acercarse a la muralla y acceder al interior de la fortaleza por la entrada posterior sin ser visto. Le seguían demasiados enemigos para que los guardias del edificio se arriesgaran a abrir la puerta. Si se veía obligado a alejarse del castillo, fallaría a Abrielle, y eso era algo que no podía aceptar.

Cuando estuvo justo enfrente de las murallas del recinto un hombre salió corriendo de la oscuridad, el caballo se asustó y se empinó desbocado. Raven cayó de espaldas mientras oía un grito de mujer. Tras darse un fuerte golpe contra el suelo, se puso en pie rodando, con la mano aferrada en todo momento a la espada.

Thurstan de Marlé, solo ante él, sostenía la espada con destreza y determinación.

—Raven Seabern, tendréis que pasar por encima de mí para entrar en este torreón, cuya posesión reclamamos para el rey Esteban.

—Es evidente que mi esposa discrepa con vos en cuanto a la propiedad del castillo —repuso Raven, que notó que los soldados lo estaban rodeando por los sonidos y las sombras que percibió en la oscuridad—. ¿Pensáis atacarme todos de golpe?

—No, esto será entre vos y yo —afirmó Thurstan y, levantando la voz, añadió—: No os acerquéis.

—Y si gano, ¿recibiré la dudosa recompensa de que me claven sus espadas en la espalda?

—Tendréis vía libre para entrar en el castillo. ¿Estáis de acuerdo?
—Lo estoy.

Y sin más preámbulos, Thurstan se lanzó al ataque. Su avance se vio interrumpido de inmediato por un hábil golpe de espada que le dejó un corte profundo en el brazo y que alteró sin duda su firme convicción de que no había mejor espadachín que él. A partir de aquel momento no pudo hacer más que tratar de no caer al suelo ante el avance inexorable de su rival. Los cortes ascendentes que le propinaba en posición de guardia trasera lo llevaron a retroceder cada vez más en un intento desesperado de evitar el contacto con la amenazadora espada del escocés. Al hacer girar la empuñadura y colocar la punta en la posición indicada para asestar un nuevo golpe, Raven dejó a su oponente completamente estupefacto ante semejante exhibición de destreza. Incluso cuando Thurstan intentó una táctica de aproximación mucho más agresiva con una guardia cruzada, se vio sorprendido por la habilidad con la que su adversario esquivó el ataque. Gotas de sudor perlaban su frente mientras trataba por todos los medios de detener la hoja de Raven y evitar que acabara con su vida. Su acero parecía de una calidad ínfima en comparación con el de su contendiente, y aun así cada vez le resultaba más pesado; su brazo acusaba ya el cansancio. No podía menos que maravillarse ante la fuerza y resistencia que demostraba el escocés para blandir una espada mucho más pesada con una maestría implacable.

Raven se sentía casi tranquilo mientras dirigía el arma una y otra vez contra Thurstan con una fuerza fruto de largas horas de práctica. Notó que tenía un rasguño en la muñeca, entre la malla y el guante, pero no era una herida grave. Al recibir un duro golpe en las calzas de malla que le cubrían los muslos, supo que aquello le dejaría un buen moretón. Vítores y gritos de ánimo o de consternación rasgaban el aire. En lo alto de las almenas lucían ahora más antorchas, que iluminaban el firmamento como si rayara el alba. Sabía que Abrielle estaría mirándolos desde allí arriba. Tras interminables semanas de reuniones tediosas y largos viajes de un país al otro en pleno invierno, por fin estaba a punto de volver a su lado.

Tenía que poner fin al combate para que su mujer estuviera a salvo de aquel necio.

Un instante después, un golpe descendente de su espada arrancó un alarido de dolor a Thurstan, que levantó lo que quedaba de su brazo izquierdo y miró horrorizado el muñón sangrante. Consciente de que no tardaría en morir si no hacía algo para contener la copiosa pérdida de sangre, se acercó a trompicones al fuego. Otro grito aterrador salió de sus entrañas cuando metió el muñón en las llamas y lo retiró hasta que la herida se hubo cauterizado y la hemorragia quedó cortada.

De repente, se hizo un silencio inquietante; luego se oyó el sonido de la espada del escocés, que después de limpiarla en el musgo volvió a envainarla.

—Hemos acabado —dijo Raven con voz fría y calmada—. Ya no podéis sujetar un escudo. ¿Garantizáis mi recompensa?

Mordea avanzó hacia él con los dientes rechinando y el brazo en alto, pero Thurstan la agarró antes de que pasara de largo.

—Sí, habéis… ganado —reconoció Thurstan, respirando con dificultad y con los ojos escocidos por el sudor—, pero solo esta batalla. Entrad en el castillo. Veremos… cuánto dura antes de que sucumba… a nuestro asedio.

Los soldados que rodeaban las almenas comenzaron a gritar entusiasmados, pero también prepararon sus flechas, mientras bajaban el puente levadizo, por si el enemigo no cumplía su palabra. De repente Raven silbó y de la oscuridad salieron tres de sus hombres a caballo portando una bandera blanca y el corcel de Raven. Con el sonido de los cascos de sus monturas, los cuatro jinetes recorrieron el puente y este volvió a subir lentamente.

Hasta que Raven no estuvo sano y salvo dentro de los muros de cerramiento, Abrielle no se reclinó sobre la tronera desde donde había presenciado el combate. Verlo arriesgar la vida por ella, y por su familia, la había dejado sin fuerzas y había desencadenado tal avalancha de preguntas y dudas que necesitaría una semana para aclararlas todas. De momento, una resonaba más que cualquier otra, la más importante de todas. Si lo único que interesaba a Raven era la riqueza, como ella había supuesto desde el principio, él podría haberse quedado de brazos cruzados en Escocia mientras el castillo se veía sitiado, pero no lo había hecho, no la había abandonado. No, Raven había actuado con la honorabilidad que habría mostrado cualquier otro marido, y consciente ya de ello Abrielle no podía soportar estar un segundo más lejos de él.

Vachel la rodeó con el brazo y, aunque ella repuso que estaba bien, la ayudó a bajar por la estrecha escalera que conducía al patio. Caballeros, siervos y residentes del castillo afluyeron al lugar para formar corro alrededor de Raven y sus hombres y hacerle una pregunta tras otra.

Abrielle se abrió paso a empujones entre la gente.

—¡Ya basta! —gritó con fuerza.

A su alrededor se hizo el silencio. Raven posó en ella su intensa mirada. Abrielle le vio la cota de malla salpicada de sangre, la cara manchada de mugre y una frialdad en sus facciones a la que no estaba acostumbrada. Pero aun así sus ojos azules irradiaron pasión al mirarla de arriba abajo. Tuvieron que pasar unos segundos antes de que Abrielle pudiera recobrar la calma suficiente para decir:

—Esposo, necesitas ser atendido. Todo lo demás puede esperar hasta mañana.

Raven, lejos de vacilar, se apresuró a abrirse paso entre los que lo rodeaban, la cogió de la mano y la condujo a sus aposentos. Gracias a Nedda la cama estaba hecha, la ropa blanca preparada y el agua calentándose al fuego. Incluso habían instalado la bañera, y una fila de sirvientes llegó con cubos de agua hirviendo. Abrielle reparó en las miradas de gratitud que dedicaban a Raven, quien pese a su condición de escocés había demostrado ser mucho mejor amo que Desmond. Era evidente que no les importaba de qué país era con tal de que los tratara bien.

Cuando volvieron a quedarse solos, Abrielle ayudó a Raven a quitarse la malla y el gambesón, y se sintió aliviada al ver que no parecía haber perdido demasiada sangre. Los pantalones, la camisa manchada de sangre y los calzones vinieron después, y Abrielle se vio apartando aún la mirada mientras su marido se metía en la bañera y procedía a enjabonar un paño.

—Lávate bien las heridas —le dijo mientras revisaba sus medicamentos.

Tenía que mantenerse ocupada, pues era demasiado fácil dejarse llevar por la tensión que había entre ellos. Llevaban semanas separados, y Abrielle no había dejado de pensar en su matrimonio con inquietud e incertidumbre. Y ahora que sentía una energía y excitación que le sacudían todo el cuerpo, se dijo que era porque Raven se encontraba sano y salvo y porque estaba allí para auxiliar a su familia y a los suyos.

Volvió la cabeza para mirarlo y sintió una extraña ternura al ver su cuerpo enorme embutido en aquella bañera, con los hombros fuera del agua y la cabeza mal apoyada en el borde, como si se hubiera quedado casi dormido del cansancio. Con los ojos entrecerrados, Raven la observó con recelo mientras Abrielle le enjabonaba la cara y le pasaba una navaja por la barba que le había crecido después de tantos días. Luego le echó los hombros hacia delante para dejar al descubierto su espalda ancha y fuerte, que comenzó a frotar diligente con un paño enjabonado, pues no sabía cuándo habría sido la última vez que su marido habría tenido el lujo de bañarse en un sitio que no fuera un arroyo de aguas gélidas. Raven dejó escapar un gemido quedo con la cabeza colgándole hacia delante. Abrielle le puso las manos enjabonadas en la cabeza y comenzó a restregarle el pelo.

—Déjame que te aclare el pelo —dijo Abrielle cuando acabó de frotar.

—Tráeme el cubo y me aclararé todo el cuerpo.

Raven se puso en pie, salpicándolo todo a su alrededor, y tendió la mano para coger el cubo. Abrielle se quedó parada un momento mientras contemplaba el agua jabonosa que corría por su cuerpo desnudo y brillante. Tras unos segundos, le puso el asa del cubo en la mano y Raven se vertió el agua por encima de la cabeza. Su cuerpo desprendió vapor y finalmente salió de la bañera, dando un gran suspiro. Luego cogió la toalla de hilo que le pasó Abrielle y comenzó a secarse.

—Tus heridas… —comenzó a decir Abrielle.

—No vale la pena molestarse por ellas —le interrumpió Raven.

Para sorpresa de Abrielle, Raven fue hacia la cama y, desplomándose en ella, se volvió de costado y cerró los ojos. Abrielle se acercó a mirarlo, y ante la espléndida desnudez de su cuerpo sintió amenazada su concentración mientras lo atendía. Raven tenía un corte cerca de la muñeca que aún sangraba, y un moretón oscuro en el muslo con rasguños en carne viva allí donde la cota de malla le había escoriado la piel a través de varias capas de ropa. Mientras él dormía profundamente rendido por la fatiga, Abrielle utilizó sus hierbas medicinales para limpiarle las heridas y acelerar su curación.

Tras apagar las velas y dejar encendido únicamente el fuego de la chimenea, se desvistió para ponerse el camisón y se metió en la cama con sigilo. Ya en posición horizontal, se desplazó hasta el lado de Raven y consiguió tirar del edredón por encima de él. Luego, sin pararse a pensar en ello, se acurrucó contra su cuerpo, con las piernas pegadas a las de él y el brazo alrededor de su cintura, y no tardó en caer en un sueño apacible.

Raven despertó antes del alba envuelto en un glorioso halo de calor, una sensación que daba por olvidada después de las frías noches que había pasado en los peligrosos caminos por los que había transitado. Y entonces notó las formas sinuosas de su mujer contra su cuerpo. Al abrir los ojos vio la cabeza de ella apoyada en su hombro y sus largas pestañas de color caoba parpadeando para quitarse el sueño. Abrielle se incorporó apoyándose en un brazo, y los cabellos le cayeron por los hombros y cubrieron el brazo de él. Raven se estremeció.

Abrielle se quitó entonces el camisón por la cabeza y se agachó sobre él para tomar su boca mientras le palpaba el pecho con sus finas manos. Raven gimió, la estrechó contra su cuerpo, la cogió por las nalgas y la subió sobre él.

—Estoy sediento de ti, Abrielle —musitó él entre besos cargados de intensidad.

—Y yo de ti, esposo mío. Esposo mío —repitió Abrielle, saboreando con fruición aquella palabra en su boca. Cogiendo la cara de

Raven con las dos manos, añadió—: No sabes lo maravilloso que es admitirlo con franqueza.

Luciendo una amplia sonrisa, Raven rodó sobre su cuerpo y la tumbó hacia arriba.

—No sabes lo maravilloso que es oírlo. De hecho, es casi tan maravilloso como... —Sus manos la recorrieron con audacia, dejando claro su afán provocador. Besó cada rincón del cuerpo de Abrielle como si lo tuviera delante por primera vez, consiguiendo que su piel se acalorara y que le temblaran las extremidades.

Entre sus brazos Abrielle se sentía por fin una esposa y disfrutó de ello, y cuando él alcanzó el clímax dentro de ella, el sentimiento de posesión que le transmitió le hizo ahogar un grito.

—Oh, Raven —susurró, arqueando la espalda y ofreciendo así sus tiernos pechos a la ávida boca de su marido.

Raven la excitó con sus labios y su lengua, y con su virilidad acarició su interior hasta que la pasión que siempre había existido entre ellos estalló en su mente, en todo su cuerpo... y en su corazón.

Al amanecer, los de la casa se reunieron en el gran salón para desayunar y planear su contraataque al asedio. Pero primero tuvieron que oír el informe de Raven sobre las actividades de aquellos que se hacían llamar leales.

—Entre Matilde y Esteban —comenzó a decir— no hay mucho que admirar. Matilde tiene un temperamento orgulloso, y a la hora de la verdad Esteban nunca se ha caracterizado por su destreza como guerrero o árbitro. A decir verdad, ha cosechado más fracasos que triunfos, y aun así, en su afán por convertirse en rey, ha impuesto su voluntad a nobles y clérigos, como si no fueran más que humildes siervos plegados a sus designios.

—Y entonces, ¿a quién deberíamos prestar lealtad? —inquirió Abrielle, preocupada—. La verdad es que a mí tanto me da la emperatriz Matilde como Esteban de Blois.

—Como escocés, debo lealtad al rey David. Y en cuanto a los que estáis aquí presentes —dijo, recorriendo con la mirada a todos sus nuevos amigos y familiares ingleses—, elegid al que prefiráis, sea quien sea, pero os aconsejo que os guardéis vuestras opiniones ante aquellos que puedan haceros daño. En esta lucha entre Matilde y Esteban han muerto demasiados por la insensatez de decir abiertamente a cuál de los dos eran leales.

Abrielle movió la cabeza de un lado a otro con tristeza al pensar en las injusticias que estaban cometiéndose con aquellos que trataban de satisfacer el deseo de Enrique en su sucesión al trono. A su modo de ver, Matilde era tan culpable como Esteban, pues podría haber accedido fácilmente al deseo de su padre de que ocupara su lugar como emperatriz del reino. Tal vez Matilde había confiado en que los nobles se apresurarían a ponerse de su parte y suplicarle que lo hiciera… a pesar de su carácter controvertido. Tal como estaban las cosas, era muy probable que su terquedad le hubiera costado la corona. Sin duda había dejado al país sumido en la incertidumbre en cuanto al futuro.

Vachel asintió con aire de gravedad.

—Tomaremos al pie de la letra vuestro consejo y mantendremos nuestras preferencias en secreto salvo cuando estemos entre aquellos en los que podamos confiar. —Vachel pasó la mirada por las personas reunidas alrededor de la mesa, Elspeth y Abrielle, los Grayson y los Seabern y, asintiendo con la cabeza, añadió—: Como nuestros buenos amigos y nuestra familia aquí presentes.

—Tuve la oportunidad de explicar a Esteban el problema que os han causado los señores del norte —dijo Raven—. Envió a un regimiento de soldados conmigo, pues no quiere conflictos en la frontera escocesa. Esta mañana comunicaré a Thurstan y al resto de nuestros vecinos que pronto contaremos con refuerzos, así que se verán luchando en dos frentes.

El rostro de Cedric revelaba una severa satisfacción.

—Veremos las ganas que tienen de «preservar» la pertenencia de estas tierras a Inglaterra. Como si los míos y yo pretendiéramos tomar lo que no es nuestro y utilizarlo en contra de ellos…

Aunque Abrielle no dijo nada, sin duda Cedric era consciente de que Raven poseía ahora una propiedad inglesa y esa era en parte una de las causas del enfrentamiento.

—Puede que esta agitación sea solo el preludio de los problemas que se avecinan —conjeturó Raven—. Lo cierto es que la violencia puede seguir amenazándonos durante meses, por no decir años. La seguridad de todos es mi mayor preocupación. Partiremos hacia Escocia en cuanto se levante el sitio. Si alguno de los aquí presentes decide unirse a nosotros, sabed que mi padre tiene allí una fortaleza casi tan espléndida como esta. Podemos albergar a todo aquel que esté dispuesto a viajar al norte. Mientras esta locura domine el campo, aquí no estaremos seguros.

—Vuestro ofrecimiento es generoso —dijo Vachel con seriedad—. Hablemos de cómo podríamos hacerlo.

Mientras Abrielle escuchaba a los hombres distraídamente, sus pensamientos daban vueltas en su mente en un estado de confusión. Si era sincera consigo misma, sabía que quien se casara con ella no querría quedarse para siempre en el torreón de De Marlé. Un señor con más de una propiedad se vería obligado a viajar cada pocos meses para ocuparse de cada uno de sus castillos y consumir los víveres que tuviera en sus despensas antes de que se echaran a perder. No iba a ser tan tonta de negarse a vivir «durante parte del año» en casa de su marido. Pero ¿sería realmente «casi tan espléndida» como la de Weldon de Marlé? Le costaba creerlo.

—Abrielle…

La muchacha dio un respingo y vio que su madre se había acercado a ella y tenía una mano en su codo.

—¿Sí, madre? —le dijo con una sonrisa.

—Ven a hablar conmigo un momento, hija.

Se encaminaron hacia la chimenea y se sentaron en un banco al calor del fuego.

—Abrielle, ¿qué estás pensando que tienes esa cara tan triste? —le preguntó Elspeth—. No vamos a separarnos de inmediato. Por motivos de seguridad, viajaremos contigo y residiremos durante un tiempo en Escocia.

—Oh, madre, cuánto me alegra oíros decir eso. Y me consta que Vachel y Raven se encargarán de que nuestros hogares estén bien protegidos en nuestra ausencia, pero… —De repente, se le formó un nudo en el estómago—. Me siento atrapada entre esos ingleses insensatos y la lealtad que le debo a mi esposo. Ahora que los míos comenzaban a aceptarlo, tenemos que partir hacia su casa, donde seré una sajona en Escocia, lo mismo que ocurre con Raven aquí pero al revés.

—Ese es el sino de una esposa, querida. Debemos ir allí donde vaya nuestro marido y aprender a encajar entre los suyos. ¿Crees que fue fácil para mí, una viuda sajona, casarme con un normando?

—No, sé que no lo fue. Sin duda vuestra actitud me ha servido de guía.

—Entonces confío en que habrás aprendido. Tengo fe en ti, hija. Está claro que esta mañana hay entendimiento entre tu marido y tú.

Abrielle trató de no ruborizarse.

—Es cierto, madre. Estoy aprendiendo a aceptar este matrimonio.

—Y a valorarlo. ¿Y a él?

Abrielle notó que le ardía la cara y no pudo sino tartamudear. Elspeth sonrió.

De repente, oyeron el sonido de un cuerno procedente del patio. Raven abrió de golpe las puertas dobles del gran salón y salió al exterior. Al cabo de unos minutos regresó.

—Es el mensajero real —dijo—. Le han permitido atravesar las líneas de asedio. Los soldados están bajando el puente levadizo para que pueda entrar. Lo escoltaré hasta el interior del castillo.

Dicho esto, Raven dio media vuelta y desapareció por la puerta.

—¿De qué se tratará? —preguntó Elspeth, llevándose una mano al vientre en un gesto protector—. ¿Acaso el nuevo rey estará dispuesto a ayudarnos?

—Raven ha dicho que los soldados partidarios de Esteban no estaban muy lejos —sugirió Abrielle.

Al cabo de un instante, un hombre ataviado con un sombrío atuendo entró en el gran salón acompañado por Raven. Para sorpresa de todos, Raven señaló a Vachel, y el mensajero se acercó a él.

—Sir Vachel de Gerard —dijo el hombre antes de entregarle una misiva encuadernada en cuero—. Os traigo un importante despacho de su majestad el rey Esteban. ¿Debo esperar a llevarle una respuesta?

—Tal vez sí, pues ignoro de qué se trata —reconoció Vachel.

Isolde se llevó al hombre del salón para ofrecerle algo de comer y luego volvió rápidamente a reunirse con los demás.

Vachel desenrolló el pergamino y comenzó a leer su contenido en silencio mientras Elspeth lo miraba con creciente temor. Raven observó con curiosidad a la pareja, y luego desvió la vista hacia su joven esposa, cuya sonrisa parecía inusitadamente radiante y optimista. Raven ladeó la cabeza con aire inquisitivo en un intento de llamar su atención, pero ella estaba demasiado ocupada contemplando el asombro que reflejaba la cara de su padrastro.

—¿Qué ocurre, Vachel? —inquirió Elspeth con una sonrisa esperanzadora, segura de interpretar correctamente la euforia creciente que veía en el rostro de su esposo.

Los labios de Vachel dibujaron una gran sonrisa mientras miraba a su mujer.

—Querida, parece ser que su majestad ha decidido otorgarme un título nobiliario y la propiedad de unas tierras debido a mi lealtad al servicio de su país y a mi esfuerzo durante las Cruzadas. Tras recibir dichos honores pasaré a ser el conde de Venn. —Vachel hizo una profunda reverencia ante su esposa—. Y tú, mi querida Elspeth, dentro de poco serás la condesa de Venn, una de las damas más bellas y maravillosas de la nobleza.

—¡Válgame Dios! —Elspeth no podía haber lucido una sonrisa más radiante mientras se llevaba las manos a sus sonrojadas mejillas—. Pero ¿qué es lo que ha propiciado semejante honor?

Vachel golpeó ligeramente el pergamino con los dedos mientras contestaba:

—Según este decreto, alguien ha recordado recientemente a su majestad mis años de leal servicio a la corona, y resulta que ese alguien es Abrielle. —Vachel dirigió una mirada sonriente a la joven, levantando una ceja de manera inquisitiva—. Lo que me pregunto es cómo lograste realizar semejante hazaña sin salir del castillo antes de que te secuestraran.

Devolviendo la sonrisa a su padrastro, Abrielle se encogió de hombros con aire despreocupado.

—Me limité a escribir una misiva a su majestad señalando que vuestro valeroso servicio durante las Cruzadas no había recibido la recompensa debida, y luego pedí a Raven que se encargara de hacerla llegar a la corte. Al parecer, el rey Esteban debió de recibirla tras la muerte de Enrique y ha visto la necesidad de honrar a un hombre bueno a quien su predecesor no había tenido en cuenta.

—O quizá haya visto la necesidad de atraer a su lado a más hombres en la batalla que libra contra Matilde —repuso Vachel con sequedad—. Pero tanto da la razón que le haya llevado a tomar dicha decisión. Es evidente que yo nunca habría recibido semejante honor de no haber sido por tus esfuerzos, Abrielle —añadió con humildad—. Y si mi nuevo título puede ayudarnos en este desesperado asedio, no seré yo solo quien te deba gratitud.

Vachel rodeó los hombros de Abrielle con un brazo y la besó en la frente, y de repente Reginald Grayson levantó su jarra de cerveza con una aclamación. Tales gritos de alegría resonaron en el salón, que los hombres que estaban en el exterior del castillo se miraron maravillados. ¿Qué tendrían que celebrar los sitiados?

Los atacantes no tardaron en ver que el espíritu de celebración se reflejaba en una atrevida muestra de confianza, pues Raven Seabern, bajo una bandera blanca y flanqueado por dos caballeros, salió a caballo de la fortaleza para hablar con quienes habían tomado el relevo al frente del asedio.

Varios de los señores del norte salieron a su encuentro.

—Anoche no tuve oportunidad de hablar con vosotros —dijo Raven con sequedad—. Pero desearía informaros de que vengo de la corte de Esteban, quien está disgustado con este malestar que habéis causado en el norte. Ha enviado a un regimiento de caballeros y hombres armados a caballo que me siguen con un día de retraso. Yo me adelanté porque temía que mi esposa estuviera en peligro. Los hombres del rey llegarán antes de que acabe el día. Podéis enviar a alguno de vuestros correos a que compruebe la veracidad de mis palabras.

Los señores se miraron entre sí con recelo, pero antes de que alguno tuviera tiempo de hablar Raven añadió:

—Supongo que habéis visto al mensajero real que ha llegado hoy…

—¿Acaso no lo hemos dejado pasar? —repuso uno de los hombres, airado.

—Sí, así es, y eso ha estado bien, pues traía noticias muy oportunas. Su majestad ha tenido la gentileza de nombrar a mi suegro, Vachel de Gerard, conde de Venn.

Los nobles se removieron inquietos, mirándose entre sí con manifiesta incertidumbre.

—Decid lo que queráis, escocés —espetó el barón Gravesend, que hacía tan solo unas semanas había retado a Raven a algo tan poco serio como un juego de mesa—. Pero el rey no sabe cómo es nuestra vida en la frontera. Debemos protegernos.

—El rey ha decidido proteger a mi esposa y su familia —contestó Raven fríamente—. Os aconsejo que penséis en ello antes de que cometáis la insensatez de perder más vidas atacándome a mí y a los míos. Abandonad este asedio y volved a vuestras casas antes de que os ocurra algo peor.

Dicho esto, Raven hizo dar media vuelta a su montura y regresó hacia el puente levadizo sin mirar atrás ni por un instante. Aunque muchos deseaban haber podido clavarle un puñal en la espalda, ninguno se arriesgó a hacerlo dadas las circunstancias.

Apenas habían transcurrido dos horas cuando comenzaron a retirarse, planeando ya cómo volver a la carga con más hombres. Postrado en su camastro, Thurstan, animado por la sed de venganza de Mordea, clamó contra ellos, pero nadie lo escuchaba ya. Aquella pérdida de poder lo carcomía, ofuscaba su mente y alimentaba más aún el odio que sentía hacia Abrielle, su marido y las familias que ambos apreciaban tanto.

21

Al día siguiente un regimiento de Esteban formado por un centenar de hombres ocuparon el patio y el gran salón, poniendo a prueba la capacidad del castillo. Pero Raven no podía decirles que se retiraran, pues sus correos le habían hecho saber que los señores del norte se habían propuesto desafiar al rey, y habían comenzado a reunir a un ejército más numeroso en su afán por expulsar a los escoceses de Northumberland.

Cuando se iniciaron los preparativos para el gran viaje a Escocia, entre los señores de los alrededores corrió la voz de que Raven y su familia partirían en breve. Los caballeros de Vachel y sus familias no querían correr el riesgo de adentrarse en las tierras altas de Escocia, por lo que tanto el castillo de Abrielle como el de Vachel permanecerían bajo su protección. Pero Raven, suponiendo que Thurstan no habría olvidado su venganza, envió a unos hombres a vigilar su casa con la orden de que le avisaran si su pequeño ejército se movilizaba.

Thurstan aprovechó su lenta recuperación para tratar de convencer a sus aliados de tomar el castillo y no dejar que Raven Seabern se acercara a él. Pero los hombres que él suponía que compartirían sus ansias de venganza afirmaban que lo único que habían querido en todo momento era la marcha de Raven. Ante la inminente partida de la presencia escocesa, en aquellos tiempos de agitación los aliados de Thurstan prefirieron regresar y proteger sus hogares. Thurstan, sin suficientes hombres para atacar, veía ahora el castillo de De Marlé como un premio burlón que no podía ganar, la afirmación de su fracaso. Presa del dolor y la frustración, comenzó a fallarle la cordura, y en su necesidad de venganza urdió un plan para seguir la caravana de Seabern y, si le era imposible atacarla, viajar hasta la misma fortaleza de los Seabern para llevar a cabo su venganza. Thurstan consiguió la ayuda de Mordea y juntos prepararon el largo trayecto a Escocia. Pero sus heridas se inflamaron y le dio fiebre, lo que retrasó su partida.

En el castilo de De Marlé, una caravana de carros se pertrechó con todo lo necesario para llevar a las familias al norte. Un grupo de siervos que habían mostrado de buen grado su disposición a acompañar a la expedición se encargaron de conducir los carros y cuidar de los animales. A lo largo del camino, otros siervos cuyo talento estribaba en preparar sabrosos platos recogían aquí y allá todo aquello que pudiera ser comestible a fin de añadir sabor a su cocina. Por la noche encendían enormes hogueras para protegerse del frío mientras varios vigilantes hacían guardia con la orden de recelar de cualquiera que pretendiera acercarse al campamento.

Una vez atravesaron la frontera escocesa parecía que la paz reinaba en cada valle y loma por donde pasaban, pero era una sensación engañosa. En comparación con los conflictos que tenían lugar en aquel momento en Inglaterra, esas tierras parecían sin duda un remanso de tranquilidad donde podían refugiarse. Pero Raven sabía que el peligro aún podía acecharles en cualquier punto del camino, y se pasaba los días recorriendo la caravana de punta a punta en busca de indicios que pudieran evidenciar que los seguían. Cuando llevaban quince días de trayecto, su mensajero los alcanzó para informarle de que tras un retraso de una semana por la recuperación de Thurstan, su pequeño ejército se había puesto en marcha, pero nadie sabía si se unirían a él más hombres con pertrechos. Cedric envió a otro correo a que averiguara el tamaño de sus fuerzas en aquel momento.

Durante el viaje, Abrielle observó la ternura y atención que mostraba Vachel hacia Elspeth, y reflexionó sobre el hecho de que la lealtad de su padrastro a los normandos o de su madre a los sajones no afectaba a su matrimonio. Verlos juntos le hacía confiar en que ella y Raven serían capaces de hacer lo mismo y le ayudaba a disipar sus temores sobre la unión de un escocés y una sajona. Y con ellos también se desvanecieron otros miedos, la mayoría de los cuales, por lo que veía ahora, los había creado ella misma. Si alguna vez pudo creer que no era deseada, ahora sabía que Raven quería contar con una pareja igual que él, una mujer hecha y derecha, no una niña llena de fantasías frustradas sobre lo que debía ser el matrimonio. No, rodeada de hombres que hacían guardia todo el día y se turnaban para vigilar el campamento por la noche, su vida de casada no era una fantasía. Los valiosos momentos que pasaba a solas con Raven solo se daban cuando él aprovechaba para dormir unas horas entre guardia y guardia. Si sobrevivían a aquello, sin duda soportarían las adversidades que se les presentaran en los muchos años que esperaba pasar junto a él.

Raven anunció por fin que se hallaban cerca de su casa. Su padre y él apretaron al máximo el avance de la caravana aquel último día, agotando a los caballos en un esfuerzo final por alcanzar la propiedad de los Seabern antes de que Thurstan pudiera llegar. Habían visto a los correos del enemigo moverse entre los árboles, de modo que su ejército no podía andar muy lejos.

La visión del castillo de Seabern sirvió a Abrielle como una lección de humildad, y fue más que suficiente para que no sintiera la tentación de volver a sacar conclusiones precipitadas sobre su marido. Se trataba de una fortaleza enorme con numerosas torres y elevados muros de protección. En todo caso, la estructura era incluso más imponente que la que lord Weldon había diseñado y construido para sí mismo. Abrielle se quedó mirando la casa de su esposo... su casa, y qué magnífico hogar sería para la familia que podrían formar. Se sintió avergonzada al recordar que había pensado que Raven codiciaba su fortuna. Aunque se vio como una tonta al dudar de él, se acordó que le había dado razones más que suficientes para recelar de sus intenciones. Pero lo único que veía ahora era a un hombre entregado a su familia, que había velado en todo momento por su seguridad durante un viaje de varias semanas.

Al cabo de unos instantes Raven detuvo la caravana ante el

puente levadizo y, después de apearse, levantó a Abrielle con brío para bajarla al suelo.

—Bienvenida a nuestra humilde morada, milady. —Aunque sus palabras intentaban ser alegres, Abrielle se percató de que su mirada fría se posaba en el bosque que se hallaba a varios centenares de metros de distancia, como si un regimiento de soldados blandiendo sus espadas en alto pudiera abalanzarse sobre ellos en cualquier momento.

—No imaginaba que la casa de tus antepasados fuera tan imponente —dijo Abrielle, tratando de ser tan valiente como su esposo—. ¿Por qué no me has hablado nunca de lo hermoso que es este valle?

Raven le dedicó una sonrisa con los labios apretados, contento por la reacción de su mujer ante la casa de su familia a pesar de la tensión que sentían ambos.

—Ven a ver el interior, querida.

Abrielle volvió la cabeza para mirar el oscuro bosque que acababan de dejar a su espalda.

—Claro —contestó ella; sabía que Raven quería que todos entraran en la fortaleza cuanto antes. Había vigías apostados en las almenas, y Abrielle vio a lo lejos docenas de siervos cargados con cestas y sacos, que recorrían campos y senderos en dirección al castillo.

Raven siguió con los ojos la mirada de su esposa.

—He mandado que avisaran a todos los nuestros para que se reúnan en el castillo antes de que cerremos las puertas a cal y canto.

Abrielle asintió con la cabeza; trataba de no pensar en el miedo que aquella pobre gente debía de sentir en aquel momento. Ella los había puesto en aquella situación, pensó desesperada. Si no se hubiera casado con Raven, Thurstan no habría llevado su maldad hasta aquel valle tranquilo.

Los aldeanos azuzaban a sus hijos para que avanzaran delante; no sabían por qué los habían llamado, pero no les cabía duda de que lord Seabern velaría por su seguridad, fuera lo que fuese a lo que tuvieran que enfrentarse. Envuelta en una capa para protegerse del frío, una figura encapuchada se mezcló entre ellos sin que nadie se diera cuenta mientras atravesaban un bosquecillo. Llevaba una cesta, como los demás, y guardó cola pacientemente para entrar por la puerta posterior antes de adentrarse en la penumbra de un corredor sin luz y desaparecer en la oscuridad.

En el interior del gran salón, Raven y Cedric recibieron el saludo de varios caballeros y sirvientes del castillo, que con reverencias y parabienes mostraron su respeto y sus mejores deseos por el matrimonio de Abrielle y Raven. La encargada de la cocina prometió agasajarles con un banquete que los recién casados no olvidarían en mucho tiempo, pero todos entendieron que los festejos tendrían que esperar.

Abrielle, cuando por fin tuvo un momento, contempló boquiabierta lo que la rodeaba: la repisa de la chimenea, de intrincada talla, los espléndidos tapices que impedían la entrada del aire por doquier, los escudos y retratos de antepasados que cubrían varias paredes de la magnífica estancia y que revelaban un refinado linaje de hombres y mujeres de extraordinaria belleza. Una pintura atrajo su mirada: el retrato de una hermosa dama de cabellos de color castaño rojizo y porte regio que colgaba en un lugar de honor junto a un cuadro de un joven de aspecto muy parecido a su propio marido.

—Mi padre y mi madre —dijo Raven con una voz llena de amor y orgullo, acercándose a ella y poniéndole las manos en los hombros.

—Podría ser tu retrato —contestó Abrielle, sobrecogida por el gran parecido de Raven con el hombre del lienzo—. Tu madre era una mujer de una belleza excepcional.

—Mi padre la amaba como no ha amado a ninguna otra. Hasta hace poco no había visto en sus ojos un brillo de afecto por otra mujer, pero como es lógico le parece demasiado joven para un hombre tan mayor.

—Si te refieres a Cordelia —intervino Abrielle—, probablemente tu padre tenga más posibilidades de conquistar su corazón que cualquier otro pretendiente la mitad de joven que él. Por si no te has fijado, Cordelia sabe muy bien lo que quiere. Yo me la tomaría muy en serio, pues nunca ha mostrado demasiado interés ni paciencia con pretendientes más cercanos a su edad. Realmente, para ser mayor, tu padre es un hombre muy apuesto y se mantiene en plena forma.

Raven se rió entre dientes mientras agachaba la cabeza en señal de asentimiento.

—De hecho, me ha vencido un par de veces, aunque parezca mentira. Pero ¿qué crees que opinaría lord Reginald sobre semejante unión?

—Diría que le gusta tener cerca a Cedric, sobre todo después de que lo hirieran. Creo que si tu padre se casara con Cordelia, ese matrimonio estrecharía los lazos de amistad que hay entre ambos.

—¿Tú crees? —preguntó Raven con recelo.

—¿Alguna vez te he dado motivos para desconfiar de mí? —inquirió ella con fingida inocencia.

Raven tardó en esbozar una sonrisa, pero cuando lo hizo, Abrielle pensó que el sol asomaba tras los nubarrones. Por un breve instante no vio en el rostro de su esposo la carga de responsabilidad y mando que llevaba a su espalda, pero el peso de la conciencia y la seriedad volvió a instalarse en su mirada.

La noche cayó antes de que los hombres de Thurstan se dejaran ver, y aunque los residentes e invitados del castillo sabían que a la mañana siguiente podían despertarse sitiados, aprovecharon el momento para compartir una cena frugal con la que dar gracias por haber llegado sanos y salvos. Hablaron poco y comieron con presteza, pues les urgía reunir a sus familiares para pasar la noche.

Después de que Cedric y Raven recorrieran las tierras del castillo por última vez, Cedric se sentó delante de la chimenea para limpiar su hacha de guerra.

Lord Reginald Grayson se acercó a él y se aclaró la voz.

—Lord Cedric… —dijo.

—¿Lord Cedric? —le interrumpió el escocés—. Reggie, ¿acaso no hemos intimado lo suficiente en estos últimos meses para tratarnos sin necesidad de mencionar nuestros títulos? Me habéis llamado Cedric casi desde que nos conocimos.

Sintiendo un ardor creciente en las mejillas, Reginald le dedicó una sonrisa forzada.

—Sí, supongo que sí, Cedric. A decir verdad, ha sido mi mujer quien me ha instado a hablar con vos, y aunque este no sea el momento oportuno, no sabemos lo que nos deparará el futuro. Se trata de... nuestra hija.

El desconcierto de Cedric aumentó.

—Admiro a lady Cordelia más que a cualquier otra doncella. Si por casualidad se ha sentido ofendida por mis bromas, no dudéis de que corregiré mis modales.

—No se ha sentido ofendida —repuso Reginald—. Al contrario, se ha sentido alentada.

Cedric asintió lentamente con la cabeza, creyendo entender lo que su amigo trataba de decirle.

—Bueno, vuestra hija es una doncella muy hermosa, pero trataré por todos los medios de ser más respetuoso en su presencia para no ofenderos a vos ni a lady Isolde. Debo reconocer que ver a lady Cordelia me alegra el corazón, y supongo que en mi afán por elogiarla me he extralimitado un poco en lo que debería ser el comportamiento de un hombre decoroso.

—Tened por seguro que ninguno de los miembros de mi familia se ha sentido ofendido —contestó Reginald.

Cedric, ya completamente confundido, dejó a un lado el hacha.

—¿Qué es, pues, lo que intentáis decirme, Reggie?

—Bueno... pues que... Isolde y yo nos preguntábamos si estáis realmente interesado en tomar a nuestra hija como esposa...

Cedric carraspeó.

—Pues, la verdad es que el fuego de mi juventud todavía no se ha apagado... y no es que haya pensado que pudiera surgir algo más de mi amistad con lady Cordelia. Si fuera veinte años más joven me propondría seriamente conquistar su corazón.

—Y esa es exactamente la razón por la que he venido a hablar con vos, para aseguraros que Isolde y yo no consideraríamos descabellado el hecho de que os propusierais cortejar a nuestra hija —explicó Reginald de golpe.

Cedric ladeó la cabeza mientras lo miraba fijamente.

—¿Y eso sería también del agrado de lady Cordelia?

—De hecho, ha sido ella la que nos ha preguntado si nos parecería bien la idea. Creo que el peligro del viaje que acabamos de realizar le ha hecho meditar sobre su futuro. No sé de un pretendiente para mi hija que me complazca más. Isolde y yo queremos tener la oportunidad de disfrutar de nuestros nietos antes de dejar esta vida.

—No os voy a mentir. La mera idea de tomar como esposa a una joven tan hermosa me hace rejuvenecer. Aun así, nos llevamos muchos años de diferencia. No querría hacerle un flaco favor casándome con ella. Muchos jóvenes estarían encantados de cortejar a lady Cordelia, y ella podría llegar a lamentar nuestro matrimonio si nos precipitamos. Por mucho que me atraiga la idea de gozar de semejante honor, puede que la muchacha necesite más tiempo para pensar en ello. —Cedric hizo una pausa—. ¿Sabe ella que habéis venido a hablar conmigo?

—No, después de que le planteara la cuestión a Isolde, no tuve el valor de acercarme a Cordelia hasta haber hablado con vos. Si optarais por desestimar la idea de tomar a mi hija como esposa, no habría nada más que decir. Tened por seguro que nuestra amistad no se vería afectada.

Negando con la cabeza, Cedric estrechó la mano de Reginald con firmeza.

—En ese caso, dejemos aquí el tema hasta que pueda reflexionar sobre ello con calma y tenga la certeza de que vuestra hija no quiere a otro hombre que no sea yo como marido.

Aquella noche, en un pequeño oratorio ornamentado que había pertenecido en su día a la madre de Raven, Abrielle suplicó con fervor protección para aquellos que se habían quedado atrás para vigilar el castillo. En un mundo que parecía sumido en el caos más absoluto, no había ninguna garantía de que la vida volviera a ser como lo era durante el reinado de Enrique. Aunque de origen humano, muchos lobos voraces seguían merodeando por ahí, sedientos de sangre y ansiosos por hacerse con un suculento botín.

Al ver que Raven no volvía, Abrielle decidió ir a buscarlo, aceptando la ayuda del capitán de la guardia, que la guió por la estrecha escalera que conducía a las almenas. El viento azotó su capa alrededor de sus piernas y Abrielle se tapó el cuello con la prenda de abrigo. La luna estaba alta, y gracias a su luz y a la de las antorchas consiguió ver la figura de Raven, de pie allí solo, escrutando la oscuridad que se extendía ante él. El capitán de la guardia la protegió mientras recorría las almenas hasta llegar al lado de Raven, que la rodeó con un brazo y le dedicó una sonrisa reconfortante.

Cuando se quedaron solos él le dijo:

—¿Acaso no está contenta mi esposa en sus nuevos aposentos?

—Sabes que son preciosos —musitó Abrielle, acurrucándose contra el cuerpo de Raven y con la cabeza bajo su barbilla—. Todos nuestros invitados y sus familias se han instalado, y aunque necesitas descansar, aquí sigues todavía.

—No puedo evitarlo —respondió él, encogiéndose de hombros.

La voz tranquilizadora de su marido retumbó en su interior allí donde sus cuerpos estaban en contacto.

—Confío en los míos sin reservas —prosiguió Raven—, y sé que todo se ha hecho como mi padre y yo deseamos. Sin embargo... De Marlé está ahí, en alguna parte, esperando el momento oportuno.

—¿Sería tan insensato como para atacar de noche?

—No, no le serviría de mucho, pues contamos con la protección de los muros del castillo.

—Pues entonces ven a la cama.

Raven tuvo que hacer acopio de toda su fuerza de voluntad para rehuir la tentación que Abrielle representaba para él por el mero hecho de estar allí respirando y mirando la oscuridad del campo.

—Enseguida iré.

—No había pensado tener esta conversación en un lugar tan extraño —dijo Abrielle con voz vacilante—, pero quizá necesites oírlo en estos momentos. ¿Y si te digo que espero un hijo?

Raven dio un respingo antes de cogerla por los brazos y mirarla fijamente como si todo lo que necesitara o quisiera saber fuera a encontrarlo en aquellos ojos llenos de ternura. Por un momento dudó que le saliera la voz con aquel nudo que le oprimía la garganta.

—Un hijo —dijo en voz baja—. Mi hijo.

—Entonces, ¿estás contento?

Raven se echó a reír, le dio un beso rápido y la estrechó entre sus brazos.

—¿Contento? No sabes lo feliz que me has hecho, dulce Abrielle.

—Pues bienvenido a casa —musitó ella.

Raven posó su enorme mano en el estómago de su esposa, y ella suspiró. Con un nuevo motivo para la esperanza, Abrielle quiso pensar en la dicha que les reportarían sus hijos. Se dijo que su matrimonio no se hallaría siempre bajo la tensión de asedios y ataques. Raven y ella tenían que vivir pensando en el futuro… y en el pequeño que crecía en su interior.

Antes del alba un toque de cuerno alertó a los ocupantes del castillo, que ya estaban levantados y preparándose para el nefasto día. Los que no se hallaban en el patio se apresuraron a salir, pero vieron que los soldados, con el rostro endurecido por el miedo, corrían hacia ellos haciéndoles señas para que volvieran al interior de la fortaleza.

La primera lluvia de flechas en llamas iluminó el cielo, compitiendo con la inminente salida del sol, y cayó en el patio, de donde Abrielle y el resto de las mujeres acababan de retirarse a toda prisa.

22

Bajo un oscuro cielo que el sol no conseguía rasgar, la visión de las llamas volando por el aire era una imagen espeluznante. Los gritos de terror de la gente hicieron que Abrielle volviera a la realidad de golpe, con el corazón a punto de salírsele del pecho. Aunque se instó a las mujeres a que volvieran adentro a toda prisa, e Isolde arrastró a Elspeth al interior del castillo, Abrielle fue incapaz de moverse de allí. La mayoría de las flechas encendidas aterrizaron en el suelo de tierra del patio sin causar daño alguno, pero varias fueron a parar a los tejados de las cuadras y los barracones, y los hombres tuvieron que subirse a ellos y pasarse cubos de agua unos a otros para sofocar el fuego.

Un grito aislado le hizo girarse y vio a una niña tambaleándose, agitando aterrorizada una manga de su camisa en llamas. Abrielle corrió hacia ella y utilizó su propia falda para apagar las llamas. Luego llevó a la pequeña, aún aturdida, hasta su madre, anegada en lágrimas, y se lanzó a una carrera por todo el patio para pisotear las llamas que veía arder en el suelo.

En pocos minutos el fuego quedó totalmente extinguido. Abrielle, atónita, se preguntó cuándo lanzarían la siguiente lluvia de flechas.

—¿Qué ocurre? —preguntó al capitán de la guardia de Raven cuando este pasó corriendo delante de ella—. ¿Por qué han parado?

El hombre se volvió hacia ella un instante.

—No cuentan con los hombres ni los pertrechos necesarios para entrar por la fuerza, así que utilizan vuestro propio miedo contra vos, milady. Quieren que os preguntéis cuándo lanzarán el próximo ataque.

De repente se oyó gritar a los soldados apostados en las almenas y un momento después otra lluvia de flechas en llamas pasó casi rozando el muro de cerramiento.

—Estamos acostumbrados a este tipo de ataques, milady —dijo el capitán mientras echaba a correr hacia los barracones—. Nuestros arqueros están continuamente disparando al enemigo, que debe apartarse o cubrirse con los escudos. ¡No temáis!

Al menos los niños estaban a cubierto dentro del castillo, pensó Abrielle, alegrándose de no tener que oír otro grito tan desgarrador como el de aquella niña, que le había helado la sangre. No era la única mujer que se había quedado en el patio para apagar las llamas con mantas, gritando y señalando allí donde veían iniciarse un fuego al que no podían llegar. Mientras, los hombres, apostados en los pozos, se encargaban de sacar agua del fondo y llenar los cubos.

En lo alto se arremolinaban las nubes, pero no cayó ni una gota de lluvia que pudiera ayudarles. Ante la amenaza de la tormenta y el calor de las llamas que a veces se resistían a extinguirse, el aire se hizo opresivo. Una hora más tarde hubo un intervalo más largo entre un ataque y otro, y Abrielle tuvo un momento para mirar con detenimiento a su alrededor. El palomar se había incendiado y no había sido posible salvar a las pobres aves. Cerca de las cuadras aún ardía una pila de heno. Hombres y mujeres se dejaban caer cansados allí donde veían que podían sentarse durante un momento de respiro, con el rostro ennegrecido, la ropa carbonizada y el pelo chamuscado.

—¡Abrielle!

Oyó la voz severa de su marido.

—¿Qué estás haciendo? —le inquirió Raven duramente—. ¡Ve adentro inmediatamente!

—¡No! El mayor esfuerzo que estoy haciendo es pisotear las llamas.

—Te exijo que…

—¿No es esta ahora mi casa? —repuso Abrielle a gritos—. ¡Pues yo también la protegeré!

Raven no había sentido nunca tanto miedo como al ver a su esposa —la mujer a la que amaba más que a su propia vida y que llevaba a su hijo en su vientre— huyendo de las flechas en llamas. El sentimiento de ternura que lo invadió se enfrentaba a la necesidad que sentía de verla a salvo.

—¡Yo cuidaré de ella!

Raven y Abrielle se giraron y vieron a Cordelia caminando hacia ellos. Mechones de cabello rubio se le pegaban a su rostro sucio, y tras ella arrastraba un trapo chamuscado que sin duda había utilizado para combatir el fuego.

—¿Podéis llevarla adentro? —le pidió Raven.

—Lo intentaré —respondió Cordelia con firmeza—. Y ahora id a hacer lo que debáis.

Asintiendo con la cabeza, Raven echó a correr hacia la escalera que conducía a las almenas.

Abrielle cruzó los brazos sobre el pecho.

—No pienso irme de aquí.

—Lo sé —dijo Cordelia, cansada—. Pero prométeme que tendrás cuidado y que permanecerás a mi lado en todo momento.

—Te lo prometo —contestó Abrielle, mirando el cielo con pavor. Al cabo de un momento añadió en voz baja—: ¿Cuánto tiempo durará esto?

—Hasta que se queden sin flechas. —Cordelia se apoyó contra un abrevadero para caballos que estaba vacío—. Pero si lo tenían planeado desde el principio, habrán venido preparados.

—No digas eso. —Abrielle miró las nubes; su ira crecía—. Pero ¿por qué no llueve?

Para su horror, otra carga de flechas surcó el cielo dejando un rastro de llamas a su paso. Su promesa de permanecer junto a Cordelia se quedó en nada cuando ambas se dispersaron para sofocar el fuego. Abrielle golpeaba las llamas con una alfombrilla que había cogido del interior del castillo; aspiró una bocanada de humo y tosió. Pero en un momento de claridad se dio cuenta de que había menos flechas que al principio del ataque. Sin duda los arqueros de Raven estaban dando en el blanco. Lo único que tenían que hacer los del castillo para que todo aquello acabara era durar más que los efectivos con los que contara Thurstan.

—¡El tejado! —gritó un soldado desde las almenas.

Todas las miradas se alzaron llenas de miedo y estupor, pero los que se hallaban en el patio no podían ver la parte superior de la fortaleza. Aun así Abrielle dedujo que únicamente la presencia de fuego en el tejado podía movilizar a aquellos hombres agotados que de repente comenzaron a correr por las pasarelas que unían las almenas del castillo en lo alto. Abrielle nunca había rezado tanto.

Pero cuando oyó el grito de una voz familiar no pudo seguir mirando al cielo. Al mirar alrededor con los ojos desorbitados vio a Cordelia sacudiéndose la falda con desesperación mientras las llamas se extendían por el dobladillo de la prenda y trepaban por su vestido. Abrielle echó a correr pero, antes de que pudiera dar siquiera dos pasos, Cedric apareció a través de la nube de humo, tiró a Cordelia al suelo y sofocó las llamas con su propio cuerpo. Abrielle se tambaleó y tomó asiento en un banco que había cerca del jardín.

Cordelia, sumida en el llanto, se aferró a Cedric y dejó que él la meciera; luego se puso derecha y se secó las lágrimas de su rostro sucio.

Cedric nunca la había visto tan hermosa como en aquel momento.

—¿Estáis bien? ¿Tenéis alguna quemadura?

—No, me habéis salvado a tiempo —respondió Cordelia, sollozando con hipo mientras le dedicaba una sonrisa temblorosa.

—Sois una joven muy valiente —dijo Cedric con una gran sonrisa—. Ahora id con Abrielle adentro. A buen seguro que dentro de poco habrá heridos que necesitarán vuestra atención.

—El tejado...

—Se están ocupando de ello mientras nosotros estamos aquí hablando —respondió él—. Vamos, marchaos.

Aunque había un aire de gravedad en su forma de hablar que no presagiaba nada bueno, Cordelia tragó saliva, asintió y se encontró con la mirada exhausta de su amiga.

Abrielle se puso en pie con gran esfuerzo; era consciente de que estaba tan agotada que si se quedaba en el patio sería más un estorbo que una ayuda.

—Ahora sí que me voy.

Apoyándose la una en la otra, las dos amigas se encaminaron lentamente hacia la escalera que llevaba al gran salón. Para su sorpresa, en la estancia solo había unos cuantos sirvientes que iban de aquí para allá. Elspeth salió de la cocina y, al verlas, corrió hacia a ellas.

—¿Dónde está todo el mundo? —preguntó Abrielle.

—Oh, querida, ¿estás herida? —inquirió su madre.

—No, estoy segura de que tengo un aspecto mucho peor de como realmente me siento.

—Isolde ha llevado a las mujeres a la sala de costura para buscar tela gruesa con la que apagar las llamas. —Elspeth dejó de hablar y miró a Cordelia con recelo—. Tu madre temía por ti.

—Voy con ella. Abrielle, ¿te quedas aquí?

—Sí, y esta vez mantendré mi promesa.

Cordelia asintió y salió corriendo del salón.

—¿Y los sirvientes? —preguntó Abrielle.

—La mayoría están intentando ayudar de un modo u otro. Yo estaba preparando unas bandejas de pan para servirlas con el estofado. ¿Me echas una mano?

—Pero, madre, seguro que puedo ser de más utilidad junto a los heridos.

—Los Seabern tienen a su propia curandera. Ya lo ha dispuesto todo en la capilla, pero gracias a Dios de momento solo ha tenido que ocuparse de unas cuantas heridas. —Elspeth miró fijamente a su hija—. Pero tú, querida, necesitas descansar y comer algo.

Abrielle frunció el ceño ante la forma en que su madre la miraba. Y, de repente, lo entendió.

—Lo sabéis, ¿verdad?

—¿Lo del niño? Sí, lo suponía. Imaginaba que un hombre como Raven no tardaría en hacer germinar su semilla.

Abrielle suspiró.

—Queríamos decíroslo en un momento especial, cuando pudiéramos celebrarlo.

—Y lo celebraremos, pues es un motivo de júbilo. Me convertiré en abuela al mismo tiempo en que seré madre de nuevo.

Abrielle notó que sus labios dibujaban una sonrisa.

—¡Y Vachel será padre y abuelo a la vez!

Moviendo la cabeza de un lado a otro, Abrielle dejó escapar un gemido no exento de diversión.

—Veo que empiezas a sentirte mejor —dijo Elspeth—. Anda, ven, las bandejas están cerca de la cocina. Ayúdame a ponerlas en las mesas.

Otras dos mujeres salieron de la cocina para echarles una mano mientras Abrielle cogía una pila de pan y se encaminaba hacia la mesa situada más al fondo. Por un momento se olvidó casi de que fuera llovía fuego y de que la gente luchaba por salvar su nuevo hogar. Las pocas mujeres que tenía cerca trabajaban en silencio, concentradas en sus tareas sumidas en el letargo del agotamiento.

Y, de repente, un grito atroz retumbó en el salón como si lo profiriera el diablo desde el mismísimo infierno. Abrielle se giró y vio a una mujer rolliza que se abalanzaba sobre ella con el rostro crispado y una maraña de pelo negro revoloteando a su espalda. Mordea, la bruja hermana de Desmond, había llegado hasta allí para vengarse de ella.

Más allá de los muros del castillo Thurstan de Marlé partió por la mitad el asta de una flecha que le sobresalía del pecho; le sorprendió un tanto no sentir ningún dolor. Observó cómo el incendio del tejado arrojaba llamas cada vez más altas e intuyó que no tardaría en oír los gritos de lamento por la muerte de Abrielle Seabern. Sentía la venganza tan cerca, que notaba su amargo dulzor.

A Abrielle solo le dio tiempo de levantar las manos, pero su mísera defensa de nada sirvió contra la fuerza descabellada de Mordea, cuyos dedos se cerraron cual garras alrededor de su cuello, cortando el paso del aire que necesitaba para respirar. Abrielle arañó con desesperación las manos de la mujer, pero no consiguió sacárselas de encima.

Mordea comenzó a zarandearla como a un perro.

—¡No tendrás ningún heredero, no cuando mi Thurstan merece todo lo que le has robado!

Las mujeres salieron corriendo y gritando a buscar ayuda, no así Elspeth, que al ver a su hija en manos de una loca se concentró en sustituir el terror por una determinación implacable. Ningún miedo podía durar largo tiempo en el corazón de una madre cuando su hija estaba en peligro. Así pues, cogió una jarra y, lanzándose hacia Mordea por detrás, levantó la vasija en alto y la estrelló contra la cabeza de la mujer; el recipiente se rompió en mil pedazos. Mordea se tambaleó y cayó al suelo, arrastrando a Abrielle con ella.

Raven abrió de golpe las grandes puertas dobles justo en el momento en que Abrielle rodaba por el suelo para soltarse de los flácidos brazos de Mordea y se ponía de rodillas mientras tosía con violencia. Elspeth comenzó a sollozar y tiró de su hija para alejarla de aquella fuente maligna. Pero Mordea no se movía.

Raven levantó a Abrielle en brazos; necesitaba estrecharla contra sí. Sintió el latido frenético del corazón de ella... y del suyo propio.

—¿Estás bien, amor mío?

Abrielle asintió con la cabeza, ya no tosía pero se cubría la garganta, dolorida, con una mano.

—Me saldrá alguna magulladura, pero si no hubiera sido por mi madre podría haber sido mucho peor. Por favor, bájame para que pueda ir a su lado.

Elspeth estaba sola, sumida en el llanto, abrazándose a sí misma, y las dos mujeres se echaron una en los brazos de la otra y comenzaron a llorar a lágrima viva. Por los pasillos no paraba de llegar gente y formaron un corro alrededor de ellos entre murmullos.

Raven giró el cuerpo de Mordea y vio sus ojos sin vida clavados en el techo.

—Está muerta.

Elspeth levantó la cabeza del hombro de Abrielle.

—¡Yo no quería matarla! —gritó.

—¡Madre, me habéis salvado la vida! Su muerte ha sido un accidente; además, era una mujer malvada, dispuesta a destruir a todo aquel que se interpusiera en su camino.

Elspeth asintió varias veces con la cabeza. Su llanto fue haciéndose cada vez más débil, pero al oír la voz de su marido se hundió en sus brazos y rompió a llorar de nuevo.

—¿Cómo ha conseguido entrar Mordea en el castillo? —inquirió Abrielle con voz ronca.

Raven se puso en pie y la rodeó con un brazo antes de hablar con una convicción inexorable.

—Los siervos entraron justo antes de que cerráramos las puertas. No debió de serle muy difícil disfrazarse, sobre todo con esa capa que lleva. La culpa es mía. Como las fuerzas de Thurstan aún no habían llegado, supuse que ninguno de los suyos estaría lo bastante cerca para representar una amenaza. —Raven cerró los ojos un instante—. Podría haberte costado la vida, Abrielle.

—No, no pienses más en ello —repuso ella con firmeza—. Este asedio aún no ha acabado.

—Cada vez lanzan menos flechas. Sin duda están quedándose sin reservas, y gracias a nuestros arqueros ahora mismo hay más hombres tendidos en el suelo que de pie. Propongo que comuniquemos a De Marlé que su plan ha fallado, a ver qué hace.

—Podríamos ofrecerle su cuerpo —sugirió Abrielle, lanzando una mirada al cadáver de la mujer con un escalofrío—. Era casi como una tía para él. Y yo iré contigo.

—Abrielle…

—A tu lado no correré más peligro del que he corrido aquí…

Aquel era un argumento que Raven no podía refutar.

Desde las almenas, Abrielle vio por primera vez la campiña que se extendía a los pies de los muros del castillo. Se le revolvió el estómago al ver a tantos hombres que yacían en el suelo amontonados; apenas se movían unos cuantos. Pero al darse la vuelta y ver de cerca el tejado del torreón, que aún ardía por una esquina mientras los hombres trabajaban a destajo para apagarlo, dejó de compadecerse por los desalmados que habían sido tan insensatos como para apoyar la causa de Thurstan.

Abajo solo quedaba una docena de hombres en pie, que hundían las flechas en las hogueras encendidas para tal propósito. Abrielle levantó la vista al cielo, donde unos nubarrones amenazadores se cernían sobre ellos. Tal vez la lluvia fuera la única esperanza de evitar que se incendiara todo el tejado, lo que provocaría que el castillo entero ardiera con él. Si las llamas se extendían mucho más, tendrían que abandonar el edificio en breve.

—¡Thurstan de Marlé! —gritó Raven.

Los soldados del bando enemigo hicieron un alto y Raven vio al individuo hacia el cual se volvieron. Thurstan se hallaba al frente de sus hombres; el escudo le colgaba de cualquier manera a un lado, ya no le servía de protección. Raven comprendió que había sido alcanzado por una flecha y que solo la determinación de no darse por vencido lo mantenía en pie.

—Veo vuestro tejado en llamas —respondió Thurstan, insinuando una carcajada obscena—. No aguantará mucho, Seabern.

—Aguantará más de lo que creéis, De Marlé. Cada vez contáis con menos hombres, y los míos no tardarán en tener el fuego bajo control.

Abrielle volvió la mirada hacia el tejado y se preguntó si su marido solo estaba tratando de engañarlo.

—Os ofrezco el cuerpo de la mujer a la que considerabais vuestra tía, la mujer que enviasteis al interior del castillo para que hiciera el trabajo por vos.

Thurstan apoyó la punta de su espada en el suelo y casi perdió el equilibrio al apoyarse en ella.

—¿Falló?

—¡Falló! —gritó Abrielle, indignada—. ¡Aquí estoy, Thurstan, más viva que nunca!

Por un momento Thurstan pareció derrumbarse, todos sus planes se desmoronaban a su alrededor. Pero sacando fuerzas de flaqueza gritó:

—¡Sois una traidora, Abrielle de Harrington!

El hecho de que Thurstan se negara a llamarla por su apellido de casada la hizo estremecerse.

—Nunca podréis regresar al país donde nacisteis —añadió

Thurstan con voz despiadada al tiempo que caía al suelo de rodillas con todo su peso.

—¡Vuestras palabras no significan nada para mí! —respondió ella—. Raven es mi esposo, y estoy unida a él con la bendición de Dios, del rey y de mi corazón de mujer.

Justo en el momento en que Abrielle miró el rostro de su amado Raven, comenzó a llover y el agua se deslizó por su piel cual lágrimas de felicidad. A lo lejos oyó los gritos de alegría de su gente, exhausta.

—Seguiré el dictado de mi corazón —continuó Abrielle, alzando la voz—, pues no solo las naciones están en juego en estos tiempos terribles, sino también las familias. Debo a mi esposo el honor de mi lealtad.

Raven le puso las manos en la cintura y la atrajo hacia sí.

—Te quiero, Abrielle —dijo con voz ronca por la emoción—. Te he querido desde el primer momento en que te vi demostrar tanto valor y aplomo en la corte del rey. Te quiero lo suficiente para confiar en que juntos podremos hacer frente a lo que la vida nos depare. Tuyo es mi corazón, Abrielle, y solo espero que tú me confíes el tuyo para que pueda velar por él por siempre jamás.

Con un grito de júbilo, Abrielle le lanzó los brazos al cuello y se aferró a él levantando la cara al cielo para que la lluvia se mezclara con sus lágrimas.

—Yo también te quiero, Raven, esposo mío. Te quiero por tu honor, tu coraje… y tu perseverancia, pues no te lo he puesto nada fácil. Siento muchísimo haber tardado tanto en ver y entender el hombre que eres realmente.

Se besaron con pasión, se miraron sonrientes y volvieron a besarse, y cada vez que sus labios se encontraban, renovaban su mutua promesa de felicidad eterna.

La lluvia sofocó el fuego, y cuando Thurstan exhaló el último suspiro, sus hombres lo abandonaron y huyeron hacia al bosque. Atrás quedaba la amenaza, y con su desaparición comenzaba una nueva vida para la familia Seabern.

Aquella noche, después de que se atendiera a los heridos y de que se reparara provisionalmente el tejado, Raven y Abrielle hicieron pública la feliz noticia del hijo que esperaban. Ambas familias se felicitaron y brindaron por la joven pareja. Pero ninguno de los dos prestó mucha atención a lo que ocurría a su alrededor, pues estaban mirándose a los ojos y contemplando el maravilloso futuro que tenían por delante.

Epílogo

Vecinos de a lo largo y ancho de la región acudieron al castillo de lord Seabern a disfrutar de un suculento banquete en compañía de sus numerosos huéspedes con motivo de la celebración del matrimonio de su hijo. Varios jóvenes escoceses miraban con atención a la única doncella libre entre los visitantes; era imposible no ver la alegría que irradiaba aquella hermosa criatura. Sus padres se mostraban especialmente afables, pero por mucho que los esperanzados pretendientes trataran de conocer a la dama e impresionarla con los relatos de sus hazañas, la joven, para sorpresa de todos ellos, parecía preferir la compañía del anciano anfitrión y escuchar sus historias.

Poco más de un mes después, aquellos mismos escoceses asistían perplejos a las nupcias que se celebraron en la pequeña iglesia de la cañada entre la bella muchacha y el noble de avanzada edad. Pero si le dobla la edad, susurraban entre ellos, anonadados. Se dijeron que en caso de tratarse de una boda concertada, cuando la novia tuviera que ofrecer sus votos matrimoniales su dicha se vería empañada por las sombrías circunstancias que rodeaban su unión. Pero no vieron indicio alguno de pesar o arrepentimiento en su reacción. En todo caso, la muchacha parecía eufórica, y durante gran parte de la velada no mostró ningún deseo de separarse de su esposo, mayor pero aún apuesto. El novio, por su parte, demostró tener la energía suficiente para bailar al son de las gaitas mientras muchos de los hombres más jóvenes que se habían propuesto dejarle sin resuello pasaban apuros para seguirle el ritmo.

Reginald demostró la alegría que sentía por el matrimonio de su hija entregando una dote que dejó estupefactos a los escoceses casaderos que asistieron a la boda. Igual de pasmados se quedaron ante la viudedad que el novio ofreció a su suegro, una propiedad vitalicia contigua a sus tierras lo bastante extensa para construir en ella una casa señorial.

—Por si os plantearais ser mis vecinos en un futuro no muy lejano —anunció Cedric, riéndose entre dientes.

Los labios de Reginald dibujaron una amplia sonrisa mientras ladeaba la cabeza con un gesto de agradecimiento.

—Isolde se pondrá contentísima de poder fundar un hogar en el que criar a nuestros nietos.

Las sonoras carcajadas de los dos hombres llenaron el salón mientras los solteros más jóvenes se miraban entre sí cada vez más desconcertados. Pensaban que el anciano sería incapaz de tener descendencia; a fin de cuentas, en todos los años que había estado casado con su primera esposa solo había engendrado un hijo.

—Nuestro primogénito se llamará Reginald —anunció Cedric, alzando una jarra de cerveza para brindar por su amigo—. Y si es niña le concederé ese honor a lady Isolde.

Todos levantaron su copa para unirse al brindis.

En un rincón tranquilo del gran salón. Abrielle y Raven descansaban del baile, contentos de estar sentados juntos y observar lo que ocurría sin más. Vachel y Elspeth se sentaron con ellos; todos estaban de buen humor, en paz con el mundo.

Elspeth sonrió a su hija con afecto.

—Me complace verte feliz. Recé tanto por ello...

—Entonces —dijo Vachel, dirigiéndose a su esposa—, ¿puedo confiar en que, cuando tengamos que volver a casa en los próximos meses, no se te partirá el alma al separarte de tu hija, por poco tiempo que sea?

—No habléis de marcharos —dijo Abrielle, apretando la mano de su madre—. Acabamos de llegar, y me prometisteis que no os iríais hasta que naciera el bebé y pudierais viajar sin correr riesgos.

—Y cumpliremos la promesa, por supuesto —contestó Vachel—. Y tendremos que quedarnos también para ver nacer a nuestro nieto.

Las mujeres se miraron sonrientes.

Vachel lanzó entonces una rápida mirada a Raven y se aclaró la voz.

—Hija, tendremos que hablar de la gestión de tu propiedad durante tu estancia en Escocia.

Abrielle agitó la mano en el aire.

—Podéis hablar de eso con mi marido, no creo que me moleste. Confío en él para que se encargue de ello.

Raven frunció el ceño y miró a Vachel moviendo ligeramente la cabeza en señal de negación, pero Abrielle, que tenía su atención en su esposo, captó el gesto al vuelo.

—¿A qué ha venido eso? —preguntó, mirando a uno y a otro.

Vachel suspiró hondo.

—Vamos, Raven, no tiene sentido seguir ocultándoselo.

—¿Ocultarme el qué? —inquirió Abrielle, cada vez más tensa.

—Lo único que conseguiréis ocultándole la verdad será disgustarla —prosiguió Vachel. Al ver que Raven negaba con la cabeza, dándose por vencido, Vachel se volvió hacia su hijastra—. Querida, eres tú quien tiene que tomar las decisiones respecto al castillo de De Marlé, pues tú eres su propietaria.

—Pero si era la única dote que podía ofrecer a Raven...

—Y él la rechazó —dijo Vachel.

Abrielle miró a Raven boquiabierta y cada vez más avergonzada.

—Pero... yo pensaba que... Raven, todo hombre debería recibir una dote por parte de su mujer.

—Pero yo no la necesitaba —respondió él—. Si la hubiera aceptado, siempre te habría quedado la duda de que esa era la razón por la que me había casado contigo.

—Oh, Raven, me siento como una tonta —dijo Abrielle, agachando la cabeza.

—No, amor mío. Tú habla con tu padre y dile lo que hay que hacer con tu propiedad.

Abrielle respiró hondo y tomó la palabra.

—Vachel, con tal de que los siervos aprendan lo necesario para que tanto el castillo como ellos mismos se beneficien de ello, me complacerá cederos ese cometido a vos, junto con gran parte de mi fortuna, hasta que la necesite para mi propia familia. Mientras tanto, espero recibir un informe completo del estado de las cuentas al menos cuatro veces al año. Podréis quedaros con el porcentaje de las ganancias que consideréis conveniente en pago por vuestros servicios. ¿Estáis conforme?

Vachel y Raven se miraron sorprendidos ante el saber que demostró Abrielle con su respuesta, pero a Elspeth no le sorprendió, y no pudo evitar dedicar una sonrisa de suficiencia a su marido.

Vachel había hecho lo propio con las riquezas que había cedido a su padre y no había cosechado ningún beneficio a cambio, pues su hermano mayor había heredado la fortuna familiar a la muerte del anciano.

—Me conformaría con cinco de cada cien que consiga ganar sobre el total actual.

—Que sean diez —repuso Abrielle de inmediato; quería demostrarle que podía esperar un trato más justo por parte de ella que por parte de sus familiares directos.

Tras aclararse el nudo de emoción que se le había formado en la garganta, Vachel dijo:

—Eres demasiado generosa, Abrielle. Me honras con tu confianza. No te decepcionaré.

Abrielle miró a Raven; se sentía pletórica de paz y felicidad. Atrás quedaban los mayores errores que habían cometido el uno con el otro... aunque eso no significaba que no fuera a haber discrepancias en el futuro entre dos personas tan testarudas.

Ella estaba mirándolo a los ojos, dejándole ver su amor, cuando Raven dijo:

—Acompáñame a nuestros aposentos, amor mío. Tengo algo que mostrarte.

Abrielle, ruborizada, se excusó ante sus padres, divertidos, y, tras despedirse con la mano de una Cordelia llena de gozo, siguió a Raven. Al entrar en sus aposentos se detuvo de repente: delante de la chimenea había una pequeña cuna de madera.

Respiró agitadamente, sintiendo lágrimas temblorosas en las pestañas.

—Oh, Raven —susurró.

Corrió hacia la cuna para tocar la madera suave y ver de cerca las intrincadas tallas en forma de sol, luna y estrellas de la cabecera.

—La he hecho en secreto para nuestro hijo —dijo él en voz baja, poniendo una mano en el hombro de su esposa—. Quería que fuera una sorpresa. Pero ahora ya puedo sacarla a la luz del día, como tú has sacado mi amor, donde florece. No puedo imaginar mi vida sin ti, Abrielle.

Ella esbozó una tímida sonrisa. Juntos se arrodillaron al lado de la cuna, el fuego los iluminaba con suavidad, y pensaron en el bebé que Abrielle llevaba en su vientre y en el amor con el que lo traerían al mundo.

Este libro ha sido impreso en los talleres
de Novoprint S.A.
C/ Energía, 53 Sant Andreu de la Barca
(Barcelona)